Kit Auburn

Where your dreams shine

Kit Auburn

Where your *dreams* shine

Roman

blanvalet

Sollte diese Publikation Links auf Webseiten Dritter enthalten,
so übernehmen wir für deren Inhalte keine Haftung,
da wir uns diese nicht zu eigen machen, sondern lediglich auf
deren Stand zum Zeitpunkt der Erstveröffentlichung verweisen.

FSC www.fsc.org
MIX
Papier | Fördert gute Waldnutzung
FSC® C014496

Klimaneutral*
Druckprodukt
ClimatePartner.com/14044-1912-1001

Penguin Random House Verlagsgruppe FSC® N00167

1. Auflage 2023

in der Penguin Random House Verlagsgruppe GmbH,
Neumarkter Str. 28, 81673 München
Dieses Werk wurde vermittelt durch die Literarische Agentur
Thomas Schlück GmbH, 30161 Hannover.
Redaktion: Martina Schwarz
Umschlaggestaltung: Anke Koopmann | Designomicon
Umschlagmotive: Shutterstock.com (Olly Kava; KY726871;
Dimec; Boyko.Pictures)
LO · Herstellung: sam
Satz: Uhl + Massopust, Aalen
Druck und Einband: GGP Media GmbH, Pößneck
Printed in Germany
ISBN 978-3-7341-1213-3

www.blanvalet.de

Liebe Leser*innen,
dieses Buch enthält potenziell triggernde Inhalte.
Deshalb finden sich am Ende des Buchs Content Notes.
Achtung: Diese enthalten Spoiler für das gesamte Buch.
Wir wünschen allen das bestmögliche Leseerlebnis.
Kit Auburn und der Blanvalet Verlag

Für alle die, die einen Sturm bezwingen.

Prolog

Long story short: I survived.

1. Kapitel

Riley

Die scharfe Kante des Umzugskartons schnitt mir in die Finger, und doch stand ich wie erstarrt vor dem Haus, das achtzehn Jahre lang mein glückliches Zuhause gewesen war. Das mir Zuflucht und der Anker im Leben gewesen war, nach denen ich die letzten sieben Jahre vergeblich gesucht hatte. Ich spürte das Brennen meiner Muskeln in den Oberarmen und war doch nicht fähig, mich zu bewegen. Abigails lange blonde Haare, die von der lauen Sommerbrise umhergewirbelt wurden, kitzelten mich an der Schulter und erinnerten mich wieder daran, warum wir hier waren. Warum ich all die Risiken auf mich nahm, die das bloße Betreten dieser Stadt bedeutete. Warum ich mich all den Erinnerungen aussetzte, die mir doch nur aufzeigten, was ich nie mehr haben würde. Genau wie all denen, denen ich blind gegenüberstand.

Ich riss schluckend den Blick von der weißen Holzfassade unseres Elternhauses los und senkte den Kopf, starrte stattdessen den Karton in meinen Armen an, als wäre er der Schlüssel, um die aufsteigende Panik, die meinen Puls beschleunigte, zurückzudrängen. War es wirklich die richtige Entscheidung gewesen, hierher zurückzukommen? Ich atmete tief ein, spürte das Stechen der warmen Luft in meiner Lunge, straffte die Schultern und drückte den Rücken durch. Wir waren hier, mit all unserem Besitz, der in den alten Ford Pick-up passte, und ich würde keinen Rückzieher machen. Mit erhobenem Kopf drängte ich die Tränen zurück, indem ich die Kiefer fest aufeinanderpresste. Ich ließ den Blick durch den Vorgarten streifen und ignorierte es, dass sich mir dabei das Herz in der Brust schmerzhaft zusammenzog, wie ich es in den letzten Jahren so oft getan hatte. Denn das Einzige, was zählte, war, für meine kleine Schwester zu sorgen. Ich konnte keine Rücksicht auf mein Herz nehmen. Mein Blick blieb am Briefkasten hängen, der genauso aussah wie in meiner Erinnerung. Er war eine kitschige Miniaturausgabe des Hauses und der rote Haken wies zum Himmel, was bedeutete, dass Post darin lag. Darum würde ich mich später kümmern.

»Riley?« Abbys flüsternde Stimme drang in mein Bewusstsein, und ich setzte augenblicklich das resolute Lächeln auf, das ich perfektioniert hatte. »Bist du okay?«

»Natürlich«, log ich und legte den Kopf schief, um sie anzusehen. Abby erwiderte mein Lächeln, ehe sie einen weiteren Karton von der Ladefläche lud und zu den anderen auf den Gehweg stellte. Das Grundstück besaß weder Einfahrt noch Garage, Mom und Dad hatten ihre Wagen immer am Straßenrand geparkt. Ohne Vorwarnung ereilte mich eine Erinnerung, in der ich Mom laut lachend dabei half, die Einkäufe zur Haustür zu tragen. Blitzschnell presste ich die Lider aufeinander und schüttelte den Kopf, um sie so schnell zu verscheuchen, wie sie gekommen war. »Bist du bereit?« Ich stieß das niedrige Holztor mit dem Fuß an, wodurch es quietschend aufschwang.

»Bist *du* es denn?«, konterte Abby mit gerunzelter Stirn. Es versetzte mir jedes Mal einen Stich ins Herz, wenn sie sich um mich sorgte.

Ich nickte, doch sie blickte mich unverwandt an, und es schmerzte, in ihre kristallklaren meeresblauen Augen zu sehen. Ihr Ausdruck war für ihre vierzehn Jahre viel zu erwachsen, und dass sie mich mit jedem Tag ein bisschen mehr durchschaute, ließ mich schlucken. »Es ist alles in Ordnung«, versicherte ich ihr, doch wir wussten beide, dass das nicht stimmte.

Ich wies nickend den gepflasterten Weg entlang, der direkt zur schmalen Veranda führte, auf der früher Rattanmöbel und eine alte Hollywoodschaukel gestanden hatten und die übersät gewesen war mit Moms Blumen, die meisten davon in ihrer Lieblingsfarbe Violett. Jetzt war der Vorbau kahl und leer und passte zu dem, was in meinem Inneren herrschte. »Dann los«, presste ich hervor und verstärkte den Griff um den Umzugskarton, der mit jeder verstrichenen Minute schwerer und schwerer wurde.

Abby bückte sich zu einer Kiste, auf der Küche stand und deren Inhalt gefährlich klimperte, als sie sie anhob. »Geh du vor«, bat sie leise und stellte sich demonstrativ hinter mich. Manchmal vermisste ich die kindliche Neugierde, mit der sie noch bis vor wenigen Jahren der Welt begegnet war. Nicht einmal der Unfall hatte sie ihr nehmen können und ohne sie hätte ich mich damals garantiert meiner Trauer hingegeben. Mir war klar, dass, egal, wie lang ich es hinauszögerte, ich nicht umhinkam, das Haus zu betreten, also setzte ich zögerlich den ersten Schritt in Richtung Vergangenheit. Ich hörte Abby hinter mir und registrierte, dass ich das Atmen eingestellt hatte. Vor wenigen Monaten hätte ich nicht gedacht, dass ich irgendwann hierher zurückkehren würde. Dass ich eines Tages stark genug dafür sein würde. Es war Abigail gewesen, die die Idee ausgesprochen und so den Grundstein für ein neues Leben in unserem alten Heim gelegt hatte. Die rastlose Zeit war weder an ihr noch an mir unbemerkt vorübergegangen und wir hatten gemeinsam entschieden, dem Ort, an dem wir einst glücklich gewesen waren, eine Chance zu geben, in der Hoffnung, hier zur Ruhe zu kommen. Jetzt musste ich es nur endlich schaffen, nach vorne anstatt zurück zu blicken.

Die hölzerne Treppe knarzte unter meinem Gewicht, als ich die vier Stufen zur Veranda emporstieg. Vor der schweren Eingangstür, die Abby als Kind kaum selbst hatte aufstemmen können, blieb ich stehen. »Es ist wie früher«, murmelte sie hinter mir, und ich hörte, wie sie den Umzugskarton ächzend abstellte. »Ich habe es so vermisst.« Ihre heisere Stimme brach, und ich schloss für einen Moment die Augen, um die Tränen zu verscheuchen, wandte mich zu ihr um und stellte meine Kiste auf ihre.

»Ich auch«, gab ich flüsternd zu und realisierte, dass meine Worte wahr waren. »Wir schaffen das, oder?« Ich hob die Hand zu Abbys dickem Haar, das ihr in sanften Wellen über die Schultern fiel. Es reichte ihr bis zur Taille, und ich strich es ihr zärtlich aus dem Gesicht, wie ich es tat, seit sie ein Kleinkind gewesen war. Nur, dass Abby keines mehr war, sondern ein Teenager, in dessen Gesichtszügen ich mich selbst erkannte. Es war, als blickte ich meinem zehn Jahre jüngeren Ich ins Gesicht, wie sie so vor mir stand, die Hände verunsichert in den Taschen ihrer hellblauen Jeans-Shorts vergraben.

Sie nickte und mir entging nicht, dass sie schluckte. »Wir schaffen alles, Riley«, erklärte sie mit erstaunlich fester Stimme und einem Kampfgeist in den Augen, der mich an mich selbst erinnerte. Gerührt legte ich meine Hand auf ihre Schulter und zog sie an mich. Es scherte mich nicht, dass wir von der langen Autofahrt in der brütenden Sommerhitze durchgeschwitzt und klebrig waren. Es war mir sogar egal, dass sich eine einzelne Träne ihren Weg über meine Wange bahnte.

»Wir sind zu Hause, Süße«, schluchzte ich und drückte sie fest an mich. »Wir sind endlich zu Hause.«

»Alles wird jetzt gut, oder?« Abigail flüsterte so leise, dass ich es kaum hörte, und ich spürte ihren schmächtigen Körper sachte beben. Momente wie dieser kamen nicht oft vor, denn es war unsere unausgesprochene Regel, dass wir uns nicht in Selbstmitleid verloren und immer stark blieben. Dazu gehörte eben auch, Zweifel und Ängste totzuschweigen.

»Ja«, antwortete ich mit einem zarten Lächeln auf den Lippen. »Ganz bestimmt.« Vorsichtig löste ich unsere Umarmung und strich ihr die Tränen aus dem Gesicht. »Willst du aufschließen?« Ich grub die Finger in die Gesäßtasche meiner Shorts, um die Hausschlüssel hervorzuholen, die ich jahrelang wie meinen größten Schatz gehütet hatte, ohne zu wissen, ob ich sie jemals wieder gebrauchen würde. Sie waren eine winzige Sicherheit gewesen, mein letzter Ausweg.

Abby machte blitzschnell einen Schritt zurück und riss die Augen auf, schüttelte vehement den Kopf. »Nein, auf keinen Fall. Das musst du machen, Riley.« Sie biss sich auf die Unterlippe und wich meinem Blick aus. »Ich bringe die restlichen Kartons zur Veranda«, murmelte sie, wandte sich auf dem Absatz um und sprintete zum Wagen, als könnte sie etwas gewinnen, wenn sie schneller war als Flash. Überrumpelt sah ich ihr hinterher und seufzte. Zu Abby durchzudringen war mit den Jahren immer schwerer geworden, doch wenn ich genauer darüber nachdachte, war ich in ihrem Alter nicht pflegeleichter gewesen. Nur, dass als Teenager weitaus weniger Last auf meinen Schultern gelegen hatte als auf ihren heute. Ich schüttelte den Kopf und straffte den Rücken, schloss die Hand fest um den Schlüsselbund. »Du packst das«, murmelte ich und ignorierte den Schmerz, als sich meine Nägel dabei in meine Handfläche bohrten.

Zögerlich griff ich nach dem eisernen Türknauf, der sich anfühlte wie damals. Glatt und kalt. Meine Hände zitterten wie Espenlaub, sodass es mir schwerfiel, das Schlüsselloch zu treffen. Das vertraute Klacken des Schlosses, als es sich entriegelte, erst ein Mal, dann ein zweites Mal, hallte wie ein Knall in meinem Inneren wider. Mit aller Kraft zog ich am Knauf, drückte gleichzeitig den Schlüssel weiter herum und gab dem darauffolgenden Sog nach. Mit quietschenden Scharnieren schwang die Tür einen Spaltbreit auf. Im Haus war es stockfinster, kein Licht drang zu mir heraus. Sofort prasselten Erinnerungen auf mich ein. Ich sah mich, wie ich als Teenager zum Abendessen nach Hause gekommen war und mich mit einem *Mom? Dad? Ich bin da!* angekündigt hatte. Der Kloß, der sich in meinem Hals bildete, schnürte mir schmerzhaft die Luft ab, denn diese Worte würden sie niemals wieder hören. Nie mehr würde Mom zurückrufen, dass ich in die Küche kommen und Abby beim Tischdecken helfen sollte.

»Mom? Dad? Ich bin wieder zu Hause«, flüsterte ich mit

heiserer Stimme und schob die Tür auf. Sobald ich den ersten Schritt über die Türschwelle setzte, durchflutete mich auf seltsame Weise Erleichterung. Denn eigentlich war es nicht mehr als das, oder? Man setzte einfach einen Fuß vor den anderen, und der Weg würde mit der Zeit leichter werden, weniger steinig und steil. Oder vielleicht wurde man auch nur besser darin, Hindernissen auszuweichen. In Bewegung zu bleiben war neben meiner Schwester das Einzige, das mich die letzten Jahre davor bewahrt hatte, die Nerven zu verlieren.

Ich kniff die Augen zusammen, um im Halbdunkel etwas zu erkennen, und wandte mich dem bodentiefen Fenster neben der Haustür zu, das wie alle anderen mit einem Laken verhangen war. Blitzschnell riss ich es herunter, um Licht hereinzulassen, und hielt mir die Hand vor Mund und Nase. Staub wirbelte umher und tanzte schimmernd in den Sonnenstrahlen, die auf die Möbel im Flur fielen. Mit weichen Knien stolperte ich zu der weißen Sitzbank aus Holz, auf der ich schon als Kleinkind gesessen hatte, und ließ mich dankbar darauf sinken. Ich fuhr mit den Fingern sachte die Oberfläche der Kommode daneben nach, in der immer ein heilloses Chaos geherrscht hatte, da jeder von uns einfach alles hineingestopft hatte, bis sie übergequollen war. Das Herz pochte mir bis zum Hals, und ich griff mutig nach den zwei Knäufen, um die obere Schublade aufzuziehen. *Leer*. Sie war leer, als hätte jemand alles ausgelöscht, was jemals in diesem Flur passiert war. Eine unkontrollierbare Wut kroch meine Magenwände hinauf und ich knallte die Lade zu. Was hatte ich erwartet? Dass alles so sein würde wie damals?

Devon

Hier hatte sich nichts verändert. Vor zehn Minuten hatte ich das überdimensionale Willkommensschild passiert, das selbst nach all den Jahren für Gesprächsstoff sorgte. Mrs. Innings, unsere Bürgermeisterin, hatte damals die falschen Maße weitergegeben, sodass Touristen, sobald sie an dem Schild vorbeikamen, hätten glauben können, Saint Mellows litt an Größenwahn. Bis heute hielt sie offiziell an ihrer Überzeugung fest, dass sie es genau *so* gewollt hatte. Der Cherry Blossom Court zog vorüber, in dessen Mitte sich ein paar Spaziergänger tummelten. Der Kirschblütenpark, der sich inmitten dieser spinnennetzartigen Straßen befand, war die erste Anlaufstelle für Fotoshootings, insbesondere im Frühling, wenn die Bäume in ihrer schönsten Pracht blühten. Bis auf das ein oder andere Restaurant war alles genauso wie vor fünf Jahren, als ich Saint Mellows den Rücken gekehrt hatte. Auf den schmalen Streifen zwischen den Gehsteigen und den Straßen waren im Frühling zum alljährlichen Frühlingszwiebelfestival Blumen gepflanzt worden, deren bunte Blütenpracht gleich dafür sorgte, dass man sich willkommen fühlte und den Wunsch verspürte, für immer hierbleiben zu wollen. Ich kam am von großen Eichen gesäumten Festplatz, einem der Wahrzeichen Saint Mellows, vorbei und konnte mir ein Grinsen nicht verkneifen, als ich Rupert aufgebracht mit den Armen fuchteln sah. Es hatte den Anschein, als versuchte er, eine Meute Jugendlicher davon abzuhalten, es sich mit einer Picknickdecke gemütlich zu machen. »Oh Rupert«, schmunzelte ich kopfschüttelnd. Rupert war der wohl schrägste Bewohner Saint Mellows, fast immer schlecht gelaunt und schon gefühlt einhundert Jahre alt gewesen, als ich selbst noch ein Kind gewesen war. Er mischte sich gern überall ein, und manche sagten ihm sogar nach, dass er sich für das eigentliche Oberhaupt Saint Mellows' hielt. Ich entdeckte ein Banner, das von der Häuserwand zu meiner Linken bis zur Laterne auf meiner rechten Seite gespannt war. »Saint Mellows Sommermarkt« prangte in bunten Buchstaben auf quietschgelbem Hintergrund, und nun bemerkte ich auch das wilde Treiben hinter Rupert. Wie es aussah, war das Veranstaltungskomitee gerade dabei, die Buden für den traditionellen Markt aufzubauen. Zu dieser Jahreszeit sah es jedes Mal aus, als wäre eine Farbbombe auf unsere Kleinstadt niedergegangen. Verschiedenste Blumenarten zierten die Wegesränder, bunte Girlanden schmückten die Ladentüren und Schaufenster, und von Laterne zu Laterne waren pastellfarbene Wimpelketten gespannt worden.

Ich hörte ein leises Seufzen auf dem Beifahrersitz und riss den Blick für einen Moment von der Straße los, um auf meine schlafende Tochter zu schauen. Schon als Baby hatte Elsie das Autofahren geliebt und war dank des monotonen Motorenbrummens und der vorbeifliegenden Landschaften nach spätestens fünf Minuten eingeschlafen. »Daddy, sind wir bald da?«, murmelte sie verschlafen und aus dem Augenwinkel sah ich, wie sie sich mit den Fäusten über die Augen rieb.

»Ja, mein Schatz«, erklärte ich lächelnd, und als mein Blick am *Anne's* hängen blieb, entschied ich spontan anzuhalten. Ich lenkte den Wagen zum Straßenrand, um zu parken, und beobachtete schmunzelnd, wie Elsie sich aufmerksam umblickte.

»Das sieht nicht aus wie die Straße, in der Grandmas und Grandpas Haus wohnt«, erkannte sie und legte mit gerunzelter Stirn den Kopf schief. Einige dunkle Fransen ihres Ponys, die sich aus den Haarspangen gelöst hatten, fielen ihr über die Augen. Statt sie wegzuwischen, schielte sie daran vorbei.

Ich beugte mich zu ihr hinüber, um die Strähne festzustecken. »Da hast du recht, wir sind noch nicht da. Möchtest du etwas trinken?«

In ihre hellbraunen Augen legte sich ein Glitzern, das es nur bei Kinderaugen gab. Stürmisch nickend grinste sie mich an. »Ja, ja, ja, ja. Ich möchte eine Eisschokolade, darf ich eine haben, Daddy? Bitte, bitte!«

Lachend warf ich den Kopf in den Nacken und strich ihr mit dem Finger über die Wange, bevor ich mich abschnallte. »Bitte werde niemals groß, okay?«

Sie zuckte nur mit den Schultern und versuchte vergeblich, ihren Gurt zu lösen und sich aus dem Kindersitz zu befreien. »Warte, ich helfe dir«, erklärte ich und stieg aus dem Wagen, um zur Beifahrerseite zu laufen. Elsie war ab und an *zu* aufgeweckt und verstand nicht, dass sie für vieles noch zu jung war. Ich war heilfroh, dass sie es nicht schaffte, allein aus dem Auto zu hüpfen. Nicht auszumalen, was dabei passieren könnte. Hier in Saint Mellows war es vielleicht sicher, doch ihr Leben würde sich leider die nächsten Jahre zwischen der Großstadt und meiner Heimatstadt abspielen. Wir spazierten Hand in Hand hinüber zum *Anne's*, hinter dessen Fensterfront wie gewöhnlich fröhliches Getümmel herrschte. Ich erkannte das ein oder andere Gesicht. Da waren Mr. und Mrs. Fuldington, ein älteres Ehepaar, das sich gern bei Anne Kaffee und Kuchen gönnte. Ich wusste von meinem Bruder

Blake, wie herzlich die beiden waren, denn er war seit einigen Jahren ihr Nachbar und half ihnen im Herbst beim Laubharken und im Winter beim Schneeschippen. Nicht selten fand er zum Dank ein selbst gebackenes Brot oder Mrs. Fuldingtons liebsten Auflauf auf seiner Veranda vor. Ehe wir eintraten, ließ ich den Blick noch einmal durch die Gegend schweifen. Die Fensterbänke mancher Geschäfte und Restaurants zierten Blumentöpfe und -kästen, aus denen ein angenehm blumiger Duft über die Straße strömte.

Das Bimmeln der Türglocke kündigte uns an, und keine zehn Sekunden später fand ich mich in Annes fester Umarmung wieder. »Devon, Elsie, wie schön euch zu sehen!« Annes Strahlen wärmte mir das Herz. Ich war mir zu einhundert Prozent sicher, dass sie es war, die diese Stadt zusammenhielt. Anne hatte keine eigenen Kinder und irgendwie waren wir alle ihre Enkel. Wir alle erinnerten uns an den einmaligen Kakao mit den vielen winzigen Marshmallows oder die Cookies mit den bunten Schokolinsen, die sie noch heute extra backte, um sie an die Kinder zu verschenken. Anne hatte für jeden ein offenes Ohr und gehörte zu den wenigen Menschen, die nicht noch Salz in die Wunde streuten, wenn mal etwas schiefging. Stattdessen servierte sie einem ein großes Stück Sahnetorte, von dem sie beteuerte, dass danach alles wieder im Lot wäre.

»Anne, wie geht es dir?« Ich drückte ihr einen Kuss auf die Wange und scheuchte sie wieder hinter ihre Theke, wo der Ofen aufgeregt piepte.

»Bei mir ist alles bestens«, lächelte sie mit schief gelegtem Kopf und zog ein heißes Blech frischer Kekse aus dem Ofen. »Wie immer viel zu tun. Was darf ich euch bringen?«

»Eine Eisschokolade«, kreischte Elsie los, dass Anne zusammenzuckte, einen Augenblick später aber lachte.

»Elsie«, ermahnte ich sie in strengem Ton. »Was hatten wir übers Kreischen gesagt?«

»Entschudlidung«, nuschelte sie und verdrehte ein paar Buchstaben, sodass man ihr unmöglich böse sein konnte.

»Entschuldigung angenommen.« Ich deutete mit dem Zeigefinger auf einen runden Tisch am Fenster. »Setz dich doch gleich dort drüben hin, ja?« Statt zu antworten, preschte sie los, wobei sie fast in den Stuhl eines Gastes gerannt wäre. Ich verzog den Mund zu einem entschuldigenden Lächeln, doch er winkte beiläufig ab.

»Sie ist genauso ein Wirbelwind, wie du es gewesen bist, Devon«, zwinkerte Anne mir zu. »Ich kann mich noch genau erinnern, wie Blake und du hier durchs Café getobt seid und euch gegenseitig gejagt habt. Das eine oder andere Mal gingen dabei ein Teller oder eine Tasse zu Bruch.« Ich konnte mir ein Schmunzeln nicht verkneifen, denn sie hatte recht. »Was möchtest du trinken?«

Ich ließ den Blick über ihre Sommerangebote schweifen. Von White Chocolate Mocca Frappuccino über Classic Vanilla Frappuccino, Coffee Soda, Cold Brew Coffee, S'Mores Frozen Coffee bis zu Coffee Lemonade. All das süße Zeug war nichts für mich, und so entschied ich mich für einen simplen Iced Coffee, ehe ich zu Elsie ging, die mit ihrer Stupsnase an der Scheibe klebte, um das Treiben auf dem Festplatz zu beobachten.

Riley

Die Sonnenstrahlen fielen durch das von weißen Sprossen durchzogene Fenster direkt auf Abigails blonde Haare, die verstrubbelt auf ihrem Kopfkissen neben mir lagen. Es war ein Wunder, dass ich letzte Nacht überhaupt ein Auge zugetan hatte. Weder Abby noch ich hatten in unseren alten Zimmern übernachten wollen, denn das hätte sich nach einer erzwungenen Normalität angefühlt, die es nicht mehr gab. Doch war es wirklich eine bessere Idee gewesen, stattdessen in Moms und Dads Bett zu schlafen? Abby war, ohne lang nachzudenken, zur rechten Seite gelaufen, und ich hatte mich gefragt, ob sie sich erinnerte, dass dort immer Mom geschlafen hatte. Um keine Narben bei ihr aufzureißen, hatte ich den Gedanken für mich behalten.

Jeder Schritt in diesem Haus hatte mich gestern enorme Überwindung gekostet. Ob ich einen Schrankknauf berührte oder eine Schublade aufzog – ständig befürchtete ich, dieselbe Leere vorzufinden wie im Flur. Als hätten unsere Eltern nicht nur das Leben verloren, sondern als wäre ihre gesamte Existenz ausgelöscht worden. Als wären Abby und ich das Einzige, das von ihnen übrig geblieben war. Stumm hatten meine Schwester und ich Hand in Hand gearbeitet und die Initiative ergriffen, sobald wir merkten, dass etwas für die andere zu schwer war. So war ich es gewesen, die den ersten Schritt auf die weiß lackierte Holztreppe gesetzt hatte, die in das Obergeschoss führte. Abby hatte die Tür zu Moms und Dads Schlafzimmer aufgestoßen. Ich hatte den Wäscheschrank geöffnet, um muffige Bettwäsche herauszuholen, die dort seit sieben Jahren lag, ohne von jemandem berührt worden zu sein. Trotzdem hatten wir sie aufgezogen. Ich konnte nicht sagen, ob ich erleichtert oder enttäuscht war, dass der Geruch meiner Eltern nicht mehr in den Fasern haftete. Mich stellten schon die dank der Dunkelheit schummrigen visuellen Eindrücke auf eine harte Probe. Kaum auszumalen, was es mit mir angestellt hätte, hätte Moms Parfum oder der Duft von Dads Duschgel in der Luft gehangen.

Wir hatten lang auf der weichen Couch im Wohnzimmer gesessen, in dessen Polster man noch immer so tief versank wie vor Jahren. Mit dem einzigen Unterschied, dass gestern eine enorme Staubwolke aufgewirbelt worden war, die mir einen Hustenanfall und Abby eine Reihe von Niesattacken beschert hatte. Und uns beiden ein erstes, winziges Lächeln, bei dessen Erinnerung sich mein Herz schmerzhaft zusammenzog, denn es hatte eine Zeit gegeben, in der innerhalb dieser Wände fast nur Lachen zu hören gewesen war. Erst als die Sonne sich komplett herabgesenkt hatte und der Garten, in den wir vom Sofa aus blicken konnten, in völliger Dunkelheit lag, waren wir aufgestanden, um uns mithilfe der Taschenlampenfunktion unserer Handys den Weg durchs Haus zu leuchten, da wir es irgendwie nicht über das Herz gebracht hatten, das Licht einzuschalten und uns dem Anblick unseres Elternhauses zu stellen.

Abby neben mir regte sich, dann öffnete sie ein Auge und blinzelte mich verschlafen an. »Guten Morgen, Schlafmütze«, neckte ich sie.

»Beobachtest du mich etwa im Schlaf?«, schmunzelte sie und streckte die Arme. »Gruselig.« Sie richtete sich auf und lehnte sich neben mich ans Kopfteil des Betts.

»Dass du dich nach all den Jahren noch nicht daran gewöhnt hast«, witzelte ich und stupste sie mit der Schulter an.

»Hast du überhaupt geschlafen?« Sie musterte mich mit einem durchdringenden Blick, für den sie eigentlich noch viel zu jung war.

»Natürlich«, lächelte ich, heilfroh, sie ausnahmsweise nicht anlügen zu müssen. Irgendwann war ich vor Erschöpfung eingeschlafen und fühlte mich an diesem Morgen sogar seltsam erholt. »Los!« Ächzend richtete ich mich auf und schlug unsere dünne Sommerdecke zurück, wies mit der Hand zum Badezimmer. »Ab unter die Dusche mit dir, ich werde uns Frühstück zaubern. Ich hätte Fertig-Pancake-Mischung im Angebot, Fertig-Pancakes oder Fertig-Pancakes.«

Gespielt ernüchtert verzog Abby das Gesicht. »Wie, keine frischen Waffeln und kein Obst-Buffet?«

Lachend warf ich ein Kissen nach ihr. »Wir kaufen nachher ein, versprochen.«

»Ah«, grinste sie. »Wir stocken unseren Vorrat an Fertig-Pancake-Mischungen auf, ja?«

»Ein Mal«, stöhnte ich und verdrehte die Augen, während ich das Kissen aufschüttelte. »Ein einziges Mal habe ich dieses Fertigzeug gekauft und das wirst du mir für den Rest meines Lebens vorhalten, oder?«

»Das ist mein Job als kleine Schwester«, trällerte sie und warf mir eine Kusshand zu, ehe sie mit einem Handtuch aus dem Wäscheschrank durch die Badezimmertür verschwand.

»Da hast du recht«, murmelte ich und versuchte, das Stechen in der Magengegend zu ignorieren. Ich ging ans Fenster – die Scheibe war so dreckig, dass ich mir vornahm, sie möglichst bald zu putzen – öffnete es und ließ die sommerliche Luft herein. Einen Augenblick lang streckte ich die Nase in die laue Brise und schloss die Augen, um den Moment zu genießen. Vereinzelte Strähnen, die aus meinem hohen Pferdeschwanz gerutscht waren, kitzelten mich an der Nase und am Schlüsselbein. Ich hörte Vogelgezwitscher und das entfernte Brummen vorbeifahrender Autos. Dann riss ich mich los, schloss das Fenster und tapste barfuß und nur mit meinem weiten weißen Schlafshirt bekleidet die Treppe hinunter in die dunkle Küche. Wir hatten es gestern nicht über uns gebracht, die Laken von allen Fenstern zu reißen. Ein Schritt nach dem anderen. Man durfte immer nur einen Schritt nach dem anderen machen, sonst lief man Gefahr zu stolpern, zu straucheln oder gar zu fallen.

Aus dem angrenzenden Wohnzimmer drang ein wenig Licht in die Küche, sodass ich es bis ans Fenster schaffte, ohne gegen irgendetwas zu stoßen. Zaghaft griff ich nach dem Laken und schüttelte im gleichen Moment den Kopf über mich. Warum fiel es mir so unheimlich schwer, etwas Selbstverständliches zu tun, wie Licht in einen Raum zu lassen? Klar, dieses Haus hatte eine ganz besondere Bedeutung für mich, doch war es nicht besser, möglichst rasch zu einer Art neuer Normalität zu finden, anstatt alles schmerzvoll in die Länge zu ziehen?

»Pflasterprinzip«, erklärte ich und riss das Betttuch herunter, gefolgt von einem weiteren. Ohne anzuhalten, marschierte ich ins Wohnzimmer und entfernte auch dort die restlichen Laken. Von neuem Eifer gepackt rannte ich über den Flur, wo meine nackten Füße auf dem Boden patschten, direkt in das angrenzende Büro und das Gästezimmer, um diese ebenfalls von der Dunkelheit zu befreien. Wenn ich sie schon nicht aus meinem Herzen vertreiben konnte, dann wenigstens aus dem Haus, das Mom und Dad so geliebt hatten. Erschöpft trug ich sämtliche Laken zusammen, warf sie vor der Kellertür auf einen Haufen und schrieb mir auf meine gedankliche To-do-Liste, im Supermarkt Waschmittel zu kaufen. Ich hörte das Wasser in den Leitungen rauschen, was mir verriet, dass Abby duschte. Einen kurzen Moment wartete ich gebannt, ob sich bei dem Geräusch etwas in mir regte. Eine Erinnerung, ein Gefühl, irgendetwas. Doch nichts. »Gott sei Dank«, hauchte ich, denn ich wollte in kein schwarzes Loch aus Empfindungen und vermeintlichen Erinnerungen fallen, die ich doch niemals wieder zu fassen bekommen würde. Die irgendwo tief in meinem Bewusstsein begraben waren und nie mehr an die Oberfläche gelangen würden.

Ich wandte mich um, um zur Küche zurückzugehen, als mein Blick an der Gestalt hängen blieb, die mir aus dem Spiegel im Flur entgegensah. Abrupt hielt ich in der Bewegung inne und begutachtete mich. Wie stark hatte ich mich verändert, seit ich das letzte Mal hier gestanden hatte? Wohin war ich gegangen, als ich mich zuletzt vor diesem Spiegel zurechtgemacht hatte? Ich wusste es nicht mehr, hatte keinerlei Erinnerung daran. Meine nackten Beine waren sonnengebräunt, und ich hob mein Shirt an, um einen Blick auf die Narbe an meiner Hüfte und das Tattoo daneben zu werfen. Ich hatte es mir stechen lassen, als mir alles zu viel geworden war, als mir alles über den Kopf zu wachsen drohte. All die Fragen, all die Blicke, all die vergessenen Erinnerungen.

Long story short: I survived.

Manchmal hasste ich diese Worte, manchmal liebte ich sie.

Devon

»Was ist das hier?«, drang Elsies Stimme zu meinem Bruder und mir. Blake warf stöhnend den Kopf in den Nacken, ehe er zu meiner wissensdurstigen Tochter hechtete.

»Das ist eine Raspel und eindeutig nicht für deine klebrigen Patschehändchen geeignet.« Er nahm ihr das Werkzeug aus den Fingern und verstaute es in der Schublade der Werkbank. »Haben dein Dad und ich dir nicht vor fünf Minuten gesagt, dass du hier nichts anfassen sollst?«

Unschuldig blinzelte Elsie meinen Bruder an. »Vielleicht?«

Ich tarnte meinen Lachanfall mit einem Husten und verbarg den Mund hinter der Faust. Blake hatte weder Frau noch Kinder, er lebte für die Werkstatt, die er von Dad übernommen hatte. Worüber ich damals unheimlich erleichtert gewesen war, denn leider war ich im Gegensatz zum Rest der Familie mit zwei linken Händen und wenig Blick fürs Detail geboren worden. Dennoch hielt ich mich gern hier auf, zwischen den frischen Holzspänen, die ihren unverwechselbaren Duft verströmten, und den Holzbildhauer-Werkzeugen, die ich nur mit Müh und Not benennen konnte.

»Wenn du weiterhin so frech bist, junge Dame, binde ich dich an den Holzblock dort drüben«, Blake deutete mit einem Kopfnicken zu einem mindestens ein Meter breiten Block, »und lasse dich erst wieder frei, wenn dein Dad zurück ist.«

Elsie wich von einer zur nächsten Sekunde das Grinsen aus dem Gesicht und sie setzte sich brav auf den Schemel, den Blake ihr extra tief heruntergeschraubt hatte, damit sie es schaffte, eigenständig hinaufzuklettern. Ich zwinkerte

Blake grinsend zu und schlängelte mich durch das Chaos an Holzabfällen und Eimern voller Lack auf dem Boden zu Elsie durch, ging neben ihr in die Hocke. »Ich bin in zwei, höchstens drei Stunden wieder da, okay?«

»Ist okay, Dad, ich bin schon groß«, erklärte sie mir mit selbstbewusst in die Höhe gereckter Nase, wobei ihr der dunkelbraune Pony wie immer in die Augen fiel. »Ich werde Onkel Blake helfen«, entschied sie und griff überheblich nach einem breiten Pinsel.

»Vorsicht!« Panisch rannte Blake auf uns zu und schnappte ihr den triefenden Pinsel aus der Hand. »Das ist Alkydlack, der besteht zum Großteil aus gesundheitsschädlichen Lösungsmitteln, Elsie. *Bitte* fass nichts an! Herrgott noch mal.«

Ich warf Blake einen entschuldigenden Blick zu, wandte mich an meine Tochter und tippte auf ihren mintfarbenen Rucksack. »Hier, du hast dir doch extra deine Malbücher eingepackt, wie wär's, wenn du erst für Onkel Blake und dann für Grandma und Grandpa ein Bild malst?«

Elsie zuckte gleichgültig mit den Schultern, was mir zeigte, dass ihr die Rüge herzlich egal war. »Meinetwegen«, meinte sie und kramte ihre liebsten Glitzerstifte hervor.

»Ich meine es ernst, Dev.« Mit gedämpfter Stimme nahm Blake mich beiseite und verschränkte autoritär die Arme vor der Brust. Seine Augen, die die gleiche hellbraune Farbe hatten wie meine, blickten mich durchdringend an. »Ich kann hier in der Werkstatt nicht auf Elsie aufpassen. Das ist zu gefährlich für ein Kind, das weißt du doch.«

»Ja«, seufzte ich und fuhr mir mit den Handflächen über das Gesicht. »Mir bleibt keine andere Wahl, es tut mir leid, Blake. Mom und Dad sind arbeiten und wenn ich sie mitnehme, kriegt sie garantiert im ungünstigsten Moment einen Trotzanfall.«

Mein Bruder seufzte resigniert. »Sei froh, dass ich deine Tochter liebe. Ich muss das Stück dort fertigstellen, das dauert maximal eine Stunde, danach gehe ich mit ihr auf den Spielplatz in der Lemon Alley.«

Das schlechte Gewissen regte sich in mir, denn mir war klar, dass das für ihn bedeutete, die verlorene Zeit später nachholen zu müssen. »Du hast was gut bei mir.« Ich boxte ihm lächelnd gegen den stählernen Oberarm und erinnerte mich daran, wie wir als Teenager im Garten hinter unserem Elternhaus trainiert hatten. Vielleicht war das ja etwas, das wir wieder gemeinsam tun konnten, sobald ich Fuß in Saint Mellows gefasst und mich eingelebt hatte.

»Ich schreibe es auf die Liste«, erklärte er grinsend. »Ist ja nicht das erste Mal, dass ich zu deiner Rettung eile. Obwohl ich nicht verstehe, warum du so aufgeregt bist. Du hast die Stelle doch sicher, die haben dich mit Kusshand genommen.« Er schubste mich in Richtung Ausgang. »Los, hau ab, sonst schaffe ich heute gar nichts mehr.«

Ich hob die Arme in die Höhe, als würde ich mich ergeben. »Bin schon weg.« Kopfschüttelnd, aber mit einem breiten Grinsen im Gesicht schloss ich die Werkstatttür hinter mir und stieg in meinen Wagen. Zwar war es zur Saint Mellows High von hier aus nicht weit und ich hätte auch zu Fuß gehen können, doch ich wollte im Anschluss direkt zum Supermarkt fahren, der außerhalb der Stadt lag.

Ich schnallte mich an und mein Blick blieb an Elsies Kuscheltier hängen, das im Fußraum der Beifahrerseite lag. Ächzend bückte ich mich, um den Koala namens Carla aufzuheben und in Elsies Kindersitz zu setzen. »Dann mal los.« Ich schloss für einen Augenblick die Augen, atmete tief durch und startete den Motor, um an den Ort zu fahren, an den zurückzukehren, geschweige denn dort zu arbeiten, ich niemals geglaubt hätte. Meine Finger am Lenkrad zitterten vor Aufregung und ich war froh über den kurzen Fahrtweg. Keine fünf Minuten später bog ich auf den leeren Parkplatz ein. Momentan waren Sommerferien, was hieß, dass ich noch ein bisschen Zeit hatte, ehe ich als Lehrer in dem Klassenraum stehen würde, in dem ich Schüler gewesen war. Was für ein seltsames Gefühl, für das ich kaum Worte fand. Am meisten freute ich mich darauf, das Football-Team als neuer Coach zu trainieren. Ich selbst war damals in der Mannschaft gewesen und hatte es geliebt. Ursprünglich war es nie mein Plan gewesen, Lehrer für Geschichte und Sport zu werden, doch irgendwie hatte mein Weg mich dorthin geführt, und es wäre gelogen zu behaupten, dass ich den Job nicht mochte.

Ich parkte auf dem Lehrerparkplatz und schaltete den Motor aus, dessen monotones Brummen nicht nur Elsie beruhigte, sondern auch mich. Die bisherige Kommunikation mit der Schule hatte ich glücklicherweise online erledigen können. Jetzt wieder hier zu sein ließ eine Reihe alter Erinnerungen in mir aufsteigen und ich versuchte krampfhaft, sie nicht zu nah an mich heranzulassen. Viel zu lang hatte ich darum gekämpft, nicht mehr an *sie* zu denken. Mich nicht zu fragen, warum sie mich von sich gestoßen hatte, zu einer Zeit, in der sie mich am meisten gebraucht hätte. Ich hatte es irgendwann geschafft weiterzumachen, mir ein Leben ohne sie aufzubauen, auch wenn ich dabei ein paar Umwege genommen hatte. Meine aktuelle Situation war das beste Beispiel dafür. Es war nie mein Wunsch gewesen, ein Kind zwischen zwei Welten großzuziehen, doch mit Fiona, Elsies Mom, zusammenzubleiben, wäre trotzdem falsch gewesen. Andererseits hatte vielleicht alles so kommen sollen, denn ohne die Umwege hätte ich keine Tochter. Und Elsie hätte ich für nichts und niemanden in dieser Welt wieder hergegeben, sie war mein ein und alles. Ich öffnete die Autotür und sofort drang ein Schwall heißer Luft ins Wageninnere. Ich stieg aus und fühlte mich keine zehn Sekunden später, als säße ich in der Sauna. Eingepackt in einen Wintermantel. Dass die Sommer hier in Saint Mellows immer so heiß sein mussten! Rasch eilte ich hinüber zum Haupteingang, an dem ich mit Schuldirektor Mills verabredet war. Er wartete bereits hinter der großen Glastür, die er breit grinsend öffnete, um mich ins klimatisierte Gebäude zu lassen, sobald er mich sah. »Mr. Fairfield«, begrüßte er mich und klopfte mir freundschaftlich auf die Schulter. »Herzlich willkommen zurück.«

Ich fuhr mir mit der Hand durch die dunkelbraunen Haare und blickte mich um. »Danke, Mr. Mills.« Ich lächelte verhalten und ließ den Blick für einige Augenblicke durch das schmale Foyer gleiten. »Hier hat sich wirklich kaum etwas verändert.« *Leider.*

Schmunzelnd deutete Mr. Mills den Flur entlang, der zum Direktorat führte. »Sie haben gefühlt ja auch erst gestern ihren Abschluss hier gemacht«, erklärte er überflüssigerweise, denn natürlich war mir klar, wie lang es her war.

»Richtig«, murmelte ich und versuchte, mir in seiner Gegenwart nicht mehr vorzukommen wie ein Schüler, sondern wie ein Kollege. Genau das würde ich ab dem Moment sein, in dem ich den Arbeitsvertrag unterzeichnete. Was hoffentlich in den nächsten zehn Minuten geschehen würde. Ich realisierte, dass ich den Blick starr auf die Fußspitzen gerichtet hatte, und mir war auch klar, warum. Ich *wollte* einfach noch nicht mit meiner Vergangenheit konfrontiert werden, erst recht nicht in Gegenwart meines ehemaligen Schuldirektors, der wusste, was damals geschehen war. Bürdete ich mir vielleicht zu viel auf? Würde ich es aushalten, jeden Tag in der Zeit zurückzureisen? Plötzlich überfielen mich Zweifel und ließen mich nicht mehr los. Meine Handflächen fingen gleichzeitig an zu schwitzen und eiskalt zu werden. Ich ballte sie zu Fäusten und hoffte, dass es Mr. Mills nicht auffiel.

»Das hier ist Ihre zweite Anstellung als Lehrer, ja?« Mr. Mills räusperte sich. Anscheinend fiel es ihm nach wie vor schwer, einfach zu schweigen.

Ich atmete tief ein und stieß einen Schwall Luft aus, ehe ich antwortete. »Jawohl.« Mir saß ein Kloß im Hals, der mir das Sprechen erschwerte, daher räusperte ich mich. »Ich habe nach dem Studium drei Jahre an einer Highschool in Chicago Geschichte unterrichtet.«

»Chicago, soso«, wiederholte er eine Spur zu herablassend, und ich wünschte mir, der Weg zu seinem Arbeitszimmer würde nicht durch das halbe Schulgebäude führen.

»Genau«, murmelte ich und lief den hellgrauen Linoleumboden entlang, der an manchen Stellen fleckige Verfärbungen aufwies. Das Geräusch unserer Schritte hallte im Gang wider und setzte sich bis in meine Nervenenden fort. Ich hoffte, er würde keine weiteren Fragen stellen, denn im Grunde lag der gesamte Bewerbungsprozess bereits hinter uns. Davon abgesehen war es eine Herausforderung, Lehrer für Schulen mitten in der Pampa zu finden, und es lag sicher auch in seinem Interesse, die Sache hier möglichst schnell abzuschließen. Ich jedenfalls wollte einfach meinen Vertrag unterzeichnen und dann wieder gehen, um der peinlichen Situation zu entkommen.

»Bitte, hereinspaziert!« Er stoppte abrupt, um mir die Tür aufzuhalten, und ich wäre beinahe in ihn hineingerannt. Mir war nicht aufgefallen, dass wir bereits vor seinem Büro angelangt waren, da ich die Augen nicht von meinen Schuhspitzen genommen hatte. Als ich jetzt den Kopf hob, blieb mein Blick ausgerechnet an der Vitrine hängen, in der sämtliche Pokale, Medaillen und Preise ausgestellt waren, die die Schulmannschaften seit Gründung der Schule gewonnen hatten. Egal, ob es sich dabei um den Debattierclub, den Theaterclub, die Cheerleader oder die Footballmannschaft handelte. Hier an der Saint Mellows High wurde nicht zwischen sportlichen, geistigen oder künstlerischen Leistungen unterschieden. Selbstverständlich sprangen mir sofort die Pokale aus meinem letzten Highschooljahr in die Augen. Nicht nur meine Mannschaft hatte damals die Meisterschaft des gesamten Bundesstaats gewonnen. Nein, auch das Cheerleaderteam hatte das geschafft. *Ihr* Cheerleaderteam. Ich erinnerte mich genau an diesen Tag, wie hätte ich ihn auch vergessen können, wo er doch mein ganzes Leben auf den Kopf gestellt hatte. *Unser* Leben.

Ich riss den Blick los, um der Erinnerung zu entfliehen, und betrat Mr. Mills Büro, lief zielstrebig zu seinem Schreibtisch und hoffte, er würde mir nicht aus Höflichkeit einen Kaffee anbieten. Erstens war mir dafür zu heiß und zweitens musste ich hier raus. Einfach schnell raus und meine Gefühle sortieren, die auf mich einprasselten wie ein eisiger Schauer.

2. Kapitel

Riley

»Bananen, Äpfel, Brot«, zählte ich auf, während ich den Blinker setzte und auf den Parkplatz des Supermarkts einbog. »Und Waschmittel. Hast du alles?« Ich warf Abby einen Seitenblick zu. Sie saß mit gezücktem Kugelschreiber neben mir und notierte alles, was ich ihr diktierte, auf einem Notizblock. Ich schmunzelte, denn anders als die meisten Teenager liebte sie es, handschriftliche Listen zu führen. Ich hingegen verließ mich ganz auf mein Smartphone. Meine Notizen-App war mein Alltagsretter, ich hielt dort alles fest, hatte ein Farbsystem entwickelt und sie mit dem Kalender verknüpft. Würde man mir das Handy klauen, wäre ich so was von aufgeschmissen.

»Lucky Charms Cornflakes, Pop Tarts, Hot Chocolate und Waschmittel.« Sie streckte mir die Zunge heraus und wedelte mit dem Block. »Alles aufgeschrieben.«

»Ach, Abby!« Ich seufzte, während ich in den Seitenspiegel blickte, um das Auto neben uns beim Einparken nicht zu rammen. Das wäre leider nicht das erste Mal gewesen. Und momentan so ziemlich das Letzte, was ich gebrauchen konnte.

»Das war ein Witz, Riley«, erklärte meine kleine Schwester lachend. »Ich weiß, dass wir etwas knapp bei Kasse sind.«

Das war noch milde formuliert. »Das wird sich ändern, sobald ich einen neuen Job gefunden habe, okay?« Ich schaltete den Motor aus, der seit einigen Wochen ein gefährlich blubberndes Geräusch von sich gab, das ich bald nicht mehr würde ignorieren können. Die alte Klimaanlage surrte ein wenig nach, ehe sie sich mit einem Klicken ausschaltete. Im Grunde war es Quatsch, sie einzuschalten, denn sie funktionierte kaum noch und sorgte lediglich dafür, dass sich der Tank im Nu leerte.

»Mach dir keinen Kopf, Riley, echt. Ist schon okay«, meinte Abby, schnallte sich ab und boxte mit ganzem Körpereinsatz gegen ihre Tür, bevor sie sie öffnete. Anders bekam man sie nicht mehr auf.

»Unser Leben ist eine Vollkatastrophe«, flüsterte ich mit belegter Stimme, nachdem sie die Tür hinter sich zugeworfen hatte. Ich stieg ebenfalls aus und nutzte den kurzen Moment, den Abby brauchte, um einen Einkaufswagen zu organisieren, um das schmale Portemonnaie aus meinem beigefarbenen Rucksack mit den Fransen zu kramen und das Bargeld zu zählen. Erneut. Als hätte es sich wie durch ein Wunder auf dem Weg zum Supermarkt verdoppelt. Man durfte ja noch träumen. Ich holte tief Luft und fuhr mir mit der freien Hand durch die langen blonden Haare, die mir dank der knallenden Sommersonne im Nacken klebten. Mit einem Stöhnen registrierte ich, dass ich meinen Haargummi nicht wie sonst am Handgelenk trug. Vergeblich tastete ich die Hosentaschen meiner hochgeschnittenen Jeans-Shorts nach ihm ab, wobei sich der provisorische Knoten meines Shirts oberhalb des Bauchnabels löste. Ich trug das gleiche Oberteil, in dem ich geschlafen hatte, und schnupperte unauffällig am Stoff. Es war das letzte halbwegs saubere Kleidungsstück gewesen. Kurzerhand warf ich die Geldbörse zurück in den Rucksack und kramte stattdessen das Smartphone daraus hervor, um auf meiner To-do-Liste direkt über der Aufgabe, die Fenster zu putzen, das To-do Wäsche waschen notierte. Als ich fertig war, schulterte ich den Rucksack und blinzelte gegen die Sonne zum Supermarkteingang, wo Abby und der Einkaufswagen bereits auf mich warteten.

***

Im Kopf rechnete ich heimlich die Preise sämtlicher Produkte zusammen, die in unserem Wagen landeten, und je näher wir dem Ende der Einkaufsliste kamen, desto mulmiger wurde das Gefühl in meiner Magengegend. Wir bogen in den Gang mit den Waschmitteln ein, und ich beobachtete Abby dabei, wie sie ganz selbstverständlich die unteren Reihen nach dem günstigsten Waschmittel absuchte und es, ohne mit der Wimper zu zucken, herausnahm. Würden wir jemals einkaufen können, ohne nach dem Billigsten vom Billigen Ausschau halten zu müssen?

»Super, das wäre alles.« Mit einem breiten Lächeln im Gesicht zerknüllte Abby die Einkaufsliste in ihrer Hand und steckte sie achtlos in ihre Bauchtasche, die sie über einer Schulter trug.

Es fiel mir schwer, ihr Grinsen zu erwidern. »Komm«, meinte ich stattdessen, griff pfeilschnell nach dem Wagen, sprang mit einem kurzen Anlauf auf die Strebe und rollte für ein paar Meter mit ihm vorwärts.

»Warte!« Ich hörte, wie meine Schwester mir lachend

folgte, ihre Flipflops verursachten ein patschendes Geräusch auf dem Boden. »Wo willst du hin? Zur Kasse geht's da lang.«

Ich wandte mich zu ihr um und zwinkerte sie grinsend an. »Ich weiß, wir haben etwas vergessen.« Als der Wagen von allein hielt, sprang ich mit einer eleganten Pirouette ab, wobei ich in der Drehung mit ausgestreckter Hand auf das Cornflakesregal deutete. »Hol dir deine Lucky Charms«, forderte ich sie auf und spürte das Adrenalin in mir aufsteigen, das mich immer dann überkam, wenn ich etwas tat, das mich auch nur annähernd ans Tanzen erinnerte. Den Traum, professionelle Tänzerin zu werden, hatte ich schon vor Jahren an den Nagel gehängt, denn mein Leben hatte zwischen uns gestanden. Weder hatte ich das Geld, um eine Ausbildung zu bezahlen, noch die Zeit oder Kraft dafür. Doch meine Liebe fürs Tanzen würde garantiert bis in alle Ewigkeit währen. Nicht jeder von uns konnte von dem leben, was er liebte, und das war okay.

Abby biss sich auf die Unterlippe und wich meinem Blick aus. »Ist schon gut, Riley, ich brauch die nicht unbedingt«, murmelte sie kleinlaut und versenkte ihre Daumen in den winzigen Hosentaschen ihres schwarzen Jeansrocks.

»Es ist okay, Süße.« Ich schenkte ihr ein Lächeln, von dem ich hoffte, dass es meine Augen erreichte. »Sieh es als Zeichen für einen sorgenlosen Start in unser neues Leben.«

Abby verdrehte die Augen, und ich sah, dass ihr Mundwinkel sich anhob. Sie hechtete zielgenau auf die rote Verpackung mit dem irischen Kobold zu, presste sie fest an ihre Brust, als wäre sie etwas Kostbares, und drückte mir einen Kuss auf die Wange. »Danke, Sis«, flüsterte sie und trug die Packung zur Kasse, statt sie zu unseren anderen Einkäufen in den Wagen zu legen. Mein Herz zog sich schmerzhaft zusammen. Womit hatte ich so eine fantastische kleine Schwester verdient, die mehr Verständnis zeigte, als ich in ihrem Alter jemals hätte aufbringen können?

Mit jedem Artikel, den die Verkäuferin über den Scanner zog, rutschte mir das Herz mehr Richtung Hose. Wie gebannt starrte ich auf die steigende Summe und atmete erleichtert aus, als sie endlich fertig war. Ein Mädchen mit einem Supermarkt-Basecap auf dem Kopf, das nicht älter als sechzehn sein konnte, packte sorgfältig unsere Einkäufe in Papiertüten. Sie lächelte mir zuvorkommend zu, und ich kramte zwiegespalten einen Dollar aus dem Portemonnaie, um ihn ihr als Trinkgeld zu reichen.

»Danke«, strahlte sie mich an, was mein Herz für einen Augenblick wärmte, auch wenn ich dem Dollar stumm hinterhertrauerte.

Ich zählte das Bargeld ab, reichte es der Kassiererin, zusammen mit einem Coupon, dank dem wir bei den Tomaten sparten. Ich hatte ihn heute Morgen aus einem Prospekt ausgeschnitten. Die Mitarbeiterin nahm alles diskret lächelnd entgegen und ich wandte mich an meine Schwester. »Gehst du schon mal voraus? Ich komme gleich nach.« Ich deutete mit einem Kopfnicken zum Ausgang, und Abby stellte wie immer keine Fragen, sondern tat einfach, worum ich sie bat. Wenn sie wüsste, wie dankbar ich ihr dafür war.

»Sind Sie neu hier? Irgendwie kommen Sie mir bekannt vor.« Mit einem Lächeln drückte mir die Verkäuferin das läppische Wechselgeld in die Hand. Ganz schön neugierig.

»Ich habe vor einer Weile hier gelebt und bin kürzlich wieder hergezogen«, murmelte ich, streckte den Rücken durch und holte tief Luft, ehe ich weitersprach. »Können Sie mir sagen, ob hier im Supermarkt ein Job für mich frei wäre?« Augenblicklich verzog sich die Miene der Frau, und ich las Mitleid in ihrem Blick, das ich zu ignorieren versuchte. Ich brauchte keines, davon konnte ich uns nichts kaufen.

»Leider nein, Liebes.«

»Wirklich nicht?« Ich hasste es zu betteln. »Ich würde alles tun, Regale einräumen, das Lager sortieren, ich kann gut Kopfrechnen und habe Erfahrung an der Kasse«, rasselte ich herunter, doch sie schüttelte bedauernd den Kopf.

»Unsere Marktleiterin, Mrs. Barrett, ist heute nicht da, sie kommt erst morgen wieder, versuchen Sie es doch da noch mal. Aber machen Sie sich keine allzu große Hoffnung, wir sind zurzeit voll besetzt.«

»Okay«, seufzte ich geknickt, verstaute das Geld in meinem Portemonnaie und wandte mich winkend ab. »Trotzdem danke.«

»Haben Sie einen schönen Tag«, rief sie mir hinterher, was mir ein leises Schnauben entlockte. Zum Glück bekam sie es nicht mit. Ja, der Tag würde bestimmt unübertrefflich werden.

»Kein Job frei, hm?« Abby, die an der Tür auf mich gewartet hatte, konnte in meinem Gesicht offenbar deutlich lesen, was gerade vorgefallen war.

»Nein«, erwiderte ich kurz angebunden, straffte die Schultern und setzte ein halbwegs ehrliches Lächeln auf. »Aber noch ist nicht aller Tage Abend, es gibt viele andere Anlaufstellen.« Ich war mir nicht sicher, ob die Ermutigung meiner Schwester oder eher mir selbst galt.

»Okay.« Aus dem Augenwinkel sah ich sie schlucken.

»Hey.« Ich griff nach ihrem Unterarm, damit sie kurz stoppte, wobei es mir egal war, dass wir mitten auf dem Parkplatz standen. »Das wird schon, okay? Wir schaffen das alles, irgendwie. Wie bisher auch.«

Abby seufzte und legte den Kopf schief. »Daran habe ich keine Zweifel, Riley.« Ein resigniertes Lächeln stahl sich auf ihr Gesicht. »Ich würde dir nur gern dabei helfen, verstehst du?«

Ratsch. Mein Herz bekam einen weiteren Riss. Wie viele Risse konnte ein Herz verkraften, bis es endgültig entzweibrach? »Du bist vierzehn, Süße. Bitte, sei einfach Kind, ein Teenager. Lass mich den Erwachsenenkram für uns übernehmen, ja?«

»Ich werde bald fünfzehn«, erklärte sie trotzig, als würde das irgendetwas an meiner Aussage ändern. Es sorgte lediglich dafür, dass sich mein schlechtes Gewissen verdoppelte, nein, verhundertfachte. Niemand wusste besser als ich, dass Abby in wenigen Wochen fünfzehn Jahre alt wurde. Wenn ich nicht in den nächsten Tagen einen Job fand, würde es wieder ein Geburtstag ohne große Party, ohne Geschenke werden. Und in jedem Fall ohne Mom und Dad.

Wir hievten die zwei vollen Papiertüten auf die Ladefläche unseres Pick-ups, als ich eine männliche Stimme hinter uns hörte. »Riley? Riley, bist du das?«

In betonter Langsamkeit drehte ich mich um und wünschte mir augenblicklich, die verspiegelte Sonnenbrille zu tragen, hinter der ich mich sicherer fühlte. Genau vor solchen Situationen fürchtete ich mich. Davor, dass mich Leute von früher ansprachen und ich keine Ahnung hatte, wer sie waren. Aber dieser Mann kam mir bekannt vor, was hieß, dass ich ihm weit vor dem Unfall begegnet sein musste. Seine dunkelbraunen Haare und die braunen Augen, die stattliche Größe und das breite Kreuz. Irgendwo in meinem Unterbewusstsein regte sich etwas, doch ich wusste, wie hoffnungslos der Versuch war, irgendetwas Konkretes zu fassen zu kriegen. Meine Erinnerungen waren weg. Gelöscht. Für immer. Unwiederbringlich.

»Ja, hey«, murmelte ich verlegen und strich mir die Haare aus dem Gesicht, spielte am Knoten des Shirts herum. Da lag etwas in seinem Blick, das dafür sorgte, dass mir heiß wurde. Vielleicht war es aber auch seine gesamte Erscheinung. Sein Shirt, das zwar seinen Oberkörper betonte, aber nicht so eng anlag, als wollte er jedem deutlich zeigen, wie muskulös er war. Die sportliche Chino-Hose, für die es doch eigentlich viel zu heiß war. Vielleicht war es die Art, wie er lässig seine Hände in den Hosentaschen versenkte, oder das Lächeln, das eine Spur Unsicherheit verriet, und bei dem sich ein leichtes Grübchen auf seiner Wange bildete. Keine Ahnung, was es war, das mein Herz wie wild in meiner Brust hämmern ließ. Leider hatte ich keinerlei Talent für Small Talk. Ich brauchte einen Tipp, irgendeinen Anhaltspunkt, um ihn zuordnen zu können. Woher kannte er mich nur?

»Ich bin's, Devon.« Er legte den Kopf schief und runzelte die Stirn, hob skeptisch die Augenbrauen gen Haaransatz. Ich rechnete es ihm hoch an, dass er die Distanz zwischen uns wahrte und keinen Schritt näher kam.

Devon. Devon. Bei dem Namen klingelte etwas, und wenn ich mich nicht täuschte, war ich mit einem Devon auf der Highschool gewesen, nachdem er mitten im Schuljahr von einer Sportschule zu uns gewechselt war. »Ah, ja, hi, na klar«, murmelte ich im Versuch, es aussehen zu lassen, als wüsste ich genau, wer da vor mir stand. Dass meine Erinnerungen nur bis zu meinem fünfzehnten Lebensjahr reichten und auch davor nicht alles zu einhundert Prozent vorhanden war, wusste niemand außer Abby und mir. Und das durfte vorerst auch so bleiben. »Wie geht es dir?« Unverfängliche Freundlichkeit war hoffentlich der beste Weg, um dieses unbequeme Schauspiel möglichst schnell zu beenden.

Perplex zog er die Augenbrauen zusammen und fuhr sich mit der Hand durchs Haar. Weckte diese Geste eine Erinnerung in mir? Irgendetwas? Keine Ahnung. »Gut«, stammelte er und räusperte sich. »Und dir? Euch?« Er wandte sich an meine Schwester. »Hi, Abby!« Meine Eingeweide erstarrten zu Eis. Er kannte nicht nur *mich*, sondern sprach Abby mit dem Vornamen an? Sie hob die Hand zu einem Gruß, das sah ich aus dem Augenwinkel.

»Auch gut«, log ich schluckend und wies mit dem Daumen über meine Schulter zum Auto. »Wir müssen los, w-wir … haben es eilig.« Ich wollte nur noch weg, flüchten, also berührte ich Abby am Oberarm. »Steig ein«, forderte ich mit Nachdruck in der Stimme. Dann schloss ich die Finger fest um den Griff des Einkaufswagens und schob ihn ohne ein weiteres Wort an Devon vorbei, ließ ihn einfach stehen. Es war mir egal, wie unhöflich ich wirkte. Die Situation hatte mich überrascht und vollkommen überfordert, mein rasendes Herz und die klammen Hände waren der eindeutige Beweis dafür. Wäre ich besser damit zurechtgekommen, wenn er meine Schwester nicht angesprochen hätte? »Vielleicht ist das alles hier doch eine alberne Idee«, zischte ich, während ich den Wagen eine Spur zu hart in seinen Unterstand stieß. Ich hatte den Plan zurückzukommen eindeutig nicht zu Ende gedacht.

Devon

Ah, ja, hi, na klar – Rileys holprige Worte wollten nicht aus meinem Kopf verschwinden. Es hatte gewirkt, als hätte sie keinen Schimmer, wer da vor ihr stand. Ihr Blick hatte mich wie ein Dolch mitten ins Herz getroffen, so unwissend, so distanziert und so angsterfüllt, als wäre ich eine Bedrohung für sie. Grimmig schob ich den Einkaufswagen durch den Supermarkt und drehte bereits die zweite Runde, ohne ihn zu füllen.

»Verdammt, Dev, konzentriere dich«, schalt ich mich und schüttelte den Kopf, um mich zu fokussieren. Tief einatmend checkte ich meine Umgebung. Ich stand in der Backwarenabteilung. Mit in den Nacken gelegtem Kopf las ich die Schilder an der Decke, die als Wegweiser dienten. Nichts in Saint Mellows hatte sich in den letzten fünf Jahren verändert. Nichts außer der Aufteilung im Supermarkt. »War ja klar«, murrte ich, fischte das Handy aus der Hosentasche und öffnete die Liste. Die nächsten zwanzig Minuten kämpfte ich innerlich gegen meine eigenen Gedanken an. Immer wieder schweiften sie von der Milch, dem Brot, dem Wasser in meiner Hand zu Riley ab. Ich fasste es einfach nicht, was sich vorhin auf dem Parkplatz abgespielt hatte. Seit bald sieben Jahren hatte ich sie nicht mehr gesehen, hatte kein einziges Lebenszeichen von ihr erhalten. Von einem auf den anderen Tag war sie aus meinem Leben verschwunden, ohne ein Abschiedswort, ohne dass sie mich ihr hatte helfen lassen. Ihr heute über den Weg gelaufen zu sein, riss eine tiefe Wunde in mir auf, die niemals ganz verheilt war. Der Blick auf Abigail hatte mir verdeutlicht, wie viel Zeit seitdem vergangen war, denn sie war damals noch ein Kind gewesen und sah heute aus wie Rileys Teenager-Ebenbild. Die langen blonden Haare, die in Wellen über ihre Schultern fielen, die sonnengebräunte Haut und die grazile Statur einer Sportlerin, einer Tänzerin. Ob Abby auch tanzte?

Wie in Trance legte ich die Einkäufe auf das Kassenband, zückte meine Geldbörse und reichte dem Mädchen, das alles in Tüten verpackte, zwei Dollar Trinkgeld. Ihr dankbares Lächeln erreichte zwar ihre Augen, doch nicht mich. Ohne die Freundlichkeit der Kassiererin zu erwidern, bezahlte ich stumm mit der Kreditkarte, warf die Taschen in den Wagen und eilte auf geradem Wege zum Auto.

Da die Wohnung, die ich nahe der Highschool gemietet hatte, noch nicht bezugsbereit war, wohnten Elsie und ich gerade in meinem Elternhaus. Mom und Dad genossen es, ihre Enkelin um sich zu haben, doch für mich wurde es mit jedem Tag kräftezehrender. Es lag nicht an ihnen, sondern daran, dass ich wieder in meinem Jugendzimmer schlief, dem Raum, den ich wegen all der Erinnerungen lieber gemieden hätte.

Ich verstaute die Einkäufe im Doppelflügel-Kühlschrank und der Vorratskammer und schrieb Mom eine Nachricht, dass sie heute nicht mehr einzukaufen brauchte, woraufhin sie eine Sprachnachricht aufnahm.

»Das ist nicht nötig, Liebling«, erklärte sie streng, doch ich hörte das Lächeln in ihrer Stimme. »Ihr seid unsere Gäste, bis heute Abe-«. Ich schüttelte grinsend den Kopf. Mom stoppte die Aufnahme meistens zu früh, sodass ihre letzten Worte abgeschnitten wurden. Mein Blick auf die Uhr verriet mir, dass es allerhöchste Zeit war, Elsie abzuholen und Blake von seinen Onkelpflichten zu befreien. Ich schnappte mir eine Flasche Wasser aus dem Kühlschrank und verließ das Haus.

***

»Daaaad«, kreischte Elsie vom Klettergerüst herab, als sie mich sah. Sie winkte mir zu, wobei mir fast das Herz in die Hose gerutscht wäre, denn sie hüpfte dabei wie wild auf und ab.

»Halt dich fest«, rief ich zurück und rannte zu Blake, der unter dem Rutschturm stand und Elsie keine Sekunde aus den Augen ließ.

»Deine Tochter macht mich fertig«, teilte er mir mit einem erschöpften Grinsen mit und wechselte auf die andere Seite der Rutsche, sodass wir uns gegenüberstanden. »Wird sie denn niemals müde?«

Entschuldigend zuckte ich mit den Schultern und warf ihm die Wasserflasche zu, die er mit einer Hand auffing. »Fünfzig Prozent ihrer Gene sind meine. Ich befürchte, dass sie noch lange alles und jeden aufmischen wird.« Ich lächelte meiner Tochter zu, die versuchte, sich mit ihren dreckigen Händen die Haare aus den Augen zu wischen. Dieser verdammte Haarschnitt, den ihre Mutter ihr verpasst hatte, weil er *doch so süß* war. Süß und absolut ungeeignet für unseren Wirbelwind von Tochter.

»Dann lasst uns alle gemeinsam beten«, stöhnte Blake. Er nahm einen Schluck Wasser, wischte sich mit dem Handrücken über den Mund und warf mir die Flasche zurück. »Danke.«

»Gern …«

»Alles in Ordnung bei dir?« Blake wedelte mit der Hand vor meinem Gesicht herum, um meine Aufmerksamkeit zu erlangen, wobei er fragend eine Augenbraue anhob. Ich hatte gar nicht bemerkt, dass ich ins Leere starrte, weil meine Gedanken wieder abgedriftet waren. Wieder zu Riley. »Du siehst aus, als wäre dir ein Geist begegnet.«

Ich schnaubte augenverdrehend. »Eine passendere Bezeichnung hätte dir nicht einfallen können.« Leise stöhnend fuhr ich mir mit der freien Hand über die Stirn, die dank der Hitze und des Gedankenchaos in mir feucht war, und wischte sie anschließend an meinem Bein ab. Ich trug seit heute Vormittag eine lange dunkelblaue Chino-Hose, da es mir seltsam vorgekommen wäre, den Arbeitsvertrag in Shorts zu unterzeichnen. Jetzt bereute ich es, mir nicht die paar Minuten zum Umziehen genommen zu haben, denn die Hitze ließ mich langsam aber sicher zerfließen.

»Klärst du mich auf?« Sein Blick wanderte zwischen mir und Elsie hin und her, die jetzt mit Rutschen an der Reihe war. Sie setzte sich brav hin und jagte mit einem schrillen *Juhuuu* herunter, direkt in Blakes Arme, der sich ans Ende gehockt hatte, um sie aufzufangen. In einer ausladenden Drehung wirbelte er seine Nichte herum. Als er sie absetzte, griff sie einnehmend nach seiner Hand und versuchte, ihn mit sich zu der Wippe zu ziehen, die in diesem Moment frei wurde. Dank des weichen Sands versank sie im Boden und garantiert würde sie den halben Sandkasten in ihren Turnschuhen mit nach Hause bringen.

»Komm schon, Onkel Blaaaake«, jammerte sie. Das Bild, wie sie versuchte, meinen unverrückbaren Berg von Bruder zum Gehen zu bewegen, war göttlich. Ich nickte lächelnd in Richtung der Wippe, und als Elsie verstand, dass sie ihren Willen bekam, ließ sie von Blake ab und sprintete los, bevor ein anderes Kind schneller war. Wer erinnerte sich nicht an die Kämpfe um Rutsche, Schaukel und Co in der Kindheit?

Blake positionierte sich auf der einen Seite der Wippe, und ich griff unter Elsies Ärmchen, setzte sie auf das Holz und tippte mit einem Finger auf die Handgriffe, damit sie sich festhielt.

»Okay«, piepste sie mir brav zu und wandte sich keine Sekunde später brüllend an meinen Bruder. »Los, Onkel Blake!«

Ich stakste zurück zu Blake, der sich Elsies Befehl fügte und sich langsam auf und ab bewegte. Ich atmete tief durch, ehe ich seinen bohrenden Blick erwiderte. »Du glaubst nicht, wen ich vorhin getroffen habe.« Meine Stimme zitterte, da es mir schwerfiel, die Worte auszusprechen. Vielleicht war sie ja wirklich nur eine geisterhafte Erscheinung gewesen? Hatte mich meine Rückkehr so mitgenommen, dass ich schon Dinge sah, die es gar nicht gab?

»Na? Wen?«

»Riley«, seufzte ich und versuchte standhaft, seinen verdatterten Blick zu erwidern.

»Riley?« Er zog beide Augenbrauen hoch. »*Deine* Riley?« Ich nickte stumm und vergrub die Hände in den Hosentaschen. »Die Riley, mit der du auf der Highschool zusammen warst?«

»Ja, Blake. Ich kenne nur diese eine Riley«, knurrte ich giftig und erschrak selbst über die Heftigkeit meiner Reaktion. Ich verwandelte mich in ein Pulverfass, das bei der kleinsten Erschütterung Gefahr lief, in die Luft zu fliegen.

»Hast du sie angesprochen?« Blake schluckte und checkte mit einem kurzen Blick, ob bei Elsie am anderen Ende alles okay war.

»Natürlich.« Ich rang mir ein humorloses Lachen ab. »Natürlich habe ich das, Blake. Es war ein Impuls und jetzt bereue ich es.« Ich vergrub die Fußspitze meines weißen Sneakers im Sand.

»Warum? Wie hat sie reagiert?«

»Als würde sie mich nicht kennen. Sie hat mich angesehen, als wäre ich ihr nie zuvor begegnet. Kannst du dir vorstellen, wie lächerlich ich mir vorkam?« Mein Herz zog sich gefährlich zusammen, bis es schmerzte. Ich nahm einen Schluck aus der Wasserflasche, in der Hoffnung, meinen rebellierenden Magen so zu beruhigen. Langsam aber sicher lief mir der Schweiß über das Gesicht, und ich konnte nicht mit Gewissheit sagen, ob es an der Sommerhitze lag, oder an den Gefühlen, die mich erneut zu überwältigen drohten. Ich erinnerte mich an die Wochen und Monate, nachdem Riley verschwunden war und ich nicht herausfinden konnte, wohin. Ich wäre ihr überallhin gefolgt, hätte alles dafür gegeben, ihr zu helfen und an unseren gemeinsamen Plänen festzuhalten. Doch schließlich hatte ich allein dagesessen. In meinem Zimmer, verlassen und verwirrt.

»Wow«, kommentierte Blake. »Das verstehe ich nicht.«

Ich lachte, was allerdings eher nach einem Schluchzen klang. »Willkommen im Team. Es kann doch nicht ernsthaft sein, dass sie mich …« Ich stockte, da ich die folgenden Worte eigentlich nicht aussprechen wollte. »Dass sie mich vergessen hat? Kann man einen Menschen einfach so vergessen? Geht das, Blake?«

»Daddy, ich will nicht mehr«, unterbrach meine Tochter meine Krise im richtigen Moment. Ich konnte es mir nicht leisten, die Fassung zu verlieren. Ich trug Verantwortung für diesen kleinen Menschen und die Begegnung mit Riley durfte nichts daran ändern.

»Okay, Schatz.« Ich schenkte ihr ein Lächeln, froh, dass sie zu klein war, um zu erkennen, dass es nicht echt war.

Riley

Es fühlte sich fast normal an. Fast. Als wir nach Hause gekommen waren, hatten wir die Papiertüten den gepflasterten Weg zum Haus getragen. Genau wie damals. Gemeinsam hatten wir den Kühlschrank und die Vorratskammer mit einem uralten Putzmittel gereinigt, das wir unter der Spüle gefunden hatten, bevor wir unsere spärlichen Einkäufen hineinräumten. Ich hatte Abby nach draußen geschickt, um sich im Schuppen umzusehen. Wenn ich mich recht erinnerte, waren dort Gartenmöbel und eine alte Wäschespinne untergebracht. Um Strom zu sparen, würde ich unsere Kleidung im Garten aufhängen, statt sie in den Stromfresser namens Trockner zu werfen. Außerdem hatte Mom es geliebt, die Wäsche draußen zu trocknen, und wenn ich schon jede Sekunde an sie dachte, konnte ich mit dem zarten Duft sonnengetrockneter Wäsche zur Abwechslung genauso gut eine wohltuende Erinnerung heraufbeschwören. Ich schleppte ächzend unsere dreckigen Klamotten in den Keller. Glücklicherweise hatte ich Moms faltbaren Wäschekorb im Schrank gefunden, sonst hätte ich bestimmt fünf Mal gehen müssen. Nachdem ich die Maschine voll beladen und angestellt hatte, stieg ich die Treppen hoch ins Schlafzimmer. Ich stellte mich an die dreckigen Fenster und beobachtete, wie Abby im Garten zwei Liegen mitten auf der Wiese platzierte. Neben dem geleerten, verdreckten Pool, was dem Bild eine gewisse Traurigkeit verlieh. Irgendwie war alles wie damals und doch ganz anders. In Momenten wie diesem bildete sich ein dicker Kloß in meinem Hals, da ich nicht fassen konnte, mit welcher Geschwindigkeit sich unser Leben von Grund auf geändert hatte. Von einer auf die nächste Sekunde war alles anders gewesen und ich hatte mit Abby ein komplett neues Leben beginnen müssen. Ein Leben ohne Mom und Dad. Ich folgte mit dem Blick Abbys Bewegungen, als sie ein Handtuch auf der Liege platzierte, um sich daraufzulegen. Bei genauem Hinsehen erkannte ich, dass sie Ohrstöpsel trug, also hörte sie vermutlich wieder ein Hörbuch. Wie sollte ich ihr nur verklickern, dass ich unser Abonnement zum nächsten Termin kündigen würde, wenn ich bis dahin keinen Job fand? Das Bittere daran war, dass sie dafür Verständnis haben würde. Wieder einmal. Dieses Abo war unser größter Luxus, für meine Schwester mehr noch als für mich. Sie versank am liebsten in gefühlvollen Jugendbüchern, in denen die Welt der Protagonisten so durcheinandergewirbelt wurde, dass ihr unsere fast schon gemütlich vorkam. Am Ende gab es ein Happy End, nur auf unser eigenes warteten wir noch. Meine Bibliothek bestand zum größten Teil aus Hörbüchern zu finanziellen Themen, zu Haushalt, Ordnung, Minimalismus. Sie gaben mir das Gefühl, unser Leben trotz allem in den Griff bekommen und zu etwas Besserem wandeln zu können. Kurzerhand beschloss ich, Abby Zeit für sich zu geben, statt mich neben sie zu legen, sie brauchte das. Stattdessen machte ich mich auf die Suche nach einem Wassereimer, fand einen uralten Stapel Altpapier, aus dem ich mir ein paar Zeitungen herauszog, ohne auf das genaue Datum zu achten, und trug alles in den ersten Stock, um die Fenster zu putzen. Als ich fertig war, ließ ich mich erschöpft im Wohnzimmer aufs Sofa plumpsen, was keine gute Idee war – ich wirbelte Staub auf und das schmutzige Shirt klebte mir am verschwitzten Rücken. Ich sprang auf und hechtete nach oben, um zu duschen. Just in dem Moment, in dem ich – aufgrund fehlender frischer Kleidung nur mit einem Handtuch bekleidet – wieder die Treppe herunterkam, piepte die Waschmaschine. Ich liebte es, wenn Dinge so Hand in Hand gingen, es gab mir Energie. Mit vollem Wäschekorb spazierte ich barfuß nach draußen, wo Abby mit der Wäschespinne kämpfte, als hätte sie geahnt, dass ich gleich herauskommen würde.

»Graziös«, kommentierte ich lachend ihren Versuch, die Spinne zu öffnen, und erntete einen entrüsteten Blick.

»Hilf mir lieber, du Kuh!« Sie deutete nickend auf eine Strebe, die sich verhakt hatte. Ich stellte den Korb im Rasen ab, der von der Sommerhitze schon bald ganz braun und dürr sein würde. Kurz darauf stand das Ungetüm, das ich irgendwie weniger grässlich in Erinnerung hatte, und ich beugte mich zur Wäsche herunter. »Ich mach das«, erklärte Abby und schoss an mir vorbei zum Wäschekorb, um sich das erste Stück zu greifen. »Leg du dich für einen Augenblick in die Sonne.«

»Du musst hier nicht den Haushalt schmeißen, Abby«, murmelte ich und biss mir auf die Unterlippe. Jedes Mal, wenn sie mir unter die Arme griff, klopfte mein Gewissen an.

»Glaubst du echt, ich hätte nicht gesehen, wie du in der letzten Stunde an die hundert Fenster geputzt hast? Jetzt setz dich hin, ich mache das gerne, okay?« Statt zu antworten, blieb ich unschlüssig stehen und haderte mit mir, ihr das nasse Kleidungsstück aus der Hand zu reißen. Sie hatte Ferien und würde sich schon bald in eine neue Klasse, ein komplett neues Umfeld einfinden müssen. Schon wieder. Ich wollte einfach, dass sie ihre freien Tage genoss. »Setz dich hin, Riley Carmello«, donnerte sie los, dass ich zusammenzuckte.

Verwundert hob ich die Augenbrauen und registrierte ein zögerliches Lächeln auf meinem Gesicht. »Ist ja gut, du Tyrannin«, gab ich nach und begab mich brav zur Liege.

»Augen zu«, befahl sie mir, weil sie sah, dass ich sie verkrampft beim Wäscheaufhängen beobachtete. »Und leg dich richtig hin, entspann dich doch bitte mal für zehn Minuten, okay?«

Ich seufzte und schluckte eine Antwort herunter, nickte und schloss die Augen. Ich atmete tief ein, ließ den Sauerstoff in meine Lunge strömen und nahm mir vor, diesen Augenblick im Hier und Jetzt zu genießen. Ein paar Minuten die milde Sommerbrise zu spüren, die Sonnenstrahlen, die meine Nasenspitze kitzelten und meine Haut sanft prickeln ließen. Ich ignorierte, dass ich keinen Sonnenschutz aufgetragen und auch vergessen hatte, Abby daran zu erinnern. Vermutlich war er sowieso leer und wir mussten Nachschub kaufen. Wieder etwas auf der Liste der Kleinigkeiten, die mir in ihrer Summe noch den Hals brechen würden, wenn ich nicht bald einen Job fand. Doch für die nächsten Minuten wollte ich einfach hier liegen und den frischen Sommerduft einatmen. Ich konzentrierte mich auf die Geräusche um mich herum, das sanfte Rascheln der Blätter in den Bäumen, die unseren Garten säumten. Das kaum vernehmliche Summen der Hummeln und Bienen auf der Suche nach Nektar und die gleichmäßigen Laute von Abby und der Wäsche. Ein kleines Stück der Anspannung wich aus meinen Muskeln und machte etwas Platz, das ich selten zuließ: Entspannung. Ich war innerlich immer auf Draht, denn anders hatte ich das Gefühl, nichts zu schaffen. Die letzten Jahre hatte ich an Orten gelebt, in denen man nur etwas wert war, wenn man produktiv war, wenn man To-dos abhakte, sie vor der anberaumten Zeit schaffte. Wir hatten sowohl in ländlichen Gegenden als auch in Großstädten Fuß fassen wollen, doch nie war ein Ort auch nur ansatzweise an etwas herangekommen, das sich wie ein richtiges Zuhause anfühlte. Ich hatte aufgrund unserer Umzüge mehr als einmal die Abendschule wechseln müssen und war von einem Aushilfsjob beim nächsten gelandet. Keiner hatte uns ein Leben in Saus und Braus ermöglichen können, es hatte immer nur für das Nötigste gereicht und manchmal nicht einmal dafür. Es hatte Zeiten gegeben, in denen ich zwei Jobs angenommen hatte, und irgendwann vergaß, auf mich selbst zu achten. Das war der Preis dafür gewesen, meiner kleinen Schwester ein halbwegs normales Leben bieten zu können. War es vorstellbar, dass ich, zurück in Saint Mellows, lernte, was Entschleunigung hieß? Hier hatten die Uhren immer schon langsamer getickt, die Menschen gingen ihrem Alltag mit Bedacht nach. Ich schmunzelte, denn mir fiel der Trubel ein, der, seit ich denken konnte, in Saint Mellows herrschte, sobald eines der Feste anstand. Demnach musste ich meine Entschleunigungstheorie revidieren: Mindestens einmal pro Monat rannten sogar die geruhsamsten Menschen wie wild gewordene Karnickel über die Festwiese und versprühten Aufregung, allen voran Rupert. Ob er nach wie vor Vorsitzender des Veranstaltungskomitees war? Ich konnte es nur hoffen, denn dann war garantiert für Action und Spaß gesorgt.

»Du lächelst.« Abbys Stimme, in der ich ein Grinsen hörte, drang in mein Bewusstsein, und ich öffnete blinzelnd ein Auge. »Woran hast du gedacht?«

»An Rupert.« Ich lachte, richtete das Handtuch über meiner Brust und klopfte auf die Liege neben mir.

»Okay, Rupert ist ein Grund zum Lachen«, stimmte sie mir nickend zu, ließ sich nieder und runzelte die Stirn. »Ich kann mich nicht mehr genau an ihn erinnern. Ich weiß aber, dass er immer herumgebrüllt hat.«

»Du warst ja auch erst acht, als …« Ich geriet ins Stocken, schluckte und atmete einmal tief durch. Ich musste lernen, unsere Vergangenheit nicht mehr zu umgehen, insbesondere da wir zurück waren und mich jede kleinste Ecke der Stadt an meine Kindheit und Jugend erinnerte. Zumindest an den Teil, den ich nicht vergessen hatte. »… als wir wegzogen«, beendete ich seufzend meinen Gedanken.

»Stimmt.«

Ich beobachtete Abby und meine Antennen sprangen auf Alarm. Sie wirkte plötzlich nervös, knotete ihre Finger ineinander und biss sich von innen auf die Unterlippe, als wöge sie ab, ob sie sprechen sollte. »Was ist los?« Ich stützte mich, einen Seufzer ausstoßend, auf den Ellenbogen, um ihr besser ins Gesicht schauen zu können.

»Nichts.« Sie schüttelte den Kopf und wich meinem Blick aus, spielte verräterisch am Saum ihres Jeansrocks herum.

»Abby«, ermahnte ich sie, legte mich auf die Seite und stützte den Kopf auf den Arm. »Sag schon! Woran denkst du?«

»Bitte raste nicht aus, ja?« Ihre Stimme klang weinerlich und binnen Sekunden gefror mein Inneres zu Eis.

Was hieß das? Dass ich nicht *ausrasten* sollte? Wann war ich das denn jemals? »Wie kommst du darauf?«

Es war offensichtlich, dass Abby mit sich rang, also ließ ich ihr Zeit und beobachtete sie dabei, wie sie ihre eigenen Gedanken zu ordnen versuchte. »Du möchtest nie über *damals* sprechen«, murrte sie, und ich vernahm einen trotzigen Unterton.

Ertappt senkte ich für einen Moment die Lider. »Weil es wehtut«, flüsterte ich und schluckte den Kloß herunter, der mir die Luft abzuschnüren drohte. »Aber Abby«, meine Stimme zitterte, »du kannst immer mit mir reden, über alles, wirklich. Ich wollte dir nie das Gefühl geben, dass unsere Vergangenheit ein Tabuthema ist.«

»Hast du aber«, konterte sie mit belegter Stimme. Sie war taff und schaffte es, keine einzige Träne zu vergießen, obwohl sie sich danach anhörte.

»Das war nie meine Absicht«, murmelte ich und setzte

mich auf. »Wirklich. Los, erzähl schon, was dir auf der Seele brennt! Bitte.«

Sie seufzte. »Wir sind erst seit gestern hier«, klagte sie, stellte ihre Rückenlehne auf und ließ ihren Hinterkopf dagegen sinken, den Blick zum wolkenlosen Himmel gerichtet.

Ich tat es ihr gleich. »Und?« Worauf wollte sie hinaus?

»Und wir sind bisher nicht einmal durch die Innenstadt gelaufen, waren nur im Supermarkt am Stadtrand«, zählte sie weiter auf, was mich noch mehr verwirrte.

»Ja, das stimmt alles«, pflichtete ich ihr mit gerunzelter Stirn bei und hoffte, sie würde bald die Katze aus dem Sack lassen. Normalerweise war sie kein Mensch, der herumdruckste und sich wand, anstatt etwas auszusprechen.

Stöhnend riss sie die Arme in die Höhe und legte sich die Unterarme auf die Augen, wie um sich zu verstecken. »Und ausgerechnet dort, am ersten Tag zurück in Saint Mellows, läuft *er* dir über den Weg.«

»Er?« Verwirrt starrte ich sie an und wartete, dass sie ihre Arme senkte, um meinen Blick zu erwidern. Wen meinte sie mit *er*? Diesen Devon? Wer war er? Hatte ich einen Fehler gemacht, als ich auf dem Supermarktparkplatz mit ihm gesprochen hatte? Hatte er womöglich irgendeine Bedeutung für mich, für mein altes Ich? Ein ungutes Gefühl beschlich mich, und plötzlich lag meine Vergangenheit wie ein großes schwarzes Loch vor mir, in meinem Kopf drehte sich alles, als ich versuchte hineinzuschauen. Ich hatte das Gefühl zu taumeln und musste gegen einen Sog ankämpfen, der mich in die Dunkelheit zu ziehen drohte. Mein gesamter Körper schien sich dagegen zu wehren, dagegen, mehr zu erfahren. Die Alarmsirenen in meinem Inneren übertönten jegliches

Geräusch von außerhalb, das Einzige, was ich hörte, war das Blut, das ohrenbetäubend in meinen Ohren rauschte und mich abschottete. Mein Puls begann zu rasen und meine plötzlich eiskalten Fingerspitzen schmerzten. Es war, als würde mir jemand ein gefrorenes Band um den Brustkorb legen und fest zuziehen, damit ich keine Luft mehr bekam. »Ich kann das nicht«, keuchte ich und umfasste meinen Hals mit den Händen, richtete mich auf, sodass ich die Beine auf den Rasen stellen konnte, und senkte die Stirn auf meine Knie. »Ich kann das nicht, Abby«, wiederholte ich, während ich vor und zurück schaukelte, um die Panik daran zu hindern, bis tief in meine Brust zu wandern. »Es tut mir so leid.«

»Riley!« Die Erschrockenheit in Abbys Stimme feuerte meinen Zusammenbruch an. Ich konnte an einer Hand abzählen, wie oft meine Schwester dabei gewesen war, wenn mir alles zu viel geworden war und die Gefühle mich überschwemmt hatten. All die Jahre hatte ich versucht, diesen Teil von mir vor ihr zu verstecken. Sie sollte nicht erfahren, wie sehr mich die Angst vor der Vergangenheit lähmte. Die Angst zu erfahren, was ich alles verloren hatte. Ich hatte Angst davor zu erfahren, was ich für ein Mensch gewesen war, denn was, wenn ich mich selbst nicht mehr hätte leiden können? All die Jahre hatte ich versucht, nicht an dem schwarzen Loch meiner Vergangenheit festzuhalten und stattdessen neu anzufangen. Ich wollte nicht wissen, wer die alte Riley war, denn ich hatte sie so oder so verloren. Diese Riley hatte nichts mehr, und ich wollte den Schmerz umgehen, der mich garantiert heimsuchen würde, wenn die Liste an Dingen, die ich verloren hatte, sich verlängerte. Ich hatte Angst vor weiteren Verlustgefühlen. Die Liege bewegte sich sanft, und ich spürte Abbys Bein an meinem, ihre Schulter an meiner, und nahm ihre tröstenden Hände wahr, die mir über den Rücken strichen. Meine kleine Schwester zog mich zu sich heran, lehnte ihr Kinn auf meinen Kopf, während meine Wange an ihrer Brust ruhte. »Es ist okay, *mir* tut es leid«, hauchte sie und wiegte mich sanft hin und her. *Ratsch.* Ein weiterer Riss in meinem Herzen. Es brach ein Stückchen mehr. Ich hasste es, ihr diesen Kummer aufzubürden, doch ich war in diesem Moment nicht stark genug. Wieder einmal fühlte ich mich als Versagerin und wieder einmal kam ich nicht dagegen an.

Devon

Es fühlte sich alles an wie damals, gleichzeitig hätte es nicht unterschiedlicher sein können. Ich liebte dieses Haus, liebte den Stuhl, auf dem ich saß, und die alte, mit Kratzern übersäte Holzplatte des Esstischs in Moms und Dads Küche. Dad hatte ihn, wie viele andere Möbel auch, selbst geschreinert. Egal, wo ich hinblickte, entdeckte ich ein Stück Familiengeschichte, und der Umstand, dass Dad in aller Regel gerettetes Holz verwendet hatte, verlieh den Dingen in meinem Elternhaus eine noch tiefere Bedeutung. Mein Blick blieb an der blütenweiß lackierten Küchentür hängen, die an einer schmiedeeisernen Schiene hing und in den seltensten Fällen geschlossen wurde. Als vor bald zwanzig Jahren ein Sturm durch die Stadt gefegt war, Dächer abgedeckt, den Festplatz verwüstet und den Turm des Rathauses ordentlich durchgerüttelt hatte, waren auch viele Bäume umgestürzt. Unsere

Küchentür aus amerikanischer Weißeiche hatte bis zu diesem Tag auf der Straße vor dem Haus gestanden. Dads Passion war es gewesen, gestorbenen Bäumen ein neues Leben zu schenken, und nun führte Blake seine Leidenschaft fort.

Das Schmuckstück der Küche war die Kücheninsel, die Dad aus einem Mix aus altem Sperrholz und Metall gefertigt hatte. Damals war in unserer Nachbarstadt ein Hotel gebaut worden, wofür leer stehende Häuser abgerissen werden mussten. Dad hatte sich die Erlaubnis geholt, sämtliches Holz aus Böden, Türen und Möbeln zu retten. Das war nicht nur wirtschaftlich gedacht eine Glanzleistung gewesen, sondern beschenkte unsere Familie mit noch mehr Geschichten, an die wir zurückdenken konnten. Zugegeben, ich erinnerte mich nicht bei jedem kleinsten Stückchen Holz, wo es herkam. Doch Dad wusste es haargenau und auch Blake vergaß so was nie. Dass mein Bruder freiwillig in Dads Fußstapfen getreten war, war reines Glück für mich gewesen, denn dadurch waren mir Gewissensbisse erspart geblieben. Zwar schaute ich den beiden gern beim Arbeiten zu, doch schon als Kind konnte ich mich nicht wie andere Jungs dafür begeistern, aus einem Stück Holz eine Figur zu schnitzen.

»Devon, Schatz?« Moms Stimme riss mich aus meinem Tagtraum.

»Devon, Schatz«, äffte Blake sie nach und grinste mich schief an. »Es ist genau wie früher«, erklärte er und deutete mit einem Nicken auf den Trubel in der Küche. »Du sitzt hier wie ein Prinz und starrst Löcher in die Luft, während wir uns darum kümmern, dass die Tafel sich deckt.«

»Du übertreibst«, lachte ich und stützte mich auf dem Esstisch auf, um mich hochzustemmen. »Nur weil du es endlich schaffst, den Tisch zu decken, ohne sämtliches Geschirr zu zertrümmern.«

»Oh Kinder«, stöhnte Mom und kickte mit ihrer Hüfte die Ofentür zu, da sie in den behandschuhten Händen eine heiße Auflaufform hielt. »Werdet ihr jemals erwachsen?« Sie verdrehte gespielt genervt die Augen. »Gehst du bitte Elsie holen, Dev«, bat sie mich und platzierte die Form in der Mitte des Tisches.

»Lasagne!« Der köstliche Duft ließ mir das Wasser im Mund zusammenlaufen. »Du bist die Beste, Mom.«

»Wenn du dich nicht beeilst, wird für dich leider nichts übrig bleiben«, flötete Blake, der bereits die Teller und das Besteck verteilt hatte und sich nun daran machte, mit einem großen Messer die Lasagne zu schneiden. »Ein großes Stück für Dad, eins für Mom, eins für Elsie und eins für mich. Sorry, Devon. Du musst dir leider ein Sandwich schmieren.«

»Blake«, donnerte Mom, doch ich sah sie krampfhaft versuchen, ihre Mundwinkel unter Kontrolle zu halten.

Mein Bruder schielte sie unschuldig aus seinen rehbraunen Augen an. »Was denn?«

»Kindskopf«, grummelte Dad lächelnd, während er Gläser auf den Tisch stellte, um seinen selbst gemachten Zitronen-Apfel-Eistee einzufüllen.

»Genau, das bist du«, rief ich aus dem Flur und eilte ins Wohnzimmer, um Elsie zu holen, die ich aus Erschöpfung vor dem Fernseher geparkt hatte. So, wie ich meinen Bruder kannte, würde er mir wirklich ein winziges Stück Lasagne auftun, wenn ich mich nicht beeilte. Kaum zwei Minuten später saßen wir um den Esstisch, Elsie zwischen Mom und mir, und griffen erwartungsfroh zu unserem Besteck.

»Wie war euer Tag?«, durchbrach Mom nach ein paar Minuten die Stille. Ich schmunzelte, denn auch das war wie damals: Zuerst stürzten wir uns aufs Essen und sobald der größte Hunger gestillt war, begann Mom, uns auszufragen. Es war vorhersehbar, aber schön. Selbst wenn ich heute alles dafür gegeben hätte, diese Frage zu umgehen.

»Ich werde tief und fest schlafen«, stöhnte Blake und deutete mit seiner Gabel auf Elsie. »Weil dieser kleine Wirbelwind niemals müde wird und mir all meine Energie raubt.«

»Gar nicht!« Elsie zog schmollend die Augenbrauen zusammen und schenkte ihrem Onkel einen so finsteren Blick, dass ich mich an meiner Lasagne verschluckte.

»Dohoch«, erwiderte Blake schmunzelnd und wackelte mit dem Kopf.

»Gahar nihicht«, lachte Elsie und schmierte sich mit ihrer Kindergabel, mit der sie drohend in der Luft herumfuchtelte, Tomatensauce in die Haare.

»Ach, Elsie.« Ich schob meinen Stuhl zurück, um einen feuchten Lappen aus der Küche zu holen. Als ich zurück war und ihr damit die Sauce aus dem Haar und Käse von der Nase wischte, bemerkte ich die verräterische Stille. »Was ist los?« Niemand sagte ein Wort, und als ich mich zu Blake drehte, wandte dieser sich schnell ab und starrte auf seinen nahezu leeren Teller. »Blake?«

»Sorry«, murmelte er und warf Dad einen kurzen Blick zu, den ich als ein Du-hast-es-Mom-erzählt-du-Verräter-Blick deutete. Als ich Dad in die Augen sehen wollte, fiel diesem auf, dass man unsere Gläser auffüllen könnte, und er stand ächzend auf, um die Karaffe von der Kücheninsel zu holen.

Seufzend ließ ich mich auf den Stuhl fallen und richtete die Aufmerksamkeit auf meine Tochter. »Willst du heute ausnahmsweise vor dem Fernseher aufessen?«

»Au ja!«, rief sie aufgeregt und strahlte mich mit diesem besonderen Blick an, bei dem mir das Herz gleichzeitig in die Hose rutschte und aus meiner Brust sprang.

Ich trug ihren Teller, das Besteck und ihr Glas ins Wohnzimmer, stellte alles auf den niedrigen Couchtisch und schob in weiser Voraussicht das cremefarbene Sofa weg, damit sie es nicht versehentlich rot einfärbte. Sie ließ sich auf einem Kissen nieder, und sobald ich ihren Lieblingsfilm einschaltete, war sie nicht mehr ansprechbar.

Kaum dass ich die Küche wieder betrat, verstummten alle, und Mom starrte mich mit großen Augen an. »Okay«, stöhnte ich. »Sagt schon, was ist los?«

Mom legte ihre Gabel beiseite und nestelte stattdessen an ihrer Stoffserviette herum. »Blake hat Dad erzählt, dass du Riley heute gesehen hast.« Sie schien aufgewühlter als ich.

Ich schüttelte ungläubig den Kopf, trat einen Schritt näher zu meinem Bruder, der mit dem Rücken zur Tür saß, und verpasste ihm eine Kopfnuss, die es in sich hatte. »Du Verräter! Ich erzähle dir bald überhaupt nichts mehr.«

»Es ist mir echt nur so herausgerutscht, Dev«, entschuldigte er sich und rieb sich verlegen über den Hinterkopf. Blake und Dad hatten ein Verhältnis, an das ich leider niemals herangekommen war. Es hatte Jahre gedauert, das zu akzeptieren und zu verstehen, dass Dad zwar einen besseren Draht zu Blake hatte, uns aber beide gleichermaßen liebte. »Du kennst doch Dads bohrenden Blick.«

Ich sah zu Dad, der mir besagten Blick just in diesem

Moment zuwarf. »Oh ja«, schmunzelte ich und wischte mir mit den Händen über das Gesicht. »Den kennen wir alle.«

»Devon«, seufzte Mom ungeduldig. »Stimmt das?«

Ich nickte. »Ja, ich habe sie auf dem Parkplatz des Supermarkts getroffen. Sie und Abigail.«

Mom stieß einen Schwall Luft aus. »Geht es dir …« Sie suchte nach einem passenden Wort. »Gut?«

Ich lachte, was eher wie ein trübseliges Japsen klang. »Keine Ahnung«, gab ich wahrheitsgemäß zu. »Ich hatte keine Zeit, großartig darüber nachzudenken, wisst ihr?«

»Worüber?« Dad, wie immer kurz angebunden und direkt auf den Punkt.

»Darüber, ob und falls ja, in welchem Ausmaß es etwas ändert.« Ich log. Denn wie war das mit Wunden, die nie die Chance gehabt hatten zu verheilen? Sie rissen bei der kleinsten Berührung auf und erinnerten einen an den Schmerz. Nur, dass ich niemals hatte erfahren dürfen, womit ich ihn verdient hatte. Von einem auf den nächsten Tag war mein Herz gebrochen und seitdem lebte ich damit. Tag für Tag, Woche für Woche, Monat für Monat. Und Jahr für Jahr. All die Fragen von damals prasselten wieder auf mich ein und versperrten mir die Sicht. Warum war sie gegangen, ohne sich zu verabschieden? Und wohin? Warum hatte ihre Liebe für mich nicht ausgereicht?

»Devon, Liebling.« Ich hörte Moms Stuhl über den Boden aus dunklem Walnussholz scharren und fand mich eine Sekunde später in ihrer Umarmung wieder. Tief einatmend ließ ich es geschehen und legte das Kinn auf ihren Kopf, registrierte ihre dünnen, aber kräftigen Arme, die sich um meine Hüfte schlangen, um mir Trost zu spenden. Ich wusste nicht, was ich davon halten sollte, denn es erinnerte mich zu sehr an damals. An die Zeit, in der ich kaum aus meinem Zimmer herausgekommen war und mich niemandem anvertraut hatte, weil ich einfach zu verletzt gewesen war. Ich wollte nicht, dass es sich wiederholte. Meine Familie sollte sich nicht wieder um mich sorgen müssen, denn mein Leid damals hatte alle belastet. Es war ein Wunder gewesen, dass ich es irgendwann geschafft hatte, aus diesem Loch herauszuklettern.

»Schon okay, Mom«, murmelte ich. »Ich bin ein großer Junge, weißt du?« Ich lächelte und zwinkerte Blake und Dad zu.

»Eklig, diese Harmonie«, bemerkte Blake.

»Allerdings«, pflichtete Dad ihm bei. Ich musste lachen.

»Ihr seid unmöglich.« Mom entwand sich und warf uns einen frustrierten Blick zu. »Warum seid ihr keine Mädchen geworden?«

»Autsch«, empörte sich Blake und hielt sich die Hände vor den Schritt. »Das tut weh. Ein direkter Tritt in die Nüsse.«

»Gott sei Dank seid ihr das nicht«, stöhnte Dad und warf die Arme hoch, was uns alle in Gelächter ausbrechen ließ.

»Ich gehe zu Elsie«, schmunzelte Mom, die es mit uns dreien wirklich nie leicht gehabt hatte.

»Bier?« Dad stand am geöffneten Kühlschrank und hielt drei Flaschen in die Höhe.

»Unbedingt«, kam es zeitgleich aus Blakes und meinem Mund. Wir schlichen im Wohnzimmer an Mom und Elsie vorbei zur Gartentür, um uns dort auf der Terrasse niederzulassen. Mom würde früh genug mit in die Hüften gestemmten Händen im Türrahmen stehen und uns auffordern, gefälligst dabei zu helfen, die Küche aufzuräumen.

3. Kapitel

Riley

Drei Tage schon. Seit drei Tagen machten sämtliche Anlaufstellen meine Hoffnung auf einen Job zunichte. All die mitleidigen Blicke gepaart mit diversen Absagegründen, all die Kopfschüttler, all die gut gemeinten Ratschläge à la »Versuch *es bei dem und dem, die suchen vielleicht*«. »Mist«, fluchte ich, nachdem ich die Ladentür hinter mir ins Schloss gezogen hatte, und schüttelte die Haare auf, da ich unter ihnen schwitzte. Missmutig lief ich ein paar Schritte zum Bordstein und setzte mich in den Schatten einer alten Eiche auf den trotzdem sehr heißen Asphalt, wobei mir egal war, dass meine weiße Jeans dreckig wurde. Ich fragte mich eh, wie ich heute auf die Idee gekommen war, bei dreißig Grad im Schatten in eine lange Hose zu schlüpfen. Das war eindeutig nicht mein bester Einfall gewesen. Ich streifte meinen kleinen Rucksack von der Schulter, wobei der Spaghettiträger meines schwarzen Tops mit Sonnenblumenprint rutschte. Ich kramte mein Smartphone heraus und strich die letzte Anlaufstelle für heute von meiner Liste.

– Alex' Bookstore

Seufzend warf ich einen Blick über meine Schulter, zurück zum Buchladen. Zwischen den beiden Schaufenstern im Landhausstil befand sich die weiße Holztür, in die Glasscheiben eingefasst waren, hinter denen alle möglichen Flyer hingen. Veranstaltungshinweise für Lesungen, der Saint Mellower Veranstaltungsplan für Touristen oder die Ankündigung des alljährlichen großen Lese-Festivals im Spätherbst. Die Schaufenster zierten Alex' Must Reads des Monats. Nur bei der Dekoration hatte sie für meinen Geschmack etwas zu sehr auf Papierblumen gesetzt, denn diese waren so bunt und wild, dass es fast schon wieder Charme versprühte. Es wäre traumhaft gewesen, im einzigen Buchladen Saint Mellows eine Anstellung zu bekommen, doch wie alle anderen Ladenbesitzer zuvor hatte auch Alex verneint. Sie hatte mir angeboten, in ein paar Monaten bei der Inventur helfen zu können, was schon mehr war, als ich bisher erreicht hatte. Leider brachte mich das nicht weiter, denn ich brauchte Geld, besser gestern als heute. Wie es aussah, würde ich den Radius, in dem ich eine Arbeitsstelle suchte, ausweiten und auch außerhalb der Stadt weitersuchen müssen. Was wiederum bedeutete, dass ich mehr Geld für Benzin ausgeben und Abby viel Zeit allein verbringen müsste. Ausgerechnet jetzt, wo sie in einem Alter war, in dem ich gerne für sie da gewesen wäre. Als ich so alt war wie sie, begann meine rebellische Phase. Der Gedanke daran, was für Szenen ich Mom und Dad teilweise gemacht hatte, ließ mich schmunzeln. Ich war fünfzehn gewesen, als ich die Ballettschuhe gegen Sneakers getauscht hatte und in das Cheerleader-Team der Saint Mellows High aufgenommen worden war. Ich hatte begonnen, mich für Jungs zu interessieren, und war das erste Mal aus dem Haus geschlichen, um bei einer unbeaufsichtigten Party aufzukreuzen, bei der ich mir vorgekommen war wie das fünfte Rad am Wagen. Durch meinen Ehrgeiz war es mir anfangs schwergefallen, Freunde zu finden, doch ich wusste, dass ich welche gehabt hatte. Schade, dass diese Party die Letzte war, an die ich mich heute erinnerte. Natürlich erinnerte ich mich an Mitschüler und Mitschülerinnen von damals, doch hatte ich keinen blassen Schimmer mehr, mit wem ich tatsächlich befreundet gewesen war. Oder sogar mehr. Die Anspielung von Abby vor ein paar Tagen hatte mich vollends aus der Bahn geworfen, denn das war eine Sache, die mich still und heimlich seit Jahren beschäftigte. Irgendwie spürte ich, einen festen Freund gehabt zu haben und dass ich einst geliebt hatte und geliebt worden war. Anders als von Mom und Dad. Dieses Gefühl war niemals verschwunden, doch es gab kein Gesicht dazu, und manchmal hatte ich es bereut, Saint Mellows ohne Erinnerungsstücke, ohne Fotos oder Jahrbücher verlassen zu haben. Es hatte vor sieben Jahren einfach keinen Sinn für mich ergeben, mich in Fotos zu flüchten, auf denen ich glücklich gewesen war, wenn ich mich sowieso nicht daran erinnerte, warum. All die ersten Male, die man niemals vergaß, waren mir aus dem Gedächtnis gelöscht worden. Weder hatte ich Erinnerungen an meinen ersten Kuss, geschweige denn, wer ihn mir gegeben hatte, noch erinnerte ich mich an mein erstes Mal. Oder an die Person, der ich dieses Vertrauen geschenkt hatte. Es war, als hätte ich niemals ein erstes Date gehabt oder meinen ersten Liebeskummer. Seit dem Unfall hatte es nur einen einzigen Mann gegeben, den ich näher an mich herangelassen hatte. Ich hatte ihn auf der Abendschule kennengelernt. Nur leider hatte er mich bitter enttäuscht, nachdem ich herausfand, dass er es mit der Treue nicht so ernst nahm. Seitdem hatte ich keinen weiteren Versuch gestartet, mich zu verlieben. Ich hatte eh keine Zeit für eine Beziehung und all den Stress, der damit einherging, denn ich musste mich um meine Schwester kümmern.

»Oh nein! Abby!« Ich fuhr erschrocken zusammen, denn mir fiel ein, dass ich sie heute in der Highschool hatte anmelden wollen. Ich war so versessen darauf gewesen, endlich einen Job zu finden, dass ich diesen Punkt auf meiner Liste komplett vergessen hatte. Hoffentlich war es noch nicht zu spät, denn ich hasste es, Erledigungen auf den nächsten Tag schieben zu müssen. Flugs verstaute ich das Handy wieder im Rucksack und stemmte mich mit beiden Armen zu meinen Seiten vom Boden hoch, atmete tief durch und kniff die Augen zusammen. Mit einer Hand schirmte ich den Blick vor der gleißenden Nachmittagssonne ab und versuchte, mich zu orientieren. »Lavender Road, Lemon Alley«, las ich die Straßennamen, die an den Häuserwänden der Kreuzung standen. Vereinzelte Bäume an den Straßen versperrten mir zwar die Sicht, doch in meinem Magen kribbelte es, da ich instinktiv wusste, wie ich am schnellsten zur Schule gelangte. Eilig marschierte ich los, vorbei an gefüllten Cafés, aus denen wildes Stimmengewirr und Gelächter drangen, zügelte allerdings eine Querstraße weiter bereits das Tempo, da die Hitze mir den Atem raubte. Meine Güte, ich war schon mal fitter gewesen! Im Gehen ließ ich den Rucksack über die Schulter nach vorn gleiten, um meine nahezu geleerte Glasflasche hervorzuholen und einen Schluck Wasser zu nehmen. Wie gern wäre ich jetzt unter eine eiskalte Dusche oder in einen kühlen Pool gesprungen.

Es war nicht mehr weit bis zur Festwiese, die gewissermaßen das Zentrum von Saint Mellows markierte, und erneut war ich heilfroh über meine Sonnenbrille, denn je näher ich ihr kam, desto mehr Menschen begegneten mir. Als ich die Eisdiele passierte, deren rot-weiß gestreifte Markise mir für einen Augenblick Schatten spendete, lief mir das Wasser im Mund zusammen. Kurz überlegte ich, mir ausnahmsweise und trotz der Ebbe in meinem Geldbeutel eine Kugel Blaubeer-Joghurt-Eis zu gönnen, entschied mich allerdings dagegen, da mir die Schlange zu lang war und ich um jeden Preis möglichen Gesprächen aus dem Weg gehen wollte. Manche Leute grüßten mich, andere starrten mich mit gerunzelter Stirn an, als würden sie überlegen, wer ich war. Es war ein grauenhaftes Gefühl, nicht zu wissen, ob man eventuell erkannt wurde oder nicht. Und es war auch grauenvoll, sich zu fragen, ob man jemals wieder teilhaben würde, denn im Grunde wollte ich genau das: mit Abby dazugehören. Ich ersehnte mir, dass sie eine größere Familie hatte als nur mich, dass sie aufblühte und von Menschen umgeben war, die sie akzeptierten und bei sich haben wollten. Saint Mellows war mit all seinen kleinen, familiengeführten Geschäften, Cafés und Restaurants früher solch ein Ort gewesen, und ich wünschte mir, dass er es wieder für uns wurde.

Als ich um eine Ecke bog, wurde ich beinahe von einer flatternden Girlande, die einer Frau mit kurzem braunem Haar aus der Hand gerutscht war, im Gesicht erwischt. »Vorsicht«, rief mir ein blonder Mann etwas zu spät zu. Er stand auf einer Leiter, die an einer Laterne lehnte, was einen alles andere als sicheren Eindruck machte.

»Alles gut.« Ich lächelte, auch wenn mir der Schreck in den Knochen saß, und hob das Ende der Girlande auf, um es der Frau hochzureichen. Ihre Leiter stand sicher an die Hauswand gelehnt.

»Sorry«, murmelte sie und verzog entschuldigend den Mund.

»Wirklich kein Problem«, beschwichtigte ich sie lachend und winkte ihr und dem Mann im Weggehen zu. Ich ließ den Blick über die Festwiese und den dort herrschenden Trubel schweifen. Überall flitzten Leute umher, die irgendetwas trugen, von Brettern über Blumen bis zu Kanistern voller Wasser. Ich spürte ein Kribbeln im Körper, das ich als Vorfreude identifizierte. Es war bemerkenswert, dass sich an der Festival-Front in Saint Mellows nichts geändert hatte und meine Heimatstadt noch immer so versessen aufs Festefeiern schien wie zu meiner Zeit als Kind. Ich beobachtete drei Personen dabei, wie sie einen niedrigen Zaun aufbauten; anscheinend ein Gehege für einen Streichelzoo gleich neben dem Pavillon, der am Rand der Festwiese stand. Als mein Blick das weiße Gebäude streifte, zog sich mein Herz mit einem Mal schmerzhaft zusammen, und ich riss den Blick los, heftete ihn lieber auf die ungeheuer hohen Kastanien, die die Festwiese auf zwei Seiten rahmten. Als Kind hatte ich dort mit meinen Freundinnen im Herbst Kastanien gesammelt, um mit ihnen zu basteln. Ich musste einen Kloß im Hals herunterschlucken und schüttelte den Kopf. Was war denn plötzlich los? Warum hämmerte mir beim Anblick des Pavillons das Herz dermaßen gegen den Brustkorb, dass es schmerzte? Ich fasste mir mit einer Hand an die Brust und massierte den Bereich, fokussierte mich auf eine gleichmäßige Atmung. »Seltsam«, murmelte ich und riss den Blick von der Festwiese los, in der Hoffnung, es würde etwas ändern. Ich hob den Arm an, um auf meine Armbanduhr zu sehen, und entschied, wieder einen Zahn zuzulegen. Bis zur Schule waren es noch zehn Minuten zu Fuß, und je schneller ich dort war, desto eher brachte ich Abbys Anmeldung hinter mich. Ich richtete den Blick starr nach vorn, konzentrierte mich nur noch auf die Fassaden, an denen ich vorbeilief. Kaum ein Haus glich dem nächsten, manche waren rot oder hellgrau verklinkert, andere schlicht weiß gestrichen und wieder andere waren mit Holz verkleidet worden.

Wenn ich ganz ehrlich mit mir selbst war, dann war es nicht nur die Suche nach einem Job gewesen, die mich dazu gebracht hatte, den Besuch an der Highschool aufzuschieben. Es bereitete mir eine Heidenangst, an diesen Ort zurückzukehren. Die Gefahr von Flashbacks, die ich weder vorhersehen noch kontrollieren konnte, war zu präsent. Was, wenn ich irgendetwas sah, das mein Herz rasen ließ und mich völlig aus der Bahn warf? So wie eben der Pavillon. Ich konnte nicht einschätzen, was ich aushielt und was zu viel für mich war. Doch im Grunde war es egal, denn ich kam nicht umhin. Ich hatte keine andere Wahl, als die paar Stufen zu nehmen und durch die große Glastür zum Sekretariat zu spazieren, um Abby an der Highschool anzumelden.

Just in dem Moment, in dem ich um die letzte Ecke bog, die mich von der Schule trennte, entdeckte ich den Mann vom Supermarktparkplatz. Den, der Abby und mich angesprochen hatte und über den sie mir vor Kurzem etwas hatte erzählen wollen. Einem Reflex folgend sprang ich einen Schritt zurück und duckte mich in den Schatten der Häuserwand. Mein nackter Oberarm berührte das kalte Gestein, was mich zusammenzucken ließ. Ich beobachtete ihn dabei, wie er aus der Schule kam, direkt auf den Lehrerparkplatz zulief und eilig in einen Wagen stieg. Er schien gehetzt. Mit angehaltenem Atem verfolgte ich, wie er durch die Linden-Allee, die parallel zur Highschool verlief, davonfuhr, und das viel zu schnell pochende Herz in meiner Brust suggerierte mir, dass er irgendeine Bedeutung für mich hatte. Wie konnte es nur sein, dass mein Herz sich an Dinge erinnerte, die mein Kopf für immer vergessen hatte? Sollte ich tatsächlich meine Schwester befragen, um herauszufinden, was es mit diesem Devon auf sich hatte? Wollte ich das überhaupt? Wollte ich in meiner eigenen Vergangenheit herumkramen, die mir garantiert nichts als Probleme bescheren würde? Würde ich jemals bereit dafür sein, und falls ja, wann? Meine zitternden Hände verkrampften sich um die Schultergurte meines Rucksacks, und der leichte Schmerz der Fingernägel, die sich in meine Handflächen bohrten, holte mich zurück in die Gegenwart. Was für ein Glück, dass wir uns verpasst hatten. Es war doch Glück, oder? Warum machte sich in meinem Magen dann ein Gefühl von Enttäuschung breit?

»Was ist nur los mit dir, Riley?«, schalt ich mich, streckte den Rücken durch und marschierte hocherhobenen Hauptes zum Schuleingang. Ich würde zuallererst die Anmeldung hinter mich bringen. Immer einen Schritt nach dem anderen.

Devon

Wie war es möglich, dass einen die eigenen Gedanken in einen nicht enden wollenden Strudel zogen und man nichts dagegen tun konnte, obwohl es das Letzte war, was man wollte? Seit Tagen ging mir Riley nicht mehr aus dem Kopf, im Gegenteil. Es wurde schlimmer, denn egal, wo ich in dieser verdammten Stadt auch hinblickte, überall sah ich etwas, das mich an sie erinnerte. Erst gestern war ich die Gingerstreet entlanggelaufen und dann abrupt an diesem Bougainvilleabusch stehen geblieben. Er blühte in den kräftigsten Pinktönen und verströmte einen himmlischen Duft, der einen direkt ans Mittelmeer versetzte. Riley hatte diese Blüten so geliebt, dass sie ihre Mom gebeten hatte, den gleichen Strauch in ihren Garten zu pflanzen. Leider war es nie dazu gekommen. Bei dem Gedanken daran zog sich ein festes Band um meine Kehle, das mir die Luft abzuschnüren drohte, und ich schüttelte den Kopf, um mich zu konzentrieren.

Nachdem ich gestern aus Chicago zurückgekommen war, wo ich Elsie bei ihrer Mom abgesetzt hatte, hatte Blake mich in seine Arbeiten eingespannt. Er nannte es einen fairen Ausgleich, da er sich so hingebungsvoll um meine Tochter gekümmert hatte, und leider konnte ich ihm nicht widersprechen. Es stimmte: Ohne meine Familie wäre ich aufgeschmissen gewesen, ich hatte wirklich keine Ahnung, wie man es schaffen sollte, allein für ein Kind zu sorgen. Natürlich hätte ich Elsie überallhin mitnehmen können, doch das wäre für sie langweilig und für mich eine absolute Zerreißprobe geworden, da man meinen Wirbelwind von Tochter keine Minute aus den Augen lassen durfte.

»Ey, du Träumer!« Ein Stückchen Holz traf mich an der Schulter, und ich realisierte, dass ich zum wiederholten Male so tief in meine Gedanken versunken war, dass ich aufgehört hatte, mich zu bewegen. Ich starrte auf die Schrauben und den Akkubohrer in meinen Händen und schluckte.

»Sorry«, entschuldigte ich mich bei Blake, der ein mindestens zwei Meter langes Holzbrett hielt und darauf wartete, dass ich es am Pfosten vor mir befestigte. Ich positionierte es an der richtigen Stelle und jagte die erste Schraube hinein, gefolgt von einer zweiten.

»Was ist los mit dir?« Blake klopfte seine Hände an der schwarzen Arbeitshose ab, woraufhin uns eine Staubwolke umhüllte. »Wenn du weiterhin nicht bei der Sache bist, werden wir drei Tage für das Haus brauchen.« Er deutete mit einem Nicken zu dem winzigen Häuschen, das wir an das Gehege des Streichelzoos anbauten.

Stöhnend ließ ich mich auf den weichen Rasen des Festplatzes fallen und legte den Akkubohrer neben mir ins Gras. »Ich weiß.« Die Sonne knallte uns auf die Köpfe, und ich war froh über unsere Basecaps, auch wenn sie potthässlich waren. Rupert, der schwerhörige Vorsitzende des Veranstaltungskomitees, hatte vor Kurzem eine Hundepension eröffnet und als Werbung knallrote Caps herstellen lassen, auf deren Vorderseite sein Mops Panda abgedruckt war. Heute Vormittag war er – ganz uneigennützig, das verstand sich von selbst – mit einer Fuhre davon auf dem Festplatz aufgekreuzt, um sie an uns Helfende zu verteilen. Blake hatte sich erst geweigert, dieses Teil aufzusetzen, doch eine Stunde später hatte die Vernunft gegen die Sonnenstrahlen gewonnen und er hatte grummelnd sein Cap aufgesetzt. Ich griff nach der Blende und schob sie in den Nacken, da ich mit dem Rücken zur Sonne saß.

»Raus damit!« Ächzend setzte sich Blake neben mich und streckte seine Beine aus. Seine Schienbeine waren übersät von feinen Kratzern und Schrammen, was bei seinem Job nicht ausblieb. Zumindest nicht, wenn man ihn in kurzen Hosen verrichtete, so wie er. »Was ist los, Dev? Seit Tagen stehst du neben dir.«

Wie gern hätte ich diese Frage einfach ignoriert. Ich hatte normalerweise kein Problem damit, andere Menschen zurückzuweisen, gar vor den Kopf zu stoßen, wenn sie mich in die Enge trieben. Doch so funktionierte das in meiner Familie nicht, und bei meinem großen Bruder war das sogar ganz unmöglich. Da ich nicht wusste, was ich aus Verlegenheit mit den Händen anstellen sollte, griff ich zu den beigefarbenen Beinen meiner Arbeitshose und krempelte sie bis zu den Knien hoch. Die sanfte Brise, die über den Festplatz wehte, trocknete mir den Schweiß im Nacken und ließ mich schaudern. Ich umfasste die angezogenen Knie mit den Armen und starrte auf das halb fertige Häuschen, das Blake und ich heute Morgen zu bauen begonnen hatten. »Mein Kopf quillt bald über vor Gedanken«, seufzte ich und wandte den Kopf zu Blake, um ihm ein erschöpftes Lächeln zu schenken. »Ich bin dir hier keine große Hilfe, oder?«

Blake klopfte mir brüderlich auf die Schulter. »Doch, bist du«, erwiderte er knapp, ehe er weitersprach. »Ist es wegen Fiona?«

Schnaubend schüttelte ich den Kopf, denn sie war aktuell das letzte Problem, um das ich mir Gedanken machte. Fiona und ich steckten mitten in unserem einvernehmlichen Scheidungsprozess. Eigentlich gab es nichts, worum ich mir wegen ihr Sorgen machen sollte, denn wir hatten vorerst alles geklärt, was Elsie betraf. Das hoffte ich zumindest.

»Bitte sag mir nicht, dass Riley dir die Sinne vernebelt?« Blake räusperte sich, und es fiel mir schwer, den Ton in seiner Stimme zu deuten. Hätte ich es nicht besser gewusst, hätte ich gesagt, er klang genervt.

»Doch, Blake«, grummelte ich. »Ich frage mich langsam, ob es schlau war zurückzukommen.«

»Red keinen Unsinn«, schalt er mich und boxte mir gegen den Oberarm, was ich mit einem finsteren Blick quittierte. »Mom und Dad haben dich vermisst und du liebst diese Stadt, warum auch immer. Du hast genug Großstadtluft geschnuppert, meinst du nicht auch?«

Ich versuchte vergebens, mir eine bissige Erwiderung zu verkneifen. »Vielleicht solltest du das auch mal probieren«, nuschelte ich gekränkt und verdrehte eine Sekunde später die Augen über mich selbst. »Sorry, war nicht so gemeint.«

»Ich weiß«, antwortete Blake angesäuert und fügte ein leises *Arschloch* hinzu, das ich wohl verdient hatte. Blake war nie aus Saint Mellows herausgekommen, und irgendwie hatte ich ihm nie ganz abgenommen, dass das okay für ihn war. Er hatte Dads Werkstatt unmittelbar nach seiner Ausbildung zum Holzbildhauer übernommen. Ein einziges Mal hatte er durchblitzen lassen, dass ihn auch das Studium dazu interessierte, doch seitdem immer wieder beteuert, dass es doch nichts für ihn wäre. Mein Bruder konnte ein Buch mit sieben Siegeln sein, sodass ich bis heute nicht wusste, ob er noch immer zwiespältige Gefühle deswegen hatte. Fakt war aber, dass Blake nicht glücklich war. Nicht *wirklich* glücklich. Vielleicht fehlte ihm etwas, doch er würde es mir nicht anvertrauen, egal, wie oft ich bei ihm auch auf Tuchfühlung ging.

»Lass uns weitermachen«, bat ich ihn und wies mit dem Daumen neben uns, wo all das Holz lag, das wir zusammenbauen mussten.

»Nein«, lächelte Blake. »Die paar Minuten haben wir.«

»Wofür?« Er würde doch nicht wirklich verlangen, dass ich ihm mitten auf dem Festplatz mein Herz ausschüttete, wo er selbst immer dicht machte? Wir waren hier in Saint Mellows, was hieß, dass man nie vor neugierigen Mithörern sicher war, die einem Gespräch lauschten, das sie nichts anging. Kurz blickte ich mich um, ob ich die Klatschmäuler Maddy oder George entdeckte. Oder Rupert, der es perfektioniert hatte, sich mucksmäuschenstill anzuschleichen, um einem dann einen fürchterlichen Schrecken einzujagen, indem er einen anbrüllte. Ich fragte mich schon seit Jahren, ob das wirklich an seiner Schwerhörigkeit lag, oder ob er es mit Absicht tat. Zumindest schien er sich nicht darüber zu wundern, dass man jedes Mal zusammenzuckte, wenn er einen ansprach.

»Was macht Riley in deinem Kopf, Dev?« Bingo, er wollte tatsächlich, dass ich mit der Sprache rausrückte. Ausgerechnet hier. »Da hat sie doch eigentlich schon lange nichts mehr zu suchen.«

Müde wischte ich mir mit den Händen über das Gesicht, was ich sofort bereute, da sie voller feinem Holzstaub waren, der mir jetzt in den Augen brannte. »Wir waren fast zwei Jahre ein Paar«, erinnerte ich ihn. »Und haben genau genommen niemals Schluss gemacht.«

»Eure Beziehung war an dem Tag zu Ende, als sie den Unfall hatten«, verdeutlichte er.

»Ich weiß.«

»Ihre Eltern sind gestorben und wenige Tage später verließ sie mit ihrer Schwester Saint Mellows.«

Ich schluckte den Kloß in meinem Hals herunter, dass es

schmerzte. »Das weiß ich, Blake. Du brauchst mir das echt nicht erklären.«

»Ich versuche, dich zu verstehen.«

»Was gibt es da nicht zu verstehen, Blake?«, fuhr ich ihn zischend an. »Ich habe sie geliebt, und das hat nicht innerhalb von einer Woche aufgehört, nur weil sie nicht mehr da war. Nur weil sie gegangen ist, ohne sich zu verabschieden, oder weil sie niemanden sehen wollte, nicht einmal mich.«

»Dein Leben ist weitergegangen und ich schätze, ihres ebenso. Ich verstehe, warum du dich vor all den Jahren in deinem Zimmer verschanzt hast, Devon. Damals warst du achtzehn Jahre alt, ein Teenager. Jetzt bist du erwachsen. Aber ich kapiere *nicht*, was jetzt mit dir los ist.«

»Echt nicht?« Ich schnaubte ungläubig.

»Nein, du hast dich in der Zwischenzeit neu verliebt, hast geheiratet und bist Vater geworden. Du warst auf dem College, hast Saint Mellows für fünf Jahre den Rücken gekehrt.«

»Worauf willst du hinaus?« Ich atmete tief durch und versuchte, ruhig zu bleiben, auch wenn sich die Gedanken in meinem Kopf überschlugen bei alldem, was Blake aufzählte. Witzig, dass er bei seiner Auflistung meine Scheidung außen vor ließ.

»Darauf, dass du nicht wieder in das schwarze Loch zu rutschen brauchst für ein Mädchen, das dich fallen gelassen hat, obwohl du ihr alles hattest geben wollen, Devon. Für eine Frau, die es nicht mal geschafft hat, eine normale Unterhaltung mit dir auf einem beschissenen Parkplatz zu führen.«

»Sie war überrumpelt«, versuchte ich, sie zu verteidigen, wobei ich nicht so genau wusste, warum. Im Grunde hatte er ja recht.

»Meinetwegen war sie das. Okay, das verstehe ich sogar. Trotzdem denke ich, du solltest die Vergangenheit ruhen lassen und neu starten, okay? Das wolltest du doch, oder?«

Lachend warf ich den Kopf in den Nacken. »Neu starten? Hier? Wo alles begonnen hat?«

Er klopfte mir auf die Schulter, ehe er sich aufrichtete. »Du schaffst das.« Anscheinend war das Gespräch beendet.

»Sicher«, erwiderte ich, krempelte meine Hosenbeine herunter und stand ebenfalls auf. »Sicher«, wiederholte ich so leise, dass nur ich es hören konnte.

»Hey, ihr Hübschen.« Annes vertraute Stimme erklang unmittelbar hinter uns und mir stieg Hitze ins Gesicht. Hatte sie gehört, worüber wir gesprochen hatten? Zwar war Anne die letzte Person hier, die tratschte, trotzdem wäre es mir unangenehm, wenn sie von meinem Gefühlschaos wüsste.

»Hi, Anne«, ich hörte Blake strahlen, was vollkommen untypisch war. Mein Bruder war eindeutig kein Mensch für lockeren Small Talk. Doch Anne hatte irgendetwas an sich, das aus den grummeligsten Typen einen Sonnenschein zauberte. Kurzerhand wandte ich mich ebenfalls zu ihr um und entdeckte sofort das Tablett, das sie vor ihrem Bauch trug. Darauf standen diverse Getränke, von heißem Kaffee über Softdrinks bis zu etwas, das aussah wie ein Milkshake, und einem letzten Iced Coffee.

»Hi«, begrüßte ich sie und setzte das Basecap wieder richtig herum auf meinen Kopf, da mich die Sonne blendete.

»Nehmt euch, was ihr wollt«, forderte sie uns lächelnd auf. »Das geht auf mich.«

»Du bist zu gut für diese Stadt.« Ich erwiderte ihr Lächeln und schnappte mir den Iced Coffee, nachdem Blake sich einen der dampfenden Kaffees genommen hatte. Ich würde niemals verstehen, wie er in dieser sengenden Hitze etwas Heißes trinken konnte, verbiss mir aber jeden Kommentar, da ich mir sonst wieder einen Vortrag darüber anhören durfte, warum das im Sommer besser sei.

»Ach, ihr baut hier so fleißig das erste Sommerfest ab und das zweite auf, ein Kaffee ist da das Mindeste.« Sie schüttelte den Kopf, wobei das Tablett gefährlich schwankte. »Was wird das für ein Häuschen?« Sie deutete mit gerunzelter Stirn zu dem Gehege.

»Das wird, um es mit Ruperts Worten zu sagen, ein schon lange nötiges Upgrade des herkömmlichen Streichelzoos«, erklärte Blake ihr und hob dabei belehrend den Zeigefinger in die Höhe, wie es Rupert zuvor getan hatte.

»Oh Rupert«, schmunzelte Anne.

»Oh Rupert«, wiederholten Blake und ich grinsend.

»Bringt mir doch das Glas und die Tasse nachher zurück ins Café, ja?«, bat sie und schenkte uns ein Zwinkern, ehe sie sich abwandte, um ihre Runde weiterzudrehen.

»Ich liebe diese Frau«, meinte Blake, sobald sie außer Hörweite war, und nahm einen Schluck aus seiner Tasse.

»Das tun wir alle«, erwiderte ich und genoss das Gefühl der eiskalten Flüssigkeit, die meine Kehle hinabrann. »Los, lass uns Ruperts Häuschen weiterbauen.« Statt zu antworten, nickte Blake und bedachte mich mit einem undeutbaren Blick, der mich die Finger um mein Getränk verkrampfen ließ.

Riley

»Frustrierend, frustrierend, frustrierend!« Nach und nach hakte ich die Geschäfte auf meiner virtuellen Liste ab, die – wie hätte es anders sein sollen – keine neue Mitarbeiterin oder Aushilfe benötigten. »Was für eine furchtbare Woche«, brummte ich, als eine Pushnachricht von Abby eintrudelte.

Abbybär: Wie läuft's?

Seufzend starrte ich unseren Chatverlauf an und alles in mir wehrte sich dagegen, ihr die Wahrheit zu schreiben. Nämlich, dass hier überhaupt nichts lief und es auch nicht danach aussah, als würde es das in naher Zukunft.

Ich: Könnte besser sein, aber wird schon.
Was machst du?

Ich hoffte, sie verschanzte sich nicht im Haus. Mir war mulmig bei dem Gedanken, dass sie durch unser Elternhaus stromerte und sich in Ecken und Räumen herumtrieb, für die mir selbst noch die Kraft fehlte. Mein altes Zimmer zum Beispiel, obwohl ich davon ausging, dass sie das nicht wagen würde. Es ging mir nicht darum, sie zu kontrollieren, aber ich wusste, dass ich sie für diese Augenblicke an meiner Seite brauchen würde, und ich wollte ebenfalls für sie da sein, wenn sie so etwas tat. Ich sah, dass sie für einen Moment den Chat verließ und runzelte die Stirn, doch kurz darauf erschien ein Foto auf dem Display. Abby hatte ein Selfie von sich geschossen, wie sie sich strahlend, mit einer Gartenschere und ihrer Glasflasche bewaffnet, am Gestrüpp im Garten zu schaffen machte. Auf ihrem Kopf prangte Moms Sonnenhut mit dem weißen Band, bei dessen Anblick mir ein unbedachter Schluchzer entkam. Blitzschnell hielt ich mir die Hand vor den Mund und sah mich um, ob es jemand mitbekommen hatte. Schon die ganze Woche fühlte ich mich in dieser Stadt wie auf einem Präsentierteller. Jede Straße, in die ich einbog, war voller Menschen. Alte, junge, Familien mit Kindern, die spazieren gingen, Einkäufe schleppten oder ihre Hunde Gassi führten. Sie blickten mir verwundert entgegen, misstrauisch, freundlich oder warmherzig. Vielleicht war es an der Zeit, meine Sonnenbrille abzusetzen, denn zu behaupten, dass mir all die Personen unbekannt waren, wäre eine Lüge gewesen. Ja, mir fehlten einige Jahre an Erinnerungen, doch genauso waren mir viele geblieben. Erst gestern war ich einer alten Lehrerin aus der Junior High begegnet, die mir mit gerunzelter Stirn zugenickt hatte, als versuchte sie, mich trotz der Brille zu erkennen. Als *hätte* sie mich erkannt und sich nicht getraut, mich anzusprechen, weil ich ihr das Gefühl vermittelte, dass sie es bloß lassen sollte. Doch was wäre dabei gewesen? Womöglich hätten wir ein kurzes, unverfängliches Gespräch geführt, doch ganz sicher hätte ich ihr nicht vor dem Musik- und Plisseegeschäft meine gesamte Lebensgeschichte auseinandersetzen müssen.

»Ach, verdammt.« Angestrengt stieß ich einen Schwall Luft aus und schüttelte den Kopf. Mal hü, mal hott. Warum konnten meine Gefühle nie konsequent sein? Wenn ich wieder zu dieser Stadt gehören wollte, musste ich aufhören, mich zu verstecken. Ich musste über meinen Schatten springen, mich zeigen und mit den Menschen reden. Sonst würde ich noch die nächsten Monate mit Angst vor Fragen im Nacken durch die Straßen schleichen. Seit Abby und ich den Entschluss gefasst hatten, dort einen Neustart zu wagen, wo alles vor sieben Jahren ein Ende gefunden hatte, war mir klar gewesen, dass ich diese Gespräche nicht umgehen konnte. Die aufmerksamen Mellowianer würden mich erkennen, würden vielleicht Fragen stellen, die mit aller Kraft an meinen Narben rissen, oder schlimmer: würden mir auch nach all den Jahren ihr Beileid bekunden. Doch war das nicht ein kleiner Preis für das, was wir im Gegenzug gewinnen konnten? Einen Ort, der unser Zuhause war? Ich richtete den Blick wieder auf mein Smartphone.

Ich: Moms Hut steht dir, Süße!
Abbybär: Oder? :D Finde ich auch.
Abbybär: Wir müssten noch einkaufen.
Abbybär: Der Kühlschrank ist fast leer.
Abbybär: Soll ich später gehen?
Abbybär: Ich habe noch ein wenig Bargeld hier.

Mit jeder ihrer Nachrichten vibrierte das Handy in meiner Hand, was mich schmunzeln ließ. Statt einen zusammenhängenden Text zu senden, schickte sie lieber tausend einzelne. Der Sinn ihrer Nachrichten ließ das Lächeln jedoch ganz schnell auf meinem Gesicht erstarren. Natürlich war mir bewusst, welch gähnende Leere nach der ersten Woche hier in unserem Kühlschrank herrschte, doch ich wusste auch, was mich erwartete, wenn ich in mein Portemonnaie schaute. Ein Loch. Schon die ganze Woche hatte ich sämtliche Rechnungen, die bei uns eintrudelten, vor Abby versteckt und nur die wichtigsten beglichen. Ich würde nicht umhinkommen, heute bei der Bank an unsere absolute Notfall-Reserve zu gehen, was sich für mich anfühlte wie der größte Rückschritt des Jahrhunderts. Irgendwie waren wir finanziell immer über die Runden gekommen, es hatte sogar Wochen gegeben, in denen ich etwas für solche Zeiten wie jetzt hatte zurücklegen können. Doch was, wenn ich das Geld bald *noch* dringender benötigte?

Seit meiner letzten Absage für den heutigen Tag wanderte ich ohne richtiges Ziel durch die Stadt, versuchte, die prickelnde Sonne auf der Haut und den einlullenden Sommerduft zu genießen. Saint Mellows durchströmte zu jeder Jahreszeit ein eigener Duft, daran erinnerte ich mich noch. Im Sommer war er blumig, durchzogen von Gebäck mit Früchten, an manchen Ecken erschnupperte ich Kaffee, und wenn man am Obstladen vorbeilief, blieb einem der Geruch von süßen Melonen noch weitere fünfhundert Meter in der Nase. Ich hielt an und drehte mich um mich selbst, um mich zu orientieren und zu sehen, wohin mich meine Füße geführt hatten. Ich stand direkt vor einem mir unbekannten italienischen Restaurant, aus dem es verführerisch nach Pasta und Espresso duftete. Mein Magen knurrte wie auf Kommando los und ich drückte die Hand auf ihn, damit er sich beruhigte. Keine Ahnung, wann ich zuletzt in einem richtigen Lokal mit Stoffservietten, zuvorkommenden Kellnern und Gläsern ohne Schlieren essen gewesen war.

»Cherry Blossom Court«, wisperte ich, als mir klar wurde, dass ich mich im einzigen, für Saint Mellower Verhältnisse riesigen Verkehrskreisel befand. Augenblicklich bildete sich ein Kloß in meinem Hals, denn im *CBC*, wie wir diesen Kreisel früher genannt hatten, stand die Kirche, in der Mom und Dad geheiratet hatten, als ich vier Jahre alt gewesen war. Und in der der Trauergottesdienst zu ihrem Tod stattgefunden hatte, als ich achtzehn und Abby acht Jahre alt gewesen war. Nicht ohne Grund hatte ich diese Straße gemieden, doch ein flüchtiger Blick verriet mir, dass es hier mindestens zehn weitere Restaurants, Cafés, Läden und sogar eine Bibliothek gab, die als mögliche neue Arbeitgeber infrage kamen. Wie naiv war ich nur gewesen? Hatte ich wirklich geglaubt, ich würde zurückkehren können, ohne mit meiner, mit *unserer* Vergangenheit konfrontiert zu werden? Ich atmete tief durch und strich mir den langen Pony hinters Ohr. »Es muss weitergehen«, flüsterte ich mir zu und verspürte einen ungewohnten Anflug von Mut, der sich in Form eines aufgeregten Kribbelns bis in meine Fingerspitzen vorkämpfte. Ich richtete meine Konzentration wieder auf mein Handy und Abby.

Ich: Nein, brauchst du nicht, ich gehe auf dem Nachhauseweg bei Phil's vorbei.
Abbybär: Brauchst du eine Einkaufsliste? Milch, Pancake-Fertigmischung :P …
Ich: Hahaha, du bist so ein Biest!
Abbybär: Bring Mehl und Hefe mit, dann machen wir morgen Pizza, okay?
Ich: Na klar, bis nachher und bitte creme dich ein, im Kühlschrank steht ein Rest Sonnencreme!
Abbybär: Jaja, mach ich.

Ich verdrehte lächelnd die Augen, ließ meinen Rucksack vom Rücken gleiten und verstaute das Handy darin, ehe ich zielstrebig zur einzigen Bank in Saint Mellows lief, die sich zufälligerweise ebenfalls am Cherry Blossom Court befand. Vor dem Außenschalter zückte ich die Karte meines Sparkontos, ließ mir zweihundert Dollar auszahlen und vergrub mein Portemonnaie wieder sicher am Boden des Rucksacks. Das sollte vorerst reichen. Als ich mich abwandte und einen Schritt zurücksetzte, rempelte ich gegen eine andere Person, die hinter mir gestanden hatte und ein erschrockenes *Huch* von sich gab.

»Oh Verzeihung«, entschuldigte ich mich.

»Alles gut, nichts passiert.« Die junge Frau lächelte mich an.

Plötzlich pochte mein Herz vor Aufregung wie wild. Ich erkannte sie. Die hellblonden Haare, die sie jetzt kurz trug, der unverkennbare Nasenring und die hellen Augen. Vor mir stand Leena Pierson, eine ehemalige Mitschülerin und Vielleicht-Freundin, zu Letzterem fehlten mir leider die Erinnerungen. Ich wusste, dass ich nicht mehr als fünf Sekunden hatte, um mich ihr zu erkennen zu geben. Mutig oder feige, mutig oder feige, ich hatte die Wahl. Kurzerhand griff ich mit zittrigen Fingern nach meiner Sonnenbrille und schob sie mir in die Haare. Sofort durchfuhr mich eine eiskalte Welle der Furcht. Ich hatte Angst vor ihrer Reaktion, doch jetzt war es zu spät. »Hi, Leena«, begrüßte ich sie nahezu tonlos und registrierte jede einzelne Regung in ihrem Gesicht, das erst lächelte und schließlich in Ungläubigkeit erstarrte.

»Nein«, hauchte sie. »Riley?« Ihre melodische Stimme drang mir tief ins Mark und ihr offen stehender Mund verriet, wie verdutzt sie war.

»Ja«, erwiderte ich, holte Luft und versuchte mich an einem Lächeln. »Genau.«

»Seit wann bist du wieder hier?« Sie schien mindestens genauso nervös zu sein wie ich, und ich erinnerte mich, dass sie immer eher schüchtern gewesen war. Zumindest in den ersten Jahren der Highschool, keine Ahnung, was danach gewesen war.

»Erst seit einer Woche, seit Sonntag«, murmelte ich und überlegte krampfhaft, wie das mit diesem blöden Small Talk noch mal funktionierte. »Wie geht es dir?«

Leena winkte lächelnd ab. »Ach, bei mir ist alles beim Alten, also fast. Obwohl, eigentlich nicht. Egal, erzähl, was machst du hier?«

Gute Frage. Was machte ich hier? Ich versuchte, mein Leben auf die Reihe zu bekommen, Abby ein Vorbild zu sein, suchte vergeblich nach einem Job und versteckte mich im Grunde vor meiner Vergangenheit. Sonst war eigentlich alles normal. »Ich bin mit meiner Schwester wieder hergezogen und suche einen Job«, plapperte ich drauf los und wunderte mich über mich selbst.

»Oh, das ist im Sommer nicht so leicht.« Teilnahmsvoll legte sie den Kopf schief und biss sich auf die Unterlippe. Sie friemelte am Saum ihres hellgelben Tops herum, das in einem kurzen hellblauen Jeansrock steckte. An den Füßen trug sie passend zum Top pastellgelbe Zehentrenner-Sandalen.

Seufzend nickte ich und fuhr mir mit der Hand durch die Haare, die mir im Nacken klebten. »Richtig, bisher verlief meine Suche eher erfolglos. Aber hey, im Winter könnte ich Alex im Buchladen bei der Inventur helfen«, witzelte ich angespannt.

»Komm!« Leena deutete mit einem Nicken zu dem kleinen Park voller Kirschblütenbäume, der sich in der Mitte des Cherry Blossom Courts befand und ihm seinen Namen gab. Im Frühling war er ein Meer aus duftenden rosaroten Blüten. »Wenn du willst, können wir dort brainstormen, bequem auf einer Sitzbank statt hier vor der Bank.«

Ich nickte überrumpelt, denn ich hätte mit allem gerechnet, aber nicht damit. Doch war das nicht genau das, was ich an den Menschen hier in Saint Mellows geliebt hatte? Diese bedingungslose Hilfsbereitschaft? Die Vielzahl an Absagen die ganze Woche über hatte meine Sicht vernebelt. Auch wenn ich versucht hatte, es nicht zu tun, hatte ich doch jede Ablehnung persönlich genommen. »Okay, klar, gern.«

Stumm spazierten wir über die Straße, auf der zu dieser Zeit kaum Verkehr herrschte. Der Kies im Park knirschte unter unseren Füßen, was mich beruhigte. »Also«, ächzend ließ sie sich auf die einzige freie Bank fallen, stellte ihren Rucksack neben sich ab und überkreuzte die Beine. »Wo hast du schon überall gefragt? Oder nein, wo warst du noch nicht?«

Lachend ließ ich mich neben ihr nieder, kramte das Handy aus dem Rucksack und öffnete die mich verhöhnende Liste aller Absagen. In diesem Moment war ich heilfroh darüber, mein ganzes Leben in Tabellen festzuhalten, denn aus dem Kopf hätte ich vor Aufregung höchstens eine Handvoll Geschäfte nennen können. »Hier!« Ich hielt ihr mein Smartphone hin und sie nahm es entgegen.

»Oh, Listen, sympathisch«, grinste sie und zwinkerte mich mit einer Spur Verlegenheit an. »Ich liebe Listen.«

»Ich auch«, erwiderte ich lächelnd und vernahm ein aufgewühltes Kitzeln im Magen, das sich wunderbar schwerelos anfühlte. Unauffällig setzte ich mich auf meine zitternden Finger, wobei ich erschrocken feststellte, dass sie eiskalt waren. Dieser Moment hier weckte Hoffnung in mir, die ich noch vor einer Stunde verloren geglaubt hatte. Hoffnung, nicht in Bezug auf einen Job, sondern darauf anzukommen.

»Oh.« Sie hob eine Augenbraue an, während sie mit dem Daumen durch die Liste scrollte. »Du warst bei Sally in der Parfümerie?« Ich nickte, unsicher, warum sie nachfragte. »Dort arbeite ich, du musst zu einem Zeitpunkt da gewesen sein, als ich Pause oder Feierabend hatte.«

»Ah, deswegen verbreitest du so einen frischen Duft«, lachte ich und wedelte mit einer Hand durch die Luft.

Sie griff nach ihren Haaren, um an ihnen zu schnuppern. »Das kann sein, es dauert ein Weilchen, bis der Parfümerie-Duft verfliegt, und heute hatten wir eine Horde Kids im Laden, die jedes zweite Parfum testen wollten, typisch Sommerferien.« Sie verdrehte die Augen. »Da bekomme sogar ich Kopfschmerzen.«

Ich lachte. »Ich versteh gar nicht, warum!«

»Anne's«, polterte sie plötzlich los. »Du warst nicht bei Anne im Café. Sie hat aktuell keine Aushilfe.«

Ich schluckte und senkte den Blick. »Stimmt«, murmelte ich und zwang mich, ihr wieder ins Gesicht zu sehen. »Ich war zuerst in den Läden, die keine Erinnerungen wachrufen, weißt du?« Warum zur Hölle erzählte ich ihr das?

Sie nickte verständnisvoll und musterte mich für einen Augenblick, der mir vorkam wie eine Stunde. »In Ordnung, das verstehe ich.« Leena fragte nicht weiter nach, wofür ich ihr dankbar war.

»Vermutlich sollte ich es trotzdem versuchen, oder?« Ich zupfte am Saum meiner Shorts herum.

»Das ist deine ganz eigene Entscheidung, Riley. Aber Anne ist eine der liebsten Personen in Saint Mellows und die beste Chefin, die man sich vorstellen kann.« Sie reichte mir lächelnd mein Handy zurück. »Ich weiß, wovon ich da rede.«

»Ja, soweit ich mich erinnere, ist sie großartig«, pflichtete ich ihr bei, auch wenn ich ihre letzte Anspielung nicht verstand.

»Mehr als das«, schmunzelte Leena und blickte beiläufig auf ihre Armbanduhr. »Oh Mist.« Sie sprang auf.

»Alles okay?« Ich legte den Kopf schief, während ich das Handy zurück in meine Tasche warf.

»Ich bin mit Sam, meinem Freund, bei Anne verabredet und spät dran.« Sie zuckte mit den Schultern. »Ups.«

»Los, lass ihn nicht warten«, lachte ich und deutete mit einem Nicken in die Richtung, in der das Café lag.

»Es ist schön, dass du zurück bist, wir laufen uns bestimmt bald wieder über den Weg.« Sie lächelte und wischte sich mit einem Anflug von Nervosität eine Haarsträhne hinter das Ohr. »Unsere Stadt ist klitzeklein.«

»Sicher«, nickte ich, stand ebenfalls auf und schulterte meinen Rucksack. »Danke, Leena.«

»Immer, Riley.« Ich sah sie schlucken und spürte, wie sich bei ihrem herzlichen, aber ernsten Blick mein Herz zusammenzog. Garantiert wusste sie mehr von dem, was damals geschehen war, als ich ahnte. Mehr als ich. Und sie hatte mir keine Fragen gestellt. Ich glaubte zwar nicht an Schicksal, doch irgendwie hielt ich es auch nicht für einen Zufall, dass ich heute ausgerechnet in Leena gerannt war.

4. Kapitel

Devon

Nachdem Blake und ich Ruperts geliebtes Streichelzoo-Häuschen zu seiner Zufriedenheit fertiggestellt hatten, hatten wir sämtliche Werkzeuge und das überschüssige Baumaterial zurück in die Werkstatt gebracht. Blakes Einladung auf ein kühles Feierabendbier hatte ich dankend abgelehnt, denn ich wollte für mich sein und versuchen, den Kopf freizubekommen. Nachdem ich mich so lang unter der Dusche hatte berieseln lassen, bis meine Haut an den Fingern schrumplig wurde, war ich kurzerhand in meine Trainingsshorts, ein Shirt und Laufschuhe geschlüpft. Zwar saß mir die Erschöpfung tief in den Knochen, denn ich war diese körperliche Arbeit nicht gewohnt, die mein Bruder tagtäglich verrichtete, doch hatte das Laufen mir immer geholfen, meine Gedanken zu ordnen.

»Devon?« Ich hörte Moms Schritte hinter mir und hielt inne, die Hand auf dem gusseisernen Knauf der Haustür. »Bist du zum Abendessen wieder da?« Mit schräg gelegtem Kopf lächelte sie mich an. Mir entging ihr kurzes Stirnrunzeln nicht, als sie meine Laufkleidung sah. Sie kannte mich und wusste, was es bedeutete, wenn ich trotz eines harten Tags die Energie fand zu laufen.

»Sicher«, meinte ich schulterzuckend und schielte zur Wanduhr, deren dezentes Ticken man nur nachts hörte. »Halbe Stunde oder so«, erwiderte ich, ohne dass sie die Frage aussprechen musste.

»Okay, mein Schatz.« Sie streckte den Arm nach mir aus und fuhr mir mütterlich über den Oberarm, und ich wandte mich schluckend ab. Ich trat auf die Straße und lief los, schlängelte mich vorbei an Eltern, die mit ihren Kindern von einem Tagesausflug nach Hause kamen. Ich hatte keine Musik dabei, hörte lediglich den Aufprall meiner Schuhsohlen auf den Pflastersteinen und die Geräusche der Stadt. Sich öffnende und schließende Ladentüren, Kinder, die sich verbotenerweise über den Festplatz jagten, und Rupert, der ihnen deswegen hinterherbrüllte. Ich vernahm den Gesang des Windes, der in den Baumkronen raschelte, zuschlagende Autotüren und aus einigen Fenstern Musik und Kochgeräusche. Ohne ein genaues Ziel vor Augen setzte ich einen Fuß vor den anderen, nahm Tempo auf und bald übertönte mein keuchender Atem alles um mich herum, meine eigenen Gedanken eingeschlossen. Ich rannte, als hinge mein Leben davon ab, blendete die Blicke der Passanten aus, an denen ich vorbeifegte, und bog schließlich in einen schmalen Trampelpfad zwischen zwei Häuserbaracken, dem Schandfleck Saint Mellows', ein, der durch ein winziges Waldstück führte. Wenn ich diesem für fünf Minuten folgte, würde ich am Rande des Footballfeldes der Highschool landen, und ohne es bewusst geplant zu haben, verstand ich, dass dies mein Ziel war. Mein Herz machte einen Hüpfer, als ich das Loch im Zaun sah, das auf der Schulseite durch einen dichten immergrünen Busch verdeckt wurde und meine heimliche Eintrittskarte auf das Schulgelände war. So wie damals schon.

»Willkommen zurück«, flüsterte ich, nachdem ich durch das hüfthohe Loch geklettert war und auf dem Grün des Footballfeldes stand. Dieser Rasen hatte mir früher die ganze Welt bedeutet. Hier hatte ich mehr Zeit verbracht als in meinem eigenen Zuhause, als in den Klassenräumen oder der Cafeteria. Das Herz pochte mir bis zum Hals, dass es schmerzte, und meine Augen brannten vom Schweiß, der mir über das Gesicht lief. Die Sonne neigte sich langsam gen Horizont, was sofort für etwas Abkühlung sorgte, zumindest bildete ich mir das ein. Ich streckte meine Arme über dem Kopf zum Himmel, als versuchte ich, ihn zu berühren, stellte mich auf die Zehenspitzen und dehnte meine müden Muskeln. Die Füße hüftbreit senkte ich den Oberkörper herab, ließ die Fingerspitzen über den Rasen gleiten, dessen Grashalme mich kitzelten. Das Brennen meiner Sehnen wandelte sich zu einem wohltuenden Ziehen und ich richtete mich ächzend wieder auf. Nicht mehr lang, und ich würde genau hier drei Nachmittage in der Woche meine Zeit verbringen, die Spieler über das Feld brüllen und aus ihnen faire Sportler formen. Es war meine erste Anstellung als Football Coach in einer Highschool, was schon aufregend genug war. Doch war es noch mal etwas anderes, wenn man mit der Mannschaft, mit dem Ort so viel verband wie ich. Erschöpft ließ ich mich auf den Boden sinken, stellte die Beine auf und umfasste meine Knie mit den Unterarmen. Meine Atmung ging immer noch schnell und ich spürte leichtes Seitenstechen. Ein zögerliches Lächeln schlich sich auf mein Gesicht, denn offenbar waren die letzten Jahre nicht unbemerkt an mir vorübergegangen, was hieß, dass ich bis zum Schulstart unbedingt fitter werden musste. Nichts war peinlicher als ein Coach, dem nach einem kurzen Sprint die Puste ausging. So ein Vorbild wollte ich nicht sein, außerdem war ich mit meinen fünfundzwanzig Jahren der jüngste Coach, den die Saint Mellows High jemals gehabt hatte, und ich würde mich den hormongesteuerten Teenagern beweisen müssen.

»Was habe ich mir da nur eingebrockt?« Ich schüttelte den Kopf über meine unüberlegte Entscheidung. Das war sie doch gewesen, oder? Unüberlegt. Hatte ich ernsthaft geglaubt, dort neu anfangen zu können, wo ich fast mein ganzes Leben lang gelebt hatte? Wo ich Erinnerungen gesammelt hatte? Schöne wie schmerzvolle, wobei ich mittlerweile nicht mehr richtig zwischen den beiden unterscheiden konnte, da mich gerade die glücklichsten Erinnerungen so quälten. »Elsie«, rief ich mir ins Gedächtnis. »Ich mache das für meine Tochter.« Seit ich Vater geworden war, hatte in mir der Wunsch gekeimt, dass sie an dem Ort aufwachsen sollte, der mich als Kind glücklich gemacht hatte. Es gab auf der ganzen Welt keinen besseren Ort für Kinder als Saint Mellows. Hier achtete man aufeinander. Ich selbst war als Junge so oft in den Häusern und Gärten meiner Freunde gewesen, dass es sich angefühlt hatte, als wohnte ich überall, als würde sich hinter jeder Haustür ein weiteres Zuhause verbergen. Das Gleiche wünschte ich mir für Elsie. Nicht das verdreckte Großstadtleben, eingepfercht zwischen grauen Fassaden und mit der täglichen Sorge, dass ihr etwas zustoßen könnte. Autounfälle, Verbrecher, ja, sogar verlaufen könnte sie sich in Chicago. Einmal in den falschen Zug gestiegen, und schwupps, weg war sie. Nein. Auch wenn die aktuelle

Konstellation nicht optimal war, denn nach wie vor lebte sie selbstverständlich auch bei ihrer Mom, war es besser als das Leben komplett in der Windy City zu verbringen. Stöhnend ließ ich den Kopf in den Nacken fallen, denn mir schwante, dass Fiona und mir noch tausend Streits bevorstanden. Allerdings würde ich mich nicht von meinem Vorhaben abbringen lassen, dass Elsie in Saint Mellows zur Schule ging, wenn es so weit war. Dafür würde ich kämpfen.

Ich richtete mich auf und ließ den Blick über das Feld schweifen, vorbei an der gigantischen Anzeigetafel, für die die ganze Stadt zusammengelegt hatte, und an der Tribüne, unter der ich Riley das erste Mal geküsst hatte, unmittelbar nach einem Spiel. Keuchend fuhr ich mir mit den Händen über das Gesicht. Warum? Warum musste ich mich ständig an sie erinnern? Warum musste sie ständig wie ein Blitz vor meinem geistigen Auge auftauchen und mich fast dazu bringen, die Fassung zu verlieren? Warum mündeten alle Erinnerungen an Saint Mellows immer wieder in diesem einen Ereignis vor bald sieben Jahren, das mir das Herz aus der Brust gerissen hatte? »Ich muss hier weg«, knurrte ich und realisierte, dass ich die Hände vor Wut zu Fäusten geballt hatte. Dieses Gefühl hatte ich die ganze Woche zu verdrängen versucht. Ich wollte keine Wut verspüren, denn das bedeutete nur, dass ich nicht über sie hinweg war. Und eigentlich wollte ich erst recht nicht wütend auf sie sein, denn die Riley, die ich von damals kannte, hatte bestimmt einen guten Grund gehabt, ohne ein Wort des Abschieds zu gehen. Es war besser, einfach nichts zu fühlen, zu wissen, dass es dem Herzen egal war. Doch ich konnte mich nicht mehr belügen. Unser Zusammentreffen auf dem Parkplatz des Supermarkts hatte eine Sehnsucht in mir wachgerüttelt, ein Verlangen nach Antworten. Ja, verdammt. Ich wollte eine Erklärung. Das war sie mir schuldig. Selbst nach all den Jahren war sie mir das schuldig.

Mein Herzschlag beschleunigte sich erneut, und ich spürte ihn im Hals pochen, als ich mich abwandte, um durch das Loch im Zaun zurückzuklettern. Ich hatte keine Ahnung, wie ich das anstellen sollte. Wie stellte man seine Exfreundin, die man seit sieben Jahren nicht mehr gesprochen oder gesehen hatte, zur Rede? Wie erklärte man ihr, dass sie einem das Herz gebrochen hatte und man gerne wüsste, warum?

Riley

Wenn ich noch länger vor dem Café auf und ab lief, würde früher oder später jemand aufmerksam werden und mich garantiert ansprechen. Seit dem Gespräch mit Leena waren zwei Tage vergangen, und Abby war es heute Morgen gewesen, die mich, ohne mit der Wimper zu zucken, aus dem Haus gejagt hatte, damit ich über meinen Schatten sprang und um den Job bat. An einem Sonntag. Jetzt, wo ich hier war, erschien mir die Idee noch furchtbarer, denn das *Anne's* war knüppelvoll. Kurz war ich versucht gewesen zu flüchten, doch ich wusste nicht, wohin, denn egal, in welche Himmelsrichtung ich sah: Die ganze Stadt schien auf den Beinen zu sein, um sich zu versammeln. Genau hier, genau jetzt.

»Aus dem Weg«, rief mir eine tiefe Stimme zu, doch das Einzige, was ich sah, war eine überdimensionierte Plastik-Eistüte, die direkt auf mich zukam. »Aus dem Weg«, wiederholte die Stimme mürrisch, und ich erwachte aus meiner Schockstarre, sprang zur Seite. »Geht doch«, pflaumte mich der Kerl an, der das riesige Dekoelement über den Bürgersteig schleppte. Schweiß stand ihm auf der Stirn.

»Hey, das geht auch freundlicher«, erwiderte ich knurrend, wofür ich ein gemurrtes *»Ja, ja«* erntete. Dieser Mann hatte eindeutig zu schlechte Laune für diesen herrlichen Sommermorgen. Die Sonne stand hoch am Himmel, Vögel flogen von Baumkrone zu Baumkrone, und der sanfte Wind ließ nicht nur die Blätter und Büsche rascheln, sondern wehte auch die himmlischsten Düfte zu mir, die mir das Wasser im Mund zusammenlaufen ließen.

Mein Blick glitt über die Festwiese, auf der die ganze Woche ein Trubel vom Feinsten geherrscht hatte, und sogar jetzt rannten Menschen umher. In einem davon glaubte ich Rupert zu erkennen, und ich hielt mir grinsend die Hand vor den Mund, denn seine Aufmachung war ein Bild für die Götter. Er trug ein knallrotes Basecap, ein grün-gelb gestreiftes Shirt und Shorts, deren Farbe leider nicht nur an Exkremente erinnerte, sondern dazu eine Nummer zu groß waren. Seine käseweißen dürren Beine staksten über die Wiese, wobei mir auffiel, dass er zu allem Überfluss schwarze Anzugschuhe trug. Oh Rupert. Doch das Accessoire, das sein Auftreten abrundete, war das neongelbe Megafon in seiner Hand, durch das er Anweisungen brüllte. Dass die Helfenden sich das alles gefallen ließen, wunderte mich.

»Riley, hey!« Mein Herz schnellte in die Höhe, doch zur Abwechslung nicht vor Angst, sondern aus Freude. Ich wandte mich um und sah Leena auf mich zukommen, Hand in Hand mit einem blonden Typen, den ich bestimmt schon mal gesehen hatte. Was hätte ich darum gegeben, mich zu entsinnen.

»Hi, Leena«, begrüßte ich sie grinsend und hob kurz die Hand, um zu winken. »Das Wiedersehen ging rasch.«

»Hab ich doch gesagt.« Sie lachte und fasste mit ihrer freien Hand an den Arm ihres Freundes. »Das ist Sam. Sam, das ist Riley. Eine alte Freundin aus der Highschool, sie ist gerade wieder hergezogen.«

Leena ahnte nicht, was für einen Wirbelsturm an Emotionen sie durch ihre Worte in meinem Inneren auslöste. Sie hatte mich eine Freundin genannt, was mindestens tausend Fragen beantwortete und sich anfühlte, als hätte ich eine Hürde übersprungen. »Hi, Sam.« Ich räusperte mich lächelnd und legte den Kopf schief, deutete erst zur Festwiese und dann durch das Fenster des *Anne's*. »Hier ist ganz schön was los.«

Sam hob grinsend eine Augenbraue. »Na klar, heute findet immerhin das – äh …« Er wandte sich hilfesuchend an Leena, die ihm augenverdrehend den Ellenbogen in die Rippen rammte. »Welches tolle Fest feiern wir?«

»Du bist unmöglich«, zischte sie ihm zu, allerdings nicht, ohne zu lächeln. »Heute ist das …« Sie stockte und legte sich grübelnd den Finger ans Kinn. »Okay, ertappt. Keine Ahnung, irgendeins der zehn Sommerfeste.« Lachend versteckte sie sich hinter ihrer Hand, als schämte sie sich für ihre Unwissenheit.

»Wow, dass ich das noch erleben darf. Du hast vergessen, was wir feiern?« Sam riss in gespielter Empörung die Augen auf, beugte sich aber eine Sekunde später zu seiner Freundin herunter, um ihr einen Kuss auf die Wange zu drücken.

»Jaja,ja«, erwiderte sie und schickte ihn mit einem Klaps auf den Oberarm ins Café, damit er einen Tisch reservierte, ehe sie sich mir zuwandte. »Was hast du heute vor?«

Seufzend warf ich den Kopf in den Nacken. »Ehrlich gesagt wollte ich bei Anne nach dem Job fragen«, murmelte ich. »Wie es aussieht, habe ich mir nicht den besten Tag dafür ausgesucht, ich stehe nicht auf Publikum.«

»Das ist absolut nachvollziehbar.« Leena nickte und sah sich um, als suche sie etwas. »Siehst du die Bank dort?« Sie deutete mit einem Finger zu einer abseitigen Parkbank unter einer Eiche, die am Rand der Festwiese stand.

»Ja. Testest du meine Sehkraft?«, scherzte ich und erntete ein kurzes Lachen ihrerseits.

»Schlechter als meine wird sie nicht sein«, ging sie auf meinen nervösen Witz ein. »Ich wollte nur sichergehen, dass Rupert nicht in der Nähe ist.«

Stirnrunzelnd starrte ich sie an, da ich keinen Schimmer hatte, worauf sie hinauswollte. »Okay?«

Sie straffte die Schultern und dehnte ihre Finger. »Ich werde dir Anne rausschicken, direkt zu der Bank dort, und für ein paar Minuten in die Vergangenheit zurückreisen.« Sie wackelte mit den Augenbrauen.

Ich verstand nur Bahnhof, doch allein beim Wort *Vergangenheit* schnürte sich mir der Hals zu. »Ich verstehe nicht«, gab ich räuspernd zu und hoffte, sie würde nicht bemerken, dass sie mich langsam aus der Bahn warf.

»Ich habe doch früher bei Anne gearbeitet«, erklärte sie und winkte mit einer Hand ab, doch an ihrem Blick erkannte ich, dass sie sich über meine Verwirrtheit wunderte. »Ich übernehme das Café so lang, wie ihr euch unterhaltet, okay?«

Schluckend nickte ich und verstand jetzt auch ihre Anspielung von neulich, als sie mir versichert hatte, dass Anne eine gute Chefin war. Natürlich, sie musste im Café gejobbt haben, vermutlich als wir beide in der Highschool waren, und logischerweise ging sie davon aus, dass ich es noch wusste. Wie lang würde ich wohl noch ein Geheimnis aus meiner Amnesie machen können? Durch wie viele solcher Situationen sollte ich noch gehen müssen? Und warum fiel mir das alles so schwer, wo mein Gedächtnisverlust doch eigentlich nichts war, wofür ich mich schämen musste? Tief im Innersten war mir bewusst, dass ich nichts dafür konnte, dass sich in meinem Kopf ein großes schwarzes Loch befand, das mich daran hinderte, mich zu erinnern. Es war nicht meine Schuld, auch wenn es sich danach anfühlte. So, als würde ich mir einfach nicht genug Mühe geben. Ich hatte mir gewünscht, in Saint Mellows von vorn beginnen zu können, und insgeheim hatte ich gedacht, dass das ohne Anspielungen auf die Zeit, die mir abhandengekommen war, möglich wäre. Doch Abby und ich waren erst seit einer Woche hier, und bereits jetzt kam es mir wie eine Zerreißprobe vor. Ich realisierte mit jedem Sonnenauf- und -untergang mehr, dass mein Wunsch naiv gewesen war, dass sich die drei in meinem Gedächtnis fehlenden Jahre meines Lebens nicht einfach ignorieren ließen. Diese Kleinstadt und ihre Menschen lebten von ihren Erinnerungen, feierten sie, liebten Traditionen und schwelgten gern in der Vergangenheit. Das machte es unmöglich, meine eigene Vergangenheit zu verleugnen. Ich wollte nicht mit einem Schild auf der Stirn herumlaufen, auf dem ›*Hi, ich bin ein Amnesieopfer*‹ stand. Der Gedanke, dass jeder wusste, dass ich die Erlebnisse meiner letzten Jahre auf der Saint Mellows High vergessen hatte, war mir unangenehm. Doch in diesem Moment wurde mir mehr und mehr klar, dass ich mich trotzdem nicht verstecken musste, dass ich klein anfangen und es jemandem erzählen konnte, um verstanden zu werden. Um nicht immer und immer wieder blind in Gespräche wie dieses zu rennen. Mit zu Fäusten geballten Händen atmete ich tief durch und hob den Blick, der starr auf meine Sneakers gerichtet gewesen war. »Leena«, druckste ich und nahm das Zittern in meiner Stimme wahr.

»Es war nur ein Vorschlag«, meinte sie beschwichtigend, was dafür sorgte, dass sich mein Herz schmerzhaft zusammenzog. Anscheinend hatte ich ihr das Gefühl gegeben, als empfände ich ihr Hilfsangebot als Einmischung. »Du kannst ja auch einfach morgen noch mal herkommen.« Ich schüttelte mit zusammengepressten Zähnen den Kopf. Sie runzelte die Stirn und sah mich verunsichert an. »Ist alles okay?«

»Du musst etwas wissen.« Ich suchte ihren Blick, ehe ich weitersprach. »Über mich.« Sie zuckte zusammen, versuchte aber, sich ihre Anspannung nicht anmerken zu lassen, was ihr weitaus besser gelang als mir. Sie nickte, um mir zu bedeuten weiterzusprechen. »Ich erinnere mich nicht.« Da waren sie. Die Worte, die seit fast sieben Jahren tagtäglich in meinem Kopf herumschwirrten, mich nicht schlafen ließen, mich verhöhnten und mir das Gefühl gaben, nie wieder richtig leben zu können.

»Wie meinst du das?« Leena griff nach meinem Handgelenk und zog mich ein Stück zur Seite, damit wir nicht mehr direkt vor der Fensterfront des *Anne's* standen. »Woran?«

»An die letzten drei Jahre vor dem Unfall.« Das auszusprechen fiel mir leichter, als ich vermutet hätte.

»Oh mein Gott, Riley!« Erschrocken hielt sich Leena die Hand vor den Mund. »Ich hatte ja keine Ahnung. Es tut mir so leid.« Ich zwang mich zu einem Lächeln und zuckte mit den Schultern. »An gar nichts?«

»Nein«, erwiderte ich resigniert. »Weder an die Zeit mit meinen Eltern, an die Weihnachtsfeste noch daran, mit wem ich befreundet gewesen war.«

»Wir waren es«, flüsterte Leena, und ich sah, dass sich Tränen in ihren Augen bildeten.

»Was?« Ich schluckte, um Luft zu kriegen.

»Wir waren Freundinnen, Riley.«

»Wirklich?« Meine Fingerspitzen wurden trotz der Sommerhitze eiskalt. »Es tut mir leid, dass ich das nicht mehr weiß.«

»Das braucht es nicht«, schniefte sie und griff in ihre Tasche, um ein Taschentuch hervorzuholen, das sie teilte, um mir eine Hälfte zu geben. Es zerriss mir das Herz, sie so aufgelöst zu sehen. »Aber es erklärt vieles, Riley. So vieles.«

Devon

Statt mir etwas Ruhe zu verschaffen, sorgte mein Entschluss, Riley zur Rede zu stellen, nur dafür, dass sie mir noch weniger aus dem Kopf ging. Am Sonntagmorgen hielt ich es in meinem Elternhaus nicht mehr aus, denn irgendetwas erinnerte mich immer an früher, an Riley. Ich wachte morgens in dem Zimmer auf, in dem wir als verliebte Teenager so lange herumgeknutscht hatten, bis unsere Münder rot waren und ihre Haut von meinem neu sprießenden Bart wund gescheuert. Ich lief die Treppe hinunter, auf der wir uns unzählige Male im Spaß gejagt hatten. Riley und ich waren oft in meinem Elternhaus gewesen, hatten am Esstisch in der Küche für unsere Prüfungen gebüffelt oder uns im Garten entspannt. Unsere liebste Tageszeit war die Dämmerung gewesen, in der im Sommer die Glühwürmchen durch die Baumkronen schwirrten und wir nichts weiter brauchten, als uns eng umschlungen auf eine Gartenliege zu kuscheln und dem Zirpen der Grillen zu lauschen. Damals hatte ich gewusst, dass Riley dieser eine Mensch war, den ich niemals wieder hergeben würde. Jetzt erkannte ich, dass ich zu schnell aufgegeben hatte, als es darum ging, um sie zu kämpfen. Nicht zu wissen, wo sie war, hatte mich in ein tiefes Loch aus Selbstmitleid fallen lassen. Ich war hilflos gewesen, zu jung, um nach ihr zu suchen, und hatte irgendwann die Worte der Leute geglaubt, die mir sagten, dass ich über sie hinwegkommen würde. Dass wir Kinder gewesen waren, Teenagerbeziehungen keinen Bestand hatten und ich das Kapitel Riley abhaken musste, um meiner selbst willen. Irgendwann hatte ich es getan, war aufs College gegangen, hatte mit anderen Mädchen geflirtet und eine Frau gefunden, die mir eine Tochter schenkte. Allein wegen Elsie war Fiona der beste Fehler meines Lebens gewesen.

Seufzend kickte ich einen Kieselstein vom Gehweg auf die Straße und wich einer Familie mit zwei Kindern und zwei Hunden aus, die mir entgegenkam. Ich hatte vergessen gehabt, was an den Wochenenden in Saint Mellows los war. Im Sommer fand das Leben draußen statt, in den Vorgärten, auf den Gehwegen, in Cafés, Restaurants und auf der Festwiese. Wenn man Ruhe suchte, sollte man es vermeiden, am Sonntagvormittag spazieren zu gehen. Das war eh keine schlaue Idee gewesen, denn auch hier fanden meine Gedanken an jeder Häuserecke und jedem Baum einen Grund, zu Riley zu springen. Verbissen schüttelte ich den Kopf und versuchte krampfhaft, nicht mehr an sie zu denken. Es gab viele andere Dinge, die mir stattdessen durch den Kopf gehen sollten: mein bevorstehender Umzug, sobald die Wohnung bezugsfertig war, die Vorbereitung auf das erste Schuljahr an der Saint Mellows High, meine Scheidung. Doch ich ließ es zu, dass Riley sich in meinem Gehirn einnistete und dafür sorgte, dass mir der Schädel dröhnte.

Aus der Ferne sah ich die Festwiese, auf der Ruperts Helfende wie fleißige Ameisen umherwuselten. Ich kniff die Augen zusammen, um das Streichelzoo-Häuschen zu erkennen, das Blake und ich gebaut hatten. Aus irgendeinem Grund erfasste mich Stolz, und es machte mich zufrieden, etwas beigetragen zu haben. Entweder war ich übermüdet oder total resigniert, denn in diesem Augenblick fasste ich den Entschluss, mich in den nächsten Tagen bei unserer Bürgermeisterin Mrs. Innings und Rupert als Helfer zu melden. Vielleicht würde es mich ja ablenken. Ich ließ den Blick weiter über den Rasen schweifen, wobei ich absichtlich den Pavillon ignorierte – und stockte. Ruckhaft blieb ich stehen und hob die Hand zum Gesicht, um die Augen vor der Sonne abzuschirmen. Dort, am Rand der Wiese unter der Eiche, saßen Anne und Riley auf einer Bank. Sie unterhielten sich, und sofort verspürte ich den Impuls, auf die beiden zuzurennen. Mein Atem beschleunigte sich und das Herz klopfte mir so heftig in der Brust, dass mich Schwindel erfasste. Ob ich Riley zur Rede stellen oder einfach nur mit ihr sprechen, ihre Stimme hören wollte, wusste ich nicht.

Was ich wusste war, dass ich Riley nicht einfach ignorieren konnte und so tun, als kannte ich sie nicht.

»Devon, hi.« Ich hörte hinter mir eine Ladenklingel gefolgt von einer Tür, die ins Schloss fiel.

Verdutzt blickte ich mich um. »Oh, hi, Leena!« Ich räusperte mich. Keine Ahnung, ob ich froh darüber sein sollte, dass sie meine Gedanken durchbrach, oder verärgert.

»Du bist zurück?« Ihre Stimme klang seltsam, und die Art, wie sie am Saum ihres Shirts herumspielte, machte mich misstrauisch.

»Ja.« Ich nickte und wandte mich komplett zu ihr um.

»Und du hast sie schon entdeckt?« Es war klar, von wem sprach.

»Wir sind uns bereits vor einer Woche begegnet.« Ich schaffte es nicht, den Groll in meiner Stimme zu verbergen, und hoffte, sie würde es nicht bemerken.

»Was, wirklich?« Erstaunt legte sie den Kopf schief, und ich sah ihr an, dass sie nach Worten suchte. Ihr Benehmen verwirrte und verunsicherte mich gleichermaßen.

»Was ist los, Leena? Spuck's schon aus!« Ich hielt nichts davon, um den heißen Brei herumzureden, schämte mich aber dennoch dafür, wie harsch ich klang. Leena und ich kannten uns aus der Highschool, und ich wusste, dass sie mit Riley befreundet gewesen war. Ihr sonderbares Verhalten sorgte dafür, dass mir tausend Ideen, was sie damit bezwecken und was das mit Riley zu tun haben könnte, durch den Kopf schwirrten. »Entschuldige«, stöhnte ich kleinlaut und wischte mir mit den Handflächen über das Gesicht. »Ich wollte dich nicht angehen, aber Riley hier zu sehen, wirft mich ehrlich gesagt mehr aus der Bahn, als mir lieb ist.«

»Dito«, murmelte Leena seufzend und deutete mit einem Kopfnicken hinter sich ins Café. »Keine Ahnung, ob es schlau von mir ist, ob ich es überhaupt darf und ob ich es bereuen werde …«, stammelte sie.

Ich hob den Arm, um sie zu unterbrechen. »Leena, Leena, stopp!« Ich merkte, wie sich ein Lächeln auf meine Lippen schlich. Sie redete sich um Kopf und Kragen, und ich hatte leider keinen Schimmer, was los war.

Sie holte tief Luft und griff kurzerhand nach meinem Handgelenk. »Komm mit rein, auch wenn die Gefahr besteht, dass es unüberlegt und falsch ist, was ich vorhabe, musst du wissen, was …« Sie stockte, was mich beinahe rasend machte. Dann zog sie mich hinter sich her ins *Anne's*, verfrachtete mich auf einen Stuhl und ließ sich neben mir nieder.

»Hi«, begrüßte mich Sam, der bereits am Tisch saß. Er deutete grinsend auf den leeren Tisch vor mir. »Kaffee?«

Verdutzt blickte ich mich um, denn hier war keine Bedienung. »Gern, einen … Iced Coffee? Mit doppeltem Espresso, bitte. Mich beschleicht das Gefühl, den werde ich brauchen.«

Sam schob lachend seinen Stuhl zurück und schlenderte hinter den Tresen, als wäre es das Normalste der Welt. »Kommt sofort.«

»Seit wann arbeitet Sam bei Anne?«

Leena winkte ab. »Tut er nicht, wir beide haben nur kurz übernommen, damit Riley mit ihr sprechen kann, sie sucht einen Job. Hier. In Saint Mellows.«

Leenas Worte klatschten mir ins Gesicht wie das Paddel eines Kanus. »Sie sucht … was?«

»Einen Job. Sie ist zurück, Devon. Richtig zurück.«

Angestrengt stieß ich einen Schwall Luft aus. »Das muss ein schlechter Scherz sein.«

»Wieso?« Ruhelos rutschte Leena auf ihrem Stuhl umher.

»Ich bin es auch«, verriet ich ihr und senkte den Blick auf die Tischplatte. »Zurück. Ich werde bleiben, hier leben, arbeiten, meine Tochter großziehen.«

»Ach du Scheiße«, kommentierte Leena erstickt und beugte sich näher zu mir. Auf meinen fragenden Blick hin verdrehte sie die Augen und sprach mit gedämpfter Stimme weiter. »Keine Sorge, ich will nicht kuscheln, aber was ich dir erzähle, muss ja nicht gleich morgen in der *Saint Mellows Times* stehen.«

Ich grinste, denn ich hatte vergessen, dass man in Saint Mellows überall belauscht wurde. »Wo du recht hast. Aber nun sag schon, was ist los? Warum zerquetschst du deine Finger?« Ich wies auf ihre Hände, die sie so heftig rang, dass die Knöchel weiß hervortraten.

»Es fällt mir eben schwer, okay?« Eine winzige Spur Verletztheit legte sich in ihre Stimme, wodurch sich sofort Gewissensbisse in mir regten. »Kann ich dir eine Frage stellen?« Sie flüsterte, und aus dem Augenwinkel sah ich, dass sie sich prüfend umblickte.

»Klar?«

»Wie hat Riley reagiert, als ihr euch begegnet seid?« Ihr Blick fand meinen und ich erkannte Schmerz in ihm. Schmerz, den ich nicht greifen konnte.

»Seltsam«, gab ich stirnrunzelnd zu, denn bei der Erinnerung an unser Zusammentreffen spürte ich sofort wieder ein Brennen im Magen, das bis in meine Kehle hinaufwanderte und jedes weitere Wort zu vergiften drohte.

»Inwiefern seltsam?«, hakte sie nach.

Es fiel mir schwer, Leena die Wahrheit zu sagen, denn ich kam mir vor wie ein Loser, wenn ich daran dachte, wie Riley mich auf dem Supermarktparkplatz abgewimmelt hatte. Ich holte tief Luft, bevor ich die Worte eilig hervorpresste: »Als wüsste sie nicht, wer ich bin. Sie hat mich angesehen wie einen Fremden.«

Leena seufzte und suchte mit ihren Lippen nach dem Glasstrohhalm vor ihr, um einen Schluck von ihrem Eiskaffee zu nehmen. »Das habe ich mir gedacht.«

Perplex starrte ich sie an. »Hast du? Warum?«

»Ich weiß es selbst erst seit zehn Minuten«, murmelte sie und strich sich eine hellblonde Haarsträhne hinter das Ohr.

»Leena«, zischte ich sie an und musste mich beherrschen, nicht lauter zu werden. »Was denn, um Himmels willen? Was ist los mit Riley?«

»Sie erinnert sich wirklich nicht an dich, Dev«, erklärte sie traurig und legte ihre eiskalte Hand auf meine. »Sie weiß nicht, was ihr einmal füreinander gewesen seid.«

Ihre Worte überrollten mich wie ein Lkw. So musste es sich anfühlen, wenn man bei lebendigem Leibe durch einen Fleischwolf gedreht wurde. »Was redest du da?«

»Der Unfall hat einen Teil ihres Gedächtnisses gelöscht.«

»Unmöglich«, hauchte ich kopfschüttelnd. »Nein, das kann nicht sein. Sie kann mich nicht einfach vergessen haben.«

»Devon.« Leena räusperte sich. »Ich weiß nicht mehr als das. Riley erinnert sich auch nicht, dass wir in den letzten zwei Highschooljahren Freundinnen geworden sind. Ich kann mir kaum vorstellen, was in dir vorgeht, aber ich wollte es dir erzählen, damit du vielleicht verstehst.«

»Ich kann es nicht fassen«, wisperte ich. Nach all den Jahren gab es eine Erklärung, und doch war ich mir nicht sicher, was ich mit ihr anfangen sollte. Ich spürte in diesem Augenblick etwas in meinem Herzen reißen. Was waren Erinnerungen wert, wenn es kein *uns* mehr gab, sondern nur noch ein *ich* und *meine* Erinnerungen an *uns*?

Riley

»Ich habe ihn!« Außer Atem knallte ich die Haustür hinter mir ins Schloss, pfefferte die Sneakers in die Ecke und rannte barfuß bis ins Wohnzimmer, wobei meine nackten Fußsohlen patschende Geräusche auf dem Boden verursachten. »Ich habe ihn, Abby!« Verdutzt blieb ich neben der Kücheninsel stehen, die das Wohnzimmer von der Küche trennte, und drehte mich um meine eigene Achse. Irgendetwas war anders. Nein, *alles* war anders. »Abby? Wo bist du?«

»Riley?« Meine Schwester steckte ihren Blondschopf durch die Terrassentür und strahlte mich an. Mir fiel sofort ihre von der Sonne gerötete Haut an Stirn, Wangenknochen, Nase und Kinn auf. »Ich arbeite im Garten«, eröffnete sie mir und wedelte mit einer Gartenschere vor ihrem Gesicht herum.

»Okay.« Ich deutete mit beiden Armen quer durch das Zimmer und warf ihr einen fragenden Blick zu. »Was ist hier passiert?« Mit langsamen Schritten entfernte ich mich von der Kücheninsel Richtung Wohnzimmer und nahm dabei meinen Rucksack ab, stellte ihn auf den niedrigen Kaffeetisch. »Ich war nur wenige Stunden weg.«

»Gefällt es dir?« Abby biss sich unsicher auf die Unterlippe, schob die Terrassentür ein Stück weiter auf und blickte mich an wie ein Welpe, der Blödsinn verzapft hatte und sich deswegen nicht ins Haus traute.

Ich fuhr mir lächelnd mit der Hand über die Stirn. »Ich … Ich weiß nicht. Warum hast du das gemacht?«

»Wir können alles wieder umstellen.« Hastig legte sie die Gartenschere zu ihren Füßen ab, schlüpfte aus ihren Flipflops und trippelte auf mich zu. »Ich fand nur, dass es uns vielleicht guttut, Veränderung ins Haus zu bringen.«

»Und daher hast du beschlossen, einfach mal das *komplette Wohnzimmer* umzustellen?« Ich konnte mir ein Grinsen nicht verkneifen. Nichts war mehr an seinem Platz. Abby hatte den Esstisch, der vorher vor der Fensterfront gestanden hatte, mit dem Sofa getauscht und alles andere um diese Konstellation angeordnet. »Zum Glück ist die Kücheninsel im Boden verankert«, flachste ich und stieß meine Hüfte spielerisch gegen ihre. »Es ist schön so.«

»Mir gefällt es auch«, erklärte Abby und wischte sich eine Strähne, die sich aus ihrem Zopf gelöst hatte, hinters Ohr. »Du wolltest mir was erzählen? Ich habe dich rufen hören.«

Sofort schossen die Schmetterlinge in meinem Bauch durcheinander und beschworen einen Wirbelsturm herauf. Kaum zu glauben, dass ich dermaßen aus dem Häuschen war, nur weil ich einen Job gefunden hatte. »Ich habe ihn, Abby«, strahlte ich sie an. »Den Job im *Anne's*, ich kann morgen früh anfangen.«

Abby klatschte in die Hände. »Das ist großartig, Riley! Jetzt kann alles besser werden.«

Auch wenn Abby es gut meinte, bohrten sich mir ihre

Worte doch wie ein Dolch mitten ins Herz. Ich hatte stets gehofft, sie würde es nicht bemerken, wie ich mit unserem Leben kämpfte. Wie es mich belastete, ihr nicht all das bieten zu können, was ich in ihrem Alter hatte. Wie konnte es sein, dass zwei Schwestern, die nie voneinander getrennt gewesen waren, so unterschiedlich aufwuchsen?

»Das wird es garantiert«, erwiderte ich und fuhr ihr mit dem Handrücken über die Wange. »Du hast dich verbrannt«, tadelte ich sie und wies zum Kühlschrank. »Hast du die Sonnencreme nicht verwendet?«

Betreten schüttelte sie den Kopf. »Hab ich vergessen.« Sie fasste sich an die Wange und zuckte zusammen. »Autsch, verdammt.«

»Komm mit«, seufzte ich, zog sie hinter mir her zur Kücheninsel und verfrachtete sie auf einen der Barhocker, die davor standen. Ich öffnete die Kühlschranktür und genoss für eine Sekunde die Kälte, die mir daraus entgegenströmte, ehe ich die geöffnete Packung Quark hervorholte und an ihr schnupperte. »Der geht noch.«

»Was hast du vor, Riley?« Abby beobachtete mich misstrauisch, als ich mit einem Löffel Quark auf einem Geschirrtuch verteilte.

»Wir müssen das kühlen.«

»Mit *Quark*?«

»Wir haben nichts anderes, also ja.«

»Ich wiederhole, mit Quark?« Meine Schwester glotzte mich an, als hätte ich den Verstand verloren.

»Vertrau mir«, grinste ich. »Außerdem bist du selbst schuld. Das hier kommt auf die Schultern, zieh am besten dein Top aus, sonst versauen wir es.«

Widerwillig zog sie sich ihr hellblaues Oberteil über den Kopf und stöhnte dabei so theatralisch, wie es nur Teenager konnten. »Meinetwegen.«

»Achtung, das wird kalt«, warnte ich sie, bevor ich ihr das Tuch schadenfroh auf die Schultern klatschte.

Abby quiekte auf wie ein Schweinchen und schenkte mir einen Todesblick, bei dem ich laut losprustete. »Lach nicht!«, befahl sie mir trotzig.

»Du wirst mich gleich noch mehr hassen«, schmunzelte ich und verteilte den Quark mit sanften Bewegungen in ihrem Gesicht. Auch wenn ich es niemals zugegeben hätte, genoss ich Momente wie diesen zwischen uns, denn sie gaben mir das Gefühl, eine verantwortungsvolle Erwachsene zu sein statt einer überforderten Fünfundzwanzigjährigen. Sie zeigten mir, dass Abby trotz aller Selbstständigkeit immer noch ein Kind war, für das ich sorgen musste und das simple Dinge vergaß, wie sich mit Sonnenschutz einzucremen, wenn ich sie nicht daran erinnerte.

Misstrauisch hob sie eine Augenbraue, wodurch der Quark auf ihrer Stirn verrutschte. »Warum?«

»Nicht bewegen«, tadelte ich sie. »Weil du gleich stinken wirst wie saurer Käse.« Bei ihrem geschockten Blick prustete ich wieder los und hielt mir den Unterarm vor das Gesicht.

»Ich vergesse niemals wieder die Sonnencreme«, grummelte sie mit dem winzigen Anflug eines Lächelns.

»Das hoffe ich und werde gleich morgen Nachschub besorgen, die Sommer hier in Saint Mellows sind nicht zu unterschätzen.«

»Das merke ich«, brummte sie.

Grinsend drückte ich ihr einen Kuss auf den Scheitel.

»Bleib am besten hier sitzen, bis alles trocken ist, dann waschen wir es ab.« Sie nickte ergeben und ich wusch mir den Quark von den Händen und warf die geleerte Plastikverpackung ins Recycling. »Ich habe heute eine alte Freundin getroffen«, erzählte ich betont beiläufig und hoffte, sie hörte meiner Stimmlage nicht an, wie besonders das für mich war.

»Wen denn?«

»Leena.« Ich wandte mich zu ihr um und lehnte mich gegen die Arbeitsfläche. »Wir waren im gleichen Jahrgang.«

»Ich erinnere mich an sie.« Abby nickte. »Sie hatte diese hellblonden, langen Haare und das Nasenpiercing.«

Ich schluckte lächelnd. Manchmal vergaß ich, dass Abbys Gedächtnis nicht ausgelöscht worden war, so wie meines, und sie sich an alles erinnerte, was bis zu unserem Umzug geschehen war. Immerhin war sie acht Jahre alt gewesen. »Genau die. Aber jetzt trägt sie ihre Haare kurz.«

»Wie schön!« Abby lächelte und fasste sich murmelnd an ihren Zopf. »Ich hätte gern eine andere Haarfarbe.«

Perplex starrte ich sie an. »Magst du deine denn nicht?«

»Meine Haare sind so langweilig lang und blond. Einfach lang und blond.«

Ich seufzte. »Du hast das wunderschönste Rapunzelhaar weit und breit. Weißt du, was ich für diese Wellen geben würde?« Ich fuhr ihren Pferdeschwanz nach, der in von Natur aus eingedrehten Locken endete, und hielt ihn ihr vor die Augen. »Schau, als kämest du frisch vom Friseur.«

Abby schnaubte. »Du hast die gleichen Haare.«

Kopfschüttelnd griff ich nach meinem Zopfende und hielt es neben ihres. »Wir können zwar nicht leugnen, dass wir

Schwestern sind, doch du hast eine kleine Prise Extrahübsch bekommen.« Ich lächelte sie mit schief gelegtem Kopf an.

Das entlockte ihr nur ein Grunzen. »Ich finde einfach, dass ich zu … brav aussehe.«

Die Alarmglocken in mir schrillten. Zu *brav*? Meine vierzehnjährige Schwester fand ihr Äußeres zu brav? Was hieß das? Musste ich mir Sorgen machen? Ich wusste, dass viele Teenager irgendwann plötzlich anfingen, sich selbst nicht mehr zu mögen. Ja, ich erinnerte mich an meine eigenen Zweifel, die mich in ihrem Alter geplagt hatten, und daran, dass Moms Worte dagegen nichts hatten ausrichten können. Wie sollte ich nur damit umgehen?

»Brav?«

»Langweilig eben, so normal.« Verlegen blickte sie in ihren Schoß.

Mir war klar, dass es nichts brachte, ihr all die Punkte aufzuzählen, die sie auch äußerlich besonders machten, angefangen beim dicken Haar, den Sommersprossen auf ihren Wangen oder den tiefblauen Augen. Ich wusste genau, wie ausweglos es war, ihr einreden zu wollen, dass sie perfekt war, so, wie sie eben war. Mädchen in ihrem Alter wünschten sich Veränderungen, wollten sich ausprobieren, und ich wollte nicht der Mensch sein, der ihr dabei im Weg stand. »Okay.« Ich holte tief Luft. »Hör zu!« Abby hob den Kopf und suchte meinen Blick. »Nach deinem Geburtstag gehen wir beide zum Friseur.«

Ein misstrauisches Strahlen erschien auf ihrem Gesicht. »Wir beide?«

Nickend straffte ich die Schultern. »Wir können etwas Veränderung vertragen, oder?«

»Ja, vermutlich …« Abby lächelte zögerlich, als würde sie auf den Haken warten, der selbstverständlich kam.

»Ich habe nur eine Bitte.«

Sie verdrehte die Augen. »Ich wusste, da kommt noch was.«

»Hör erst mal zu«, ermahnte ich sie. »Ich möchte, dass du dir genau überlegst, was für eine Veränderung du dir wünschst.«

Abbys rechter Mundwinkel zuckte. »Und wenn ich darüber nachgedacht habe, darf ich alles machen?«

NEIN!, schrie es in mir, doch ich beherrschte mich. »Jein«, erklärte ich stattdessen.

»War ja klar!« Bockig verschränkte sie die Arme vor ihrem Oberkörper, wobei ihr fast das Quarktuch von den Schultern gerutscht wäre.

»Vorsicht«, murmelte ich und schob es zurück an seinen Platz. Langsam begann Abby, wie der besagte saure Käse zu riechen, da ihre verbrannte Haut sämtliche Feuchtigkeit aus dem Quark gezogen hatte. »Ich werde dir nicht reinreden, versprochen«, versicherte ich ihr und hob ihr Kinn an.

»Nicht?«

»Jein«, wiederholte ich lachend und hob den Zeigefinger in die Höhe. »Ich habe eine einzige Bitte.«

Misstrauisch beäugte sie mich, ehe sie seufzend ausatmete. »Na sag schon.«

»Kein Rasierer!«

Grinsend verdrehte Abby die Augen. »Deal.«

5. Kapitel

Devon

Was hatte mich nur geritten, mich als neues Mitglied des Veranstaltungskomitees zu melden? In meinem Leben hatte es kaum skurrilere und unangenehmere Situationen gegeben als die, in der ich mich gerade befand.

»Hast du irgendwelche Referenzen?« Rupert legte Maddy's Tageskarte zur Seite, faltete die Hände auf der Tischplatte zwischen uns und sah mich über den Rand seiner Lesebrille an.

»Referenzen?« Perplex starrte ich zurück.

»Empfehlungen«, erklärte Rupert hochmütig.

Es fiel mir unheimlich schwer, nicht zu schnauben und die Augen zu verdrehen. »Ich weiß, was Referenzen sind, Rupert.«

»Na also.« Er entfaltete seine Hände und machte eine wellenförmige Bewegung mit der einen. »Hast du welche?«

»Meinst du das ernst?« Ich hob empört die Augenbrauen an und ließ mich gegen die Rückenlehne sinken. »Ich biete an, *freiwillig* bei der Planung und den Vorbereitungen der Feste in Saint Mellows zu helfen, und du fragst nach Referenzen?«

»Natürlich.« Ohne mit der Wimper zu zucken, nickte er.

»Nein, Rupert. Ich habe keine Empfehlungen als *freiwilliger Helfer*. Ich bin Football Coach und Lehrer und kein Eventmanager.«

Rupert ließ seine Fingerspitzen in einer fortlaufenden Bewegung gegeneinanderfallen. »Soso, keine Referenzen, keine Erfahrung.«

Rupert schaffte es beinahe, mich mit seiner überheblichen Art zur Weißglut zu treiben. Glücklicherweise unterbrach uns Maddy. »Kann ich euch schon etwas bringen?«

»Ich nehme einen Iced Coffee, ein Stück von der Schmand-Mandarinen-Torte und die letzten zehn Minuten meines Lebens zurück.« Die letzten Worte hatte ich so leise ausgesprochen, dass nur Maddy sie gehört haben konnte.

Maddy versuchte krampfhaft, sein Lachen zu unterdrücken, indem er so fest die Lippen aufeinanderpresste, dass sie fast nicht mehr zu sehen waren. »Und für dich, Rupert?« Er wandte sich ihm zu, allerdings nicht, ohne mir ein schelmisches Zwinkern zu schenken. »Wie immer Earl Grey, ein Kännchen fettarme Milch und Shortbread?«

»Ja«, blaffte Rupert und würdigte Maddy dabei keines Blickes. Meine Güte, heute musste Rupert eine besonders große Laus über die Leber gelaufen sein. Er war ja schon an normalen Tagen ein übellauniger Griesgram, doch gerade war es besonders schlimm. Vielleicht, weil Maddy und George es ihm untersagten, seine Mopsdame Panda mit in den Laden zu nehmen, und diese angeleint an eine Laterne vor dem Café wartete und Passanten anjaulte.

Maddy beugte sich zu mir herunter und flüsterte: »Ich gebe ihm seit Wochen die Vollfettmilch. Du glaubst nicht, wie genugtuend das ist.«

Ich versteckte mein Hohngelächter hinter vorgehaltener Hand und nickte Maddy zu. »Danke, das hilft ein bisschen.«

»Gern geschehen.«

»Also«, brüllte Rupert über den Tisch, um meine Aufmerksamkeit wieder auf sich zu ziehen. »Warum willst du ins Veranstaltungskomitee?«

»Rupert, was soll denn dieses Vorstellungsgespräch? Kannst du dich nicht über eine weitere Person freuen, die du über die Festwiese jagen und der du deine Gratiswerbung in Form von hässlichen Basecaps aufdrängen kannst?« Fast taten mir meine Worte leid. Aber auch nur fast.

Verständnislos stierte er mich an und hob das Kinn ein Stückchen an. »Das ist ein verantwortungsvoller Posten, ist dir das bewusst, Junge?«

Junge? Hatte Rupert mich soeben wirklich *Junge* genannt? Dieser Typ ließ mich noch aus der Haut fahren und das schafften normalerweise nicht einmal aufmüpfige Kids in der Schule. Seit er Vorsitzender des Komitees war, war ihm die Macht zu Kopf gestiegen. Die Geschichten über seine Tiraden waren endlos und würden in die Annalen der Stadt eingehen. Es hätte mich nicht gewundert, wenn Rupert sogar ein eigenes Kapitel bekommen hätte.

»Soll ich nun helfen oder nicht? Wann ist mein erster Einsatz?«

»Beim Abbau des aktuellen Sommerfestes.« Er räusperte sich. »Bring deinen Bruder mit, der taugt wenigstens was!«

»Arsch«, nuschelte ich und widerstand der Versuchung, es laut zu wiederholen. Aus uns beiden würden in diesem Leben keine Freunde mehr werden, und ich hoffte, dass ich das alles nicht noch bereute. Zu allem Überfluss hatte ich jetzt auch noch Blake mit reingeritten. Ich konnte seinen entsetzten Gesichtsausdruck direkt vor mir sehen, wenn ich ihm eröffnete, dass wir uns beide von Rupert Befehle anhören würden müssen. Es war mir schon schleierhaft gewesen, warum er den Bau des Streichelzoo-Häuschens übernommen hatte, denn Blake hielt sich normalerweise liebend gern aus sämtlichen Gemeinschaftsaktivitäten der Stadt heraus. Was ihm niemand verübeln konnte.

»Alles klar.« Ich nickte und im gleichen Moment kam Maddy mit unserer Bestellung an. »Das sieht köstlich aus«, betonte ich genießerisch und stieß meine Kuchengabel in das Stück Torte. Rupert goss sich wortlos seine angeblich fettarme Milch in den Tee und tunkte sein Shortbread hinein. Maddy hatte recht. Irgendwie bereitete mir sein kindischer Milch-Streich Genugtuung. Wie hieß es so schön? Man sollte sich an den kleinen Dingen des Lebens erfreuen.

Riley

Keine Ahnung, wann ich zuletzt voller Elan vor sechs Uhr morgens aus dem Bett gesprungen war und mich ehrlich auf den Tag gefreut hatte. Heute war Montag, bekannterweise der schrecklichste Tag der Woche, für mich allerdings ein symbolischer Neustart. Vor zehn Minuten hatte Anne mir meine Schürze gereicht, die ich mir euphorisch umgebunden hatte. Ich folgte jedem ihrer Handgriffe, versuchte, eine Routine in ihnen zu erkennen und mir diese einzuprägen.

»Wir öffnen morgens um halb acht«, erklärte Anne und zwinkerte mir zu. »Das heißt allerdings nicht, dass alles perfekt vorbereitet sein muss.«

»Nicht?« Verwundert schielte ich zur Wanduhr, die an der

Backsteinwand hinter dem Tresen hing, und begutachtete die gefüllte Auslage.

»Nein, Liebes. Das hier ist kein Fließbandjob. Einige der Gebäcke bereite ich am Vorabend vor und schiebe sie in den Ofen, sobald ich hier bin. Was meist gegen halb sieben ist.«

Mir fiel die Kinnlade herunter. »So früh?«

Anne zog sich Topfhandschuhe an und wandte sich einer der drei Backröhren hinter uns zu, die keine Sekunde später ein Piepsen von sich gab. Als hätte sie es vorausgesehen. »Die Mellowianer wollen frühstücken«, lachte sie und zog ein Blech mit frischen Kirsch-Scones aus dem Ofen, die herrlich dufteten, sodass mir das Wasser im Mund zusammenlief.

Verlegen warf ich meine Haare, die mir über die Schulter auf die Brust gefallen waren, zurück. »Stimmt.«

»Im Laufe des Vormittags backe ich Nachschub und bereite zwei oder drei Kuchen für den Nachmittag vor«, erklärte sie weiter, und ich schüttelte ungläubig den Kopf.

»Wie schaffst du das allein? Backen, Gäste bedienen, Kaffee kochen, abräumen, abwaschen«, zählte ich auf.

Sie lächelte. »Gelassenheit ist der Schlüssel zum Glück.« Sie stellte das Blech vor uns ab und griff nach zwei Gebäckzangen, von denen sie mir eine reichte.

Ich nahm sie ihr ab und suchte mit gerunzelter Stirn ihren Blick. »Gelassenheit?«

»Ich lasse mich nicht aus der Ruhe bringen und wenn es jemand zu eilig hat, verweise ich die- oder denjenigen gern an den Instantkaffee-Automaten im Supermarkt.«

»Das würde ich gern sehen«, grinste ich und schaute mir ab, wie Anne die Scones in der Auslage drapierte, um es ihr kurz darauf gleichzutun.

Ein zögerliches Rütteln an der Eingangstür lenkte unser beider Aufmerksamkeit auf sich. Abby stand lächelnd davor und hob ein Post-it in die Höhe, auf das ich ihr geschrieben hatte, dass sie gern vorbeikommen konnte, sobald sie wach war. »Das ist meine kleine Schwester …«

Anne unterbrach mich. »Abby«, seufzte sie. »Wie groß sie geworden ist.« Sie wischte die Hände an ihrer Schürze ab und schritt zur Tür, um sie hereinzulassen.

»Du erinnerst dich an sie?« Der Kloß, der sich urplötzlich in meinem Hals gebildet hatte, ließ meine Stimme stolpern.

Anne legte die Hand auf die Türklinke und wandte sich für eine Sekunde zu mir um. »Natürlich, was für eine Frage.«

Augenblicklich schämte ich mich. Das *Anne's* war eins der beliebtesten Cafés in Saint Mellows und auch Mom und Dad waren gern mit Abby und mir hier gewesen. Nur gehörte das zu den Erinnerungen, die ich absichtlich verdrängte. Ich schnitt sämtliche Gedanken an Mom und Dad ab, sobald sie aufblitzten. Sie waren einfach zu schmerzvoll für mich.

»Guten Morgen, ich bin Abby«, begrüßte meine Schwester Anne höflich, und ich sah sie strahlen. »Morgen, Riley«, rief sie mir winkend zu. »Danke für den Zettel. Du hättest mich auch wecken können.«

Lachend schüttelte ich den Kopf. »Auf gar keinen Fall. Weißt du nicht mehr, was das letzte Mal passiert ist, als ich dich vor sechs Uhr morgens aus dem Bett holen wollte?«

Abby legte grinsend den Kopf schief. »So tief war der Biss nicht, immerhin musste er nicht genäht werden.«

»Du hast Riley gebissen?« Ungläubig starrte Anne erst Abby, dann mich an und brach keine Sekunde später in Gelächter aus.

»Es war ein Reflex«, verteidigte Abby sich verlegen lächelnd.

»Komm rein, Liebes«, bat Anne und deutete auf den Barhocker neben der Kasse. »Such dir dein Frühstück aus. Aber bitte nicht deine Schwester, die brauche ich hier noch.« Anne blinzelte mich schmunzelnd an.

Abby warf mir einen alarmierten Blick zu, den ich ganz genau deuten konnte. Mein Magen verkrampfte sich. »Schon gut, Anne«, ging ich hastig dazwischen. »Wir haben unser Frühstück zu Hause.« Es war mir peinlich, doch ich hätte nicht bezahlen können, da in meinem Portemonnaie noch immer Ebbe herrschte und ich das Notfallgeld auf keinen Fall für Luxus wie Essen im Café ausgeben wollte.

»Seid nicht albern, Mädchen.« Anne machte eine wegwerfende Handbewegung. »Ihr müsst nicht bezahlen, du arbeitest hier, Riley, und Abby sieht nicht aus, als futtere sie mir ein ganzes Blech an Hefe-Zimt-Teilchen weg.«

»Sei dir da mal nicht so sicher«, witzelte ich in dem Versuch, meine Verlegenheit zu verbergen. »Danke«, murmelte ich, sobald Anne wieder neben mir stand, und schenkte Abby ein kleines Lächeln.

»Kann ich euch helfen?« Abby sah sich im Laden um. »Ich könnte die Stühle von den Tischen nehmen und sie abwischen?«

Anne blickte zur Wanduhr und nickte. »Das wäre lieb.«

»Aye, aye!« Abby salutierte und machte sich an die Arbeit. Einige Zeit werkelten wir stumm nebeneinanderher. Bis Abby plötzlich innehielt. »Oh nein«, hauchte sie erschrocken, und ich hob neugierig den Blick.

»Alles okay?«

»J-ja«, stotterte sie und stellte sich mit in die Hüften gestemmten Armen vor das Fenster, um mir die Sicht zu versperren.

»Was soll die Superman-Pose?« Ich zog herausfordernd eine Augenbraue hoch.

»Frühsport.« Hastig lehnte Abby sich von links nach rechts und schielte dabei heimlich über ihre Schulter, was mir nicht entging.

Demonstrativ trat ich ans Fenster, um zu sehen, was Abby vor mir zu verstecken versuchte. Oder besser: wen. »Oh«, entfuhr es mir.

»Entschuldige«, murmelte sie und knautschte den Wischlappen in ihren Händen. »Ich weiß nicht, warum ich das getan habe. Du warst letztens so aufgewühlt und …«

»Schon okay«, murmelte ich und zwang mich, den Blick von Devon zu nehmen, der über die Festwiese joggte. »Alles gut«, versicherte ich ihr, obwohl gar nichts gut war. Doch vielleicht war jetzt der richtige Moment gekommen, um mir von ihr erzählen zu lassen, wer dieser Devon war. Ich entschied, all meinen Mut zusammenzunehmen.

»Anne?« Ich schluckte und legte die Gebäckzange zur Seite. »Wir sind gleich wieder da, ja?« Dann lief ich schnurstracks auf Abby zu und bugsierte sie nach draußen.

»Riley! Was ist denn los?«

Ich ergriff ihre Hand, um sie ein paar Meter vom Café wegzuziehen. »Sag es mir!«

»Was?« Abby blickte mich erschrocken aus großen Augen an, die mich jetzt an die eines Rehs erinnerten, das Gefahr witterte.

»Ich schaffe es. Sag es mir! Wer ist dieser Devon?«

Abby senkte den Kopf, fummelte überfordert am Saum ihres Shirts herum. »Riley«, seufzte sie. »Ich weiß nicht, ob …«

»Doch, ich packe das. Wirklich. Sag es mir!« Ich atmete tief durch und hob den Blick, um mich stärker zu fühlen.

»Jetzt? Hier?«

»Ja. Bitte, Abby«, flehte ich und bemerkte, dass ich die Hände an meinen Seiten zu Fäusten geballt hatte.

»Dev und du, ihr …«, stammelte sie und schluckte, bevor sie ebenfalls den Kopf hob und meinen Blick suchte. »Ihr seid über drei Jahre zusammen gewesen«, flüsterte sie niedergeschlagen.

Auch wenn ich so etwas schon befürchtet hatte, hätte der Schock, der mich in diesem Moment überrollte, nicht größer sein können. »Zusammen?«, wiederholte ich in der Hoffnung, sie falsch verstanden zu haben. »Du meinst als Paar?«

Abby nickte, und ich erkannte, dass sich Tränen in ihren Augenwinkeln sammelten. »Ja. Ihr habt euch sehr …« Sie stockte und ein Schluchzer entkam ihrer Kehle.

Ich hakte nach, wollte hören, was sie zu sagen hatte, obwohl ich ahnte, dass es mir wehtun würde. »Was haben wir?«

»Ihr habt euch geliebt.«

»Das ist doch Humbug.« Ich schüttelte den Kopf, als könnte ich ihre Worte dadurch ungeschehen machen. »Wir waren auf der Highschool, fast noch Kinder.«

Abby lächelte geknickt. »Ihr habt es gehasst, wenn euch das jemand an den Kopf geworfen hat.«

»Ich erinnere mich nicht, Abby. An keinen Moment mit diesem Devon. Keinen einzigen.«

»Ich weiß«, hauchte Abby. »Ich weiß.«

»Wann haben wir Schluss gemacht?« Keine Ahnung,

warum ich ihr diese Frage stellte. Vielleicht, weil ich hoffte, etwas anderes zu hören als das, was im nächsten Augenblick Abbys Mund verließ.

»Nie, Riley. Nie. Ihr seid bis zu dem Unfall zusammen gewesen.«

Devon

Auf einer Skala von eins bis einhundert: Wie erbärmlich war es, dass ich Riley trotz Leenas niederschmetternder Enthüllung wiedersehen wollte? Ein Teil von mir redete sich ein, dass es nicht stimmte. Ich konnte einfach nicht glauben, dass Riley mich, uns vergessen haben sollte. Einfach vergessen, als hätte es uns niemals gegeben. Ich wollte es nicht akzeptieren. Zu unseren Erinnerungen gehörten wir beide und nicht nur ich. Sie waren es, die mich an schwarzen Tagen aus dem Tief holten, die mich lächeln ließen, auch wenn alles gerade trübselig und hoffnungslos schien. Und diese Erinnerungen sollten plötzlich nichts mehr wert sein? Seit zwei Stunden lief ich scheinbar ziellos durch meine Heimatstadt, obwohl ich eigentlich genau wusste, wo ich hinwollte: ins *Anne's*. Falls es stimmte, dass Riley bei Anne um einen Job gebeten hatte, bestand die Chance, sie heute dort anzutreffen. Riley hatte zu den Menschen gehört, die nichts anbrennen ließen, die nicht warteten und Dinge am liebsten gestern erledigten. Vermutlich hätte sie sofort zu ihrem ersten Arbeitstag antreten wollen. Ein eiskalter Schauder rieselte meine Wirbelsäule hinab. War Riley überhaupt noch Riley? Oder hatte der Unfall nicht nur ihre Erinnerungen, sondern auch das, was sie ausmachte, mit ausgelöscht? Waren es erst unsere Erinnerungen, die uns zu denjenigen machten, die wir waren?

Tief einatmend bog ich in die Straße zur Festwiese ein, wobei ich den Blick gesenkt hielt, um nicht zu riskieren, von Rupert entdeckt zu werden. Ich setzte wie in Trance einen Fuß vor den anderen, bis ich mich unmittelbar vor dem Eingang von Annes Café wiederfand, die Hand auf der kühlen Türklinke. Und da sah ich sie. Augenblicklich schwirrten eine Million Schmetterlinge durch meinen Bauch und bescherten mir den fettesten Kloß des Jahrhunderts im Hals. Riley stand hinter dem Tresen und kassierte eine Frau ab, wobei sie ihr ein zauberhaftes Lächeln schenkte. Als diese sich umdrehte, um das Café zu verlassen, begegneten sich Rileys und mein Blick, und es war, als würde die ganze Welt um uns herum zu Eis erstarren. Jetzt war es zu spät, um umzudrehen.

»Nach Ihnen«, lächelte ich die Frau an, die einen Coffee-to-go-Becher aus Edelstahl trug, und hielt ihr die Tür auf, ehe ich in betonter Lässigkeit zum Tresen schlenderte. Zumindest hoffte ich, dass ich lässig wirkte, denn eigentlich kribbelte alles in mir so stark, als würde sich eine Horde Eichhörnchen auf meiner Haut um eine Nuss streiten. »Hi«, begrüßte ich Riley und legte sämtliche Selbstbeherrschung in ein unverfängliches Lächeln.

»Hey.« Sie erwiderte es, doch ich sah, dass sie schluckte. »Was darf's denn sein?«

Ihr Blick hielt meinen für eine lange Sekunde gefangen, und ich erkannte das gleiche Mädchen in ihren Augen, in das ich mich vor Jahren so unsterblich verliebt hatte. Ich räusperte mich, riss mich von ihr los und begutachtete die Auslage. »Ich nehme einen Quark-Strudel und einen Iced Coffee.«

Rileys Mundwinkel verzogen sich kurz zu einem Grinsen. »Zum Mitnehmen oder hier essen?«

»Hör auf zu lachen!«, tadelte sie plötzlich eine Stimme. Ich sah mich um und entdeckte Abby, die direkt neben der Kasse saß. Ich war so auf Riley fixiert gewesen, dass ich niemand anderen wahrgenommen hatte. Ich nickte ihr lächelnd zu, bevor ich mich wieder an Riley wandte.

»Warum sollst duaufhören zu lachen?« Neugierig zog ich eine Augenbraue hoch und hoffte, dass Riley nicht bemerkte, welchen Mut es mir abverlangte, normal mit ihr zu plaudern. Wenn es stimmte, was Leena gesagt hatte, durfte ich Riley auf keinen Fall überfordern, indem ich ignorierte, dass sie sich nicht an mich erinnerte. Ich wusste ja selbst nicht, was ich mit meinem Verhalten hier eigentlich bezweckte.

»Weil meine Schwester gestern stank wie ranziger Käse, nachdem ich ihren Sonnenbrand mit Quark behandeln musste.« Riley versuchte gar nicht erst, sich ihr Lachen zu verkneifen.

»Okay?« Ich verstand nur Bahnhof. »Ich werde hier essen«, beantwortete ich Rileys Frage und wies mit dem Daumen hinter mich.

»Alles klar.« Sie schenkte mir ein Lächeln. »Ich bringe es dir gleich an den Tisch.« Und ohne eine Antwort von mir abzuwarten, flitzte sie zum Eisfach, um meine Bestellung zuzubereiten.

»Danke«, murmelte ich und realisierte, dass meine Knie zu Pudding mutiert waren, was es mir erschwerte, einen coolen Abgang hinzulegen.

Ich ließ mich an einem der kleineren Tische nieder, wobei ich darauf achtete, sowohl die Festwiese draußen als auch den Bedienungstresen hier drinnen im Blick zu haben. Immer wieder erwischte ich mich dabei, wie ich Riley heimlich beobachtete. Ich verfolgte ihre Bewegungen, und jede kleine Geste erinnerte mich an die Riley von früher. Die Art, wie sie ihre Haare nach hinten warf, wenn sie ihr im Weg waren, oder dass sie einseitig auf ihrer Unterlippe kaute, wenn sie sich konzentrierte. Sie machte auf mich den Eindruck, als wüsste sie, was sie tat, daher stellte ich mir unwillkürlich die Frage, ob das nicht ihre erste Anstellung in einem Café war. Niemand wusste, wie es Riley in den letzten Jahren ergangen war, und in mir schrie alles danach, es herauszufinden. War sie auf dem College gewesen? Falls ja, auf welchem? Hatte sie es ins Cheerleader-Team geschafft oder das Tanzen komplett an den Nagel gehängt? Vielleicht hatte sie wieder Ballettstunden genommen, denn sie hatte mir kurz vor unserem Abschluss verraten, dass sie das Ballett vermisste. Ob sie sich überhaupt daran erinnerte, dass sie etwas vermisst hatte? War vermissen nicht ein Gefühl? Und konnte man Gefühle einfach vergessen? Ich schüttelte den Kopf und sah mich schluckend im Raum um, ob jemand bemerkt hatte, wie ich Riley angestarrt hatte. Vielleicht war es doch keine gute Idee gewesen, einfach so ins *Anne's* zu spazieren, als wäre für mich nichts dabei, Riley zu treffen und mich mit ihr zu unterhalten. Aus dem Augenwinkel sah ich, wie sie meine Bestellung auf ein Tablett stellte, und täuschte ich mich, oder hatte sie für einen Moment die Augen geschlossen und tief durchgeatmet?

»Ein Iced Coffee und ein Stück Quark-Strudel.« Sie stellte beides vor mir ab, wobei sie mir so nah kam, dass sich alles in mir schmerzvoll zusammenzog und meine Kehle von einer auf die nächste Sekunde trockener wurde als die Wüste

Nevadas. Ich nahm ihren zarten Duft wahr, der mich prompt sieben Jahre in der Zeit zurückreisen ließ. Wie früher vernebelte der dezente Geruch von Kirschblüten meine Gedanken. Sie verwendete das gleiche Deo wie zu der Zeit, als wir zusammen gewesen waren. Damals hatte sie nichts von Parfums gehalten, ob sich das mittlerweile geändert hatte?

Ich räusperte mich. »Danke, Riley.« Mir war bewusst, wie mutig es war, sie direkt mit ihrem Namen anzusprechen, und ihr kurzes Zusammenzucken bestätigte mir dies.

»Gern geschehen«, erwiderte sie atemlos, presste sich das Tablett an ihre Brust und hechtete zurück zum Tresen, wobei sie beinahe über ihre eigenen Füße gestolpert wäre. Ich schmunzelte, denn das passte so gar nicht zu der Eleganz, die ich von ihr als Tänzerin gewohnt war.

Die wenigen Sekunden, die sie neben mir gestanden hatte, hatten ausgereicht, um mich einen Entschluss fassen zu lassen. Seit Tagen hatte, tief verborgen hinter Zweifeln und Ängsten, ein Wunsch in mir gegärt und mir keine Ruhe gelassen. Ich wusste nicht, ob es klug war, ob es mich abermals verletzen würde, und ob ich es überhaupt schaffte, doch ich konnte mich nicht dagegen wehren: Ich wollte die neue Riley Carmello kennenlernen. Wollte, dass sie mich erneut kennenlernte, denn ich hatte mich geirrt – was wir vor bald acht Jahren gehabt hatten, war nicht plötzlich nichts mehr wert, nur weil sie sich nicht mehr an die Gefühle erinnerte, die wir füreinander gehegt hatten. Ihre Erinnerungen waren vielleicht verschwunden, doch das hieß nicht, dass wir keine neuen schaffen konnten.

6. Kapitel

Riley

»Willst du über irgendetwas reden?« Abbys Stimme holte mich aus den Gedanken. »Oder haben die Tomaten dir etwas getan?«

Betroffen starrte ich auf das Schneidebrett vor mir, das vage an einen Tatort erinnerte und mir das Gefühl gab, als müsste ich sofort vor der Polizei fliehen. Wie in Trance hatte ich die Tomaten nicht in Stücke geschnitten, sondern eher eine kaltgepresste Tomatensuppe aus ihnen gezaubert, die sogar viel zu flüssig war, um sie als Grundlage auf die Pizza zu schmieren. »Oh Mann«, stöhnte ich. »Planänderung? Der Pizzateig hält sich bis morgen, heute gibt es Spaghetti Napoli.«

Abby kam grinsend zu mir, öffnete eine der unteren Schubladen der Kücheninsel und holte zwei Töpfe aus ihr hervor. »Klingt gut. Aber trotzdem: Was ist los, Schwesterchen? Worüber denkst du nach?«

Seufzend ließ ich die Schultern hängen und schlurfte zum Vorratsschrank, um eine Packung Nudeln, eine Zwiebel, das billige Olivenöl, das wir uns gerade so leisten konnten, und Gewürze zu holen. »Über Devon.«

»Dachte ich mir.« Ich sah Abby aus dem Augenwinkel nicken.

»Ich will dich damit nicht belasten«, gab ich zu und entfernte die Schalen von der Zwiebel, darauf bedacht, dieses Mal kein Massaker zu veranstalten.

»Mensch, Riley!« Abby stemmte vorwurfsvoll die Hände in die Hüften. »Ich bin kein Baby mehr, du kannst mit mir reden.«

»Ach, Süße!« Ich schniefte, was allerdings mehr den Zwiebeldämpfen geschuldet war als der Situation. »Ich schaffe es kaum, die Gedanken in meinem Kopf zu ordnen, wie soll ich da dir erklären, was in mir vorgeht?«

Abby stellte die Töpfe auf den uralten Gasherd, der glücklicherweise immer noch seinen Dienst tat, und goss einen halben Esslöffel Olivenöl hinein. Gerade genug, dass die Zwiebeln nicht anbrannten – wir hatten gelernt, in sämtlichen Lebenslagen sparsam zu sein. Sie drehte den Regler, der Herd gab das gewohnte Klicken von sich, und eine Sekunde später erschien die Flamme unter dem Topf. Während ich die Zwiebeln hineingab, lief Abby zur Schublade, um einen Kochlöffel zu holen, und begann augenblicklich umzurühren. Wieder einmal fiel mir auf, was für ein gut eingespieltes Team wir waren. Ohne miteinander zu reden, arbeiteten wir Hand in Hand. »Du kannst es versuchen«, murmelte sie und wandte mir aufmerksam den Blick zu.

Ich atmete tief durch, wobei sich mein Brustkorb gemächlich hob und senkte. »Weißt du«, seufzte ich. »Einerseits versuche ich ständig, sämtliche Erinnerungen an unsere Zeit hier mit Mom und Dad auszublenden. Andererseits wünsche ich mir nichts sehnlicher, als mich an die letzten gemeinsamen Jahre zu erinnern. Und dazu gehört anscheinend auch ein Mensch, der mir wichtig war. Es fühlt sich so …«

»Seltsam an? Surreal? Wie aus einem schlechten Film?«

Ich nickte, denn mir fielen kaum bessere Worte ein, um das Durcheinander in meinem Inneren auch nur ansatzweise zu umschreiben. »Ich fühle mich hilflos.«

Nickend rührte Abby weiter und deutete auf die Tomaten, damit ich sie in den Topf gab. Sie wurden zischend von den Zwiebeln begrüßt, und ich öffnete die Nudelpackung, um sie in den zweiten Topf zu geben, in dem inzwischen das Wasser kochte. »Ich verstehe dich.« Abbys Stimme klang traurig. »Weißt du, falls du …« Sie brach ab und schüttelte den Kopf.

»Falls ich was?«, hakte ich nach, während ich die Nudeln salzte und ein paar der getrockneten Kräuter aus dem Vorratsschrank in die Sauce streute.

»Falls du mir Fragen stellen möchtest, über … früher, über dich und Devon, kannst du das tun, okay? Ich war zwar ein Kind, aber ich habe euch nicht vergessen.«

Ihre letzten Worte rissen ein Loch in mein Herz, und es kostete mich alle Anstrengung, das plötzliche Zittern meiner Hände zu unterdrücken. »Okay.«

»Okay?« Sie warf mir einen zurückhaltenden Blick zu.

»Ja. Ich hatte all die Jahre Angst davor, Dinge zu erfahren, die mich vielleicht zu sehr niederschmettern würden. Aber langsam glaube ich, dass ich, wenn wir hier in Saint Mellows ernsthaft glücklich werden möchten, damit anfangen muss, mich mit den Jahren zu beschäftigen, die mir abhanden gekommen sind.«

Abbys Augenwinkel füllten sich mit Tränen, und eine Sekunde später hing sie an mir, ihre Arme fest um meinen Oberkörper geschlungen und ihre Nase in meiner Halsbeuge vergraben. »Endlich.«

Perplex fiel mir die Kinnlade herunter und ich schluckte. »Abby, was ist denn los?«

»Ich hatte so gehofft, endlich mit dir darüber reden zu können«, flüsterte sie an meinem Hals.

In diesem Moment war es, als überrollte mich ein Mähdrescher, der mich in meine Einzelteile zerlegte. Nie hatte ich auch nur eine Sekunde daran gedacht, was für eine Last, was für eine Bürde mein Verhalten für Abby gewesen sein musste. Im Grunde hatte ich ihr die Möglichkeit genommen, mit mir über die einzige Zeit in ihrem Leben zu sprechen, an die sie feste Erinnerungen hatte. Ich war ein egoistisches Monster gewesen, das wurde mir soeben bewusst. »Es tut mir leid, Abby«, schluchzte ich und bemerkte, dass auch mir Tränen über die Wangen rollten. »Was habe ich dir nur angetan?«

Prompt löste sich Abby von mir und sah mich mit gerunzelter Stirn an. »Was meinst du? Du hast mir nichts getan«, versicherte sie mir.

»Ich habe dir verboten, über das zu sprechen, was du liebst.«

Sie schüttelte vehement den Kopf. »Nein, Riley. Das hast du nicht. Wir haben oft über Mom und Dad gesprochen, du hast mir von deinen Erinnerungen erzählt und weißt du, ich habe meine eigenen und das war immer okay für mich. Ich möchte mit dir über die Zeit reden, um *dir* zu helfen, verstehst du?« Ich wollte sie unterbrechen, doch sie hob die Hand, damit ich sie aussprechen ließ. »Ich kann mir kaum vorstellen, wie es für dich sein muss. *Du* bist es, die die letzten Jahre mit Mom und Dad vergessen hat, die sich nicht an ihre erste Liebe erinnert und die trotzdem immer so stark war. Jetzt bist du dran, okay?«

Ihre erwachsenen Worte sorgten dafür, dass mir der Kloß im Hals, der mir seit Jahren ein treuer Feind war, enorme Schmerzen bereitete. Nie hätte ich vermutet, dass sich der Moment, in dem ich mich endlich meiner Vergangenheit zuwandte und vor dem mir so lang bange gewesen war, an einem ganz normalen Tag ereignen würde. Wie viele Emotionen und Ereignisse passten in diesen einen Tag? »Hör bitte auf, so schnell erwachsen zu werden«, bat ich sie. »Du hast noch Zeit dafür.«

»Du musstest es auch viel zu früh werden«, erwiderte Abby, wobei ihr ein trauriges Lachen entwischte.

»Ich war achtzehn, Süße.«

»Das ist nur auf dem Papier erwachsen, das wissen wir doch alle.«

Ich verdrehte lächelnd die Augen. »Und du hast noch über drei Jahre Zeit, bis du auf dem Papier erwachsen sein musst. Okay?«

»Meinetwegen.« Sie zuckte mit den Schultern. »Oh verdammt!« Sie gab ein erschrockenes Quieken von sich und drehte sich zu den Töpfen um. »Schnell! Umrühren!«, forderte sie mich auf, indem sie mir den Kochlöffel in die Hand drückte.

Abby hob den Nudeltopf von der Flamme und eilte zur Spüle, um die Nudeln in ein Sieb zu gießen, ich versuchte derweil, die Tomatensauce vom Topfboden zu kratzen. »Heute sind an uns echt keine Meisterköche verloren gegangen«, erklärte ich prustend und fühlte mich etwas gelöster. Abby fiel in mein Lachen ein und wir hörten die nächsten Minuten nicht mehr damit auf. Nicht, während wir die matschigen Nudeln auf zwei Teller verteilten, die angebrannte Sauce darüber gaben, den geriebenen Mozzarella darauf streuten und uns japsend und lachend zum Esstisch schleppten, um unser Drei-Sterne-Gericht zu vertilgen.

»Abby?« Ich hielt in der Bewegung inne, bevor ich das Besteck auf meinen halb geleerten Teller legte.

»Hm?« Sie hob den Kopf an, und ich sah, dass ihre Mundwinkel rot verschmiert waren wie bei einem Kleinkind, was mich schmunzeln ließ. Wortlos schob ich ihr die Küchenrolle zu und deutete auf ihre Lippen.

»Mochten Mom und Dad diesen Devon?«

Abby lächelte mit schief gelegtem Kopf und verdrehte die Augen. »Sie hätten ihn liebend gern adoptiert, wenn das nicht total creepy gewesen wäre.«

Ich nickte. »Das ist gut. Und du? Mochtest du ihn?«

»Ja, sehr sogar. Er hat mich nicht ständig aus dem Zimmer geworfen und sogar mit mir gespielt.«

»Klingt nach einem netten Typen, dieser Devon«, murmelte ich und schob mir eine Gabel Nudeln in den Mund.

»Riley?«

»Hm?«

»Nenn ihn nicht *diesen Devon!*« Sie lächelte. »Er war einfach Devon, okay? Ich kann natürlich nicht sagen, was er heute für ein Mensch ist, und schon klar, damals war ich ein Kind, aber Devon gehörte zu den Guten.«

Ich stieß einen Schwall Luft aus. »Das macht es mir nicht gerade einfacher.«

»Das kann ich mir vorstellen.«

Wir aßen still weiter, bis ich wieder das Wort ergriff. »Abby?«

»Riley?« In ihrer Stimme schwang Belustigung mit.

»Findest du, es wäre komisch, wenn ich mit diesem …«

Ich räusperte mich. »Entschuldige, wenn ich mit Devon rede? Es ihm erkläre?«

»Was denn?« Abby zog verwirrt eine Augenbraue hoch.

»Alles.« Ich straffte die Schultern und ließ mich gegen die Rückenlehne fallen. »Einfach alles.«

Sie schluckte ihren letzten Bissen herunter und legte nickend ihr Besteck auf den geleerten Teller. »Ich glaube, das wäre gut. Für euch beide, dann müsstet ihr nicht so peinlich umeinander herumtänzeln.«

»Wie bitte?« Ich nahm das Küchenpapier und warf es nach meiner Schwester.

»Ach komm«, lachte sie. »Es war euch nicht möglich, normal miteinander zu reden. Weder auf dem Parkplatz noch im *Anne's*.«

»Auf dem Parkplatz wusste ich überhaupt nicht, wer er war«, verteidigte ich mich und verschränkte die Arme.

»Aber er. Ich habe nie zuvor in meinem Leben einen so verwirrten Gesichtsausdruck gesehen wie seinen, als du Small Talk mit ihm gehalten hast, obwohl er etwas komplett anderes erwartet hätte.«

»Du Besserwisserin«, brummte ich. »Heute im Café ging es doch aber?«

Abby verkniff sich ein Grinsen. »Klar, es ging. Total. Ihr habt euch *beide* gar nicht seltsam benommen, nein.«

Ich gab ein nichtssagendes Brummen von mir. »Also du meinst ernsthaft, ich sollte mit ihm reden?«

Sie seufzte und stand auf, um unsere Teller abzuräumen. »Ich denke, es kann zumindest nicht schaden, Riley.«

»Es kann nicht schaden«, wiederholte ich ihre Worte flüsternd und stützte den Kopf in meine Hände.

Devon

»Verdammt, Fiona«, knurrte ich ins Smartphone und raufte mir die Haare. »Schön«, donnerte ich und versuchte gar nicht mehr, die Beherrschung nicht zu verlieren. »Schön! Dann mach doch, was du willst!« Ich legte auf, ohne auf ein weiteres Wort meiner Exfrau zu warten, und warf das Handy im hohen Bogen auf das Sofa meiner Eltern. Zum Glück dauerte es nicht mehr lang, bis ich endlich meine eigene Wohnung beziehen konnte.

»Ärger im Paradies?« Blake stand gegen den Türrahmen gelehnt da, die Arme vor der Brust verschränkt.

»Paradies«, schnaubte ich wütend. »Wenn das das Paradies ist, nehm ich freiwillig die Hölle. Was machst du hier?«

Blake warf lachend den Kopf zurück, ehe er mein Handy von der Couch nahm und es mir reichte. »Ich habe etwas aus Dads Garage geholt. Was ist los?«

»Diese Frau treibt mich zur Weißglut«, murrte ich und hätte liebend gern gegen das Sofa oder den Tisch getreten, um meinen Frust abzulassen. »Ich hätte Elsie eigentlich am Freitag abholen sollen, damit sie die Woche über bei mir ist, und jetzt kam Fiona auf die grandiose Idee, mit ihr über das Wochenende ihre Eltern in Michigan zu besuchen.«

»Klappen ja super, eure Absprachen«, meinte Blake.

»Deinen Sarkasmus kannst du dir sparen.«

Er boxte mir gegen den Oberarm und wandte sich ab, um den Raum zu verlassen. »Ich bin auf deiner Seite, Dev, vergraul mich nicht.«

Die Augen verdrehend folgte ich ihm in die Küche. »Ich

weiß. Langsam beschleicht mich die Vorahnung, dass die Scheidung eine Schlacht wird.«

Blake warf mir einen mitfühlenden Blick zu und öffnete den Kühlschrank, um zwei Wasserflaschen herauszuholen, wovon er mir eine über die Kücheninsel zuwarf. »Stellt sie sich quer?«

»Querer als quer. Wir hatten uns auf alles geeinigt, und plötzlich schafft sie es nicht einmal, unsere verabredeten Zeiten einzuhalten. Wenn es so weitergeht, will sie noch, dass Elsie bei ihr in Chicago zur Schule geht.«

»Und das willst du natürlich nicht.«

»Selbstverständlich nicht. Sie soll hier zur Schule gehen und nicht zwischen Betonklötzen. Und Fiona war damit verdammt noch mal einverstanden!«

»Menschen ändern ihre Meinungen und Wünsche ständig«, erklärte Blake, was mir nicht im Geringsten half.

»Fiona ist die Königin der Unentschlossenheit.« Frustriert ließ ich mich auf einen Stuhl fallen und stellte die Wasserflasche vor mir ab. »Ich werde einen echt guten Anwalt brauchen.«

»Meinst du wirklich?«

»Es geht hier um meine Tochter, Blake«, knurrte ich. »Fiona ist es gewohnt zu kriegen, was sie will.«

Blake lachte. »Sympathisch wie eh und je.«

In dem Moment, in dem mein Bruder die Küche verlassen wollte, überrumpelte ich ihn. »Ich habe noch mal mit Riley gesprochen.«

»Echt?« Abrupt blieb er stehen und wandte sich zu mir um, beide Augenbrauen bis zum dunklen Haaransatz hoch gezogen. »Du leidest wohl gern?«

Grinsend schüttelte ich den Kopf. »Es gibt Neuigkeiten in der Sache Riley.«

»Ach ja? Die da wären?« Da er zu ahnen schien, dass dies ein längeres Gespräch werden würde, zog er sich einen Stuhl unter dem Tisch hervor und ließ sich darauf fallen.

»Retrograde Amnesie.« Meine Stimme war kräftig und doch tat es innerlich weh, diese Worte auszusprechen.

»Kommt da noch mehr? Oder eine Erklärung?« Ich erkannte einen Mix aus Belustigung und Verwirrung in Blakes Blick.

»Ich habe erfahren, dass Riley die gesamten Erinnerungen an die letzten drei Jahre vor dem Unfall verloren hat. Nach meiner Recherche ist das eine schwere Form der Amnesie. Vermutlich hat sie ein starkes Hirntrauma erlitten, ich weiß es leider nicht.«

»Fuck«, fluchte Blake und fuhr sich teilnahmsvoll mit den Händen durch die Haare. »Wirklich die kompletten drei Jahre?«

»Anscheinend.«

»Also hat sie auch dich vergessen?» Ich nickte. »Und warum liegst du dann nicht wieder wie ein Häufchen Elend in deinem Kinderzimmer und flennst die Kissen voll?«

»Ich war achtzehn Jahre alt, du Arsch«, lachte ich. »Mittlerweile habe ich meine Emotionen und den Tränenfluss etwas besser unter Kontrolle.«

»Als ob«, grinste Blake. »Aber trotzdem, du wirkst kaum geschockt darüber, das kapiere ich nicht.«

»Ich *war* geschockt, glaub mir.« Ich ließ mich gegen die Rückenlehne des Stuhls fallen, griff nach meiner Wasserflasche und trank die Hälfte in einem Zug aus. »Aber eröffnet mir das nicht ganz neue Möglichkeiten?«

»Ganz neue – was? Devon, könntest du bitte aufhören, in Rätseln zu sprechen?« Blake runzelte die Stirn, was mich schmunzeln ließ, da mir klar war, wie sehr er es hasste, wenn man Dinge nicht auf den Punkt brachte. Das hatte er von Dad.

»Mal sehen«, erwiderte ich geheimnisvoll lächelnd, rutschte samt meinem Stuhl zurück und stand auf.

»Und du willst mir nicht offenbaren, was du meinst?« Blakes tiefer Stimme wohnte ein Fünkchen Bedrohung inne, was mich noch breiter grinsen ließ.

»Nein, ich muss das selbst alles noch mal überdenken«, sagte ich, ohne ihm eine Erklärung zu liefern.

»Dann denke schneller, ich kann es nicht leiden, wenn du das machst«, brummte Blake und erhob sich ebenfalls.

»Weißt du, wofür du mich noch mehr hassen wirst?« Mir schoss die Hitze ins Gesicht und ich rückte in weiser Voraussicht einen Schritt zurück.

Blake seufzte. »Spuck's schon aus.«

»Irgendwie ist es passiert, dass du ein offizieller Helfer des Veranstaltungskomitees bist.«

»Wie bitte?« Der Schock stand ihm ins Gesicht geschrieben. »Wie? Warum? Wie?«

»Rupert ist ein Kackstiefel, brauchst du weitere Informationen?«

»Ja! Ich hätte schon gern mehr Erklärung, außer du möchtest, dass ich dir hier und jetzt den Kopf abreiße.«

»Er wollte mich nur als Helfer nehmen, wenn ich dich mitbringe. Ich habe ja auch keine Ahnung, was er an dir findet.«

Blake presste angespannt die Kiefer aufeinander. »Das sag ich dir: Ich bin meilenweit der beste Handwerker und dank mir brauchen sie nicht das Stadt-Sparschwein plündern, indem sie jemand anderen engagieren. Wieso hast du das getan?«

»Vielleicht wird es ja witzig«, umging ich seine Frage, machte wagemutig einen Schritt auf ihn zu und klopfte ihm auf die Schulter. »Sieh es positiv, wir hängen da beide drin.«

»Und das ist allein *deine* Schuld.«

»Du hast was gut bei mir«, flötete ich, ehe ich lachend aus dem Haus verschwand, die Haustür mit einem Knall hinter mir ins Schloss werfend. Die pralle Mittagshitze schlug mir entgegen, und kurz war ich versucht, wieder umzudrehen, um mich im klimatisierten Haus zu verschanzen. Doch das hätte nicht zu meinem Plan gepasst. Der Entschluss, Riley neu kennenzulernen, hatte sich in mir gefestigt. Nach wie vor hatte ich keine Ahnung, wie ich es am besten anstellen sollte, doch war der erste Schritt in die richtige Richtung nicht, mich vor ihr zu verstecken. Was auch immer zwischen Riley und mir möglich war, möglich werden würde, es konnte nicht geschehen, wenn ich mich weiterhin in meinen eigenen Erinnerungen aufhielt, mich mit aller Kraft an sie klammerte, statt zu versuchen, neue zu schaffen. Es hatte einen Grund, dass ich Riley nie vergessen hatte. Dass ich nie aufgehört hatte, diese ganz besondere Liebe für sie zu empfinden. Ich musste nur herausfinden, ob das, was uns als Teenager verbunden hatte, auch heute noch die Macht dazu hatte. Nach all den Jahren, nach all den Veränderungen in unseren Leben und nach all den verlorenen Erinnerungen. Ohne darüber nachzudenken, trugen mich meine Füße zum Stadtzentrum. Ich würde dem *Anne's* einen Besuch abstatten, mich mit einem Iced Coffee ans Fenster setzen und einfach mal schauen, was passierte.

Riley

Die ersten Tage im *Anne's* vergingen wie im Flug und mit jedem einzelnen gewöhnte ich mich mehr an mein neues Leben. Es waren kaum mehr zwei Wochen, bis die Schule losging und auch Abby wieder in einen neuen Alltag finden musste. Im Moment verbrachte sie die meiste Zeit in unserem Garten, für den sie plötzlich den grünsten Daumen der Welt entwickelt hatte, oder hier bei mir im *Anne's*. Ich genoss es, sie um mich zu haben, und es wäre gelogen gewesen zu behaupten, ich hätte die Arbeit mit Anne nicht gemocht. Leena hatte recht gehabt: Eine bessere Chefin als sie hätte ich mir nicht wünschen können. Bereits nach kurzer Zeit erkannte ich die typischen mellowianischen Muster. Ich merkte mir, wer wann ins Café kam, und prägte mir die ersten Stamm-Bestellungen ein. Heute war ein verhältnismäßig ruhiger Tag, was mir nicht behagte, da ich so mehr Zeit hatte, um zu grübeln. Bis heute hatte ich es nicht über mich gebracht, mit Devon zu sprechen, was zum größten Teil daran lag, dass ich ihn seit meinem ersten Arbeitstag nicht mehr getroffen hatte. Doch selbst wenn wir uns begegnet wären, hätte ich vielleicht nicht den Mut dazu aufbringen können. Tief in meine Gedanken versunken wischte ich den Kassentresen und ließ den Blick über die paar Gäste schweifen. Sie aßen und tranken in aller Seelenruhe, genossen die Sonnenstrahlen, die durch die Fenster fielen, und unterhielten sich. Dieses gemächliche Treiben war eigentlich beruhigend und wenn meine Gedanken nicht nur um dieses eine Thema gekreist wären, hätte ich es sogar genießen können.

Das Bimmeln der Ladenklingel zog meine Aufmerksamkeit zur Tür und prompt ließ ich den Wischlappen fallen. Ich bückte mich, um ihn aufzuheben, und als ich mich wieder aufrichtete, stieß ich mir das Knie an.

»H-hi«, stammelte ich und winkte Devon zu, der lächelnd zum Tresen kam. Meine Kniescheibe schmerzte höllisch.

»Hi, Riley.« Seine tiefe Stimme, die vergangenheitslose Vertrautheit in mir weckte, drang mir bis ins Innerste. »Ich nehme einen Iced Coffee zum Hiertrinken«, erklärte er, ohne den Blick von meinem Gesicht zu nehmen.

»Gern.« Ich nickte und wandte mich blitzschnell ab, damit er nicht bemerkte, dass sein Erscheinen mich aus der Fassung brachte. War es nicht das gewesen, was ich gewollt hatte? War mir nicht eben noch langweilig gewesen und hatte ich mir nicht insgeheim gewünscht, endlich mit ihm reden zu können, damit ich es hinter mir hatte? Seit wann wurden meine Wünsche bitte wahr? Flog hier irgendwo eine verfluchte, unsichtbare Wunschfee herum, die mich heute auserkoren hatte? Dann konnte sie mir direkt den Wunsch erfüllen, dass sich mein Knie nicht mehr anfühlte, als würde es sturzflutartig bluten. Ungelenk tastete ich es ab und zuckte zusammen.

»Brauchst du Hilfe?« Devons Lachen drang an mein Ohr. Ach, verdammt! Ich war mitten in der Bewegung stehen geblieben, in der einen Hand die Milchpackung und in der anderen den Siebträger für den Kaffeeautomaten. Ich musste den Eindruck vermitteln, als stünde ich neben mir. Was ich leider tat.

»Nein, nein, sorry, ich war in Gedanken«, wich ich aus und winkte locker ab, was keine gute Idee war, da ich dabei den frisch gemahlenen Kaffee auf dem Boden, meinem Arm und meiner Schürze verteilte. »Na toll!«, flüsterte ich und schielte aus dem Augenwinkel zu Devon. Er presste die Kiefer aufeinander, um sich das Lachen zu verkneifen. Natürlich hatte er es gesehen. »Witzig«, stöhnte ich, stellte Siebträger und Milchpackung auf den Zubereitungstresen und griff nach dem Lappen, um die Sauerei aufzuwischen.

»Du brauchst wirklich keine Hilfe?« Devon war um den Tresen herumgekommen und in die Hocke gegangen, wodurch sich unsere Gesichter auf gleicher Höhe befanden. Seine tiefbraunen Augen weckten etwas in mir. Etwas, das schmerzte, etwas, das sehnsüchtig nach meinem Herzen griff, doch was es war, konnte mein Verstand nicht erfassen.

»Nein«, brachte ich hervor und zwang mich dazu, mich von seinem Anblick loszueisen. Auch wenn ich es nicht gern zugeben wollte, fühlte ich mich von ihm angezogen. Es half mir auch nicht unbedingt, dass er so ungemein attraktiv war. Seine dunklen Haare, die sonnengebräunte Haut und dieser kantige Kiefer, der besonders hervortrat, sobald er lächelte, brachten mich ganz durcheinander. Ich räusperte mich. »Wirklich nicht, ich bin heute etwas tollpatschig.«

»In Ordnung.« Devon klatschte sich kurz auf die Oberschenkel, ehe er sich wieder aufrichtete, wobei mir auffiel, dass er obendrein noch große, gepflegte Hände hatte. »Falls doch, ich bin dort hinten.« Er deutete mit seinem Daumen über die Schulter in Richtung der Tische und zwinkerte mir zu. Dieses verdammte Grübchen!

»Alles klar«, erwiderte ich in betont lockerem Tonfall und versuchte, mich zu konzentrieren. Gedanklich sprach ich mir jeden einzelnen Schritt vor. Espresso kochen, Eiswürfel aus dem Eisfach holen und in ein Glas geben, Milch hineinfüllen, Espresso obendrauf, et voilà. Ich griff nach einem breiten Glasstrohhalm und einem der sommerlichen Kekse, die Anne heute Morgen gebacken hatte. Sie schmeckten nach fruchtigen Zitronen und Himbeeren, hatten die Form einer fünfblättrigen Blüte und bunte Glasuren. Für Devon wählte ich einen gelben Keks und legte ihn auf den Teller, auf dem ich bereits das Glas mit dem Kaffee positioniert hatte.

»Bitte schön«, murmelte ich, als ich beides vor ihm abstellte.

»Danke.« Er schenkte mir dieses vertraute Lächeln, bei dem ich mir vorkam wie eine Verräterin.

»Ähm, Devon?« Ich schluckte und zog kurzerhand den zweiten Stuhl unter dem Tisch hervor, um mich ihm direkt gegenüber zu setzen.

»Ja?« Perplex stellte er sein Glas, das er schon halb bis zum Mund geführt hatte, zurück auf den Teller. Er suchte meinen Blick und als sich unsere Augen begegneten, explodierte Angst in mir, suchte sich ihren Weg durch meine Blutbahnen, direkt bis ins Gehirn, und machte mich bewegungsunfähig. Wie genau hatte ich mir das vorgestellt?

Hi, Devon. Ich habe erfahren, dass wir mal ein Paar waren, ich erinnere mich nur leider nicht daran, weil bei dem Unfall, bei dem meine Eltern umkamen, auch all meine Erinnerungen an dich verloren gegangen sind. Sorry, aber lass dir deinen Kaffee schmecken, bis bald?

Ich presste angestrengt die Luft aus meinen Lungen und fasste mir an die Stirn. »Oh Mann«, flüsterte ich und bereute es mit jeder Sekunde mehr, mich bis hierher vorgewagt zu haben. Sein Blick ruhte auf mir und da war nichts

Verurteilendes in ihm. Das Einzige, das ich sah, war Verständnis, und ich fragte mich, ob Devon ein geduldiger Mensch war.

»Riley …« Er sagte meinen Namen so voller Zuneigung, dass sich mir die Kehle zuschnürte, und ich hob die Hand, um ihm das Wort abzuschneiden. Was auch immer er sagen wollte, ich musste ihm zuvorkommen. Musste ihm sagen, dass er sich keine Hoffnungen oder Derartiges machen durfte. Dass er im Grunde ein Fremder für mich war.

»Nein, Moment. Warte!« Ich lächelte, obwohl meine Hände und Knie zitterten. »Es gibt da etwas, von dem ich möchte, dass du es weißt.«

»Okay.« Er nickte und unterbrach unseren Blickkontakt für keine einzige Sekunde. Ich versuchte krampfhaft, mich zu erinnern. Ich wollte die folgenden Worte nicht aussprechen, da sie sich auf eine Art endgültig anfühlten, für die ich noch nicht bereit war. Tief in mir hatte ich immer gehofft, dass all das Vergessene zu mir zurückfinden würde. Vielleicht würde es ja genau jetzt wieder auftauchen. Doch nichts geschah. Ich sah in Devons Augen, in denen ich, wenn ich Abbys Worten Glauben schenken durfte, wohl schon unzählige Male versunken war, und empfand nichts als Furcht. Furcht davor, mein Geheimnis, das ich so lange gehütet hatte, zu enthüllen und mich angreifbar zu machen. Furcht, ihn vor den Kopf zu stoßen, zu verletzen. Und ja, Furcht, ihn zu verlieren, obwohl ich ihn doch eigentlich gar nicht kannte, er ein Fremder für mich war und ich ihn längst verloren hatte. Kopfschmerz setzte ein und zwang mich, die Augen zu schließen. »Riley«, wiederholte er, und plötzlich spürte ich seine Hand zögerlich auf meiner, was mir einen

Stromstoß über den Rücken jagte. »Schon okay«, flüsterte er. So vertraut und zärtlich, dass es mir das Herz zerriss.

»Ich erinnere mich nicht daran, wer du bist«, hauchte ich und starrte auf unsere Hände. »Abby hat mir erzählt, dass …« Ich schaffte es nicht, die Gedankenfetzen zu Worten zu formen.

»Ich weiß«, erwiderte Devon mit Schmerz in der Stimme, nahm seine Hand von meiner und legte sie mir unter das Kinn, um es anzuheben. »Aber *ich* weiß noch ganz genau, wer du bist«, flüsterte er und wischte mir eine Träne von der Wange.

7. Kapitel

Devon

Seit Riley mit mir gesprochen hatte, waren einige Tage vergangen, in denen ich sie täglich im *Anne's* besucht hatte. Vielleicht bildete ich es mir ein, aber es kam mir vor, als fiele uns der Umgang miteinander mit jedem Tag leichter. Ich beschloss, dass die einzige Möglichkeit, wieder zueinanderzufinden, war, uns keine Pausen zu geben, eine Regelmäßigkeit zu schaffen, damit es sich irgendwann nicht mehr komisch anfühlte, miteinander zu sprechen. Obwohl uns wohl beiden klar war, dass es nun mal bizarr *war*. Für Riley vermutlich noch mehr als für mich.

Ich liebte es, sie zu beobachten. Wenn ich ihr dabei zusah, wie sie sich bewegte, erkannte ich die Riley von früher wieder. Ihre Eleganz weckte längst vergessene Erinnerungen in mir – wenn sie mir nicht gerade vor Nervosität einen mit Haselnussbutter gefüllten Scone in den Schoß fallen ließ. In den letzten Tagen war mir bewusst geworden, wie viel unserer gemeinsamen Zeit ich verdrängt hatte, um mich selbst zu schützen. Umso schöner war es zu wissen, dass tief in mir all die Erlebnisse der Vergangenheit schlummerten. Sie benötigten lediglich einen kleinen Stups, um an die Oberfläche zu gelangen. Wenn ich darüber nachdachte, stimmte es mich traurig, dass Riley all das verwehrt blieb. Es gab keinen Stups für sie, nichts, das ihre Erinnerungen weckte.

»Ich hasse dich«, ächzte Blake neben mir und holte mich damit mal wieder aus meinen Gedanken. Er schlug auf dicke Nägel ein, um zwei störrische Holzbretter miteinander zu verbinden. »Nur. Wegen. Dir. Muss. Ich. Diesen. Mist. Machen«, presste er mit jedem Schlag hervor.

»Stell dir doch einfach vor, die Nägel wären Ruperts Kopf«, schlug ich ihm vor und hielt in der Bewegung inne, um mir über die schweißnasse Stirn zu wischen. Seit den frühen Morgenstunden arbeiteten wir auf der Festwiese und zimmerten Kästen aus Holzresten zusammen, die Rupert irgendwo aufgetrieben hatte. Später würden wir diese mit einer festen Plane auskleiden und streichen. Typisch für die Sommer in Wisconsin strahlte die Sonne auch heute ihr Hundertwattlächeln und sorgte dafür, dass alle etwas träge waren. Schon fast neidisch beäugte ich eine Familie, bei der es sich zweifelsohne um Touristen handelte. Sie schlenderten mit Eiswaffeln in den Händen die Straße entlang und deuteten lächelnd auf den Pavillon und die Wimpelketten zwischen den Laternen.

»Oder deiner«, murrte Blake, allerdings hörte ich in seiner Stimme ein leises Lächeln.

»Wenn es dir hilft.« Ich zuckte mit den Achseln und griff erneut zum Bandschleifer, um das Holz halbwegs zu begradigen, bevor Blake es weiterverwendete. »Sieh es von der positiven Seite«, rief ich über das Schreien der Schleifmaschine hinweg. »Immerhin hat Rupert nicht von dir verlangt, dass du dein eigenes Holz nimmst.«

Aus dem Augenwinkel sah ich, dass Blake den Hammer

ins Gras fallen ließ und sich aufrichtete, wobei er seinen unteren Rücken mit den Händen stützte. »Das hätte nicht mal Rupert sich getraut«, schnaubte er. »Das wäre zu viel des Guten gewesen. Oder was glaubst du, wo das Material für das Streichelzoogehege herkam?«

»Oh Rupert«, lachte ich. »Lass mich raten, er hat nicht nachgegeben?«

»Genau, es hätte nicht mehr viel gefehlt und er hätte jeden Morgen in meiner Werkstatt gestanden, um mir ins Gewissen zu reden.« Blake schnaubte und griff zu seiner Wasserflasche. »Er war der Meinung, dass ich zu wenig zum Allgemeinwohl beitrage.«

»Das lass ich unkommentiert«, meinte ich grinsend und erntete dafür einen bösen Blick von meinem Bruder.

»Wie läuft es eigentlich in der Mission Riley?«

»Guter Themenwechsel.« Ich ließ mich seufzend auf dem Rasen nieder und hoffte, dass Rupert nicht in den nächsten Minuten hier aufkreuzte, denn sonst hätte er mir wieder einen Vortrag darüber gehalten, dass freiwillige Arbeit nicht hieß, dass man mehr Pausen machte, als zu arbeiten. »Wir … reden.«

»Ihr redet?« Blake hob skeptisch eine Augenbraue, bevor er sich neben mich fallen ließ.

»Über nichts Besonderes.«

»Das Wetter oder was?«

»Auch.«

Blake prustete los. »Wo soll das hinführen?«

Ich griff nach meinen Arbeitshandschuhen und bewarf ihn damit. »Keine Ahnung, okay? Ich besuche sie jeden Tag im Café und wir unterhalten uns zwanglos. Zumindest versuchen wir es. Du weißt doch, wie kompliziert unsere Situation ist.«

Blake nickte. »Ja, und ich möchte ehrlich nicht in deiner Haut stecken.«

»Danke«, seufzte ich und senkte den Blick auf den Boden. »Glaubst du, ich kann sie um ein Date bitten?«

Blake schwieg für Sekunden, die sich anfühlten wie eine Ewigkeit. »Wovor hast du Angst?«

Entrüstet schnaubte ich. »Meinst du die Frage ernst?«

»Natürlich«, nickte er. »Sprich es aus, los!«

»Mein Bruder, der Hobbypsychologe«, witzelte ich, um meine Verlegenheit zu verstecken, doch er ging nicht darauf ein. »Na, wovor wohl? Davor, dass sie Nein sagt.«

Aus dem Augenwinkel sah ich ihn nicken. »Und warum sollte sie Nein sagen?«

»Vielleicht findet sie es ja zu früh dafür?«

»Zu früh für ein Date mit ihrem Exfreund, an den sie sich nicht erinnert?« Er verzog die Mundwinkel zu einem Schmunzeln.

»Ja? Warum ziehst du es ins Lächerliche, Blake?« Leise Wut stieg in mir auf. »Du nimmst die ganze Sache immer noch nicht ernst, oder? Ich möchte Riley wieder in meinem Leben haben, verdammt.«

»Da hast du deine Antwort«, seufzte Blake, woraufhin ich ihn verständnislos anstarrte.

»Antwort? Worauf?«

»Darauf, wovor du wirklich Angst hast. Du hast sie einmal verloren und hast jetzt die Chance, sie noch mal für dich zu gewinnen. Du setzt dich zu sehr unter Druck, kleiner Bruder. Willst du einen Rat hören?«

»Du gibst ihn mir sowieso, oder?«

»Absolut.« Blake grinste. »Trau dich, denk nicht darüber nach. Frag sie und lass die Situationen auf dich zukommen.«

»Das sagst du so einfach«, murmelte ich. »In ihrer Nähe verwandele ich mich wieder in einen eingeschüchterten Teenager.«

Blake lachte. »Du bist kein eingeschüchterter Teenager mehr, glaub mir.«

Ich zögerte. Blakes Worte waren weiser, als ich es ihm jemals zugetraut hätte. Hinter der harten Schale, die meinen Bruder umgab, verbarg sich ein weiches, verständnisvolles Herz. Und er hatte recht: Ich würde nie herausfinden, ob das mit Riley und mir den Hauch einer Chance hatte, wenn ich nicht über meinen Schatten sprang und sie fragte. Andererseits … warum sollte ich es überstürzen? Es bestand immerhin die Gefahr, dass ich sie damit überrollte und dann alles nach hinten losging. Auf gar keinen Fall wollte ich meine Chance verspielen. Doch wer sagte mir denn, wann der richtige Zeitpunkt war? »Okay, willst du einen Kaffee?« Ich wollte den plötzlichen Eifer, der mich überkommen hatte, nutzen und sprang auf die Beine.

»Klar. Wo rennst du hin?«, rief er mir hinterher, doch ich war schon losgelaufen, schnurstracks auf das *Anne's* zu.

»Ich hole uns einen Snack«, antwortete ich ihm über die Schulter, schenkte ihm ein breites Grinsen und sah ihn lachend den Kopf schütteln, ehe er nach seinem Hammer griff.

Wie jeden Tag rutschte mir das Herz ein Stück weit in die Hose, sobald das Geräusch der Ladenklingel Riley aufsehen ließ und sich unsere Blicke trafen.

»Hi, du fleißiger Handwerker«, begrüßte sie mich blinzelnd, stellte ein frisches Blech verführerisch duftender Zimtteilchen auf die Arbeitsplatte und streifte sich die Backhandschuhe ab. »Iced Coffee?«

Ich nickte und fasste mir nervös mit der Hand an den Hinterkopf. »Plus einen Kaffee für meinen Bruder und zwei von den Zimtdingern da. Die kenne ich gar nicht, hat Anne ein neues Rezept?«

»Die habe ich gebacken«, nuschelte sie und wandte sich der Kaffeemühle zu, doch nicht schnell genug, denn ich erkannte, dass sie errötete.

»Du backst?«

»Manchmal«, erklärte sie schulterzuckend und warf mir einen kurzen Blick zu. »Ich will Anne unter die Arme greifen, und sie meinte, dass sie mir vertraut.«

»Gute Entscheidung.« Ich nickte. Eigentlich war jetzt der Moment gekommen, sie auf ein Date anzusprechen. Ich wusste, ich sollte sie einfach fragen, es hinter mich bringen. Doch mein trockener Mund und meine zitternden Hände hielten mich zurück. Aus irgendeinem Grund war ich mir plötzlich sicher, dass es ein Drahtseilakt sein würde, Riley um eine Verabredung zu bitten, und es unheimlich wichtig war, den richtigen Zeitpunkt abzupassen, um sie nicht zu überrumpeln.

Sie warf mir über die Schulter ein Lächeln zu, während sie routiniert den Siebträger in die Maschine einhakte und den Espresso für meinen Kaffee in ein Kännchen laufen ließ. »Was macht ihr da draußen eigentlich?«

»Uns von Rupert schikanieren lassen.«

Riley lachte, was mich so sehr an früher erinnerte, dass

ich einen Stich im Herzen spürte. »Hast du es noch nicht gehört?«

»Was denn?« Neugierig stützte ich die Ellenbogen auf den Tresen und beobachtete jeden von Rileys Handgriffen.

»Rupert hat seine alljährliche Sommergrippe und dadurch seine Stimme verloren, er wird euch die nächsten Tage nicht anbrüllen können.«

»Gott sei Dank! Wir zimmern irgendwelche Behälter zusammen für das sechste – siebte? – Sommerfest an dem Wochenende, bevor die Schule wieder losgeht.«

»Was denn, *noch ein* Sommerfest?« Entsetzt schüttelte sie den Kopf und goss den Kaffee für Blake in eine Tasse.

»Was wäre Saint Mellows ohne seine traditionellen Feste?« Riley legte zwei Gebäckstücke auf einen Teller und stellte diesen zusammen mit den Getränken auf ein Tablett. »Gute Frage«, lächelte sie und tippte auf die Kasse ein. »Zwölf Dollar macht das.«

Ich zog mein Portemonnaie aus meiner Hosentasche und reichte ihr das Geld, ehe ich das Tablett ergriff. »Ich bringe dir das Geschirr zurück, sobald Blake und ich fertig sind. Bis nachher, Riley!« Ich warf ihr einen letzten Blick zu, den ich für ein paar Sekunden länger hielt als nötig.

»Bis später, Dev«, erwiderte sie mein Lächeln.

Zwar hatte ich es nicht über mich gebracht, sie um ein Date zu bitten, doch ich spürte, dass der Mut in mir mit jedem Tag größer wurde. Nicht mehr lang, und wir würden einen Schritt weiter gehen können.

Riley

»Was grinst du so albern, Schwesterchen?«, neckte Abby mich und stupste mich von ihrer Liege aus mit dem großen Zeh an.

»Tu ich gar nicht«, erwiderte ich überrascht.

»Doch. Lass mich raten: Devon war wieder im Café?«

Es war sinnlos, meine Schwester anzulügen, also nickte ich. »Ja, kurz. Er und sein Bruder waren auf der Festwiese und haben irgendetwas für das Sommerfest gebaut.«

»Und du hast ihm die ganze Zeit über schmachtende Blicke zugeworfen?«

»Hey«, rief ich, konnte mir ein Lachen aber nicht verkneifen. »Sei nicht so frech!« Ganz unrecht hatte sie leider nicht. Wenn Devon im *Anne's* war, konnte ich den Blick kaum von ihm losreißen. Irgendetwas an ihm schien mich unglaublich zu faszinieren. Vermutlich lag es daran, dass ich ständig daran denken musste, wer dieser attraktive Fremde einmal für mich gewesen war, und mir vorstellte, wie es sich wohl angefühlt hatte.

»Stimmt es denn nicht?« Sie wackelte wissend mit den Augenbrauen.

»Nein, es stimmt nicht«, erklärte ich entschieden und nahm einen Schluck von meiner Rhabarberlimonade.

»Na klar« Abby griff grinsend nach ihrer Kiwi-Schorle und ließ sich seufzend wieder auf ihre Liege fallen. »Wie lange wollt ihr beiden eigentlich noch umeinander herumtänzeln?«

Es war später Abend und die untergehende Sonne tauchte unseren Garten in wunderschönen dunkelrosa Schimmer.

»Warum ist es dir so wichtig, dass ich Zeit mit Devon verbringe?« Mir war aufgefallen, dass sie immer wieder auf ihn zu sprechen kam.

»Weil ich will, dass du wieder glücklich bist. So wie …« Sie senkte den Blick auf ihre Glasflasche.

»Sag es ruhig«, ermutigte ich sie, obwohl ich wusste, dass ihre Worte schmerzen würden. Doch ich wollte ihr nie wieder das Gefühl geben, dass sie nicht mit mir reden konnte, egal, worüber.

»Wie damals, als ihr zusammen gewesen seid.«

Ich schloss seufzend die Augen. »Ich weiß, Abbybär. Aber bitte mach dir keine Hoffnungen, okay?«

»Wieso nicht? Ich wette, er liebt dich immer noch.«

Stöhnend warf ich den Kopf in den Nacken. »Es ist viel Zeit vergangen und wir sind inzwischen beide andere Menschen. Er hat sein Leben ohne mich weitergelebt, hat sogar eine Tochter. Von der er mir übrigens noch nicht einmal erzählt hat.«

»Weil das sowieso jeder weiß und er davon ausgeht, dass du das längst erfahren hast.« Ich erkannte an Abbys Stimmlage, dass sie mit den Augen rollte. »Außerdem wird er dir das bestimmt erzählen, wenn ihr euch endlich mal außerhalb des Cafés unterhaltet. So schwer ist das doch nicht. Ihr stellt euch wirklich an. Jeder Außenstehende kann sehen, dass ihr euch mögt.«

Meine Alarmglocken schrillten. »Wie meinst du das?«

»Ihr werft euch ständig gegenseitig diese Kitschromanblicke zu und lächelt dann verlegen. Ich glaube, mittlerweile fiebert der halbe Ort mit euch mit. Wenn nicht der ganze.«

Erschrocken setzte ich mich auf, wobei ich beinahe den

Inhalt meiner Glasflasche auf den Rasen gekippt hätte. »Bitte sag mir, dass nicht getuschelt wird.«

»Ein kleines bisschen«, gab Abby kleinlaut zu und versteckte ihr Gesicht hinter ihrer freien Hand.

»Das ist ja furchtbar.« Ich konnte keine Sekunde länger still sitzen bleiben und stand auf, um wie ein Tiger im Käfig hin und her zu laufen. Ich wollte auf keinen Fall, dass hinter meinem Rücken über Devon und mich spekuliert wurde, vor allem solange ich mir selbst noch nicht sicher war, wie ich zu ihm stand.

»Du weißt, in welche Stadt wir zurückgekehrt sind, ja?«

»Ja, tu ich, und langsam beginne ich es zu bereuen.«

»Tust du nicht«, prustete Abby. »Ich kann sehen, dass es dir hier gefällt.«

»Aber es ist auch wirklich schwer«, erklärte ich mit Nachdruck in der Stimme und schluckte. Ich wollte die Stimmung nicht verderben, aber das Wissen, dass über uns geredet wurde, verursachte mir einen kolossalen Stein im Magen, der so schwer wog, dass ich Gefahr lief, mein Abendessen hier und jetzt auf dem Rasen zu verteilen.

»Ich weiß«, murmelte Abby. »Tut mir leid.«

»Schon okay.« Ich winkte seufzend ab und legte den Kopf in den Nacken, um die ersten Sterne zu betrachten, die am Nachthimmel erschienen waren. Als mein Blick am Fenster meines Jugendzimmers hängen blieb, kam mir eine Idee. Vielleicht würde mir die Gegenwart klarer werden, wenn ich einen Blick in die Vergangenheit warf. Ich hatte lange genug damit gewartet. »Komm mit«, bat ich meine Schwester und spurtete los, ohne darauf zu achten, ob sie mir folgte. Mit klopfendem Herzen durchquerte ich unsere Wohnküche, den Flur und stieg Schritt für Schritt die weiße Holztreppe ins erste Stockwerk hoch. Auf wackeligen Beinen taumelte ich nach rechts, wo sich mein altes Zimmer befand. Vor der geschlossenen Tür blieb ich stehen, die Hände angestrengt zu Fäusten geballt.

»Was hast du vor?« Abby stand hinter mir.

»Ich glaube, ich möchte es versuchen«, flüsterte ich, wobei ich selbst kaum ein Wort verstand, da meine Stimme so zitterte.

»Was versuchen?« Abby legte mir die Hand auf den Rücken und fuhr sanft auf und ab, was mir Mut gab.

»In mein Zimmer zu gehen, mir Fotos anzuschauen, vielleicht habe ich Tagebuch geschrieben oder finde Briefe, verstehst du?«

»Du willst dich erinnern?« Abbys Stimme brach und ich drehte mich erschrocken zu ihr um. In ihrem Blick lagen gleichzeitig Zuversicht und Trauer. »Es könnte sein, dass es nicht klappt, die Ärzte sehen doch kaum eine Chance«, meinte sie und wischte sich über die Augen, die sich mit Tränen gefüllt hatten. »Aber ich bin stolz auf dich, große Schwester. Und ich bin bei dir, okay?«

»Okay.« Ich schluckte, griff nach ihren Schultern und zog sie an mich, drückte sie fest, ehe ich mich wieder der Tür zuwandte. Wenn sie nur wüsste, *wie* stolz ich auf sie war.

Als meine Hand auf der Türklinke lag, stellte ich ernüchtert fest, dass es sich nicht so vertraut anfühlte, wie ich erhofft hatte. Ich hatte drei Jahre meines Lebens verloren, doch waren deswegen die restlichen fünfzehn nichts mehr wert? Dieses Zimmer war mein Zufluchtsort gewesen, warum nur spürte ich jetzt nichts weiter als Angst? Zögernd drückte ich die Klinke herunter und stieß die Tür auf, die raschelnd über den dicken Teppich glitt. Ich erkannte ihn nicht wieder, er schien hell zu sein, doch genau konnte ich das im sanften Licht, das vom Flur in den Raum hineinschien, nicht sagen. Mit zittrigen Händen tastete ich nach dem Lichtschalter und realisierte beseelt, dass ich nicht vergessen hatte, wo er sich befand. Das waren die kleinen Dinge, denen ich mehr Gewicht beimessen sollte. Es war besser, sich über die Kleinigkeiten zu freuen, an die ich mich erinnerte, als den Dingen nachzutrauern, die unwiederbringlich verloren waren. Mit einem leisen Klicken legte ich den Schalter um und mein Zimmer erstrahlte in sanftem Schimmer. Es gab keine grelle Deckenbeleuchtung, sondern viele kleine Lichter in allen möglichen Ecken, die für eine Gemütlichkeit sorgten, in der ich mich sofort wohlfühlte.

»Es sieht aus wie damals«, sagte Abby und stupste mich sanft an, damit ich den ersten Schritt ins Zimmer setzte.

»Wirklich?« Ich war zwar direkt nach dem Unfall noch einmal kurz hier gewesen, um meine Sachen zu packen, doch die Trauer und der Schock hatten dafür gesorgt, dass ich alles wie in Trance erledigt hatte und kaum noch etwas davon wusste. Mein nackter Fuß versank im dicken Teppich.

Abby folgte mir und ließ sich vorsichtig auf mein Bett fallen. Sie nickte mir lächelnd zu. »Ja. Ich war gern bei dir, aber du hast mich oft rausgeworfen, besonders wenn Devon da war. Wer weiß, was ihr hier getrieben habt.« Sie grinste frech.

»Das wüsste ich tatsächlich auch gern«, lachte ich und spürte, wie eine Last von mir abfiel. Es war leichter, mit einem Lächeln in der Vergangenheit zu wühlen als mit Angst.

»Wo willst du beginnen?«

Ich drehte mich um meine eigene Achse, wobei mir all die Fotos auffielen, die über dem Schreibtisch hingen. »Am bestem beim Offensichtlichsten«, murmelte ich und machte einen Schritt darauf zu. Erleichtert stellte ich fest, dass ich die meisten Personen auf den Bildern kannte. Oder zumindest wiedererkannte. Da waren Mom und Dad, Fotos von Devon und mir, von Leena und ihrer Freundin Sue, von meiner Cheerleader-Mannschaft und von Abby als Kind.

»Auf dem Foto da waren du und Devon in Williams Bay. Ihr seid manchmal dorthin gefahren, um zu paddeln.«

»Paddeln?« Ich hob eine Augenbraue und wandte mich zu Abby um.

»Ja, paddeln.« Sie vollführte mit ihren Armen eine Paddelbewegung, als wäre ich begriffsstutzig. »Ihr seid gern Kanu gefahren.«

»Wirklich? Ich hätte nicht gedacht, jemals in einem Kanu gesessen zu haben.«

Lachend stand Abby auf und trat neben mich. »Hast du aber. Und zwar richtig gern.«

»Dann möchte ich es noch mal machen«, murmelte ich, eher zu mir selbst als zu Abby. Ich fuhr die Schreibtischkante sanft mit meinen Fingerspitzen entlang und tippte auf die Tischplatte. Mir fiel auf, dass dies nicht der weiße Schreibtisch war, an den ich mich erinnerte. Dieser hier war aus nahezu unbehandeltem Holz, hatte eine dunkle Platte und weiße Beine. Auf einer Seite waren vier übereinander liegende Schubladen mit Messingknöpfen, die in einem Petrolton lackiert waren. Ich öffnete die oberste Lade, in der ein hellgrüner Pappkarton mit violettem Blumenmuster lag. »Was ist das?«

»Keine Ahnung«, gab Abby zu. »Ich durfte da nie reinschauen, du hättest mir sonst den Kopf abgerissen.«

Ich lächelte. »Bestimmt aus gutem Grund.« Behutsam holte ich die Box heraus und lief zum Bett hinüber, um mich zu setzen. »Komm her!« Ich winkte meine Schwester zu mir. »Jetzt ist deine einmalige Chance, einen Blick in diese mysteriöse Kiste zu werfen.«

»Bist du sicher?« Abby trat von einem Bein aufs andere und strich sich aufgeregt die Haare hinter die Ohren.

»Klar, komm!« Ich klopfte auf die Bettdecke, und es dauerte keine drei Sekunden, bis sie neben mir saß und gebannt darauf wartete, dass ich sie öffnete. »Bereit?«, fragte ich in den Raum hinein, um Zeit zu schinden.

»Also, ich bin es«, lachte Abby ungeduldig. »Los!«

»In Ordnung.« Ich hob den Deckel an und blickte auf ein Chaos aus Zettelchen, Briefen und Fotos.

»Was ist das alles?« Abby hob eine Hand, um nach einem Zettel zu greifen, hielt jedoch in der Bewegung inne. »Darf ich?«

Ich nickte schluckend.

Abby entfaltete das kleine Papier sorgsam, als könnte sie es sonst zerreißen, und hielt es so, dass wir beide es lesen konnten. »Das ist von Devon, glaube ich.«

»Das ist seine Handschrift?« Zögerlich nahm ich ihr das Stück Papier aus der Hand. Es schien aus einem Collegeblock herausgerissen worden zu sein, denn es war an einem Rand perforiert, die anderen drei Ränder waren angerissen.

Du siehst so hübsch aus heute. Grün steht dir, stand dort, und ich wünschte mir in diesem Augenblick nichts sehnlicher, als mich an den Moment zu erinnern, in dem ich diesen kleinen Papierfetzen entfaltet hatte. War es auf dem Schulflur an meinem Spint gewesen? Hatte er mir das Zettelchen heimlich im Unterricht zugesteckt? Oder auf dem Weg nach Hause? Hatte er gesehen, wie ich es gelesen hatte? War ich rot geworden, oder hatte ich ihm einen Kuss gegeben? Hatte ich Schmetterlinge im Bauch gehabt und hatte sich das genauso angefühlt wie das, was ich in diesem Augenblick spürte? Ich fragte mich, welches grüne Kleidungsstück ich getragen hatte, das ihm an mir gefallen hatte.

Abby stieß mir sanft den Ellenbogen in die Seite. »Devon, der Charmeur! Er wusste, wie er dich aufmuntern konnte.«

Verwundert runzelte ich die Stirn. »Wie meinst du das?«

»Das war eine Anspielung auf deine Uniform.« Abby stand auf, ging zum Kleiderschrank und warf mir einen fragenden Blick über die Schulter zu. Ich war nur in der Lage, perplex zu nicken, woraufhin sie erst die eine, dann die zweite Tür des Einbauschranks öffnete. Ich war damals mit nur einem Koffer voll Kleidung gegangen, hatte alles andere hinter mir gelassen. So auch die Cheerleader-Uniform, die Abby jetzt so zaghaft aus dem Schrank zog, als würde sie jeden Moment zu Staub zerfallen. Sie kam mit der sorgfältig auf einen Bügel gehängten Uniform zu mir herüber. »Tadaaa! Siehst du: grün.«

»Wow, die sieht schrecklich aus«, lachte ich und fuhr mit den Fingerspitzen über den Stoff. Der kurze Faltenrock war knallgrün und durchzogen von einem breiten gelben Längsstreifen am Saum. Das weiße Oberteil war so knapp, dass es mir geradeso über den Busen gereicht haben musste, und hatte ebenfalls grüne-gelbe Details.

»Du hast dich ständig über die Schulfarben aufgeregt«,

erinnerte sich Abby schmunzelnd. »Aber Devon fand dich wohl *ganz nett* in dem Outfit.« Abby zog verführerisch eine Augenbraue hoch, wofür ich ihr lachend einen Klaps auf den Oberarm gab.

Dann richtete ich den Blick wieder auf das Erinnerungsstück in meinen Händen, das leider nichts in meinem Gedächtnis ansprach. Was ich hingegen nicht ignorieren konnte, war die Brausepulverparty in meinem Bauch, wenn ich Devons Zeilen las. So simpel, so alltäglich. Und so vergessen.

Devon

»Du bist langsam gruselig, Dev«, raunte Leena mir zu, was mich zusammenzucken ließ.

»Leena, hi, was machst du denn hier?« Ich riss den Blick von Riley los, die ich, ohne es zu merken, minutenlang liebeskrank angestarrt hatte, und fuhr mir mit der Hand durch die Haare. Hoffentlich waren die anderen Gäste nicht so aufmerksam wie Leena.

»Ich habe Mittagspause und hole mir einen Frappuccino und einen Snack, Officer«, lachte sie und ließ sich mit ihrem eigenen To-go-Becher und einer Metalldose, in der sich anscheinend ihr Snack befand, auf dem Stuhl neben mir nieder. Ihr Blick wanderte flüchtig zur Wanduhr über dem Verkaufstresen. »Ich habe leider nur ein paar Minuten Zeit, um zu quatschen«, seufzte sie. »Sally und Larry haben heute ihr Dreieinhalbmonatiges, was heißt, dass ich den Laden allein schmeiße.« Sie verdrehte schmunzelnd die Augen und wackelte mit dem Kopf hin und her.

»Dreieinhalbmonatiges?« Ich konnte nicht anders, als ebenfalls zu grinsen. Sally war Leenas Chefin in der Parfümerie und Larry der hiesige Paket- und Postbote. Nach Leenas Erzählungen hatte es Monate gedauert, bis Sally verstanden hatte, dass der schüchterne Larry an ihr interessiert war, und nachdem sie an die fünfzig *total unverfängliche* Dates miteinander verbracht hatten, waren sie zusammengekommen. Sehr zu Leenas Leidwesen, die sich seitdem täglich die Schwärmereien ihrer Chefin anhören durfte, samt sexueller Details, die sie niemals hatte hören wollen. Ich übrigens auch nicht, aber Leena litt nicht gern allein.

»Genau. Ich überlege schon, morgen vorsichtshalber nichts zu frühstücken, damit mir nicht schlecht wird, falls sie mir wieder von ihrer Liebesnacht erzählt.«

Laut prustete ich los und blickte mich sofort verlegen um. Doch zur Abwechslung waren sämtliche Gäste in ihre eigenen Gespräche vertieft. Leena hatte echt ein gutes Gespür dafür, wann sie hier in Saint Mellows laut sprechen konnte und wann besser nicht. »Wo ist Sam?« Ich ließ mich gegen die Rückenlehne sinken und wischte mit dem Zeigefinger die Krümel des klassischen Scones auf meinem Teller zu einem Häufchen.

Leena machte einen Schmollmund und sah mich aus ihren meeresblauen Augen an wie ein bekümmertes Kätzchen. Ihre Augenfarbe war eine winzige Nuance dunkler als Rileys, und auch wenn ich fand, dass Riley der schönste Mensch auf dem gesamten Planeten war, musste ich zugeben, dass Leena eine einzigartige Ausstrahlung hatte. Ich verstand gut, warum Sam sie auf Händen trug, denn in den Wochen, seit ich zurück war, war sie mir mit ihrer mitfühlenden, aber nie zu forschen Art zu einer echten Freundin geworden. »In Florida«, jammerte sie theatralisch. »Drück mir bitte die Daumen, dass er bis zum Wochenende wieder hier ist.«

»Warum?« Beiläufig schob ich die Krümel auf meinen Löffel und führte ihn zum Mund. Das war eine merkwürdige Angewohnheit von mir, aber ich ertrug es nicht, wenn mein Teller nicht ratzeputz leer gegessen war, Krümel inklusive.

Sie riss empört die Augen auf, als hätte ich den Geburtstag meiner eigenen Tochter vergessen. »Na wegen des Wasserbomben-Festivals! Ich möchte unbedingt mit ihm teilnehmen, das wäre nämlich sein erstes.«

»Ach, das.« Ich winkte ab. »Seit ich im Veranstaltungskomitee bin, nervt mich das alles.«

»Das ist aber schade.« Leena blinzelte mir zu, wobei sie schelmisch einen Mundwinkel nach oben zog.

»Dein Blick gefällt mir nicht«, grinste ich.

»Ein Vöglein hat mir gezwitschert, dass Riley Lust hätte, an dem Festival teilzunehmen.«

»Okay?« Ich spannte sämtliche Muskeln an und räusperte mich.

»Und ich weiß, dass du sie gern um ein Date bitten würdest. Korrekt?« Sie hatte sich diskret zu mir vorgebeugt.

Mir gefiel, wohin dieses Gespräch führte. »Ich frage einfach mal nicht, wer der Maulwurf ist, der dir gewisse Details zuflüstert, aber ja, es stimmt.«

Sie klatschte beschwingt in die Hände, wobei sie beinahe mein geleertes Glas vom Tisch gefegt hätte. »Hör zu, eventuell habe ich Erfahrung damit, *zufällig* ans passende Los zu geraten«, hüstelte sie. »Aber wenn es darum geht, die Teams auszulosen, kannst du es bestimmt im Hintergrund heimlich so drehen, dass du mit Sam und ich mit Riley in einem Team lande.« Sie hielt sich den Zeigefinger an den Mund und nickte, wobei ihr Blick mir ein *Wirst du das tun?* zuwarf.

»Du meinst, ich soll hinter Ruperts Rücken das Festival … sabotieren?« Ich zog eine Augenbraue hoch und grinste verschwörerisch. »Nichts lieber als das.«

Leena lachte auf und versteckte ihren Mund hinter ihrer Hand. »Ich wusste, du würdest das Richtige tun, Mr. Fairfield.«

»Immer, Miss Pierson.« Ich lächelte und schlug mir im nächsten Augenblick die Hand gegen die Stirn. »Ach, verdammt, ich kann nicht teilnehmen«, murrte ich und erntete prompt den enttäuschtesten Blick, den ich jemals gesehen hatte.

»Warum nicht?«

»Elsie. Ich hole sie morgen aus Chicago und sie bleibt bis Sonntag, dann kommt Fiona her und holt sie ab.« Ich zuckte mit den Schultern und versuchte, das Wutgefühl in mir zurückzudrängen, das mich seit unserem letzten Telefonat überkam, sobald ich an Fiona dachte. »Ich kann nicht wieder von Mom und Dad oder von Blake verlangen, dass sie auf Elsie aufpassen, zumal sie bestimmt zum Streichelzoo möchte.«

»Verstehe.« Leena verzog grüblerisch den Mund und ließ dabei den Blick durch das Café schweifen. »Ich hab's«, erklärte sie plötzlich, und ich folgte ihrem Blick, der an Abby hängen geblieben war. »Abby«, rief sie laut, wodurch sich sämtliche Köpfe zu uns herumdrehten, einschließlich Rileys. »Komm doch bitte mal kurz her!« Sie winkte sie zu uns und Abby sprang von ihrem Barhocker am Tresen und flitzte auf uns zu.

»Hey, Leena. Hi, Devon!« Schwungvoll strich sie sich ihre Haare von der Brust auf den Rücken, was mich an Riley erinnerte. Unfassbar, wie ähnlich die beiden sich waren, nicht nur äußerlich, sondern auch in ihrer Gestik, Mimik und der Sprechweise. »Was gibt's?«

Leena zog Abigail am Ellenbogen ein Stück nach unten, damit die sensationssüchtigen Lauscher nichts aufschnappten. »Hättest du Lust, auf Devons Tochter Elsie aufzupassen, während er mit Riley zum Wasserbomben-Festival geht?«

»Ihr geht zusammen dahin?«, quiekte Abby auf und biss sich auf meinen warnenden Blick und Leenas weniger dezentes »Schschsch« hin entschuldigend auf die Unterlippe. »Sorry«, murmelte sie tonlos.

»Würdest du also?«, hakte Leena nach.

»Klar. Wie alt ist Elsie denn?«, wandte sie sich selbstsicher an mich, wobei mir auffiel, dass ihre Stimme doch ein wenig wackelte, sie es aber gut überspielte.

»Sie ist drei und anstrengend für fünf Kinder. Man darf sie keine Sekunde aus den Augen lassen«, stellte ich gleich klar. »Das ist leider kein Scherz.« Ich lachte, als Leena und Abby mich anstarrten, als hätte ich soeben gebeichtet, dass Elsie eigentlich ein Schimpanse war.

»D-das krieg ich hin«, stammelte Abby. »Für Riley«, fügte sie hinzu und biss sich auf die Unterlippe.

»Ich bezahle dich natürlich.« Ich nickte euphorisch. »Und bin jederzeit erreichbar, falls was ist. Elsie wird garantiert zum Streichelzoo und dem Karussell wollen, da sind wir sowieso in der Nähe«, erklärte ich, als müsste ich Abigail überzeugen.

»Schon gut«, grinste sie. »Elsie und ich schaffen das. Außerdem klingen Streichelzoo und Karussell prima. Darf sie Eis oder Süßigkeiten essen? Es wird bestimmt schwer, sie von all den Buden fernzuhalten.«

Mein Herz hüpfte, denn die Art, wie Abigail über den Tag mit Elsie sprach, ließ die winzigen Bedenken, meine Tochter einem Teenager anzuvertrauen, den ich zuletzt als aufgeweckte Grundschülerin gekannt hatte, nahezu schwinden. Elsie war zwar ein Wirbelwind, wusste sich aber zu benehmen, wenn es darauf ankam. »Eins, ja. Sie darf sich am Samstag eine Sache aussuchen. Sie wird versuchen, sich mehr zu erschleichen, da musst du leider hart bleiben und nicht auf ihren flehenden Welpenblick hereinfallen, okay?«

»Geht klar.« Abigail grinste zufrieden und deutete mit einem Nicken an, dass sie wieder zurück zu ihrem Platz ging.

Ich stieß angestrengt einen Schwall Luft aus und schüttelte den Kopf, wobei ich Leena ansah. »Du hast mich überrumpelt und jetzt habe ich gar keine andere Wahl.«

»Willst du denn eine haben?« Sie legte den Kopf schief.

»Nein«, gestand ich. »Danke. Jetzt muss ich nur all meinen Mut zusammennehmen und Riley fragen, ob sie mit mir zum Fest geht. Nichts leichter als das.« Seufzend ließ ich den Kopf in meine Handflächen sinken.

»Das schaffst du locker, Riley mag dich, Dev«, ermutigte sie mich. »Sie muss dich zwar erst wieder neu kennenlernen, aber du bist ein genauso guter Typ wie damals.«

»Du schmeichelst mir ganz schön, Leena. Was würde Sam nur dazu sagen?«, fragte ich im Spaß.

»Der findet, dass du zu lange gewartet hast, den … *neuen* ersten Schritt zu tun.« Sie zuckte mit den Schultern. »Ja, Devon. Ihr beide *seid* Stadtgespräch.« Ihr Lachen drang bis in mein Innerstes, und als sich mir der Sinn ihrer Worte erschloss, wurde mir flau im Magen.

»Oh Mann.«

»Da müssen wir alle mal durch, glaub mir«, erwiderte sie und schielte zur Wanduhr hinüber. »Verdammt«, fluchte sie und schnappte sich ihre Metalldose und ihren Frappuccino, der einen nassen Ring auf dem Tisch hinterließ. »Ich muss zurück. Bis spätestens Samstag. Vergiss unsere Teamzusammenstellung nicht«, flüsterte sie mir zu und tippte mit einem freien Finger auf meine Schulter, bevor sie aus dem Café rauschte.

Riley

»Was war das da eben?« Ich versuchte, mir nicht anmerken zu lassen, *wie* neugierig ich wirklich war. Was hatte es zu bedeuten, dass Leena und Devon mit Abby tuschelten?

»Ach, das?« Sie winkte ab. »Das kann *ich* dir leider nicht verraten.« Sie betonte das Wort ich.

»Du nicht? Aber jemand anderes schon?«

»Ähm, ja«, meinte sie ausweichend und deutete auf einen Scone mit Zitronenglasur in der Auslage. »Darf ich den haben? Ich habe einen Bärenhunger.« Sie rieb sich den Bauch.

Ich zog eine Augenbraue hoch, da mir klar war, dass sie nur das Thema wechselte, entschied aber, es dabei zu belassen. »Sicher«, murmelte ich, fischte den Scone aus der Auslage und reichte ihn ihr. Als ich zu Devon sah, stand er gerade auf und kam mit seinem Geschirr in der Hand zu mir.

»Du musst hier nicht abräumen.« Ich lächelte und wischte mir eine Haarsträhne hinter das Ohr.

»Das stört mich nicht.« Er räusperte sich und warf Abby einen Seitenblick zu, die daraufhin wie von der Tarantel gestochen aufsprang und zur Festwiese deutete.

»Ich brauche mal kurz frische Luft, bin gleich wieder da«, haspelte sie und verschwand, ohne eine Antwort abzuwarten. Der Scone lag unberührt auf ihrem Teller. Bärenhunger also.

»Okay.« Ich zog seinen Teller und das Glas zu mir herüber und stellte sie gleich in den Geschirrspüler hinter mir.

»Riley?« Devons Stimme klang weniger fest als sonst, was mein Misstrauen schürte. Was war bitte innerhalb der letzten Viertelstunde hier im Café geschehen, wovon ich nichts mitbekommen hatte?

»Ja? Alles okay?« Es fiel mir schwer, ihm in die dunklen Augen zu schauen, denn ich fragte mich jedes Mal, ob ich mich nicht an *irgendetwas* erinnern *musste*. Hunderte, Tausende Male hatte ich ihm in die Augen gesehen. Ich hasste es, mich an kein einziges Mal davon zu erinnern.

»Ja«, nickte er. »Sicher. Ich wollte dich etwas fragen.«

Oh Gott. Abby hatte mir mehr als deutlich gemacht, dass Devon mich mochte. Ich wusste nicht, ob ich schon bereit für das war, was jetzt womöglich kommen würde. Ob ich es überhaupt wollte. Wir verstanden uns gut, schafften es mit jedem Tag besser, uns locker zu unterhalten und ungezwungen miteinander umzugehen wie zwei alte Bekannte. Vielleicht war es klüger, es dabei zu belassen. »Was denn?« Ich setzte ein lockeres Lächeln auf, das hoffentlich nicht gequält wirkte.

»Am Samstag ist das Wasserbomben-Festival, hast du Lust …« Er stockte, was wohltuend war, weil es mir zeigte, dass er doch nicht immer so cool war, wie es in den letzten Tagen den Eindruck auf mich gemacht hatte. Lächelnd legte ich den Kopf schief und war froh, dass er nicht sah, wie ich hinter dem Tresen die Finger in den Stoff meiner Schürze krallte. »Hast du Lust hinzugehen?« Er räusperte sich. »Mit mir, meine ich. Mit mir?«

»Wasserbomben-Festival? Das ist es, worüber ihr die ganze Zeit flüstert?« Beruhigt ließ ich die Schultern ein Stück sinken. Ich hatte nicht gemerkt, wie ich sie vor Anspannung fast bis zu meinen Ohren hochgezogen hatte. Seltsamerweise machte es einen Riesenunterschied für mich, dass er mich zum Wasserbomben-Festival eingeladen hatte, statt mich um ein typisches Date zu bitten. Eine romantische Verabredung, bei der wir nur zu zweit gewesen wären. Allein miteinander. Ohne andere Menschen, die dafür Sorge trugen, dass unsere Gespräche nicht die Möglichkeit hatten, in Windeseile in eine Richtung abzudriften, für die ich noch nicht bereit war. Schluckend realisierte ich, dass ich ungeheure Angst davor hatte, gedrängt zu werden. Gedrängt, mich zu erinnern, und gedrängt, an eine Vergangenheit anzuknüpfen, die mir völlig fremd war, in der ich mich nicht wiedererkannte. Ein unsichtbares Band legte sich urplötzlich um meine Kehle und meinen Brustkorb und zog zu, sodass mir der Atem stockte. Abby und Leena hatten mir beide versichert, dass Devon ein guter Mensch war, doch ob das stimmte, musste ich selbst herausfinden. Neu herausfinden. Ich musste ihn neu kennenlernen und dazu brauchte ich Zeit. In diesem Moment hasste ich es, dass wir niemals ein neues erstes Date haben würden, denn Devon hätte mir immer etwas voraus: unsere Vergangenheit tief in seinem Gedächtnis. Und in seinem Herzen.

»Riley?« Devon winkte direkt vor meinem Gesicht herum.

»Was?« Betreten und ertappt strich ich mir die Haare hinter die Ohren, obwohl dort gar keine mehr hingen. »Sorry, ich war kurz in Gedanken. Ähm, klar, gern.« Nickend wischte ich die Hände an der Schürze ab und tippte auf der Arbeitsplatte herum.

Devon atmete tief aus und schenkte mir ein strahlendes Lächeln. »Soll ich dich abholen oder wollen wir uns lieber auf der Festwiese treffen?«

»Ich weiß nicht«, stammelte ich. »Wie du magst. Ich meine … wow«, seufzte ich. »Es ist seltsam.« Die Worte verließen flüsternd meinen Mund.

»Mach dir keinen Druck, okay?« Er hob zögerlich die Hand, um mich zu berühren, stoppte aber mitten in der Bewegung und senkte sie wieder. »Hier.« Er holte sein Smartphone aus der Hosentasche und hielt es mir hin. »Entscheide dich später, mir wäre beides recht, okay? Speicher mir deine Handynummer ein, und ich schreibe dir die Tage, damit du meine Nummer hast. Und wenn du dich entschieden hast, sagst du mir Bescheid. Deal?«

Nickend nahm ich sein Smartphone entgegen, wobei sich unsere Hände für den Bruchteil einer Sekunde berührten. Meine eiskalten Finger trafen auf seine warme Haut, und auch wenn es nicht länger als einen Wimpernschlag gedauert hatte, machte diese zarte Berührung etwas mit mir. »Es ist gesperrt.« Ich räusperte mich lächelnd, legte das Gerät auf den Tresen und schob es zu ihm zurück.

»Ach ja. Hier.« Er tippte seinen Entsperrcode ein und schnippte das Smartphone an, damit es sich wieder zu mir herumdrehte. Ein wenig erinnerte es mich an Flaschendrehen. Rasch tippte ich meine Nummer ein.

»Was haben du und Leena vorhin mit meiner Schwester besprochen?« Neugierig blickte ich ihn an.

»Die beiden helfen mir.« Er zuckte mit den Schultern.

»Wobei?«

Er verzog seinen Mund zu einem Grinsen und zeigte mit seinem Zeigefinger zwischen uns hin und her. »Hierbei.« Er klopfte auf den Tresen, wandte sich blitzschnell ab und verließ das Café, ehe ich weitere Fragen stellen konnte. Eines stand fest: Abby würde mir heute Abend auf jeden Fall Rede und Antwort stehen müssen.

8. Kapitel

Devon

Drei Tage bis Samstag. Drei Tage bis zum Wasserbomben-Festival und bis zu meinem neuen ersten Date mit Riley. Das waren drei Tage, in denen ich verdammt noch mal nicht die Nerven verlieren durfte. Und nur noch drei Tage, um ihr endlich eine Nachricht zu senden. Mittlerweile musste sie glauben, ich hätte sie vergessen. Doch jedes Mal, wenn ich ihren Kontakt aufrief, war es, als fegte eine eisige Leere durch mein Gehirn. Als wüsste ich selbst nicht, was ich eigentlich wollte. Was ich fühlte. Wollte ich die alte Riley zurück? Mir war bewusst, dass das nicht möglich war, denn auch ohne ihren Gedächtnisverlust hätte sie sich in den sieben Jahren weiterentwickelt. Genau wie ich war sie erwachsen geworden und hatte sich verändert. Sie hatte ein ganz anderes Leben gelebt, hatte neu anfangen müssen und war bestimmt nicht all die Jahre allein gewesen. Der bloße Gedanke daran ließ mir einen eiskalten Schauder den Rücken hinabwandern. Ich hatte sie als Teenager geliebt, war ich überhaupt fähig, ihr erwachsenes Ich genauso zu lieben? Ja. Doch, das war ich, denn die neue Riley interessierte mich sogar noch viel mehr, was ich nie für möglich gehalten hatte. Niemals hätte ich geglaubt, noch einmal so für einen Menschen fühlen zu können wie vor sieben Jahren für Riley. Ich war mir ziemlich sicher, dass meine Zweifel durch die Nervosität, die in meinem Magen wütete, verstärkt wurden. Es stand zu viel für mich auf dem Spiel, denn Riley war nicht einfach irgendeine Frau für mich. Sie war die Frau, die ich auf keinen Fall ein zweites Mal verlieren wollte.

»Daddy, du hast schon wieder aufgehört«, hörte ich meine Tochter vorwurfsvoll schmollen und hob den Blick, den ich starr auf das Kinderbuch in meinem Schoß gerichtet hatte. »So macht das keinen Spaß, ich hole Granny.«

»Entschuldige, Süße.« Ächzend drückte ich den Rücken durch und ließ mich gegen die Rückenlehne des alten Ohrensessels fallen. Mom und Dad hatten ihn extra die Treppe hochgewuchtet, als sie erfuhren, dass Elsie und ich eine Weile bei ihnen leben würden. »Bleib bitte liegen, okay?« Ich schenkte ihr ein erschöpftes Lächeln. »Grandma liest dir morgen wieder vor, heute mache ich das.«

»Dafür musst du aber auch lesen, Daddy«, erklärte sie mir neunmalklug, und wieder einmal erstaunte es mich, wie schlagfertig eine Dreijährige sein konnte.

»Jaja, du Frechdachs, Daddy konzentriert sich jetzt, einverstanden?« Ich starrte auf das Buch hinunter, das ich schon als Kind geliebt hatte: *Der Regenbogenfisch.*

»Okay«, erklärte sie großmütig. »Ich gebe dir noch eine Chance, Daddy.« Sie ließ sich zurück in ihr Kinderbett sinken, das dort stand, wo sich vorher Blakes Bett befunden hatte. Mom und Dad hatten keine Widerrede geduldet – an dem Tag, an dem sie von meiner Rückkehr erfahren hatten, hatten sie Blakes altes Zimmer für Elsie hergerichtet, denn es war unwahrscheinlich, dass er jemals wieder bei den beiden

Unterschlupf suchen musste. Unwahrscheinlicher als bei mir, was zugegeben an meinem Ego kratzte.

»Elsie.« Ich klappte das Buch zu und wischte meiner Tochter die braunen Haarsträhnen aus dem Gesicht. »Am Wochenende findet hier auf der Wiese, wo der alte Mann immer so laut herumschreit, ein Fest statt.«

»Gehen wir da hin?« Ihre dunklen Augen strahlten mich an. »Gehen wir? Gehen wir? Gibt es da Wutterzacke?«

Lächelnd legte ich meinen Finger auf ihre Lippen. »Das heißt Zuckerwatte, Elsiemaus. Aber ja, die gibt es bestimmt. Und du kannst auch zum Fest gehen«, erklärte ich vorsichtig. »Aber nicht mit mir, sondern mit Abby.«

Misstrauisch verengte sie ihre Augen zu Schlitzen. »Wer ist Abby? Warum können *wir* nicht zu dem Fest gehen?«

»Weißt du, Elsie …« Ich schindete Zeit, um mir eine Erklärung einfallen zu lassen. Ihr zu sagen, dass ich mich mit einer Frau traf, die nicht ihre Mom war, brachte ich nicht übers Herz, obwohl sie wusste, dass Fiona und ich uns getrennt hatten. Wir hatten es ihr erklärt. »Bei dem Fest wird es Spiele für Kinder und Spiele für Erwachsene geben, deswegen dürfen wir dort leider nicht zusammen spielen.«

Elsie ließ mich nicht aus dem Blick, und es vergingen bestimmt dreißig Sekunden, ehe sie mit den Schultern zuckte. »Okay. Abby darf bei den Kindern mitspielen?«

Grinsend nickte ich, erleichtert, das Thema so schnell abgehakt zu haben. »Abby ist vierzehn Jahre alt. Das heißt, sie darf sich aussuchen, wo sie mitspielt, verstehst du?«

»Und sie will mit *mir* spielen?« Ehrfürchtig verzog meine Tochter den Mund zu einem *O* und ich nickte.

»Genau, ich habe ihr erzählt, was für eine coole Socke du bist«, schmunzelte ich und wuschelte Elsie durchs Haar.

Kreischend versuchte sie, nach meiner Hand zu greifen. »Du bist eine Socke, Daddy«, gackerte sie. Bei ihrem Lachen wurde mir ganz warm ums Herz, und ich ignorierte, dass es sich im nächsten Augenblick wehmütig zusammenzog. In vier Tagen würde Fiona auf der Matte stehen und diesen kleinen Menschen, dessen Lachen alles leichter machte, wieder mitnehmen.

»Und jetzt lese ich die Geschichte weiter.« Ich klappte das Buch an der Stelle auf, an der ich aufgehört hatte.

Elsie schüttelte den Kopf. »Von vorne bitte, ja?« Sie klimperte mit den Wimpern und lächelte mich mit schief gelegtem Kopf an. Sie wusste ganz genau, was zu tun war, um uns Erwachsene weichzuklopfen.

»Ausnahmsweise.«

»Auswahnsmeise«, wiederholte sie falsch, doch ich verbesserte sie nicht und begann stattdessen mit dem Vorlesen.

Kaum eine Viertelstunde später war sie eingeschlafen, und ich saß noch genauso lang an ihrem Bett und beobachtete, wie ihr Brustkorb sich regelmäßig hob und senkte, und lauschte, wie sie im Traum mit halb geöffneten Lippen seufzte.

»Hey«, flüsterte Mom in den Raum hinein und bedeutete mir mit einem Nicken herauszukommen. Mucksmäuschenstill knipste ich das Nachtlicht statt der Leselampe an und folgte ihr auf den Flur hinaus.

»Was ist los, Mom?« Ich lehnte mich gegen die Wand und blickte meine Mutter erwartungsvoll an.

»Nichts, Devon Schatz. Ich wollte nur wissen, wie es dir geht.«

»Tatsächlich?« Argwöhnisch zog ich eine Augenbraue hoch.

»Ja«, erklärte sie mit sonderbar piepsiger Stimme. »Also? Wie geht es dir?«

»Gut, Mom«, grinste ich. »Und dir?« Sie hasste Small Talk, und ich genoss es, sie mit ihren eigenen Waffen zu schlagen.

Stöhnend verdrehte sie die Augen. »Ist ja gut, erwischt. Du gehst also mit Riley auf das Wasserbomben-Festival, ja?« Sie sprach es so beiläufig aus, dass es der Situation eine gewisse Komik verlieh.

»Hier in Saint Mellows gibt es wirklich keine Privatsphäre, oder?« Schmunzelnd nickte ich. »Ja, ich habe sie gefragt und sie hat Ja gesagt.«

»Das ist schön, Devon.« In Moms Augenwinkeln bildeten sich Tränen. »Ich habe dieses Mädchen wirklich gern gehabt, weißt du?«

Nickend biss ich mir auf die Unterlippe. »Ich erinnere mich. Und Fiona hast du vom ersten Augenblick an gehasst.« Es gelang mir nicht, den bissigen Unterton zu verbergen. Mom hatte es Fiona und mir nie leicht gemacht, und langsam sah ich, warum. Fiona war eine Abrissbirne und meine Mom hatte das von Anfang an kommen sehen.

»Das habe ich nicht!« Empört verschränkte sie die Arme vor der Brust. »Ich finde sie nur … eigen.«

»Schon gut, Mom. Ich will sie gar nicht verteidigen.« Ich lachte. »Alles vergeben und vergessen.«

Mom nickte. »Also, wie …« Sie suchte nach den passenden Worten. »Wie geht es denn mit Riley voran?«

Verlegen fuhr ich mir mit der Hand durch die Haare. »Im Moment läuft da noch gar nichts, Mom«, seufzte ich.

»Ist gut«, erklärte sie. »Ich will dich nicht drängen. Versprichst du mir nur etwas?« Sie rang die Hände und senkte den Blick, was mir einen Kloß im Hals bescherte. »Lass mich nicht erst von den Klatschbasen der Stadt auf den neusten Stand eurer Beziehung gebracht werden, okay?«

Beim Wort Beziehung war es, als kippte jemand einen unsichtbaren Eimer eiskalten Wassers über mir aus. »Das kann ich dir nicht versprechen, du weißt ja, wie schnell Rupert und seine Gang sind«, murmelte ich lächelnd. »Aber sobald es Neuigkeiten gibt, erfährst du sie von mir.«

»Versprochen?« Sie grinste breit.

»Ja, versprochen, Mom.«

»In Ordnung.« Sie seufzte, strich mir über den Oberarm und wandte sich zum Gehen um. »Danke.«

Und da erfasste mich der Mut, der mir die letzten Tage gefehlt hatte. Schnurstracks flitzte ich zu meinem ehemaligen Kinderzimmer, stieß die Tür auf und warf sie schwungvoll hinter mir ins Schloss. Ich zuckte zusammen. Hoffentlich hatte ich Elsie nicht geweckt. Ich wischte mir fahrig mit der Hand über das Gesicht, ehe ich mit zittrigen Knien auf meinen Nachttisch zuging, auf dem mein Handy lag. Es war endlich an der Zeit, Riley zu schreiben.

Ich: Hi Riley, bist du bereit für die Wasserbombenschlacht?

Ich klickte auf Absenden und sofort schlug mir der Puls bis zum Hals. Kurz war ich versucht, das Handy in hohem Bogen in die Zimmerecke zu werfen. Was war ich nur für ein Kamel? Die gesamten letzten Tage hatte ich mir Gedanken darüber gemacht, was ich ihr schreiben sollte, und jetzt kam ich so plump daher. Was musste sie nur von mir denken?

Stöhnend ließ ich mich auf meinem Bett nieder, kniff die Augen zusammen und wünschte mir, die Zeit zurückdrehen zu können, um mir einen anderen Text zu überlegen. Ich hatte das Gefühl, bei der Sache mit Riley nur eine einzige Chance zu haben. Die musste ich nutzen. Zwar war Riley früher nie eines der Mädchen gewesen, das jedes Wort auf die Goldwaage legte, doch wer wusste schon, wie das jetzt war?

»Oh Mann«, seufzte ich und atmete tief durch. Mir fiel auf, dass ich das Handy mit meiner rechten Hand fest umklammerte. Ehe mir das Herz vor Nervosität aus der Brust sprang, stemmte ich mich ächzend hoch, legte das Handy zurück auf den Nachttisch und verließ mein Zimmer. Ich lief auf direktem Weg ins Badezimmer, um mir eine eiskalte Dusche zu gönnen. Vielleicht würde Riley in der Zeit ja antworten. Vielleicht war meine Frage gar nicht so peinlich, wie sie mir im ersten Moment erschienen war, und vielleicht half mir das kalte Nass, meine umherirrenden Gedanken zu sortieren.

Riley

»Oh mein Gott!« Es war, als durchzuckten mich fünfhundert Stromschläge gleichzeitig. Die letzten Tage hatte ich das Handy kaum aus der Hand gelegt, in der Hoffnung, eine Nachricht von Devon zu erhalten. Ich saß mit Abby im Wohnzimmer auf dem Sofa, wo wir uns von einem Film berieseln ließen und die sanfte Abendbrise genossen, die durch die geöffnete Terrassentür hereingetragen wurde.

»Was ist los?« Abby hob neugierig eine Augenbraue und deutete mit einem Nicken auf mein Handy, das ich immer noch in der Hand hielt und anstarrte. »Hat er dir endlich geschrieben?«

Ich nickte und setzte mich aufrecht hin, schlug die Decke von den Beinen, sodass sie auf den Boden fiel. Meine Güte, war das plötzlich heiß hier drinnen! »Ja. Hat er.«

»Und? Was schreibt er?« Abby angelte nach der Fernbedienung, um den Film zu pausieren, wandte sich zu mir um, und sah mich erwartungsvoll an.

Lächelnd biss ich mir auf die Unterlippe. »Er fragt, ob ich bereit bin für die Wasserbombenschlacht.«

»Und?« Abby wackelte mit den Augenbrauen. »Bist du es?«

Lachend griff ich nach einem Kissen und warf es nach meiner Schwester. »Ich habe keine Ahnung, wofür ich bereit bin und wofür nicht.« Ich zuckte mit den Achseln und sah zurück aufs Display, als würde mir dort die Lösung erscheinen, wenn ich es nur lange genug anstarrte.

»Na los!« Aufgeregt klatschte Abby in die Hände. »Antworte ihm schon!«

Urplötzlich zitterten meine Hände wie Espenlaub und eine eiskalte Welle rollte über meinen Rücken und bescherte mir eine Gänsehaut. »Was soll ich denn schreiben?«

»Na mal sehen. Du könntest auf seine Frage eingehen.« Abby beugte sich nach vorn und schnappte sich blitzschnell mein Smartphone.

»Ey!« Ich sprang auf, um es mir zurückzuholen. »Gib das wieder her!« Ich versuchte verzweifelt, ihr das Handy aus den Händen zu nehmen, während sie es lachend immer knapp außer Reichweite hielt.

»Liebster Devon …« Abby tat, als diktiere sie eine Nachricht. Ich ging nun ernsthaft zum Gegenangriff über, stürzte mich auf sie und begann, sie durchzukitzeln. »Stopp! Stopp!« Abby konnte nur noch kichernd nach Luft schnappen. »Ich ergebe mich.«

»Das ist auch besser so!« Triumphierend grinsend nahm ich ihr mein Telefon ab. »Du solltest es besser wissen, als dich mit deiner großen Schwester anzulegen. Und jetzt schalte lieber den Film wieder ein.«

Sie streckte mir die Zunge heraus, entschied sich aber dafür, meinem Befehl Folge zu leisten. »Na gut.«

Selbstverständlich konnte ich mich keine Sekunde lang auf den Film konzentrieren und ging stattdessen mögliche Antworten im Kopf durch. Meine Güte, war das albern. Es war schließlich nicht das erste Mal, dass wir uns unterhielten, seit ich wieder in Saint Mellows war. Doch irgendwie fühlte es sich anders an, Devon eine Nachricht zu schreiben. Intimer. Und ein bisschen so, als würde ich etwas Verwegenes, Gefährliches, vielleicht sogar Verbotenes tun. Ich atmete tief ein, wobei ich mich mit einem unauffälligen Blick vergewisserte, dass Abby es nicht bemerkte, und straffte die Schultern.

Ich: Und wie!

Okay. Ich stieß die Luft aus, die ich angehalten hatte, und ließ das Handy zwischen einem Kissen und der Seitenlehne des Sofas verschwinden. So schwer war das gar nicht gewesen. Aber warum antwortete er nicht? Verdammt! Hatte ich mit meiner kurzen Antwort das Gespräch im Keim erstickt? Sofort angelte ich wieder nach dem Handy, um zu checken, ob ich es vielleicht auf lautlos gestellt hatte. Ohne dass ich es wollte, landete mein Daumen auf dem Chat mit Devon, und ich verdrehte die Augen über mich selbst. Ich hatte ihm vor einer Minute geschrieben und er hatte es noch nicht gelesen. Drehte ich jetzt völlig durch?

»Alles okay, Schwesterchen?« Abby grinste mich verschmitzt an.

»Konzentrier du dich lieber auf den Film«, erwiderte ich gespielt mürrisch, schaltete das Display aus und richtete den Blick wieder auf den Fernseher. Als das Smartphone in meiner Hand summte, sprang ich wie von der Tarantel gestochen auf und ließ es dort auf die Couch fallen, wo ich zuvor gesessen hatte.

»Wirklich alles okay bei dir?« Abby blickte verwirrt zwischen mir und dem Smartphone hin und her. »Weißt du, ich bin müde und werde ins Bett gehen.« Sie gähnte übertrieben und streckte sich, bevor sie aufstand und zu mir herüberkam, um mir einen Kuss auf die Wange zu drücken. Dann zwinkerte sie mir schelmisch zu und verließ das Wohnzimmer. Ich hörte sie die Treppe hinaufsteigen und wunderte mich wieder einmal darüber, wie einfühlsam meine Schwester war. Statt direkt nach dem Handy zu greifen, ging ich zur Kücheninsel und füllte Wasser in den Wasserkocher, um mir eine Tasse Tee zu kochen.

Wenige Augenblicke später schlenderte ich hinaus in den Garten, in der einen Hand den dampfenden Tee, in der anderen das Handy, und setzte mich an den Beckenrand des leeren Pools. Die kühle Brise wehte um meine Nasenspitze und gab mir das Gefühl, endlich durchatmen zu können. In diesem Moment fühlte ich mich auf eine Weise angekommen wie seit Jahren nicht mehr. Seufzend schloss ich die Augen und lehnte mich zurück, stützte die Handflächen ins weiche Gras und genoss das zittrige Wohlbefinden, das meine Arme hinaufwanderte bis in meinen Nacken. Tief einatmend ließ ich den Kopf nach hinten fallen und öffnete die Augen, blickte direkt auf das Sternenmeer am tiefschwarzen Himmel über mir. Vereinzelte Wolken zogen am Mond vorüber und hüllten ihn in einen Schleier, der an flüssiges Silber erinnerte.

An keinem der Orte, an denen Abby und ich in den letzten Jahren gelebt hatten, war die Nacht so wunderschön wie hier. Ich spürte, wie mir eine einzelne Träne über die Wange rann, und ließ es einfach zu, dass weitere folgten. »Ich vermisse euch, Mom und Dad«, hauchte ich dem Mond entgegen, als würden sie dort sitzen und auf uns hinabblicken. »Das Einzige, was hier fehlt, seid ihr.« Ein nahezu lautloses Schluchzen drang aus meiner Kehle. »Wisst ihr …« Ich lächelte. »Es gibt da einen Mann und jemand hat mir verraten, dass ihr ihn mögt.« Es war lange her, dass ich mit Mom und Dad gesprochen hatte. »Ich habe ihn einmal sehr gern gehabt und glaube, dass ich das wieder könnte. Wenn ich es zulasse. Und irgendwie finde ich es schön, dass ihr ihn kennt.« Ich grinste, verdrehte die Augen und tippte mit dem Finger an meine Schläfe. »Da habt ihr mir einiges voraus, aber das wisst ihr ja.« Ich atmete tief durch und blinzelte dem Mond zu. »Es fühlt sich an, als hätte ich euren Segen, und das bedeutet mir unsagbar viel, versteht ihr das?« Schluckend schüttelte ich den Kopf, denn natürlich würde ich keine Antwort erhalten. »Macht euch keine Sorgen. Ich werde auf mein Herz genauso gut aufpassen wie auf Abby, das verspreche ich euch.« Eine letzte Träne suchte sich ihren Weg bis zu meinem Mundwinkel, und ich presste die Augen zusammen, während sich mein Mund zu einem Lächeln verzog. Dann richtete ich mich auf und griff nach dem Smartphone, auf dem Devons Nachricht darauf wartete, von mir gelesen zu werden.

Devon: Aber glaube nicht, dass ich dich verschonen werde!
Ich: Nimm den Mund mal lieber nicht zu voll!

Grinsend biss ich mir auf die Unterlippe und hieß das aufgeregte Kribbeln im Magen willkommen. Ohne den Blick vom Display abzuwenden, nippte ich an meinem Tee und verfolgte Devons Status, der von *offline* zu *online* zu *schreibt* wechselte. Das Herz in meiner Brust pochte wie entfesselt und meine Kiefer kribbelten vor Nervosität.

Devon: Ist das etwa eine Kampfansage, Miss Carmello?

Ihn meinen Namen schreiben zu sehen, löste irgendetwas in mir aus, das ich nicht beschreiben konnte. Meine zittrigen Finger flogen über die Tastatur, und ich versuchte gar nicht erst, mein breites Grinsen zu unterdrücken.

Ich: Darauf kannst du Gift nehmen, Mister Fairfield!

9. Kapitel

Devon

Ich stand mit meiner Tochter an der Hand auf der Veranda der Carmellos und schloss die Augen, um mich zu sammeln. So viele Jahre waren vergangen, seit ich das letzte Mal hier gewesen war, und so viel hatte sich seitdem verändert. Früher hatte ich nicht einmal mehr klingeln müssen, sondern war einfach ins Haus spaziert, als wohnte ich hier.

»Du musst klingeln, Daddy«, drängte Elsie mich ungeduldig und zog meinen Arm in Richtung der schwarzen Klingel.

»Ich weiß, Süße.«

»Dann los!«, forderte sie mich auf und hüpfte an meinem Arm auf und ab, wobei die hölzerne Veranda unter uns leicht wippte.

Lächelnd blickte ich auf sie herab. Elsie gönnte mir keine ruhige Sekunde, was vielleicht gar nicht schlecht war, denn so musste ich mich zusammenreißen. »Du kleiner Quälgeist.« Ich hob die freie Hand, überwand mich und drückte auf den winzigen Klingelknopf, der dabei leise quietschte.

Kaum fünf Sekunden später riss Abby die Tür auf und deutete in den Flur. »Kommt rein!« Sie schien außer Atem und wandte sich ab, um ein Paar hellblauer Vans aus dem

Schrank zu wühlen. »Riley«, brüllte sie die Treppe hoch. »Beeil dich, wir müssen los.«

Verdutzt beobachtete ich das Geschehen und zu meiner Überraschung wurde auch meine Tochter ungewohnt still.

»Ich bin da, du Nervtröte.« Hastig rannte Riley die Stufen herunter und geriet ins Stolpern, als ihr Blick meinen traf. »Ihr seid schon da?« Sie hielt sich gerade noch rechtzeitig am Geländer fest und wischte sich mit der anderen Hand ihre Haare hinters Ohr.

»Jep.« Ich grinste und schob Elsie vor mich, legte die Hände auf ihre Schultern. »Das ist meine Tochter Elsie, Elsie, das sind Riley und Abby. Abby passt heute auf dich auf, okay?«

»Okay, die Nervtröte«, wiederholte Elsie. Riley, die gerade dabei war, sich ihre Schuhe anzuziehen, wandte sich mir verlegen zu, formte ein lautloses *Sorry* mit den Lippen und zuckte entschuldigend mit den Schultern. Mir fiel auf, dass sie knallrot anlief. Abby prustete los, versteckte ihr Lachen aber hinter vorgehaltener Hand.

Ich winkte grinsend ab, klopfte meiner Tochter auf den Kopf. »Das Wort dürfen nur Menschen über vierzehn sagen.« Elsie blickte mich finster über Kopf an und verzog schmollend den Mund.

»Dann mal los.« Riley schnappte sich eine winzige Geldbörse und ihr Handy und verstaute beides jeweils in einer Potasche ihrer hochgeschnittenen hellblauen Jeans-Shorts. Ihre Füße steckten in weißen Adidas Superstars und sie trug ein schulterfreies türkisfarbenes Top, das meine Aufmerksamkeit unwillkürlich auf ihr Dekolleté lenkte. Ich schluckte und zwang mich wegzusehen, doch mein Blick blieb an der filigranen Kette mit den goldenen Anhängern an ihrem Hals hängen. Ich hätte nicht gedacht, dass sie die noch trug. Der eine Anhänger war ein Paar winziger Ballettschuhe, der andere ein dezentes A, das für Abigail stand. Sie hatte mir damals erzählt, dass ihre Eltern ihr die Buchstabenkette zu Abbys Geburt geschenkt hatten. Als ich aufsah, trafen sich unsere Blicke für den Bruchteil einer Sekunde. Riley fasste sich an die Anhänger und hob verlegen einen Mundwinkel, deutete dann auf ihre kleine Schwester. »Abby hat das R«, erklärte sie.

»Genau.« Abby griff von oben in ihr dunkelgrünes T-Shirt, das einen engen Rundhalsausschnitt hatte, um ihre Kette hervorzuholen. An ihrer baumelte statt der Ballettschuhe ein Skateboard.

»Skatest du?« Ich öffnete die Haustür und versuchte, ein unverfängliches Gespräch in Gang zu bringen, um diese Aura aus peinlicher Nervosität zu durchbrechen.

»Leider ja«, stöhnte Riley und stupste ihre Schwester mit der Hüfte an, damit sie Elsie und mir aus dem Haus folgte. »Ich habe jedes Mal eine Höllenangst, wenn ich sie auf ihrem Board sehe.«

»Du brauchst ja nicht hinzusehen«, meinte Abby trocken.

»Das hättest du wohl gern.« Riley fuhr ihrer Schwester lachend durch die langen Haare, was ein so liebevoller Moment war, dass sich ein Kloß in meinem Hals bildete.

»Dann erzähl mal, Elsie«, wandte sich Abby im Gehen an meine Tochter und zwinkerte ihr zu. »Was wollen wir heute zuerst machen? Karussell fahren oder zum Streichelzoo?«

Elsie riss sich augenblicklich von mir los und griff stattdessen nach Abbys Hand. Die beiden marschierten ein Stück voraus, wobei ich sie nicht aus den Augen ließ. Ich folgte ihnen mit dem Blick durch den Vorgarten, der in hundert verschiedenen Farben blühte, was mich an früher erinnerte. Rileys Mom hatte besonders ihre Rosenbüsche geliebt, die den schmalen Weg säumten, der zum großen Garten hinter dem Haus führte.

»Mach dir keine Sorgen, Abby ist verantwortungsbewusst«, erklärte Riley neben mir leise, zog das niedrige Gartentor hinter uns ins Schloss und versteckte ihre Hände in den Taschen ihrer Shorts.

Ertappt fuhr ich mir über den Hinterkopf. »Sorry.« Wir spazierten schweigend nebeneinanderher, wobei wir beide extrem darauf zu achten schienen, uns nicht versehentlich zu berühren. Vor sieben Jahren waren wir tagtäglich Hand in Hand diese Straßen entlanggelaufen, und mein Herz zog sich schmerzhaft zusammen bei dem Gedanken, dass dies mittlerweile nur noch meine Erinnerung war und nicht mehr unsere gemeinsame. Bald schon verließen wir die ruhige Gegend, in der Riley und Abby lebten, wodurch das saftige Grün der Vorgärten durch immergrüne Büsche am Wegesrand abgelöst wurde. Es wurde lauter, denn je näher wir dem Stadtkern kamen, desto mehr Autos und auch Menschen waren auf den Straßen. Die Sonnenstrahlen suchten sich ihren Weg durch das Laub der Baumwipfel, die sich im Wind wiegten, sodass ihre Schatten uns ein friedliches Schauspiel zu unseren Füßen lieferten.

»Riley, Devon«, hörte ich eine vertraute Stimme hinter uns rufen und zeitgleich wandten wir uns um. Aus dem Augenwinkel sah ich, wie Riley erleichtert ausatmete, was mir bestätigte, dass die Situation für sie genauso anstrengend war wie für mich.

»Hey, Leena, Sam!« Ich winkte den beiden zu, als sie zu uns aufschlossen.

»Na, seid ihr bereit für die Schlacht?« Sam wackelte mit den Augenbrauen und schnippte Leena gegen die Schulter. »Ich kann es kaum erwarten, Leena über den Festplatz und durch die Straßen zu jagen.«

Leena verdrehte amüsiert die Augen. »Du weißt doch gar nicht, ob wir in gegnerischen Teams sind.«

»Das ist mir so was von egal«, grinste Sam und duckte sich blitzschnell weg, als Leena ihm einen Klaps geben wollte.

Entrüstet rümpfte sie die Nase, bevor sie sich demonstrativ bei Riley unterhakte. »Komm, wir gehen!«

Ich warf lachend den Kopf in den Nacken und bedeutete Sam, den Frauen zu folgen.

Riley

»Wow«, hauchte ich erstaunt, als wir auf der geschmückten Festwiese ankamen, und drehte mich um mich selbst. Zwar hatte ich die letzten Tage vom *Anne's* aus perfekte Sicht auf den Platz gehabt, doch es war etwas anderes, als Teilnehmer inmitten des Festivals zu stehen. Vage erinnerte ich mich an die früheren Feste, zu denen ich mit Mom und Dad gegangen war, doch in meiner Erinnerung war alles kleiner und dezenter. Sofort drang mir der Duft von Zuckerwatte und Popcorn in die Nase, gepaart mit der Süße von Melone. In den Bäumen hingen bunte Schleifen und hier und da entdeckte ich cremefarbene Papierlampions in den Wipfeln.

»Oh ja.« Leena nickte wissend. »Innerhalb der letzten

Jahre gab es hier in Saint Mellows einen regelrechten Boom, was unsere Veranstaltungen angeht. Mittlerweile kommen Touristen extra zu den Festivals, sodass sich bei der Dekoration extra ins Zeug gelegt wird.«

»Was, ernsthaft?« Ich ließ den Blick über das gesamte Areal streifen und erkannte, dass der Bereich mit den Essensbuden und den Aktivitäten für die Kinder abgesperrt war. Überall sonst waren über den Platz verteilt provisorische Hindernisse aufgebaut, hinter denen man sich verstecken konnte. Dazwischen standen Holzbehälter, in denen Unmengen an bunten Wasserbomben darauf warteten, geworfen zu werden.

»Jep, das Wasserbomben-Festival im Sommer ist genauso beliebt wie das Käsefestival im Herbst. Du glaubst nicht, was für einen Touristenzuwachs wir in diesen Zeiten verzeichnen. Sämtliche Pensionen sind ausgebucht.« Leena machte eine stolze Handbewegung über die Festwiese. »Ich meine, sieh dir das an, bald wird unser Festplatz zu klein.« Ich folgte ihrem Blick und betrachtete das bunte Gewimmel an Menschen, die von allen Richtungen auf die Wiese strömten. Ich erkannte die alte Mrs. Fuldington und ihren Mann Händchen haltend um die Ecke kommen und spürte, wie mir bei ihrem Anblick warm ums Herz wurde. Hinter ihnen liefen unverkennbar zwei Touristen, denn sie trugen Ruperts hässliche Hundepension-Basecaps, die sich wohl kaum ein Mellowianer freiwillig aufgesetzt hätte. Ihre Beine steckten in kakifarbenen Trekkinghosen, was sie eindeutig als Wanderer outete.

Sam und Devon traten zu uns. »Rupert und Mrs. Innings scheinen startklar zu sein, um die Teams auszulosen. Lasst uns zur Bühne gehen.«

Nickend folgten wir ihnen und kämpften uns zu viert durch die Massen bis ganz nach vorn. Ich lächelte Clint und Pat zu und wäre beinahe Gloria auf den Fuß getreten, die mir schmunzelnd über den Oberarm strich, als ich entschuldigend die Schultern anhob.

»Liebe Mellowianer.« Mrs. Innings krähte ins Mikrofon, woraufhin es aus sämtlichen Lautsprechern ohrenbetäubend quietschte. Es ging ein Ruck durch die Menge und alle hielten sich mit gequältem Gesichtsausdruck die Ohren zu. »Verdammt, Rupert«, fluchte sie. »Du hast die Anlage wieder falsch eingestellt, Himmelherrgott.«

»Das kann nicht sein«, brüllte Rupert wütend zurück und stapfte zu dem winzigen Technikzelt neben der Bühne, um die Veranstaltungstechniker aka Schülerhelfer der Highschool zur Rede zu stellen. In diesem Zelt musste es unheimlich stickig sein, denn nicht einmal die sanfte Brise, die uns um die Nase wehte, sorgte für Abkühlung. Ohne Vorwarnung schallte plötzlich Musik in dröhnender Lautstärke über den Festplatz, was Mrs. Innings allem Anschein nach an den Rand eines Nervenzusammenbruchs brachte.

Lachend verfolgte ich den pantomimischen Schlagabtausch zwischen den beiden und sah aus dem Augenwinkel auch Devon breit grinsen. Er wandte sich zu mir um und beugte sich ein Stück herunter, um mir direkt ins Ohr zu sprechen, damit ich ihn über das Gewummer hinweg verstand. »Na, bereust du deine Teilnahme schon?« Ich spürte seinen warmen Atem auf der Haut, und sofort jagte ein Schauer über meinen Rücken. Meine Knie waren plötzlich aus Gummi und trotz der brütenden Hitze begann ich zu zittern. Als mir sein Geruch in die Nase stieg, setzte mein Herz für einen

Schlag aus, nur um danach umso heftiger in meiner Brust zu hämmern. Mir war leicht schwindlig. Kannte ich diesen Duft? Er roch nach warmem Sandelholz und Minze. Weckte er womöglich etwas in mir, das ich vergessen geglaubt hatte? Schluckend schüttelte ich den Kopf und versuchte, die Enttäuschung darüber, die Erinnerung wieder einmal nicht greifen zu können, zu ignorieren.

Ich stellte mich auf die Zehenspitzen, um Devon ins Ohr zu sprechen. »Wo denkst du hin? Besser kann es gar nicht starten, oder?«

Er erwiderte mein Grinsen und wollte gerade etwas zu mir sagen, als die Musik urplötzlich verstummte. Das Einzige, das zu hören war, war das Gemurmel der Mellowianer um uns herum, die sich zögerlich aus ihrer Starre lösten. Statt sich wieder aufzurichten, verharrte Devon in seiner Position, die Lippen nur Millimeter von der empfindlichen Stelle an meinem Hals entfernt. »Nur damit du Bescheid weißt«, flüsterte er. Ich musste mich anstrengen, um seine Worte über das Dröhnen meines Herzens hinweg zu verstehen. »Sollten wir nicht im gleichen Team sein, werde ich keine Gnade walten lassen.«

Ich musste laut lachen und spürte, wie sich die Anspannung, die meinen Körper gerade noch in ihrem Griff gehabt hatte, löste. Ich wandte mich ihm mit vor dem Oberkörper verschränkten Armen zu und zog überlegen und siegessicher eine Augenbraue hoch. »Hochmut kommt vor dem Fall, Devon«, mahnte ich und pikste ihm mit dem Zeigefinger gegen die Brust, wobei ich die Augen etwas zusammenkneifen musste, da mich die Sonne blendete.

Pfeilschnell griff er nach meiner Hand und senkte seine

Stimme. »Genau *so* kenne ich dich, Riley Carmello.« Plötzlich stand alles still.

»Test, Test, Test«, krächzte Mrs. Innings ins Mikrofon und klopfte mit dem Zeigefinger dagegen. »Na endlich«, klagte sie genervt und setzte im nächsten Augenblick ihr professionelles Bürgermeisterinnenlächeln auf, um das ich sie mit einem Mal beneidete. Ich spürte, wie mir mein eigener Gesichtsausdruck entglitt. Es war, als hätten Devons Worte all meine Muskeln zu Eis erstarren lassen. Ohne etwas zu bemerken zwinkerte er mir lächelnd zu, ließ meine Hand los und drehte sich zur Bühne. Für lange Sekunden stand ich da, die Hand immer noch regungslos in der Luft, und starrte auf sein Profil. Schluckend ließ ich den Arm sinken. *Genau so kenne ich dich.* In seinem Blick hatte so viel Zuneigung gelegen, so viel Vertrautheit. Er war mir bis ins Mark gedrungen und hatte ein Gefühl hinterlassen, als würden winzige Wattebäuschchen versuchen, eine Leere in mir zu füllen. Eine Leere, mit der ich die letzten sieben Jahre gelebt hatte. Ich hatte sie gehasst, hatte sie verflucht und trotzdem akzeptiert, dass sie mich für den Rest meines Lebens begleiten würde. Bei dem schrecklichen Unfall vor sieben Jahren war mir ein Teil meiner selbst abhandengekommen, und jetzt kam Devon und behauptete, er habe ihn die ganze Zeit aufbewahrt?

»Es haben sich hundertvierzig Teilnehmer gemeldet«, verlautete Mrs. Innings und schielte dabei alles andere als unauffällig auf die Rednerkarten in ihrer Hand. Man merkte ihr an, dass sie älter wurde. »Das heißt, wir haben dieses Jahr größere Teams, insgesamt gibt es zehn.«

»Das ist *so* aufregend«, rief Leena neben mir und stupste

mich mit dem Ellenbogen an. Ich schaffte es nicht zu sprechen, also nickte ich nur zustimmend und versuchte mich an einem überzeugenden Lächeln.

»Bitte denkt daran, eure Teamshirts nach dem Fest gewaschen wieder im Rathaus abzugeben«, ermahnte Mrs. Innings die Meute, woraufhin sich ein Mix aus Stöhnen und Gelächter erhob. »Ich meine es ernst«, insistierte sie, und ich sah, dass Sam die Augen verdrehte.

»Ich überlege ja, das Shirt einfach zu behalten«, flüsterte er uns schmunzelnd zu. »Das würde bestimmt als ein genauso großer Skandal auf der Titelseite der *Saint Mellows Times* landen wie der Fauxpas mit den Heuballen letzten Frühling, als sich niemand dafür zuständig gefühlt hatte, sie wegzuschaffen.«

»Du Fiesling«, lachte Leena, griff in seinen Halsausschnitt und zog ihn zu sich herunter, um ihm einen Kuss auf den Mund zu drücken. »Also, ich wäre dabei.«

»Ich auch«, grinste ich und legte schulterzuckend den Kopf schief, als Devon mir einen empörten Blick zuwarf. »Was denn? Das ist doch witzig.«

»Immer dieser Gruppenzwang«, beschwerte er sich, hob dann aber geschlagen die Hände, als wir drei ihn erbost anstarrten. »Schon gut, wir kommen alle in die Hölle, denn genau so wird es sich anfühlen, wenn Ruperts Zorn auf uns liegt«, prophezeite er.

Sam hielt ihm die Faust hin, damit Devon seine dagegenschlagen konnte. »Das nehmen wir *sehr* gern in Kauf.«

Wenige Minuten später begutachteten Leena und ich naserümpfend die braunen T-Shirts, die uns Rupert in die Hand gedrückt hatte. »Das war so klar«, murrte Leena. »Es gibt neun schöne Farben, die wir hätten bekommen können und …«

»… wir landen im Team Kackbraun«, beendete ich Leenas Satz, woraufhin sich unsere Blicke trafen und wir in albernes Gegacker ausbrachen.

»Ich finde, du kannst alles tragen«, raunte mir Devon ins Ohr, der plötzlich so nah hinter mir stand, dass sein Duft mir wieder den Verstand vernebelte. Erschrocken zuckte ich zusammen und wandte mich zu ihm und Sam um, die zufälligerweise ebenfalls in einem Team gelandet waren. Nur, dass die beiden in hellblauen Shirts steckten, die unfairerweise auch noch ihre sonnengebräunte Haut betonten.

»Findet euch in euren Teams zusammen, in fünf Minuten werden wir den Startschuss geben und das siebzehnte Wasserbomben-Festival offiziell eröffnen.« Mrs. Innings Stimme wanderte am Ende ihrer Ansprache so weit nach oben, als erwartete sie eine in Jubel ausbrechende Meute. Allerdings war das Einzige, das sie bekam, vereinzeltes Händeklatschen, was der Situation eine gewisse Komik verlieh.

»Wir müssen uns jetzt *leider* in unserem Team zusammenfinden und besprechen, wie wir Team Hellblau am besten zur Strecke bringen«, erklärte ich Devon und verzog keine Miene, was mir zugegebenermaßen alles andere als leichtfiel.

»Da nimmt jemand den Mund aber plötzlich sehr voll«, erwiderte Devon und verschränkte die Arme vor der Brust. »Ihr werdet eine gute Strategie brauchen, wenn ihr auch nur den Hauch einer Chance gegen uns haben wollt.«

»Das werden wir ja sehen«, pfefferte ich ihm voller Kampfgeist entgegen und genoss das warme Gefühl, das sich bei unserem Schlagabtausch in mir ausbreitete. Es war kaum eine

Stunde vergangen, seit Devon Abby und mich abgeholt hatte, und doch hatte er es bereits geschafft, dass die Angst, die mich die letzte Nacht kaum hatte schlafen lassen, verschwunden war. Ich fühlte mich wohl in seiner Nähe und würde es nicht zulassen, dass meine immerwährenden Zweifel mir den heutigen Tag verdarben. Ich wollte endlich wieder Spaß haben, ausgelassen sein und nicht an das denken, was ich verloren hatte. Vielleicht war es ja doch möglich. Vielleicht war es möglich, die Leere in mir zu füllen. Vielleicht nicht durch die Erinnerungen, die man mir geraubt hatte. Aber wer hatte denn behauptet, dass dort kein Platz für neue war? Ich musste nur endlich anfangen, neue Erinnerungen zu schaffen, und ich fand, dass der heutige Tag genau der richtige Zeitpunkt dafür war.

Devon

»Das bedeutet Kriiiieeeeeg«, kreischte Riley, nachdem ich ihr aufgelauert und zielgenau eine riesige Wasserbombe auf den Hintern geklatscht hatte. Ich wartete darauf, dass sie sich zu mir umdrehte, und feuerte sofort die nächste Bombe ab, direkt auf ihr Dekolleté.

»Zwei zu null für … mich?« Noch bevor sie realisieren konnte, was geschehen war, nahm ich die Beine in die Hand und preschte los, vorbei an Hindernissen und anderen Gegnern, schlug dabei Haken wie ein Kaninchen auf der Flucht, um mich vor Riley in Sicherheit zu bringen. Ich hechtete durch ein heilloses Durcheinander aus pinken, blauen, grünen, gelben, roten und sonst wie farbigen Wasserbomben, die mich alle um Haaresbreite verfehlten. Über dem gesamten Platz lag ausgelassenes Gelächter, an jeder Ecke hörte ich das Zerplatzen der Bomben und das Platschen von Wasser.

»Na warte«, vernahm ich Rileys Stimme ganz in meiner Nähe und keuchte. Allem Anschein nach hatte ich sie nicht abschütteln können, also entschied ich, von Flucht auf Angriff zu wechseln. Ohne Vorwarnung machte ich an einem der Behälter halt, der in diesem Moment von Helfenden in Regencapes aufgefüllt wurde, und griff nach mindestens fünf Wasserbomben gleichzeitig. Als ich aufblickte, sah ich Riley mit erhobenen Armen auf mich zu rennen, in jeder Hand eine Wasserbombe.

»O fuck«, fluchte ich lachend und wusste mir nicht anders zu helfen, als mich doch wieder für die Flucht zu entscheiden. Ich warf die Wasserbomben ohne Sinn und Verstand in Rileys Richtung und wandte mich in einer blitzschnellen Drehung von ihr ab. Nur leider hatte ich meine Rechnung ohne den pitschnassen Rasen unter meinen Füßen gemacht. Es quietschte laut, was sich anhörte wie die Vollbremsung eines alten Autos, und keine zwei Sekunden später lag ich rücklings auf dem Boden.

»Das tut mir jetzt aber leid«, feixte Riley über mir. Sie stand an meinen Schultern und ich blickte kopfüber in ihr überlegen grinsendes Gesicht.

»Nicht …«, bat ich zweifelnd, hielt mir die Arme vors Gesicht und kniff die Augen zusammen.

»War da etwa jemand zu vorlaut?«

Ich lugte zwischen den Händen hervor und beobachtete Riley dabei, wie sie die Wasserbomben locker hochwarf und wieder auffing. Ihr Grinsen war diabolisch, das Shirt klebte ihr am Oberkörper und betonte jede ihrer Rundungen. Ich schluckte.

»Das wagst du nicht«, presste ich hervor.

Riley warf lachend den Kopf in den Nacken. »Ach nein?«

Ich überlegte, mich blitzschnell zur Seite zu drehen, um sie auszutricksen. Doch es war zu spät. *Klatsch.* Ohne mit der Wimper zu zucken, hatte sie eine der Wasserbomben geworfen und augenblicklich verspürte ich ein schmerzhaftes Ziehen. Ich brauchte einen Moment, um zu realisieren, was geschehen war, dann stöhnte ich schmerzerfüllt auf, krümmte mich zusammen und packte die Hände schützend vor meine Weichteile, bevor sie auf die Idee kam, eine zweite Bombe in meinen Schritt zu feuern. Prustend hielt sie sich die Hand vor den Mund und legte den Kopf schief. »Weißt du«, scherzte sie, »gegen Inkontinenz kann man heutzutage viel machen.«

»Du. Bist. Ein. Biest«, raunte ich in ihre Richtung und zog die Augenbrauen zusammen. Leider fiel es mir schwer, ein Lächeln zu unterdrücken, trotz des quälenden Pochens zwischen meinen Beinen. »Die Rache dafür wird kommen, Riley Carmello«, drohte ich ihr. »Mach dich darauf gefasst!«

Klatsch.

»Hoppla?« Riley legte den Kopf schief und hob ihre Hände unschuldig in die Höhe. »Ist mir wohl aus der Hand … gekullert?« Sie hatte die zweite Wasserbombe auf meinen Brustkorb fallen lassen, wo sie platschend aufgerissen war und sich eiskalt über mein gesamtes Shirt ergossen hatte. »Ich schätze, jetzt sind wir quitt«, erklärte sie grinsend.

»Noch lange nicht«, widersprach ich und hielt ihr die Hand hin, damit sie mir aufhalf. Ohne mit der Wimper zu zucken, griff sie danach und lehnte sich zurück, wobei ihre Schuhsohlen auf dem glitschigen Rasen ebenfalls ins Schlittern gerieten und sie eine Sekunde später mit dem Hintern auf dem Boden landete. Ich nutzte diesen Moment, um auf die Beine zu springen, was mir aufgrund des vielen Wassers beinahe zum zweiten Mal zum Verhängnis geworden wäre.

»Das hast du mit Absicht gemacht«, rief sie aus, lachte dabei aus vollem Halse und wischte sich eine nasse Haarsträhne, die sich aus ihrem Pferdeschwanz gelöst hatte, aus dem Gesicht.

»Du wirst dir noch wünschen, dass *das* die Rache war, von der ich gesprochen habe«, entgegnete ich ihr schelmisch. Sie öffnete den Mund, um etwas zu erwidern, wurde jedoch vom Pausenton unterbrochen, der sich anhörte wie das Tröten eines erkälteten Elefanten und aus sämtlichen Lautsprechern dröhnte. »Zeit für einen Waffenstillstand.« Ich blinzelte ihr zu und hielt ihr versöhnlich die Hand hin, um diesmal ihr aufzuhelfen.

Riley

Wir hatten uns mit Leena und Sam an Annes Pop-up-Stand getroffen, wo wir uns mit Kaffee und frischem Gebäck versorgt hatten. Trotz Annes Protest hatte ich meinen Kirschcupcake mit weißer Schokolade und Frischkäse-Topping bezahlt, denn mein schlechtes Gewissen war heute schon groß genug. Es bescherte mir ein unangenehmes Zwicken im Magen zu wissen, dass Anne sich das gesamte Festival über allein um den Stand kümmerte. Dabei war es dem Zwicken egal, wie oft meine Chefin mir versicherte, dass das absolut kein Problem darstellte, da das hier schließlich nicht ihr erstes Fest in Saint Mellows war.

»Ich bin gespannt, wie sich Abby und Elsie verstehen«, bemerkte Devon neben mir und schlürfte an seinem kalten Kaffee.

Räuspernd nickte ich. »Ich auch.« Wir waren auf dem Weg zu den beiden und hatten uns deswegen kurz von Leena und Sam verabschiedet, die es, ähnlich wie Devon und ich, während der ersten Spielzeit gegenseitig aufeinander abgesehen hatten. Im Moment herrschte Gleichstand zwischen unseren Teams, aber jeder Mellowianer wusste, dass bei diesem Fest sowieso nur Sieger vom Platz gingen. Denn *jeder* würde am Ende des Tages von Scheitel bis Zeh pitschenass sein, und genauso war es richtig. Ich nahm einen großen Schluck von meinem Vanilla-White-Chocolate-Macadamia-Frappucchino mit einer extragroßen Portion Schlagsahne und stöhnte genüsslich, als die eiskalte Flüssigkeit auf meine Geschmacksnerven traf.

»Ein Wunder, dass dir bei diesem süßen Zeug nicht längst die Zähne ausgefallen sind«, kommentierte Devon und deutete mit einem Kopfnicken auf meinen Plastikbecher. So etwas verkaufte und duldete Anne ausschließlich zu Festen. In der anderen Hand hielt ich einen Dark-Chocolate-Mint-Frappuccino mit Sahne und extra Schokosauce, den ich für Abby geholt hatte. Devon hatte sich dazu breitschlagen lassen, eine winzig kleine Eisschokolade mit bunten Streuseln für Elsie zu kaufen.

Schulterzuckend grinste ich ihn an. »Je süßer, desto besser«, meinte ich. »Willst du probieren?«

Devon verzog angewidert den Mund und hob seinen Kaffee ohne Sirup, Eis oder Sahne in die Höhe. »Ich bleib beim Erwachsenengetränk«, erklärte er. »Schau, da sind sie.« Er wies mit Elsies Getränk zum Streichelzoogehege, und gleich darauf entdeckte ich seine Tochter, die entzückt über das Fell eines Zickleins strich. Abby stand außerhalb des Geheges und unterhielt sich unter einem der hellroten Sonnenschirme, die vereinzelt über die Festwiese verteilt waren, mit einem Mädchen, das ich nicht kannte.

»Hey, ihr«, begrüßte ich sie. »Wie läuft's?« Ich versuchte, beiläufig zu klingen, auch wenn ich mir heimlich Sorgen machte. Abby hatte nie zuvor babygesittet, und es wäre fatal, wenn ausgerechnet dann etwas passieren würde, wenn sie Devons Tochter hütete.

Abby strahlte mich an, als ich ihr das Getränk reichte, und begann sofort, gierig an ihrem Strohhalm zu saugen. »Alles super, Elsie ist ein Engel, wirklich. Das ist übrigens Chelsea.« Sie deutete auf das dunkelhaarige Mädchen neben sich. Sie hatte stechend grüne Augen, die von pechschwarzen, dichten Wimpern umrandet wurden. »Sie geht auf die Saint Mellows High, ist aber eine Klassenstufe über mir.«

»Hi, Miss Carmello, schön Sie kennenzulernen.« Chelsea reichte mir die Hand und ich schluckte bei ihrer butterweichen, etwas zu hohen Stimme. Mein Misstrauensradar sprang an, auch wenn ich nicht sagen konnte, warum. Irgendetwas an ihrer höflichen Art ließ meine Alarmglocken schrillen.

»Hi, Chelsea«, lächelte ich sie an und versuchte, mein Bauchgefühl zu ignorieren. »Nenn mich gern Riley, ich bin Abbys Schwester.«

»Okay«, nickte Chelsea, wobei ihr perfektes Lächeln keinen Millimeter verrutschte. »Riley.«

»Daddy, guck«, rief Elsie über die Menge hinweg und fuchtelte wild mit den Armen. »Ich hab sie so liiieeeeb!« Kreischend warf sie sich auf die kleine Ziege und rang sie dabei beinahe zu Boden.

»Elsie!« Erschrocken riss Devon die Augen auf, drückte mir blitzschnell seinen Kaffee und Abby Elsies Eisschokolade in die Hand und sprang in einem eleganten Satz über den hüfthohen Zaun. »Was machst du da mit der Ziege?«

»Gar nix?« Elsie hielt das Zicklein weiter umklammert und funkelte ihren Daddy finster an. »Ich hab sie nur lieb«, betonte sie nachdrücklich und ließ es nur widerwillig zu, dass Devon ihre Händchen vom Fell des Zickleins löste.

Lachend wuschelte er ihr durch die Haare. »Aber deswegen musst du sie doch nicht zerquetschen, Süße.«

Schmollend verschränkte Elsie die Arme vor der Brust. »Hab ich nicht.« Grinsend beobachtete ich das Schauspiel der beiden und erinnerte mich daran, wie Abby in Elsies Alter gewesen war, nämlich mindestens genauso frech und wild. »Guck, wie wunderwunderwunderschön sie ist!« Elsie deutete auf das außergewöhnlich gemusterte Fell. Es war ein Mix aus Weiß, Grau, Hellbraun und Schwarz, wobei der Bauch und die oberen Beinchen bis zu den Knien eher hellgrau waren. Darunter sah es aus, als würde das Zicklein hellbraune Stiefel mit dunkleren Details tragen.

»Ist sie wirklich, Süße«, schmunzelte Devon und griff unter Elsies Arme, um sie hochzuheben und auf seiner Hüfte zu platzieren. »Willst du eine Eisschokolade? Ich hab nämlich eine für dich.«

»Ja«, erwiderte sie, ohne den Blick von der Ziege zu nehmen. »Darf Spidey auch eine haben?«

»Spidey?«, fragte Devon verdutzt.

»So nenne ich sie«, informierte Elsie ihn, als wäre das total klar. Ich kam nicht umhin, breit zu grinsen. »Darf sie?« Elsie ließ nicht locker. Devon warf mir einen hilfesuchenden Blick zu und presste die Lippen aufeinander, um nicht loszulachen.

Ich beugte mich zu den beiden über den Zaun. »Ziegen dürfen leider keine Schokolade essen oder trinken, weißt du?« Ich legte in gespielter Traurigkeit den Kopf schief. »Aber du darfst für Spidey ein bisschen von dem hohen Gras abreißen und es ihr geben.« Ich deutete auf das Grün zu unseren Füßen.

»Okay«, gab sie nach und strampelte in Devons Armen, damit er sie herunterließ. Sofort begann sie, Spidey mit einzelnen Grashalmen zu füttern, was absolut niedlich aussah.

»Und schon ist die Eisschokolade vergessen«, lächelte ich und reichte Devon seinen Kaffee zurück.

»Nicht mehr lange, glaub mir.« Er lachte. »Wie kam sie nur auf den Namen Spidey?« Grübelnd betrachtete er das Zicklein.

»Mit viel Fantasie erinnert die Fellfärbung ihrer Beine an Vogelspinnenbeine«, murmelte ich und ein Schauder jagte über meinen Rücken. »Eklig«, grinste ich und schüttelte mich.

»Jetzt, wo du es sagst. Wirklich eklig«, pflichtete er mir bei und deutete mit einem Kopfnicken zurück zum Spielfeld der Wasserbombenschlacht. »Es geht bald weiter.«

»Jawohl, lass uns zurückgehen und die nächste Schlacht schlagen.« Ich wackelte mit den Augenbrauen und schenkte ihm ein strahlendes Lächeln. Als er es erwiderte und ich in seine braunen Augen sah, war es plötzlich, als hätte jemand die Zeit angehalten. Ein paar Sekunden lang sagte keiner von uns ein Wort, wir sahen uns nur regungslos an, und es kam mir vor, als gäbe es nur uns beide. Als stünde nicht die halbe Stadt auf der Festwiese um uns herum. Was war es gewesen, das diesen intimen Moment zwischen uns heraufbeschworen hatte? Devon räusperte sich und ich riss den Blick von ihm los, gab Abby und Elsie Bescheid, dass wir wieder zurückgingen. Ohne Vorwarnung legte Devon mir seine Hand in die Taille, um mich in Richtung des Spielfeldes zu führen. Sofort stand die Haut unter meinem T-Shirt in Flammen. Vergeblich versuchte ich, das nervöse Zittern zu ignorieren, das es mir schwermachte, einen Fuß vor den nächsten zu setzen. Himmel! Ich musste mich wirklich zusammennehmen. Oder Devon würde mich noch vollends aus der Bahn werfen.

10. Kapitel

Devon

Jeder verdammte Knochen in meinem Körper schmerzte, und ich wollte gar nicht erst daran denken, wie es mir morgen früh gehen würde. Doch im Grunde war das egal, denn das Wasserbomben-Festival war ein voller Erfolg gewesen, sowohl für Saint Mellows als auch für mich persönlich. Riley um den Platz zu jagen oder vor ihr über die Wiese zu flüchten, hatte für die Lockerheit gesorgt, die wir so bitter nötig gehabt hatten. Endlich fühlte ich mich in ihrer Gegenwart nicht mehr so befangen und hatte nicht mehr das Bedürfnis, jedes meiner Worte bewusst zu überlegen. Heute waren wir wieder Jugendliche gewesen. Jugendliche, die in der einen Sekunde schamlos miteinander flirteten und in der nächsten schüchtern dem Blick des anderen auswichen und hofften, dass er oder sie nicht mitbekam, wie wir rot anliefen. Es hätte sich so anfühlen können wie vor all den Jahren, hätte sich nicht immer wieder das Wissen in den Vordergrund gedrängt, dass es so niemals wieder sein konnte. Wir waren nun mal nicht mehr die Teenager von damals, hatten inzwischen beide unser eigenes Leben gelebt und uns weiterentwickelt. Und doch gab es da diesen winzigen Funken Hoffnung in mir, der mit jedem Lächeln von Riley mehr aufglühte und mir zuflüsterte, dass wir anknüpfen konnten. Dass wir vielleicht einfach da weitermachen konnten, wo wir aufgehört hatten, obwohl das Leben uns für Jahre auseinandergerissen hatte. Riley ausgelassen lachen zu sehen, hatte mich einen Entschluss fassen lassen. Keine Ahnung, wann ich während der Wasserbombenschlachten die Zeit gehabt hatte, darüber nachzudenken, doch jetzt, am Ende dieses Tages, war mir vieles klarer geworden. Ich wollte Rileys Leben wieder zu etwas Schönem machen, ihr helfen, zu einer Unbeschwertheit zu finden, die sie seit dem Unfall verloren hatte. Ich konnte nur ahnen, was sie in den sieben Jahren seither erlebt hatte, was sie hatte tun müssen, um für sich und ihre Schwester zu sorgen, mit welchen Hindernissen sie konfrontiert gewesen war und welche Entbehrungen sie hatte auf sich nehmen müssen. Ich hatte die Angst in ihren Augen gesehen, bei unserer ersten Begegnung auf dem Parkplatz, aber auch, als sie mir im *Anne's* von ihrem Gedächtnisverlust erzählt hatte. Ich wusste, wie schwer es ihr fiel, von der Vergangenheit zu sprechen, auch wenn ich mir kaum vorstellen konnte, wie schrecklich die Situation für sie wirklich sein musste. Selbst wenn ich es nicht schaffte, Riley ein zweites Mal für mich zu gewinnen, wollte ich wenigstens dafür sorgen, dass sie wieder glücklich sein konnte.

Die Pausen hatten wir im Waffenstillstand mit Leena und Sam oder Abby und Elsie verbracht. Letztere war den ganzen Tag nicht vom Streichelzoo wegzukriegen gewesen, und am Ende hatte ich meiner todmüden Tochter versprechen müssen, dass ich versuchte, Spidey zu adoptieren, ansonsten hätten keine zehn Zicklein sie dazu bewegen können zu gehen. Wenn ich Glück hatte, würde sie es bis morgen wieder vergessen haben. Leider war die Chance verschwindend gering.

»Sie schläft wirklich wie ein Stein«, flüsterte Riley neben mir und strich Elsie liebevoll eine dunkelbraune Haarsträhne aus dem Gesicht. Diese Geste entfesselte Wärme in meinem Herzen. Es gab nicht viele Frauen, die keine Berührungsängste hatten, wenn es um meine Tochter ging, was ich genau genommen gut fand. Doch bei Riley war das anders. Ihre ungezwungene Zärtlichkeit Elsie gegenüber sorgte dafür, dass ich erleichtert aufatmete. Natürlich hatte ich mich gefragt, was Elsie für Riley und mich bedeuten würde. Sie war nun mal da und das Wichtigste in meinem Leben und niemand, nicht einmal Riley, würde es schaffen, sich zwischen mich und Elsie zu stellen. Dass ich diesen letzten Gedanken überhaupt hatte, bereitete mir Gewissensbisse, und wie so oft war ich froh darüber, dass niemand hinter meine Stirn sehen konnte.

»Es war ein langer Tag für sie.« Ich wandte mich zur Seite, schielte am Kopf meiner Tochter vorbei, der gegen meine Schulter gelehnt lag. Ihr Mund stand einen Spalt weit offen und ihre Arme und Beine hingen wie nasse Säcke an mir herunter. Ich hatte sie den ganzen Weg getragen und musste zugeben, dass sie dafür langsam zu schwer wurde. Ächzend versuchte ich, den Nacken zu dehnen, wobei dieser knackte. Wir bogen in die Straße ein, in der Riley und Abby wohnten.

»Ich bin auch völlig erledigt«, seufzte Riley, zupfte an ihrem klammen Shirt herum und öffnete das Gartentor, das zu ihrem Haus führte. »Ich glaube, es gibt keinen Zentimeter an meinem Körper, der nicht durchnässt wurde.« Sie boxte mir sanft gegen den Oberarm, woraufhin ich auflachte.

»Ich habe dir doch gesagt, dass ich keine Gnade walten lassen werde. Außerdem hast du ziemlich gut zurückgeschlagen.« Ich zwinkerte ihr zu und folgte ihr den schmalen Weg zur Haustür entlang.

»Ziemlich gut?« Entrüstet schnaubte sie. »Ich habe dich vernichtet, Devon!«

»Oh Leute«, stöhnte Abby neben Riley und verdrehte grinsend die Augen, während sie die Tür aufschloss. »Ihr habt euch beide gegenseitig die Hosen ausgezogen, okay?«

»Abby«, ermahnte Riley ihre Schwester in versucht autoritärem Tonfall, der jedoch in einem belustigten Grunzen endete.

Abby zuckte lediglich die Schultern. »Ist doch so.«

»Wo sie recht hat«, stimmte ich ihr zu. »Es gibt beim Wasserbomben-Festival keine Gewinnenden oder Verlierenden.«

»Genau!« Abby nickte mir zu und setzte den Fuß über die Türschwelle. »Gute Nacht, Dev.«

»Schlaf gut und danke fürs Babysitten.« Lächelnd trat sie in den Flur und lehnte die Tür hinter sich an.

»Also dann«, murmelte Riley, versenkte ihre Hände in den schmalen Taschen ihrer Jeans und blickte verlegen umher.

»Also dann«, wiederholte ich mit kratziger Stimme und hoffte, dass ihr das nicht aufgefallen war. »Es war ein schöner Tag heute«, stammelte ich. »… mit dir.«

»Das fand ich auch.« Ihre Stimme war kaum mehr als ein Flüstern. »Danke, Dev.«

»Nichts zu danken, Riley.« Diesen Moment hatte ich nicht vorhergesehen. Zwar war mir klar gewesen, dass ich mich irgendwann von ihr würde verabschieden müssen, doch hatte ich nicht damit gerechnet, dass mir dabei das Herz fast aus der Brust springen würde. Sollte ich sie küssen? Umarmen war schwierig, da ich beide Arme benötigte, um meine schlafende Tochter zu tragen. Ihr einfach nur zuzunicken und mich umzudrehen, erschien mir ebenfalls unpassend. Unschlüssig räusperte ich mich und zu meiner Überraschung stellte sich Riley auf die Zehenspitzen, um mir einen blitzschnellen Kuss auf die Stelle zwischen Wange und Mundwinkel zu drücken. Ihre Lippen waren meinen so nah gewesen, dass mir eine heiße Welle aus Verlangen durch den Körper jagte. Die Schmetterlinge in meinem Bauch flatterten wild durcheinander und meine Kehle fühlte sich so trocken an, als hätte ich Kreide gegessen. Mir war bewusst, dass ich sie mit weit aufgerissenen Augen anstarrte, doch leider hatte ich meinen Körper nicht mehr unter Kontrolle und konnte nichts dagegen tun. Es fühlte sich an, als wäre eine Ewigkeit vergangen, wobei es sicher erst ein paar Sekunden waren. Ich fasste mich und zwang meinen Mund zu einem Lächeln. Kurzentschlossen beugte ich mich zu ihr hinunter. »Gute Nacht«, raunte ich ihr ins Ohr, wobei ich mit den Lippen ganz bewusst die Stelle unter ihrem Ohrläppchen streifte. Damals war das meine Geheimwaffe gewesen, und das Seufzen, das ihr entkam, bestätigte mir, dass sich manche Dinge nicht änderten. Ich verharrte in dieser Position, auch wenn Elsie so schwer wog, doch ich wollte jede Sekunde genießen, die ich Riley nah war.

»Gute Nacht«, wisperte sie nahezu tonlos. Ich spürte, wie sie sich aus ihrer Schockstarre löste und das Gesicht zaghaft drehte, sodass meine Lippen eine sanfte Spur von der Stelle an ihrem Hals über ihre Wange bis zu ihrem Mundwinkel zogen. »Was machen wir da?« Ihr Flüstern, ihr warmer Atem auf meiner Haut jagten ein Verlangen durch meinen Körper, das ich lange vermisst hatte.

»Wir sagen uns Gute Nacht«, erwiderte ich gedämpft und achtete auf jedes kleinste Signal von Riley. Ging ich zu weit? Würde sie mich jetzt wegstoßen?

»Wenn das so ist«, lächelte sie und überbrückte die letzten Zentimeter, bis ihre Lippen auf meinen lagen. Ich konnte es kaum fassen, konnte kaum glauben, dass sie die Initiative ergriffen und mir die Entscheidung abgenommen hatte. Ich schloss die Augen. Sanft drückte ich meinen Mund auf ihren, hob ihn dann zögerlich wieder, atmete angespannt aus. Das leise Geräusch, das sie machte, gab mir Mut, und ich presste meine Lippen erneut auf ihre, diesmal fester, und spürte, wie sie den Kuss erwiderte. Vorsichtig lösten wir uns voneinander und ich öffnete die Augen, verlor mich sofort in ihrem Blick. Ihre Pupillen waren zu nachtschwarzen Kreisen erweitert und ich las tausend Empfindungen in ihnen. Neugierde, Mut, Freude, aber auch Trauer, Unsicherheit und Sorge. »Gute Nacht, Devon«, hauchte sie.

»Gute Nacht, Riley«, entgegnete ich mit belegter Stimme und drückte ihr einen weiteren unschuldigen Kuss auf die Stirn, ehe ich mich abwandte, um Elsie nach Hause ins Bett zu bringen.

Riley

Selbst das warme Wasser, das meine müden Knochen und meine ausgekühlte Haut verwöhnte, hatte es nicht geschafft, mir das Grinsen aus dem Gesicht zu waschen. Ich stieg aus der Dusche und genoss das wohlige Prickeln auf der Haut, ehe ich mich in eines der übergroßen Handtücher wickelte. Mit einem kleineren formte ich einen Turban auf dem Kopf, damit meine nassen Haare nicht den Boden volltropften. Da Abby sich das große Badezimmer geschnappt hatte, war ich auf das kleine im Flur ausgewichen, das Abby und ich uns früher geteilt hatten. Wie in Trance tippelte ich über den Teppich und fand mich unmittelbar vor der Tür meines eigenen Zimmers wieder. Abby und ich schliefen nach wie vor im Bett unserer Eltern, aber auch wenn ich noch nicht bereit war, etwas daran zu ändern, spürte ich, dass es Zeit war, mich noch einmal in meine Vergangenheit zu begeben. Der Gedanke machte mir nach wie vor Angst, obwohl ich nicht wusste, warum eigentlich. Ich schnaubte und schüttelte den Kopf, als ich die Hand auf die Türklinke legte. Als würden durch das Betreten des Raumes die verlorenen Erinnerungen auf mich einprasseln und mich niederdrücken. Ich trat ein und betätigte den Lichtschalter, drückte die Tür mit einem leisen Seufzen hinter mir ins Schloss und ließ die Stirn für einen Moment gegen den Türrahmen sinken. Mein hinterlistiger Puls beschleunigte sich, versuchte, mich zur Flucht zu drängen, mich aus meinem eigenen Zimmer zu vertreiben. Einatmen, ausatmen, einatmen, ausatmen. Ich wollte nicht davonlaufen, sondern bleiben. Einfach nur bleiben, im Hier und Jetzt, in diesem Raum, mit meinen Fotos und all den Dingen, die mir einmal die Welt bedeutet hatten. Wie sollte ich erfahren, wer ich damals gewesen war, wenn ich nicht versuchte, es herauszufinden? Ich wusste genau, wo ich meine Suche fortführen würde: in der mit Zettelchen und Fotos gefüllten Kiste, die ich vor ein paar Tagen sorgsam zurück in die Schreibtisch-Schublade verfrachtet hatte.

Die weiche Matratze gab unter mir nach, als ich mich auf meinem schmalen Bett niederließ, den Karton auf dem Schoß. Mit zittrigen Fingern nahm ich den Deckel ab und platzierte ihn neben mir, bevor ich rutschte, um mich rücklings gegen die Wand zu lehnen. »Dann mal los«, flüsterte ich, versenkte die Hand im Karton und fischte wahllos etwas hervor. Meine Finger zitterten und auf meiner Brust lag ein Gewicht, das mir das Atmen schwermachte. Ich entfaltete das Papier, das sich als ein quadratisches Schwarz-Weiß-Foto herausstellte. »Wie schön«, hauchte ich und realisierte, dass sich mein Mund zu einem Lächeln verzog. Auf dem Foto waren Devon und ich zu sehen, er trug einen Smoking, sogar mit Fliege, und ich ein helles Kleid. War es weiß gewesen? Cremefarben oder sogar gelb? Besaß ich es womöglich noch oder hatte ich es nur geliehen? Auf dem Foto warf ich den Kopf in den Nacken und schien schallend zu lachen. Devon stand hinter mir, die Arme um meine Hüften gelegt, und blickte ebenfalls lachend auf mich herunter. Seine Haare waren anders als heute, an den Seiten kurz, dafür lockten sie sich auf dem Kopf und fielen ihm ins Gesicht. Meine hingegen waren geglättet, sodass sie beinahe dünn wirkten. Ich zog die Nase kraus. Hatte mir das an mir wirklich gefallen? Warum hatte ich die natürlichen Wellen versteckt? Ich fasste an meinen Haarturban und öffnete ihn, damit die nasse, aber nicht mehr tropfende Mähne lufttrocknen konnte. Dieses Foto weckte eintausend Emotionen in mir und viel mehr Fragen: Was war das für ein Abend gewesen? War es ein Schulball? Oder irgendeine Art von Benefiz-Veranstaltung?

Worüber hatten wir gelacht? Wann genau war das gewesen? Wer hatte das Foto von uns geschossen, und was für ein Saal war das im Hintergrund? Zu all den Fragen gesellte sich ein Gefühl, das ich in den letzten Wochen gleichermaßen zu verdrängen und zuzulassen versucht hatte, was selbst in meinen eigenen Ohren keinen Sinn ergab. Ich fühlte Hoffnung. Nicht die Hoffnung, dass alles wieder gut werden würde. Dass ich mich eines Tages, wie aus dem Nichts, an alles erinnerte. Nein, es war die Hoffnung, dass ich das, was ich dort auf diesem Foto gefühlt hatte, noch einmal erleben könnte. Ich spürte die Hoffnung in mir, eines Tages wieder glücklich zu sein und befreit lachen zu können. Und vielleicht, ganz vielleicht, war Devon der Mann, der mit zu diesem Glück gehörte, mit dem ich es teilen konnte. Ich zog eine sanfte Spur mit dem Zeigefinger über das Foto, über Devons Gesicht, und hob in einem Impuls die Finger an meine Lippen, um einen Kuss darauf zu drücken. Wieder berührte ich das Foto und erinnerte mich an unseren Abschiedskuss vor einer Stunde. Für Devon war es vielleicht einer von vielen gewesen, doch für mich war er neu und sorgte dafür, dass in meinem Bauch eine Glühwürmchenschar durcheinandertanzte und ein Kribbeln in all meine Nervenenden sandte. Schluckend lehnte ich den Hinterkopf gegen die Wand und lächelte. Ich spürte, wie mir eine Träne die Wange hinabrann, und doch lächelte ich, denn es fühlte sich endlich an, als würde mein Leben diese zweite Chance bekommen, die ich schon vor Jahren fast abgeschrieben hatte.

II. Kapitel

Devon

»Schneller, Ben«, brüllte ich über den Footballcourt. »Pass! Los, pass auf Finley, jetzt!«

Das neue Schuljahr hatte vor drei Wochen begonnen, und an Tagen wie diesen wünschte ich mir, dass wir hier nicht auf Rasen, sondern Sand spielten, denn dann hätte ich einfach den Kopf hineinstecken können. Außerdem konnte ich mir kaum vorstellen, dass es an der Leistung der Mannschaft irgendetwas geändert hätte. Frustriert griff ich nach meinem Basecap, warf es zu Boden und blies voller Inbrunst in die Trillerpfeife. »PAUSE«, schrie ich über den Platz und deutete mit ausgestrecktem Arm zu den Bänken, auf denen die Wasserflaschen und Handtücher des Teams lagen. Womöglich sollte ich nachsichtiger mit ihnen sein, doch manchmal fragte ich mich, wie sie es schafften, nicht über ihre eigenen Füße zu stolpern. War es denn so schwer, einen Football so zu passen, dass er zumindest in der Nähe eines Mitspielers landete? Es war jedes Mal ein großes Ereignis, wenn er gefangen wurde. Ich griff mürrisch nach dem Smartphone, das ich in meinen Sportshorts verstaut hatte, und sogleich wanderten meine Fingerspitzen routiniert zum Chatverlauf mit Riley.

Ich: Heute brauche ich es irisch.

Es dauerte keine zehn Sekunden, bis Rileys Status auf *online* sprang, vermutlich war im Café wenig los.

Riley: Langsam glaube ich, du übertreibst :D
Ich: Nein, wirklich nicht. Die Mannschaft ist eine Katastrophe.
Riley: Wann ist das erste offizielle Spiel?

Stöhnend schloss ich die Augen, denn daran wollte ich wirklich nicht erinnert werden.

Ich: Übernächstes Wochenende. Wenn bis dahin kein Wunder geschieht, werden wir eine haushohe Niederlage einstecken.
Riley: Ich werde euch anfeuern!
Ich: Zufälligerweise in deinem alten Cheerleader-Outfit?

Schmunzelnd verzog ich den Mundwinkel. Ich sah genau vor mir, wie Riley sich just in diesem Moment auf die Unterlippe biss, rot anlief und sich umsah, ob jemand etwas bemerkte.

Riley: Vielleicht schlüpfe ich nach dem Spiel hinein. Kommt ganz darauf an.
Ich: Worauf?
Riley: Sieg oder Niederlage.
Ich: Vergiss den Irish Coffee, die Mannschaft wird heute eine doppelte Trainingsrunde absolvieren.

Riley: Also kommst du nicht ins Café?

Lächelnd schluckte ich und genoss das warme Gefühl in meiner Brust, das in den Rest meines Körpers ausstrahlte.

Ich: Wirst du mich etwa vermissen?
Riley: Bild dir mal nichts ein, ich bin einfach ein Gewohnheitstier. Außerdem habe ich für morgen testgebacken – wer soll denn sonst als Versuchskaninchen herhalten?

Oh, wie ich ihre Schlagfertigkeit liebte. Seit drei Wochen schrieben wir miteinander, und ich hatte es mir angewöhnt, jeden Tag nach der Schule und dem Training im *Anne's* vorbeizuschauen und dort meinen Feierabendkaffee zu genießen. Riley ging im Backen richtig auf, entwickelte ihre eigenen Rezepte und nahm Anne damit einen Haufen Arbeit ab. Die ersten Tage nach dem Wasserbomben-Festival waren wir peinlich berührt umeinander herumgeschlichen, hatten wirres Zeug gebrabbelt und so getan, als hätte es unseren Kuss nicht gegeben. Inzwischen hatten wir es geschafft, die Befangenheit zu überwinden und zu einem entspannten Umgang miteinander zurückzufinden, der sich immer vertrauter anfühlte.

Ich: Nein, heute wird's zu spät für Kaffee, aber was hältst du davon, wenn ich dich stattdessen am Samstag zum Dinner ins Julio's einlade?

Schweißausbruch. Zittrige Finger. Trockene Kehle. Blitze vor den Augen. Verdammt, mein Körper benahm sich, als wäre ich fünfzehn und nicht fünfundzwanzig. Riley tippte eine Antwort, stoppte, nahm das Tippen wieder auf und stoppte wieder. Ich warf einen flüchtigen Blick zur Mannschaft, die langsam unkonzentriert wurde, die Pause dauerte zu lang.

»Ey«, rief ich in ihre Richtung, und sofort wandten sich mir alle Köpfe zu. Wenigstens etwas, das funktionierte. »Wir hängen heute eine weitere Trainingseinheit an.« Gestöhne und Gemurmel erhob sich. »Ich will kein Gemurre hören, werdet besser, dann braucht ihr auch keine doppelten Einheiten mehr, verstanden?«

»Ja, Coach Fairfield«, seufzten alle im Chor.

»Gut.« Ich wies mit der Hand auf den Rasen. »Lauft eine Runde um den Platz, dann üben wir das Passen weiter.«

Ohne Widerrede setzten sie sich in Bewegung und rannten um den Court.

Riley: Aber was ist mit Elsie?

Verdammt! Ich schlug mir mit der flachen Hand gegen die Stirn und sofort krallte sich das schlechte Gewissen wie ein Tau um meine Kehle und zog zu. Ich hatte ernsthaft vergessen, dass meine Tochter am Wochenende wieder bei mir sein würde, und eigentlich sollte und *wollte* ich die Zeit doch mit ihr verbringen. Eine weitere Nachricht von Riley ploppte auf.

Riley: Ich könnte Abby fragen, wenn du willst?

Ich schüttelte den Kopf, denn ich wollte Rileys Schwester nicht den Abend verderben, immerhin war sie neu an der Schule und hatte vielleicht etwas vor. Riley machte sich Sorgen, dass Abby keinen Anschluss fand, und ich wollte auf keinen Fall der Grund dafür sein, indem ich sie an einem Samstagabend zum Babysitten zwang. Außerdem sollte ein Dinner eigentlich kein Problem sein. Elsie war drei Jahre alt, und wenn alles glattging, würde sie spätestens um acht Uhr schlafen und gar nicht mitbekommen, dass ihr Daddy aus war.

Ich: Nicht nötig, ich werde meine Eltern bitten.
Wenn wir uns etwas später treffen, kann ich sie noch selbst ins Bett bringen.
Riley: Klingt gut.
Ich: Also ist das ein Ja?
Riley: Ja, ist es!
Ich: Dann haben wir ein Date
Riley: Sieht wohl so aus :)

Gerade rechtzeitig steckte ich das Handy zurück in die Hosentasche meiner Shorts, ehe die gesamte Mannschaft eintrudelte. »Alles klar, findet euch in Zweierteams zusammen, schnappt euch jeweils einen Football und passt einander zu. Nach jedem gefangenen Ball, der *nicht*, ich betone *nicht*, wie ein Ei durch die Luft segelt, entfernt ihr euch zwei Meter mehr voneinander und passt wieder. Verstanden?«

»Ja, Coach«, entgegneten die Schüler leidenschaftslos. Irgendwie machten sie den Eindruck auf mich, als stünde ich umringt von einer Meute trüber Tassen, die gar keine Lust auf all das hier hatten. Ich nahm mir vor, nach dem Spiel mit Luke, dem Mannschaftskapitän, zu sprechen. Irgendetwas war hier faul.

Riley

»Wo ist Dev?« Meine Schwester ließ sich ächzend auf den Barhocker am Tresen fallen und warf ihren Rucksack zu ihren Füßen auf den Boden. Sie wirkte erschöpft, was ich nur zu gut verstand, denn die ersten Wochen an einer neuen Schule waren immer die schlimmsten für sie gewesen.

»Er kommt heute nicht, sondern zwingt das Footballteam zu einer Extrarunde.«

Abby schmunzelte und beugte sich über den Tresen, um sich einen frisch gebackenen veganen Mohn-Zitrone-Cookie zu stibitzen. »Das haben die echt nötig.«

»Wirklich?« Lachend schob ich ihr den ganzen Teller mit meinem Versuchsgebäck hin. »Wie findest du ihn?« Ich deutete mit dem Zeigefinger auf den halben Keks in ihrer Hand.

Genüsslich verdrehte Abby die Augen und warf mir einen Kussmund zu. »Göttlich, Riley. Mir gefällt dein neues Hobby. Und zum Footballteam: Ja, wirklich. Chelsea sagt, dass die Hälfte der Jungs gar keinen Bock auf Football hat, sie es aber für ihre Collegebewerbungen in ihren Zeugnissen stehen haben wollen.«

»Okay, das ist Mist.« Und unglaublich – seit wann war die Zugehörigkeit zu Schulsportteams eine Last für die Kids?

»Mist für Devon«, pflichtete Abby mir schulterzuckend bei. »Vielleicht sollte Devon die Tryouts wiederholen, damit die Mannschaft neue Mitglieder aufnimmt oder so. Soweit ich das mitbekommen habe, fanden die Auswahlspiele am Ende des letzten Jahres schon beim alten Coach statt.«

»Das wäre eine Idee«, überlegte ich und erinnerte mich an meine Highschoolzeit zurück, in der es noch besonders gewesen war, Teil der Sportteams zu sein. »Ich schlage es Devon am Samstag vor.«

Hellhörig geworden richtete sich Abby auf und griff nach einem zweiten Keks. »Was ist am Samstag? Sag bloß, ihr habt endlich ein *richtiges* Date?«

»Abigail«, zischte ich, hielt mir den Zeigefinger vor die Lippen und machte eine unauffällige Kopfbewegung zur Fensterfront, an der Rupert saß und seinen vielleicht-vielleicht-aber-auch-nicht-fettfreien-Cappuccino trank.

»Sorry«, flüsterte sie und zog den Kopf ein. »Warum ist er eigentlich seit einer Woche jeden Nachmittag hier? Plant er irgendetwas? Ich meine, das ist Rupert! Der führt doch immer was im Schilde.«

Ich zuckte die Schultern und verdrehte die Augen. »Ich habe keine Ahnung, aber es muss mit Maddy und George und seiner fettfreien Milch zusammenhängen.«

Prustend hielt sich Abby die Hand vor den Mund, um keine Krümel über den Tresen zu spucken. »Wie kommst du denn darauf?«

»Er versichert sich jeden Tag mindestens drei Mal, ob ich *wirklich* die fettfreie Milch verwendet habe.«

»Und?« Abby wackelte mit den Augenbrauen. »Hast du?«

Ich richtete mich auf, hob das Kinn und wischte meine Hände an der Schürze ab. »Eine Lady genießt und schweigt.« Ich zwinkerte ihr schmunzelnd zu, was der Code war für

›selbstverständlich bekommt Nervensäge Rupert die Vollfett-Milch‹ und schielte zur Wanduhr. »Hast du viele Hausaufgaben auf? Willst du was trinken?« Ich lenkte das Thema bewusst von Devon und mir weg, denn ich wollte ihr das nicht hier erzählen, sondern zu Hause. Dort, wo keine lauschenden Ohren waren, die jeden Tratsch witterten und in Windeseile in der ganzen Stadt und darüber hinaus verteilten. Gerade weil ich wusste, dass alle darauf warteten, dass Dev und ich miteinander ausgingen. Es wäre gelogen gewesen zu behaupten, dass mir die sensationslüsternen Blicke, die die Mellowianer uns zuwarfen, sobald wir auch nur im selben Raum waren, nichts ausmachten.

Abby ließ ihren Kopf auf den Tresen sinken, untermalt von einem Stöhnen, das theatralischer nicht hätte sein können. »Ja, Mathe und Geografie.« Sie gab ihrem Rucksack einen mürrischen Tritt, woraufhin ich ihr einen strengen Blick zuwarf.

»Ey, geh nicht so mit deinen Sachen um, Fräulein!«

»Sorry«, murmelte Abby und bückte sich hinunter, um ihren Rucksack zu schultern. »Ich nehme einen Überraschungsmilkshake und werde mich brav an den Tisch dort setzen, meinen Rucksack streicheln und herausfinden, wie Berge entstehen. Spannend, ich sag's dir.«

»Was sein muss, muss sein, Süße. Du kannst es mir gern nachher noch mal erklären.«

»Jajaja.«

Ich machte mich an die Zubereitung ihres Milkshakes, wobei ich mich für einen mit weißer Schokolade und Kokoscreme entschied. Aus dem Augenwinkel beobachtete ich Abby dabei, wie sie ihren Rucksack neben sich abstellte, ihre

Utensilien daraus hervorholte und auf den Tisch legte. Uraltes Federmäppchen, billiger Collegeblock, abgegriffenes Schulbuch. An der Saint Mellows High war es jeder Familie freigestellt, ob sie die Schulbücher neu kaufen wollte oder das Angebot annahm, sich welche aus dem Schulfundus zu leihen. Abby hatte mir die Bücherliste gar nicht erst vorgelegt, sondern war direkt mit den gebrauchten nach Hause gekommen, was mir einen Stich versetzt hatte. Nicht nur, dass die Lernmaterialien teilweise auseinanderfielen, vergilbte Seiten hatten oder Flecken, störte mich. Viel schlimmer fand ich, dass es Abby nicht einmal störte, die alten Bücher verwenden zu müssen, da sie es in all den Jahren nicht anders kennengelernt hatte. Sie verzichtete auf vieles und bemerkte es nicht einmal. Ich kam nicht umhin, ihre Highschoolzeit mit meiner zu vergleichen. Zumindest mit dem Part, an den ich mich erinnerte. Allerdings wusste ich, dass Mom und Dad meine Schulbücher gekauft hatten und ich nie gezwungen gewesen war, gebrauchte zu verwenden wie Abby. Die Klingel an der Eingangstür holte mich glücklicherweise aus meinen Gedanken und ich richtete den Blick auf die Person, die eintrat. Es war Chelsea, Abbys neue Freundin, und noch immer war sie mir nicht geheuer. Sie war mir gegenüber einfach *zu* freundlich, es wirkte schon fast aufgesetzt.

»Hallo, Riley«, begrüßte sie mich mit ihrem breiten Lächeln und legte den Kopf schief, wobei die Spitzen ihrer seidig glänzenden schwarzen Haare auf dem Tresen landeten. Ganz knapp an einem der Krümel vorbei, die Abby wohl doch aus dem Mund gefallen waren. Schade. »Ich nehme einen Karamell-Latte mit Hafermilch.« Sie kramte ihren

Geldbeutel hervor und legte mir eine Fünf-Dollar-Note auf den Tresen.

»Hi, Chelsea«, entgegnete ich mit meinem professionellsten Große-Schwester-Lächeln und hielt ihr das Wechselgeld hin. »Kommt gleich. Hier, nimm dir gern einen.« Ich schob ihr den Teller mit den Keksen zu und bemerkte, dass sie zögerte. »Das sind vegane Mohn-Zitrone-Cookies.«

»Danke.« Sie schnappte sich einen mit ihren zitronengelb manikürten Fingern und wandte sich von mir ab, um zu Abby zu gehen. Verstohlen blickte ich auf meine eigenen Fingernägel hinab, die ich seit Jahren kurz und natürlich trug. Vor einigen Tagen hatte ich in meinem Zimmer eine kleine Kiste voll mit den verschiedensten Nagellacken gefunden, mir aber nichts weiter dabei gedacht. Jetzt überkam mich der Wunsch, in dieser Box nach einer sommerlichen Farbe zu kramen, und ich verspürte sogar ein leichtes Kribbeln in meinem Magen. Was hatte das zu bedeuten? Schleunig schüttelte ich den Gedanken ab und griff nach der Kaffeemühle, um den Espresso für Chelseas Kaffee vorzubereiten. Ein zittriges Gefühl setzte sich in meinen Kniekehlen fest, sorgte beinahe dafür, dass mir die Beine wegknickten, und ich zwang mich mit aller Kraft, mechanisch meinem Ablauf zu folgen. Kaffee in den Siebträger füllen. Siebträger in die Maschine einhängen. Espressotasse darunter stellen. Espresso Marsch. Hafermilch in den Milchaufschäumer schütten. Karamellsirup und ein Latte-Glas vom Regal nehmen. Mein Puls raste von Sekunde zu Sekunde schneller und ich verstand nicht, was sich da in meinem Körper abspielte. Wie in Trance stellte ich Chelseas Getränk kurz neben Abbys Milkshake auf dem Tresen ab und wischte mir die feuchten

Handflächen an der Schürze ab, ehe ich sie zu den Mädchen brachte.

»Et voilà«, lächelte ich ihnen zu und konnte es nicht vermeiden, Chelseas nigelnagelneues Schulbuch und den teuren Collegeblock mit dem dicken Papier zu begutachten.

»Danke, Riley«, kam es wie aus einem Mund von den beiden, und sie warfen sich ein albernes Lächeln zu. Chelsea griff sofort nach ihrem Latte und wieder starrte ich auf ihre Nägel. Mit einem Mal war es, als schlüge mir jemand mit einem Baseballschläger den Kopf ein. Vor meinen Augen blitzte es, ich spürte einen Schmerz im Hinterkopf und hätte schwören können, dass es in meinem Gehirn geknallt hatte. Wie ein Schuss, ohrenbetäubend laut. Blitzschnell wandte ich mich ab und taumelte zurück hinter den Tresen, voller Hoffnung, dass mein Zustand niemandem auffiel. Meine Beine wurden schwer, hielten mich nicht mehr, also ließ ich mich rücklings an der Geschirrspülmaschine auf den Boden gleiten und kniff für einen Moment die Lider zusammen, presste die Fäuste auf meine Augen. Ich sah Sand und Wasser, hörte das grölende Lachen von Jungs und das Gackern von Mädchen im Teenageralter. Ich saß auf einem Handtuch, vor mir die abgeknabberte Schale einer Wassermelone, und plötzlich schob sich eine sonnengebräunte Hand in mein Sichtfeld und griff nach einer Wasserflasche. Zitronengelbe Fingernägel, und da realisierte ich, dass es sich bei dieser Hand um meine eigene handelte. Es war eine Erinnerung. Ich verzehrte mich danach, sie zu greifen, versuchte verzweifelt, mich umzusehen, um die Personen zu erkennen, die mit mir an diesem Ort gewesen waren. Doch nichts. Alles verschwamm vor meinem geistigen Auge, egal, wie sehr ich mich zu konzentrieren versuchte. Es war, als würde das Bild stehen bleiben und schließlich schmelzen wie das Wachs einer Kerze. Zurück blieb ein großes schwarzes Nichts.

»Riley!« Ich vernahm dumpf die Stimme meiner Schwester neben mir und ihre Hand, die mir über den Arm strich. »Ist alles okay?«

Wie in Zeitlupe öffnete ich die Augen. Ich erkannte Abby nur verschwommen, was daran liegen musste, dass ein Tränenschleier meine Sicht störte. »J-Ja«, hauchte ich und wischte mir mit den Handrücken über das Gesicht. »Ich glaube, da war eine Erinnerung.«

»Woran hast du dich erinnert?« Sie stand kurz auf und machte eine wegscheuchende Handbewegung in das Café. Na super, anscheinend war mein Abgang doch nicht unbemerkt geblieben, aber ich war froh, dass Abby die Schaulustigen zurück an ihre Plätze scheuchte. Sie ging wieder neben mir in die Hocke, wischte mir mit dem Daumen über die Wange und legte den Kopf schief.

»Ich weiß es nicht genau«, gab ich zu. »An Sand, Wasser, Wassermelone, Gelächter und meine Hand, die nach einer Flasche griff.«

»Okay.« Abby nickte und versuchte, sich ihre Enttäuschung nicht anmerken zu lassen. Manchmal glaubte ich, dass sie es sich noch viel mehr als ich wünschte, dass ich meine Erinnerungen wiedererlangte. Doch wir beide wussten, dass das, was eben geschehen war, schon das Größte war, auf das wir hoffen durften. Auf das *ich* hoffen konnte. Das hatten mir die Ärzte mehr als deutlich gemacht.

Devon

Ich keuchte wie eine alte Dampflok, als ich – dank des langärmligen Hemdes und der dunkelgrünen Chino-Hose völlig verschwitzt – vor Rileys Gartentor ankam. Als hätte Elsie geahnt, dass es mir heute besonders wichtig war, sie pünktlich ins Bett zu kriegen, hatte sie entschieden, das Teufelchen nach außen zu kehren. Alles war ein Kampf gewesen, vom Schlafanzuganziehen über das Zähneputzen bis zum Vorlesen. Der frische Bettbezug war der falsche gewesen, das Glas Wasser hatte nicht die richtige Füllmenge gehabt, und die Krönung war gewesen, dass ich angeblich zu laut geatmet hatte. Keine Rede, ich liebte meine Tochter, doch in Situationen wie dieser fragte ich mich schon, womit ich diese kleine Tyrannin verdient hatte.

Ich zog das Smartphone aus der Hosentasche, um nach der Uhrzeit zu sehen, und stöhnte frustriert auf. Trotz all meiner Mühen war ich zehn Minuten zu spät, und wenn es etwas gab, das Riley hasste, war es, wenn man sie warten ließ. Zumindest hatte sie das früher getan.

»Hey«, rief mir Abby von der Haustür aus zu, woraufhin ich zusammenzuckte. Ich hatte sie gar nicht bemerkt. Schnell verstaute ich das Handy wieder in der Tasche, schob das quietschende Holztor auf und lief zu Abby, die mir ein schiefes Grinsen schenkte. »Riley ist gleich fertig, wir hatten einen kleinen Unfall mit der Waschmaschine.« Sie presste die Lippen aufeinander, und ich erkannte, dass sie krampfhaft versuchte, ein Lachen zu unterdrücken.

»Okay.« Ich folgte ihr ins Haus, das trotz der enormen

Außentemperaturen angenehm kühl war. Wie schafften die beiden das nur ohne Klimaanlage? Mein Blick blieb an Abbys Haaren hängen und überrascht begutachtete ich sie von Kopf bis Fuß. Schmunzelnd zog ich eine Augenbraue hoch, denn sie war nicht nur pitschnass, sondern auch über und über mit Schaum bedeckt. »Möchte ich wissen, was passiert ist?«

»Willst du nicht«, donnerte es plötzlich vom oberen Treppenabsatz. Riley kam mit hochrotem Kopf und feuchten Haaren die Stufen heruntergeflitzt und schenkte ihrer Schwester einen funkelnden Blick, der so viel bedeutete wie: *Wenn du es ihm verrätst, bist du tot.*

»Doch, ich glaube schon«, grinste ich und deutete auf die Schaumspur, die sich von der Kellertür die Treppe hochzog. »Was hat die böse Waschmaschine euch angetan?«

»Sagen wir …«, stöhnte Riley. »Man lernt nie aus, okay?«

»Riley wollte die Waschtrommel reinigen und hat Waschpulver dazugegeben und – Spoileralarm: Das sollte man nicht tun.« Abby machte einen flinken Satz zurück und wich so Rileys weißer Sommerjacke aus, mit der diese nach ihr schlug.

»Hinterher ist man immer schlauer«, lachte jetzt auch Riley und wandte sich zum Spiegel, um sich einen letzten, prüfenden Blick zuzuwerfen. Ich konnte es kaum fassen, wie schön Riley noch immer war. Ihre sonnengebräunte Haut sorgte dafür, dass ihr langes Haar, das in sanften Wellen über ihre Schultern fiel, noch heller wirkte. Sie hatte sich auf die gleiche dezente Weise geschminkt wie schon damals, und das zart glitzernde Beige ihres Lidschattens betonte die tiefblaue Farbe ihrer Augen, in denen ich mich schon damals hätte verlieren können. »Ich bin startklar.« Sie holte tief Luft und nickte mir zu.

»Perfekt!« Ich zwinkerte Abby zu und öffnete Riley die Haustür, damit sie hinaustreten konnte.

»Hätte ich von eurem kleinen Unfall gewusst, wäre ich nicht den ganzen Weg von mir bis zu euch gerannt«, verriet ich ihr, als das *Julio's* bereits in Sichtweite war.

»Das beruhigt mich«, murmelte Riley und fummelte am Träger ihrer winzigen, mit schwarzen Pailletten besetzten Handtasche herum.

»Was? Dass ich *auch* zu spät war?« Neckend stieß ich sie mit dem Ellenbogen an. »Ich erinnere mich gut daran, wie schrecklich es für dich war, jemanden warten zu lassen. Und umgekehrt erst recht.«

Aus dem Augenwinkel wirkte es, als würde Riley für den Bruchteil einer Sekunde straucheln. Sie schluckte. »Dev«, seufzte sie und wischte sich eine Haarsträhne aus dem Gesicht. »Das ist nicht so leicht für mich.«

»Was meinst du?« Hatte ich etwas Falsches gesagt?

»Ich meine das nicht böse oder so …«, stammelte sie und suchte meinen Blick. »Vielleicht merkst du das gar nicht und bestimmt machst du es nicht absichtlich …« Mit jeder Sekunde, die verstrich, wuchs mein Unbehagen.

»Riley, sag schon«, bat ich sie mit belegter Stimme und bemerkte, dass ich die Hände in meinen Hosentaschen angespannt zu Fäusten geballt hatte. »Was mache ich?«

»All die Dinge, an die du dich erinnerst, sind nichts als blasse, nein, *leere* Erzählungen für mich. Es ist schwer für mich, dich neu kennenzulernen, obwohl ich dich längst kennen müsste. Du hast mir vieles voraus, Devon, und manchmal habe ich Angst, dich zu enttäuschen, weil ich vielleicht nicht mehr das Mädchen von früher bin, verstehst du?«

Uff. Abrupt blieb ich stehen und griff nach ihrem Handgelenk, um sie zu mir herumzudrehen. Ich hatte mit allem gerechnet, aber nicht mit dieser schonungslosen Offenheit. »Riley«, krächzte ich und fuhr mir mit der anderen Hand durch die Haare. »Selbst wenn es so ist, ist das gut so, okay? Ich bin auch nicht mehr der Junge von damals. Wir beide sind erwachsen und mich interessiert die Frau, mit der ich *jetzt* hier stehe. Ich möchte die Riley kennenlernen, die du geworden bist, und es tut mir leid, wenn ich dich durch meine Erinnerungen verletze oder irgendwie unter Druck setze, das tut es wirklich. Glaubst du mir das?«

Riley biss sich von innen auf die Unterlippe und sah mir direkt in die Augen. Es war, als suchte sie in ihnen nach etwas Bestimmten, und urplötzlich fühlte ich mich nackt, jedoch unfähig, mich zu bewegen. Als würde ich etwas verlieren, sobald ich den Blick senkte. »Ja, ich glaube dir das«, flüsterte sie und straffte die Schultern, deutete mit einem Kopfnicken zum *Julio's*, das keine zehn Schritte mehr entfernt war. »Und jetzt brauche ich bitte eine extragroße Pizza Salmone.«

Lachend warf ich den Kopf zurück, legte ihr den Arm um die Taille und schob sie sanft zum Eingang, wo wir von einem Kellner begrüßt wurden, der uns direkt an unseren reservierten Platz brachte. Am Telefon hatte ich extra um einen Tisch gebeten, der nicht unmittelbar am Fenster lag, falls unser Date bereits die Runde gemacht hatte. Ich wusste, dass weder Maddy noch George noch Rupert davor zurückschrecken würden, ungeniert vor den Restaurantfenstern herumzulungern und uns zu beobachten. Wir bestellten, wobei wir uns nicht nur eine Flasche Weißwein teilen wollten, sondern auch die Gorgonzola-Focaccia als Vorspeise, die wenig später heiß und dampfend an unseren Tisch gebracht wurde.

»Das riecht ja himmlisch.« Riley schloss genüsslich die Augen und sog den Duft ein, der von dem Teller in der Tischmitte aufstieg.

Ich wartete, bis der Kellner erst ihres, dann mein Glas gefüllt und sich diskret lächelnd verabschiedet hatte, ehe ich ihr zuprostete. »Auf unser neues erstes Date.«

Riley erstarrte für einen Moment in der Bewegung und biss sich seitlich auf die Unterlippe, dann griff sie ebenfalls nach ihrem Glas. Mir fiel auf, dass ihre Finger zitterten, ließ es mir aber nicht anmerken. »Auf zweite Chancen«, hauchte sie schluckend und sah mich scheu über den Rand ihres Weinglases hinweg an, als hätte sie Angst vor ihren eigenen Worten.

»Darauf trinken wir«, raunte ich und setzte das Glas an meine Lippen, froh darüber, den enormen Kloß im Hals herunterspülen zu können.

Riley nahm einen großen Bissen von der Focaccia und verdrehte stöhnend die Augen. »Willst du nicht probieren?«, fragte sie, nachdem sie heruntergeschluckt hatte, und deutete mit hochgezogener Augenbraue auf das heiße Fladenbrot.

»Doch, klar«, grinste ich. »Aber du hast dich so darauf gestürzt, dass ich Angst hatte, einen Finger zu verlieren.«

Empört schnappte sie nach Luft. »Ich teile *immer* fair, klar?«

Ich presste grinsend die Lippen aufeinander. »Klar.«

Sie verengte ihre Augen zu Schlitzen und tippte mit ihrem Zeigefinger auf den Tisch. »Ich sehe dir an, dass du mir nicht glaubst.« Kapitulierend hob ich die Arme in die Höhe und schüttelte unschuldig den Kopf. Sie hatte recht, ich war im

Vorteil, denn ich erinnerte mich an die alte Riley und sie nicht. Und es fiel mir schwerer als gedacht, unsere Vergangenheit außen vor zu lassen. Seufzend schob sie den Teller ein Stück zu mir herüber und senkte die Stimme. »Du erinnerst dich wieder an etwas von früher, oder?«

Ich beschloss, sie nicht anzulügen, und nickte stattdessen ehrlich. »Ja. Es tut mir leid.«

»Ach.« Sie winkte resigniert ab. »Das muss es ja gar nicht. Sag schon, was ist es?«

»Bist du sicher?« Ich griff nach dem Brot und biss hinein, wobei ich aufpassen musste, nicht ebenfalls aufzustöhnen, so lecker war es.

»Wie bescheuert wäre es, dir zu verbieten, dich zu erinnern, wo du es als Einziger von uns kannst?« Sie legte den Kopf schief und zuckte mit den Schultern, doch sie konnte mir nichts vormachen. Ich sah ihr an, wie schwer es für sie war.

»Deine Definition von *fair* teilen war immer anders als meine.« Grinsend zuckte ich mit den Schultern und deutete auf den dünnen Brotrand, den Riley abgeknabbert zurück auf den Vorspeisenteller gelegt hatte. »Nur, weil du keinen Rand isst, heißt das nicht, dass du automatisch mehr vom fluffigen Inneren bekommst. Das Gleiche gilt für angebranntes Popcorn, zerbröselte Cookies und trockene Nudeln.«

»Ich finde schon.« Todernst verschränkte sie die Arme vor ihrer Brust und ließ sich gegen die Lehne sinken, doch sie schaffte es nicht mehr länger, ein Schmunzeln zu unterdrücken. Sie deutete eine Spur verlegen zum Teller. »Wie stehst du so zu Brorändern?«

Lachend griff ich nach ihrem angenagten Rest und biss hinein. »Deine esse ich liebend gern, damit es auch schön *fair* bleibt«, neckte ich sie blinzelnd.

»Na siehst du«, feixte sie. »Problem gelöst. Und du lässt mich doch gleich bestimmt von deiner Pasta probieren, wenn ich dir etwas von meiner Pizza abgebe, richtig?«

Ich hob eine Augenbraue. »Du meinst von deinem Pizzarand?«

»Exakt.« Sie griff siegessicher nach ihrem Weinglas, setzte es an, und in dem Moment, in dem die goldene Flüssigkeit ihre Lippen berührte, zwinkerte sie mir lächelnd, aber mit einer gewaltigen Portion Selbstbewusstsein zu. In diesem einen Augenblick erkannte ich die Riley von damals. Die, die so frech und schlagfertig gewesen war, dass es mir immer wieder die Sprache verschlagen hatte. Die, deren Haare ihr über die Schulter fielen, sobald sie mich schief anlächelte, sodass ich nichts lieber wollte, als mit dem Finger über ihr Schlüsselbein zu fahren, um ihr die Strähne zurück auf den Rücken zu streichen. Und vor allem die, die keine Angst vor der Zukunft hatte, die sich auf ihre Träume und Ziele fokussierte, und doch niemals in Erwägung gezogen hätte, eine Entscheidung zu fällen, in die ich nicht mit einbezogen gewesen wäre.

Riley

Ich hatte wirklich versucht, mir nichts anmerken zu lassen, und so getan, als hörte ich das ständige Vibrieren des Handys in seiner Hosentasche nicht. Doch jetzt, wo es innerhalb der letzten halben Stunde zum fünften Mal klingelte, entschied ich, ihm die Chance zu geben, den Anruf entgegenzunehmen. Außerdem wollte ich, dass der Abend normal weiterlaufen konnte, denn mal ehrlich: Es nervte und war kurz davor, die Stimmung kippen zu lassen.

»Dev?« Ich schob mir den letzten Bissen Pizza in den Mund und legte das Besteck auf den Teller, sodass unser Kellner sah, dass er ihn abräumen durfte.

»Ja?« Er hatte seine Pasta aufgegessen und spielte jetzt mit dem Stiel seines Weinglases, drehte es hin und her.

Ich wies mit dem Zeigefinger auf die Stelle der Tischplatte, unter der sich sein Bein befand. »Willst du nicht rangehen? Es stört mich nicht, ehrlich.« Um meine Aussage zu unterstreichen, beugte ich mich zu dem leeren Tisch neben uns, auf dem eine Speisekarte lag. »Ich suche mir inzwischen ein Dessert aus.«

Seufzend hob Devon die Schultern an und ließ sie einen Augenblick später resigniert sinken. »In Ordnung, es tut mir leid. Normalerweise bin ich nicht so begehrt.« Er schenkte mir ein entschuldigendes Lächeln und schob den Stuhl zurück, um aufzustehen und in Richtung der Garderobe zu laufen, wo er das Telefon aus der Hosentasche zog und abnahm. Es fiel mir unheimlich schwer, den Blick abzuwenden, und meine Neugierde sorgte dafür, dass ich sogar die Luft anhielt, um verstehen zu können, mit wem er da sprach. Keine Ahnung, woher das auf einmal kam, normalerweise war ich nicht so. Warum verwandelte ich mich plötzlich in einen Spitzel? Mein Bauchgefühl sagte mir, dass da irgendetwas im Busch war, denn warum sollte man sonst dermaßen hartnäckig versuchen, jemanden zu erreichen? Hoffentlich war es nicht seine Mom, die sich dazu bereit erklärt hatte, in

Devons Wohnung auf ihn zu warten und auf ihre schlafende Enkelin achtzugeben.

»Das kann nicht dein Ernst sein«, donnerte er los, und ich zuckte so heftig zusammen, dass ich aus Versehen die Speisekarte mit einem lauten Knall vor mir zusammenklappte. Sämtliche umliegenden Augenpaare, die bisher auf Devon gerichtet gewesen waren, landeten auf mir. Na prima. Devon wandte sich ab und senkte seine Stimme, was leider nichts nützte, denn es hatte sich eine bedrückende Stille über das Restaurant gelegt. Ganz klar: Die Mellowianer witterten Klatsch und wollten nichts verpassen. Er zischte ins Telefon und vereinzelte Fetzen fanden ihren Weg bis zu mir. *Verantwortungslos, abgesprochen, wie stellst du dir das vor, Elsie.* Ich brauchte keine Kriminologin zu sein, um mir zusammenzureimen, dass er mit seiner Noch-Ehe-bald-Exfrau sprach und dass er wenig erfreut war. Hastig klappte ich die Speisekarte wieder auf und versenkte meine Nase darin, tat, als studierte ich konzentriert die Dessertauswahl. Ich versuchte *wirklich*, nicht zuzuhören, doch es war, als ob jemand flüsterte: Man stellte seine Lauscher automatisch auf.

»Schön, Fiona, schön«, knurrte er zum Abschied in sein Handy. Ich nahm zögerlich den Blick von der Karte und beobachtete über ihren Rand hinweg, wie er zurück an den Tisch kam.

»Alles okay?« Mit schief gelegtem Kopf musterte ich ihn, folgte jeder seiner Bewegungen, wie er sich seufzend auf seinen Stuhl fallen ließ und sich mit den Handflächen über das Gesicht strich.

»Entschuldige, Riley.« Er griff nach seinem Wasserglas und leerte es in einem Zug. »Das war …«

»Deine Frau?«, unterbrach ich ihn und legte die Speisekarte, die sowieso nur als Tarnung gedient hatte, zurück auf den Nebentisch.

Er nickte. »Gott sei Dank bald Exfrau. In letzter Zeit hält sie sich nicht an Absprachen, und ich frage mich langsam, wo das enden soll.« Erschöpft stieß er einen Schwall Luft aus. »Aber egal, ich möchte heute nicht mehr über Fiona sprechen. Also, welches Dessert darf es sein?«

Kurz überlegte ich, ihm zu sagen, dass es okay war, wenn er mir von seinem Problem mit seiner Exfrau erzählte. Andererseits wollte ich mich lieber komplett aus der Sache heraushalten, denn es ging mich nichts an. »Der Klassiker«, antwortete ich stattdessen grinsend. »Tiramisu. Was möchtest du?«

»Ich nehme die Mascarpone-Creme mit Himbeeren.«

Devon hob den Arm und winkte den Kellner zu uns.

***

Es wäre gelogen gewesen zu behaupten, dass der Anruf von Devs Bald-Exfrau nicht wie eine dunkle Wolke über uns hing. Von einer auf die andere Sekunde war es, als würde die Luft im Restaurant dünner, und die Leute würden um uns herum stiller werden. Ich konnte nichts dagegen tun, dass die Anspannung in mir anstieg, bis ich mich irgendwann auf meine eigenen, zittrigen Finger setzen musste. Es war bisher so gut gelaufen, warum nur hatte es dieses eine Telefonat geschafft, sich zwischen uns zu drängen? Zwischen unser Kennenlernen, unser Wieder-Neu-Kennenlernen. In der ganzen Zeit hatte ich meine Verunsicherung verdrängt, doch jetzt war sie wieder so präsent. Devon hatte es nach meinem Weggehen geschafft, einfach ohne mich weiterzuleben. Woher sollte ich die Gewissheit nehmen, dass das nicht auch ohne meinen Gedächtnisverlust geschehen wäre? Vielleicht wären wir auch ohne den Unfall nicht mehr zusammen und er nicht mehr an mir interessiert. Jeder Bissen des Tiramisus fühlte sich an, als schluckte ich Zement, der sich quälend langsam meine Speiseröhre hinabbewegte, um mir dann schwer wie ein getrockneter Klotz im Magen zu liegen und mich nach unten zu ziehen. Als Devon vorschlug, dass wir gehen könnten, überschwemmte mich reine Erleichterung. Nervös schielte ich auf meine Armbanduhr, darauf bedacht, dass er es nicht mitbekam und womöglich falsch verstand. Denn ich genoss es, mit ihm zusammen zu sein, und wollte nicht, dass es endete. Seit zehn Minuten liefen wir nun schon Seite an Seite um den Cherry Blossom Court herum, immer wieder im Kreis. War er so in Gedanken versunken, dass es ihm nicht auffiel? Jemand von uns musste endlich etwas sagen, also fasste ich Mut. »Devon?«

Er atmete aus, schenkte mir ein schiefes Lächeln. »Ja?«

»Ist dir die Stille nicht unangenehm?« Denn verdammt noch mal *mir* war sie es, einfach, weil ich keine Ahnung hatte, woran ich bei ihm war und was sein Schweigen zu bedeuten hatte. Was er dachte. Verglich er mich die ganze Zeit mit meinem früheren Ich? War er enttäuscht?

»Nein, überhaupt nicht. Ich habe …« Er stockte, und aus dem Augenwinkel sah ich, dass er den Kopf schüttelte.

Es trieb mich normalerweise zur Weißglut, wenn Leute Sätze nicht zu Ende brachten, doch diesmal war es anders. Diesmal war ich mir nicht sicher, ob ich überhaupt hören wollte, was ihm durch den Kopf ging. »Was hast du?« Die Worte verließen schneller meinen Mund, als mir lieb war.

»Ich habe es schon früher geliebt, dass wir schweigen konnten.« Er wandte mir sein Gesicht zu, wofür er ein Stückchen nach unten schauen musste, und stupste sanft mit seiner Schulter gegen meine.

Ich schluckte. »Konnten wir das?«

»Ja.« Er schenkte mir ein stilles Lächeln.

Es vergingen weitere Minuten, in denen niemand von uns ein Wort sagte. Ich versuchte, mich zu entspannen, ihn seinen Gedanken nachhängen zu lassen, ohne mir deswegen den Kopf zu zerbrechen oder mich in etwas hineinzusteigern. Es half zu wissen, dass er die Stille mit mir genoss. Trotzdem – ich musste loswerden, was mir auf der Seele brannte. Etwas, das mir erst in den letzten Tagen bewusst geworden war, seit ich begonnen hatte, in meiner Vergangenheit zu wühlen. »Devon?« Ich strich mir eine Haarsträhne hinters Ohr und starrte auf meine Schuhspitzen.

»Riley?«

»Ich möchte es doch wissen«, flüsterte ich mit gesenktem Kopf und kniff die Augen zusammen aus Angst, dass meine Worte mir schlimmstenfalls körperlichen Schmerz zufügten. Es zu denken tat schon genug weh.

Abrupt stoppte Devon und fasste mich am Unterarm. So sanft, so zurückhaltend und doch so fest und entschlossen, dass mir schwindelig wurde. »Was? Was möchtest du wissen?«

Mein Puls schoss in die Höhe, sodass ich ihn in der Kehle spürte. »Wie es früher war. Wie *wir* früher waren. Wie *ich* früher gewesen bin.« Es kostete mich enorme Selbstbeherrschung, die aufkommenden Tränen zu unterdrücken.

»Bist du dir sicher?« Devon legte seine Hand unter mein

Kinn, um es anzuheben, doch ich schüttelte den Kopf. Ich brauchte ein paar Sekunden, bevor ich ihm in die Augen schauen konnte, denn mit einem Mal fühlte ich mich entblößt.

»Nein, überhaupt nicht«, lachte ich humorlos und suchte seinen Blick.

Er lächelte mit schief gelegtem Kopf zu mir herunter und ließ langsam meinen Unterarm los, den er die ganze Zeit über festgehalten hatte. »So mutig, genau wie früher.«

Ich schnaubte. »War ich das denn? Mutig?« Ungläubig verdrehte ich die Augen.

»Und wie, du warst die Stärkste von allen«, erklärte er nickend und wies mit dem Arm in die Lavender Road, auf der wir zum Stadtkern gelangten.

»Was hat mich stark gemacht?«

Seufzend atmete er aus und schluckte. Es machte den Anschein, als verlangte ihm dieses Gespräch auch einiges ab, und irgendwie beruhigte mich das. Es half meinem Herzen zu sehen, zu hören, was ich ihm einst bedeutet hatte. Ergab das überhaupt einen Sinn? »Du bist immer für dich eingestanden, hast dich wie eine Löwin vor deine Freunde und Freundinnen gestellt, hast hartnäckig an deinem Ziel festgehalten und deine Meinung vertreten, auch wenn du damit allein warst.«

»Das klingt nicht mehr nach mir«, murmelte ich, denn ich stand längst nicht mehr für mich selbst ein, hatte in den letzten Jahren keine Freundschaften geschlossen, meine Ziele nicht nur aus den Augen verloren, sondern sie verdrängt. Und sie vergessen. Das Einzige, das ich noch immer tat, war, meine Meinung zu vertreten, wenn ich es für nötig hielt.

Devon warf mir einen ungläubigen Blick zu und hob eine Augenbraue. »Ich denke, dass dieses Ich noch in dir schlummert, Riley.«

»Wie kannst du dir da sicher sein?« Wollte ich die Antwort darauf überhaupt hören?

»Das sieht man einfach«, schmunzelte er und legte mir beiläufig die Hand ans Kreuz, um mich in die Pineapple Street zu lenken, die parallel zum Festplatz verlief. Bei seiner Berührung durchfuhr mich ein heißes Kribbeln, das sich in meinem ganzen Körper ausbreitete. Zum Glück konnte er durch das Shirt nicht fühlen, wie mir der Schweiß ausbrach. Oder doch? Oh, bitte nicht.

»Beobachtest du mich etwa?«, fragte ich in dem Versuch, die Stimmung aufzulockern. Es waren Jahre vergangen, seit ich mich zuletzt einem anderen Menschen so freimütig anvertraut hatte. Genau genommen erinnerte ich mich nicht einmal daran.

»Nicht mehr als du mich, wenn man dem Stadtgetuschel Glauben schenken darf«, neckte er mich und deutete mit einem unauffälligen Nicken zur gegenüberliegenden Straßenseite, von der aus wir ungeniert angestarrt wurden. Lucy und ihr Mann Derek waren mit ihrem verspielten schwarzen Labrador, der den einfallsreichen Namen Blacky trug, auf ihrer allabendlichen Gassirunde und sahen blitzschnell weg, als ich mich ihnen zuwandte. Ich war gespannt, ob sich Lucy morgen früh anders benehmen würde, wenn sie sich bei mir ihren Americano zum Mitnehmen holte, ehe sie in ihr Auto stieg und nach Whitewater fuhr, wo sie an der Rezeption einer Physiotherapie-Praxis arbeitete.

Ich prustete los und hielt mir die Hand vor den Mund.

»Unglaublich! Die Mellowianer sind einfach unglaublich und kennen keine Grenzen.«

»Das ist doch nie anders gewesen«, erwiderte er achselzuckend, und ich verdrehte die Augen, musste ihm aber zustimmen. Er hatte recht, denn das war auch schon zu der Zeit so gewesen, an die ich noch Erinnerungen hatte. Und irgendwie war es schön. Nervig, aber schön.

Wir waren fast am Ende der Straße angekommen, als ich all meinen Mut zusammennahm, um ihm eine Frage zu stellen, die mir seit Beginn unseres Gesprächs auf der Zunge brannte. »Devon?«, fragte ich mit sonderbar piepsiger Stimme und hielt an, fasste nach seinem Unterarm. Er starrte auf meine Hand und ich sah seine Kiefer malmen und ihn schlucken.

»Riley?«, krächzte er, hob seine freie Hand und legte sie sanft auf meine, löste diese von seinem Arm und hielt sie fest. Er hielt sie einfach fest, wodurch es mir noch schwerer fiel weiterzusprechen.

Ich räusperte mich und zwang mich, ihn anzusehen, in seine wunderschönen hellbraunen Augen zu blicken. »Du hast gesagt, ich habe an meinem Ziel festgehalten. Was war es? Was wollte ich vom Leben?«

Ein Lächeln entstand auf seinem Gesicht, das seine Augen strahlen ließ. »Du wolltest tanzen und hattest …«

»Was hatte ich?« Neugierig kniff ich die Augen zusammen und ignorierte die plötzliche Hitze, die mir durch die Eingeweide jagte. Das Tanzen war etwas, das mich nie losgelassen hatte. Das *ich* nie hatte loslassen wollen.

»Kurz vor dem Unfall hattest du wieder begonnen, Ballettunterricht zu nehmen.«

»Oh«, hauchte ich.

»Tanzt du noch?« Er biss sich von innen auf die Wange, als hätte er Sorge, mit dieser Frage eine Grenze überschritten zu haben. Aber gab es zwischen uns überhaupt eine?

Ein Pärchen bog um die Ecke, und ich folgte ihnen mit dem Blick, sprach erst weiter, als sie außer Hörweite waren. »Nein«, gab ich zu.

»Willst du wieder tanzen?«

Mit dieser Frage traf er einen Nerv in mir. »Ja. Ich möchte nichts sehnlicher. Aber dieser Zug ist vor geraumer Zeit abgefahren. Ich bin fünfundzwanzig Jahre, zu alt, um eine Tanzausbildung zu machen.«

»Ich hoffe, du weißt, dass du Unsinn redest, ja?« Er stieß mich sanft mit der Schulter an.

»Tu ich nicht«, entgegnete ich argumentationslos.

»Dann mach es nur für dich.« Devon zuckte wieder mit den Schultern, als wäre das nicht leichter gesagt als getan.

»Das geht nicht«, brummte ich und verzog das Gesicht zu einer Grimasse. Alles, was ich anpackte, musste einen Sinn haben. Etwas nur der Sache wegen zu machen? Das konnte ich nicht mit mir vereinbaren, dafür war zu wenig Zeit. Das bisschen Zeit, das mir blieb, widmete ich lieber Abby, sie hatte es verdient. Ich wollte ihr die Zeit schenken, die ich mit Mom und Dad gehabt hatte. Und sie nicht. Wollte es wiedergutmachen, auch wenn mir bewusst war, dass das ein Ding der Unmöglichkeit war. Es war alles unfair. Einfach unfair.

Devon drückte meine Hand und bedeutete mir weiterzulaufen. Ich versuchte zu ignorieren, dass er sie nach wie vor in seiner hielt, denn hätte ich mich darauf konzentriert, hätte ich es nicht mehr geschafft, einen Fuß vor den anderen zu setzen, ohne dass meine Knie nachgaben. In meinem Bauch kabbelte sich eine Horde Eichhörnchen um eine einzige Nuss, zumindest fühlte es sich so an. »Wieso nicht?«

»Ich habe keine Zeit, ich muss mich um Abby kümmern und ich arbeite. Außerdem habe ich nicht genug Geld dafür. Im Winter werde ich Alex im Buchladen bei der Inventur helfen, um etwas mehr dazuzuverdienen, aber auch das wird garantiert nicht reichen. Mein Auto ist ein einziger Schrotthaufen, die Rechnungen türmen sich, und ich möchte endlich, dass Abby ein normales Leben kennenlernt und nicht nur unseres, umgeben von Einkaufscoupons und dem billigsten Waschmittel.« *Uff.* Wo kam denn das auf einmal her? Einmal Herz ausschütten to go?

»Abby macht auf mich den Eindruck, als lege sie keinen Wert auf Materielles. Ist dir bewusst, was das für eine Leistung von dir ist?«

Aus dem Augenwinkel nahm ich wahr, dass er darauf wartete, dass ich aufsah, doch da ich ahnte, dass da ein Kompliment im Anflug war, hielt ich den Blick weiter stur auf den Boden gerichtet. Im Komplimenteannehmen war ich miserabel, denn in den meisten Fällen sah ich es anders.

Devon schien zu ahnen, was in mir vorging. »Schau mich an«, bat er und widerwillig legte ich den Kopf schief, um ihn anzublinzeln. »Du hast sie großgezogen, Riley. Ich kann von Glück reden, wenn Elsie als Teenager mal so wird wie Abby.«

Ich schnaubte. »Abby wird mir bestimmt noch ihre rebellische Seite zeigen. Sie ist vierzehn, da ist noch Luft nach oben.« Um die Aussage zu untermalen, wies ich mit dem Zeigefinger meiner freien Hand gen Himmel.

Devon zog blitzschnell an meiner Hand, sodass ich mich ihm im Gehen zuwandte, und drehte mich um meine eigene Achse. Er fing meine zweite Hand ein und drückte sie, während er rückwärts vor mir lief. Es war, als tanzten wir den Gehweg entlang. Sein rechtes Bein zurück, mein linkes Bein vor. Tausend Schmetterlinge wirbelten in meinem Bauch umher, und ich presste die Lippen aufeinander, wagte es nicht, unseren Blickkontakt zu unterbrechen. »Auch das wirst du schaffen«, raunte er mir zu, und für einen winzigen Augenblick schien die Welt stillzustehen. Da war eine Verbundenheit, die ich nie zuvor gespürt hatte. War sie damals genauso groß gewesen? Hatte sie sich auch so unzerbrechlich, so unbesiegbar, so vertraut angefühlt? Devon grinste verschmitzt und hob meine Hand in die Höhe, sodass ich unter seinem Arm eine einfache Pirouette drehte. Das Lächeln, das sich dabei auf meine Lippen schlich, war erst vorsichtig, zaghaft, wurde dann größer und größer, bis es unkontrolliert ausbrach und sich über mein ganzes Gesicht verbreitete. Mir fiel auf, dass sich meine Körperhaltung augenblicklich veränderte. Ich streckte den Fuß durch, machte den Hals lang und sah auf meine Finger herab, die ich in eleganter Langsamkeit herabsenkte. Verdammt. Das Tanzen lag mir im Blut und Devon wusste es. Er wusste es und trickste mich mit solch winzigen Aktionen aus.

Ich beschloss, furchtlos zu sein und zur Abwechslung *ihn* zu überraschen. Ich legte ihm die Hände auf die Schultern und zog ihn ein Stück zu mir herunter, beugte mich zu seinem Gesicht vor. Leider ging mein Plan nicht auf, denn Devon reagierte sofort auf meine Berührung, als hätte er sie vorhergesehen. Er wirkte kein bisschen überrumpelt und umfasste meine Taille, zog mich an sich. »Wo nimmst du diese Zuversicht her? Kannst du mir eine Scheibe davon abgeben?« Meine Stimme war brüchiger, als ich es mir gewünscht hätte.

Devon beugte sich zu mir herunter, seine Lippen gefährlich nah an meinen. »Du wirst schon sehen, am Ende wird alles gut, weil …«

Lachend warf ich den Kopf in den Nacken, die Hände auf seine Brust gestützt. »Oh Gott, komm mir jetzt nicht mit: *›weil wenn es noch nicht gut ist, ist es noch nicht das Ende‹*.« Ich wackelte hin und her und verdrehte albern die Augen.

Grinsend fing er mich ein, drückte meine Taille gegen seinen warmen Körper, und plötzlich verlor die Situation jegliche Albernheit und gewann in rasender Geschwindigkeit an einem Ernst, der mich schlucken ließ. »… weil du, wie ich dich kenne, nicht eher aufgibst.« Mit jedem Wort senkte er sich ein Stückchen mehr zu mir herab, bis ich keinen klaren Gedanken mehr fassen konnte. Sein Duft nach Minze und Holz vernebelte meine Gedanken.

»Da könnte etwas dran sein«, wisperte ich an seinem Mund, den keine drei Millimeter mehr von meinem trennten. Alles, woran ich denken konnte, war seine Lippen auf meinen zu spüren, meine Fingerspitzen sanft über seinen Dreitagebart gleiten lassen.

»Und Riley?« Ich nickte. »Du wirst wieder tanzen«, erklärte er fest, wobei seine Hände langsam über meinen Rücken nach oben zum Nacken wanderten. Gänsehaut breitete sich auf meinem gesamten Körper aus und ließ mich trotz der sommerlich milden Nacht frösteln.

»Werde ich das?«, wisperte ich und senkte die Lider.

»Ja, das wirst …« Er kam nicht dazu, den Satz zu beenden,

da ich ihn mit der besten Waffe zum Schweigen brachte, die ich hatte: mit meinen Lippen auf seinen. Zu meiner Genugtuung schaffte ich es doch noch, ihn zu überrumpeln. Für den Bruchteil einer Sekunde versteifte er sich, bevor er den Kuss erwiderte. Seine Arme schlossen sich fest um mich, was ein Glück war, denn meine Knie bestanden plötzlich aus Pudding, und es hätte mich nicht gewundert, wenn ich kraftlos auf den Boden gesunken wäre.

»Ich glaube, auf deiner Kristallkugel liegt eine dicke Schicht Staub, schau lieber noch mal genauer hin«, flüsterte ich, als wir uns voneinander gelöst hatten, und zwinkerte ihm zu.

Eine Mischung aus Knurren und Lachen entkam seiner Kehle und er lehnte seine Stirn gegen meine. »Mit meiner Kristallkugel ist alles in bester Ordnung, danke der Nachfrage.«

Grinsend legte ich den Kopf schief und zog die Nase kraus. »Ich wollte dich und deine Glaskugel nicht beleidigen«, meinte ich entschuldigend und senkte mich herab. Mir war gar nicht aufgefallen, dass ich auf Zehenspitzen gestanden hatte. Ich ergriff die Hand, die Devon mir hinhielt, als wäre es das Normalste der Welt. Als wäre es das für ihn *noch immer*. Als wären keine Jahre vergangen, als läge kein großes schwarzes Nichts zwischen uns. Unauffällig schüttelte ich den Kopf, denn ich war es satt, dass meine Gedanken immer und immer wieder in diese Richtung abschweiften. Schlendernd setzten wir unseren Weg fort, und ich hätte nichts mehr dagegen gehabt, zurück zum Cherry Blossom Court zu spazieren, um ihn in Endlosschleife zu umrunden. Dieser Abend durfte nicht enden.

Devon schnalzte mit der Zunge und hob die Augenbrauen, was ihm einen gespielt arroganten Gesichtsausdruck verlieh. »Wir stehen über solcher Kritik.«

»Wir?« Ich runzelte die Stirn.

»Ich und meine Kristallkugel.«

»Ah, natürlich.« Ich schmunzelte und ließ den Blick über die Festwiese gleiten, an der wir inzwischen angelangt waren. »Wie schön«, hauchte ich und deutete auf den Pavillon, dessen Balken mit unzähligen Lichterketten geschmückt waren, die alle um die Wette leuchteten. Auf den Stufen standen Laternen, und auch der schmale Weg, der zu dem Gebäude führte, war von vereinzelten Lichtern gesäumt. In der dunkelblauen Nacht, die inzwischen über unserer Stadt lag, wirkten die Lichter wie Glühwürmchen. Ich konnte mir kaum vorstellen, dass es einen schöneren Ort als diesen unscheinbaren Pavillon gab. Auf der ganzen Welt.

»Das war …« Devon räusperte sich und schien sich dagegen entschieden zu haben, seinen Gedanken auszuführen.

Ich drückte seine Hand. »Sag schon!«

Er atmete schwer aus und wischte sich über die Stirn, ehe er sprach. »Der Pavillon war wichtig für uns.«

»Lass mich raten: erster Kuss?« Woher nahm ich plötzlich diesen Mut? Wo blieb meine Angst, die sich mir sonst sofort in den Weg stellte, sobald ich mich auch nur annähernd der Vergangenheit zuwandte?

»Nein.« Devon warf mir einen anzüglichen Blick zu, der dafür sorgte, dass es in ganz bestimmten Regionen meines Körpers gefährlich warm wurde. »Der war ganz romantisch unter der Tribüne des Footballfeldes an der Saint Mellows High.«

»Ernsthaft?« Ich schlug mir die Hand vor den Mund.

»Warum grinst du so?« Devons Lachen drang mir bis ins Mark, und ich musste mich konzentrieren, um weiterzusprechen und nicht nur auf die Fältchen zu starren, die sich um seine Augen bildeten. Hatte er die damals schon gehabt? Oder waren sie ein Zeugnis der letzten Jahre?

»Weil das so klischeehaft ist. Footballer und Cheerleaderin knutschen unter der Tribüne. Hat es zufälligerweise auch noch geregnet?«

Devon schüttelte den Kopf. »Zufälligerweise nicht. Geknutscht haben wir außerdem im Sportgeräteraum, beim Nachsitzen, auf dem Schulflur …«

Ich hob die Hand in die Höhe, um ihn am Weiterreden zu hindern. »Stopp. Ich kann mir mich beim besten Willen nicht dabei vorstellen, wie ich im Geräteraum der Sporthalle rumgeknutscht habe.«

»Hey, das war nicht meine Idee.« Er hob beide Arme in die Höhe, um seine Unschuld zu beteuern, ließ meine Hand dabei aber nicht los.

»Das ist nicht dein Ernst.« Entrüstet starrte ich ihn an.

»Das ist sogar mein vollster Ernst.«

»Ich muss richtig verliebt gewesen sein«, murmelte ich und ignorierte das altbekannte Band, das sich mir um den Hals legte, um mir in Windeseile die Kehle zuzuschnüren. »In dich.«

»Ja, Riley.« Seufzend blieb Devon stehen und hielt mich zurück, sah mir so tief in die Augen, dass ich schon wusste, wie bedeutungsvoll die folgenden Worte waren, noch ehe er sie aussprach. »Wir wollten unser Leben miteinander verbringen, haben uns unsere gemeinsame Zukunft ausgemalt und keinen Gedanken daran verschwendet, dass es nicht so kommen könnte.«

Tränen stiegen mir in die Augen. Wieder einmal wurde mir bewusst, was mir alles genommen wurde. »Kam es aber«, presste ich nahezu tonlos hervor.

»Kam es aber«, wiederholte Devon meine Worte und zog mich in eine feste tröstende Umarmung.

12. Kapitel

Devon

»Und wann wird sie zurück sein?« Genervt verdrehte ich die Augen und hätte die Person am anderen Ende der Leitung gern durch das Telefon gezogen. Ich hatte das Gefühl, ihr jedes Wort aus der Nase ziehen zu müssen. »Alles klar, danke«, brummte ich, ehe ich auflegte.

»Wann wird wer zurück sein?« Riley tauchte neben mir auf und wischte sich ihre bemehlten Hände an der Schürze ab, bevor sie sich einen Stuhl heranzog, um sich neben mir niederzulassen. Sie räumte mein leeres Glas auf den Teller, auf dem kein kleinster Krümel mehr lag. Riley hatte mit Melone experimentiert und den leckersten Honigmelone-Kuchen mit Zitronen-Frischkäse-Topping gezaubert, den ich jemals gegessen hatte. Was wiederum einfach war, denn etwas Derartiges hatte ich nie zuvor gegessen.

»Niemand«, erwiderte ich hastig. *Zu* hastig. Verdammt.

»Okay?« Misstrauisch zog Riley eine Augenbraue in die Höhe, und ich sah ihr an, dass sie mit sich rang und eigentlich auf eine richtige Antwort bestehen wollte. Doch das würde leider meine Überraschung für sie ruinieren.

»Deine liebste Kundschaft«, grinste ich und deutete zur Tür, durch die just in diesem Moment eine Meute Teenager stürmte, darunter auch Abby. Ich winkte ihr unauffällig zu, denn ich wollte sie vor ihren neuen Freundinnen nicht in Verlegenheit bringen, immerhin unterrichtete ich einige von ihnen. Glücklicherweise war Abby weder in meinem Geschichts- noch in meinem Sportkurs. Mir fiel auf, dass in ihrer neuen Clique niemand aus ihrem eigenen Jahrgang war. Ich entdeckte Chelsea, ein Mädchen, das zwiespältige Gefühle in mir weckte. Zwar hatte sie sich mir gegenüber bisher nie daneben benommen, und zumindest in meinem Fach war sie eine Einserschülerin, dennoch umgab sie eine Aura, der ich misstraute. Als führte sie irgendetwas im Schilde.

»Trinkgeld gleich null.« Riley warf stöhnend den Kopf in den Nacken, stützte sich an der Tischplatte ab und verschwand, samt meinem dreckigen Geschirr, zur Theke. Ich fischte den Terminplaner aus meiner Tasche, die ich besaß, seit ich sechzehn Jahre alt gewesen war. Er hatte mich zur Schule, dann zum College und jetzt als Lehrer wieder zur Schule begleitet und ich würde ihn erst austauschen, wenn er zu Staub zerfiel. Jede Persönlichkeit brauchte doch ein schrulliges Gimmick, und das war eben meins. Ich schlug den Planer hinten auf, wo ich Notizen in der Froschtasche verstaute, und zog ein Blatt hervor, auf dem ich das Datum notierte, an dem mir die Trantüte eben versichert hatte, dass Hailey wieder in der Stadt sein würde.

»Hier!« Abby war mucksmäuschenstill neben mir aufgetaucht und klatschte mir jetzt etwas auf den Tisch, direkt auf meinen Planer.

Erschrocken zuckte ich zusammen und starrte verdattert zu ihr hoch. »Gott, Abby, kannst du bitte aufhören, dich anzuschleichen?«

»Vielleicht?« Sie hob amüsiert eine Augenbraue, zuckte mit den Schultern und schenkte mir ein breites Grinsen, das mir das Herz in die Hose rutschen ließ. Sie sah haargenau aus wie ihre Schwester in dem Alter.

»Was ist das?« Mit gerunzelter Stirn griff ich nach dem Stück Papier, das sich als Foto herausstellte. Es war achtlos in der Mitte geknickt worden. Ich entfaltete es und schluckte. »Was willst du mir damit sagen?« Das Foto zeigte Riley und mich an der Williams Bay. Wir schleppten gemeinsam ein knallrotes Zweier-Kanu und strahlten in die Kamera, wobei Riley die Zunge herausstreckte. Auf dem Bild trug sie ein hellblaues Sommerkleid und keine Schuhe. Ihre Haare wehten umher und das Kleid flatterte im Wind. Ich erinnerte mich an diesen Tag und fragte mich in diesem Moment das erste Mal, ob es so nicht vielleicht sogar schlimmer war. Ob es nicht mehr schmerzte, der Einzige zu sein, dessen Erinnerungen bis heute Bestand hatten. Denn was waren sie wert, wenn man sie mit niemandem teilen konnte? Was waren sie wert, wenn gemeinsame Erinnerungen zu einsamen Erinnerungen wurden? Ich schluckte, um die Traurigkeit, die von mir Besitz ergriff, im Keim zu ersticken, und sah seufzend zu Abby auf, zog fragend die Nase kraus.

»Das würde ihr gefallen«, erklärte sie und schielte über ihre Schulter, um sicherzustellen, dass ihre Schwester nichts davon mitbekam. »Riley würde gern eine Kanu-Tour mit dir unternehmen.« Mit flinken Fingern fuhr sie sich durchs Haar und strich es sich hinter die Ohren.

»Hat sie das gesagt?« Meine Stimme krächzte und Abby tat, als bemerkte sie es nicht und schüttelte den Kopf.

»Nicht direkt. Aber irgendwie schon, ja.«

»Du sprichst in Rätseln und bist deiner Schwester damit eindeutig zu ähnlich.«

»Das ist ein wunderbares Kompliment.« Sie lächelte und griff blitzschnell nach dem Schnappschuss, da sich Riley meinem Tisch näherte. Achtlos stopfte sie ihn in die Gesäßtasche ihrer Shorts und begrüßte Riley überschwänglich, indem sie ihr einen Kuss auf die Wange drückte. »Hi, große Schwester!« Okay, Abby war genauso subtil darin, Geheimnisse zu behalten, wie ich. Bevor mir ein Prusten entwischte, presste ich die Kiefer aufeinander und setzte eine hoffentlich unschuldige Miene auf.

»Liegt heute irgendetwas in der Luft, das dafür sorgt, dass sich alle Personen, mit denen ich zu tun habe, sonderbar benehmen?« Riley stemmte verärgert die Hände in die Hüften und ließ ihren Blick abwechselnd von ihrer Schwester zu mir gleiten. »Ehrlich jetzt! Was ist hier los?«

»Nichts«, entgegneten Abby und ich wie aus einem Mund.

»Sehr glaubwürdig«, seufzte Riley, drückte ihrer Schwester einen Kuss auf die Wange und wandte sich ab. Jeder konnte erkennen, dass sie nur so tat, als machte es ihr nichts aus, dass wir – ganz offensichtlich – ein Geheimnis vor ihr hatten. Und ich genau genommen sogar zwei.

»Also?« Abby verschränkte die Arme vor der Brust.

»Was also?«

Sie verdrehte die Augen, wie es nur Jugendliche konnten. »Machst du es? Kanu? Riley? Williams Bay?« Sie senkte die Stimme, da Riley einen Tisch in der Nähe bediente und garantiert versuchte, spitze Ohren zu machen.

Ich gab nach. »Meinst du echt, das ist eine gute Idee?«

»Warum denn nicht?« Abby legte verwundert den Kopf

schief und eine steile Falte auf ihrer Stirn zeigte, dass sie überlegte. Sie schien beinahe enttäuscht darüber, dass ich nicht sofort Feuer und Flamme war.

»Möchte Riley nicht lieber neue Erinnerungen schaffen?«

»Ich weiß nicht. So habe ich noch nie darüber nachgedacht.«

Seufzend atmete ich aus. »Sie soll nicht das Gefühl haben, ich dränge sie, verstehst du?«

»Sie dazu drängen, sich zu erinnern?« Abby biss sich auf die Unterlippe und zog einen Mundwinkel in die Höhe, als würde sie lächeln. Doch in ihren Augen las ich etwas anderes: Resignation. Verlust. Trauer.

»Genau«, nickte ich.

»Es wird eh nicht passieren. Dass sie sich erinnert, meine ich«, nuschelte sie mit gesenktem Kopf und zuckte trotzig mit den Schultern.

»Es gibt nicht die kleinste Hoffnung, hm?«

»Nein.«

Plötzlich erkannte ich, wie wichtig es für Abby war, dass ich diesen Ausflug mit Riley machte. Ich verstand zwar nicht genau, warum, aber ich sah es in Abbys wehmütigem Blick, in den sich ein Fünkchen Hoffnung mischte. »Und du bist dir sicher, dass sie Kanufahren will, ja?«

»Ich bin zu fünfzig Prozent sicher«, grinste sie schief und sah sich suchend im Café um. »Vielleicht sind es fünfundfünzig Prozent.«

»Wow, doch so viel, ja?« Ich lachte und fuhr mir mit den Händen über das Gesicht. »Na okay, no risk, no fun«, gab ich nach und beobachtete, wie sich Abbys Miene von betrübt zu hoffnungsvoll wandelte. Ihre blauen Augen leuchteten auf und erinnerten mich wieder an die Riley von früher.

»Sie kommt«, presste sie hervor, wandte sich blitzschnell von mir ab und sprintete etwas zu schnell zu Chelsea und ihren Freundinnen zurück. Wenn wir vorhin nicht schon zu auffällig gewesen waren, dann hatte Abby durch ihren Abgang jetzt auf jeden Fall dafür gesorgt, dass Riley misstrauisch wurde.

»Okay, raus mit der Sprache, was läuft hier?« Riley ließ sich auf den Stuhl neben mir fallen, stützte ihren Kopf auf die Hand und wies mit der anderen zwischen ihrer Schwester und mir hin und her.

»Darf ich nicht mit Abby reden?« Unschuldig hob ich die Schultern und beugte mich zu ihr, um ihr einen flüchtigen Kuss auf die Lippen zu drücken.

»Nein«, maulte Riley und zog die Augenbrauen zusammen, was mich an meine Tochter erinnerte, wenn ich sie rügte.

Ich unterdrückte ein Lachen. »Nein?«

»Nein«, beharrte sie trotzig und schüttelte den Kopf. »Ich hasse …«, begann sie, doch ich unterbrach sie.

»… Überraschungen. Ich weiß.« Flugs klappte ich meinen Planer zu, ehe sie einen Blick drauf warf und womöglich hinter mein Geheimnis Nummer eins kam. Ich steckte ihn in die Tasche und schob den Stuhl zurück, um aufzustehen, hielt jedoch auf halber Höhe inne, mein Mund neben ihrem Ohr. »Aber das ist mir egal«, flüsterte ich und genoss, dass sie sich für den Bruchteil einer Sekunde versteifte.

»Devon!«, donnerte sie und klatschte mit beiden Handflächen auf den Tisch, wodurch sie mehrere Augenpaare auf sich zog. »Ich meine es ernst«, zischte sie zwischen einem gezwungenen Lächeln hervor.

»Ich auch«, grinste ich auf dem Weg zum Ausgang und atmete erleichtert aus, als das Bimmeln der Ladenklingel meinen Abgang untermalte. Ich fuhr auf direktem Weg zur Wohnung, die ich endlich hatte beziehen können, um mich in die Planung des Kanu-Ausflugs zu stürzen.

Riley

»Na wenigstens bin ich hier nicht die Einzige mit einem Geheimnis«, murmelte ich erschöpft, während ich versuchte, die schwerer werdende Kiste, in der ich Deko für Abbys Geburtstagsparty versteckte, im Geräteschuppenregal zu verstauen. »Du störrisches Teil«, ächzte ich und ruckelte mit aller Kraft daran. »Wehe, du fällst auseinander.«

»Riley?«, hörte ich meine Schwester gefährlich nahe rufen. »Jemand zu Hause?«

Jetzt aber schnell. Ich flitzte aus dem Schuppen in Richtung des leeren Pools, wo nach wie vor unsere Liegen standen. Gehetzt ließ ich mich nieder, wobei irgendetwas unter mir knackte, und ich hoffte, dass ich nicht gleich mit dem Hintern auf dem Rasen landen würde. »Hier«, trällerte ich betont locker, obwohl mir das Herz bis zum Hals schlug. »Garten«, setzte ich hinzu und winkte Abby, die ihren Kopf just in diesem Moment durch die Terrassentür steckte.

»Was tust du da?« Ich konnte sogar aus der Entfernung sehen, wie sie skeptisch die Augenbrauen zusammenzog.

»Sitzen«, erklärte ich. »Sonnen und so.«

»Sonnen und so?«, wiederholte sie meine Worte und kam näher. »Was sonnst du denn? Deine Zehen?«

Ertappt blickte ich an mir herunter. Ich trug ein luftiges Maxikleid mit Blumenprint, das mir bis zu den Knöcheln reichte und die Arme bedeckte. »Sei nicht so neugierig«, tadelte ich sie und versuchte gar nicht erst, ein Grinsen zu unterdrücken. Sie hatte mich ertappt. Wie jedes Jahr.

»Ah«, lachte sie wissend und zwinkerte mir zu. »Wo ist dieses Mal der geheime Ort mit der geheimen Kiste, den ich nicht betreten darf, da mir sonst ein Geist nachts die Nase abschneidet?«

Ich prustete los. Diese Geschichte hatte ich ihr als Kind immer dann aufgetischt, wenn ich nicht wollte, dass sie bestimmte Dinge fand. Dazu gehörte jedes Jahr eine Kiste mit Geburtstagsdeko. Egal, wie knapp unser Geld gewesen war, ich hatte es immer geschafft, ihren Geburtstag zu etwas Besonderem zu machen. Zumindest zu einem Tag, der nicht so war wie all die anderen. Das war ich ihr schuldig, denn über jedem ihrer Geburtstage würde für immer diese dunkle Wolke hängen, die uns daran erinnerte, dass Mom und Dad ihr nie mehr gratulieren würden. Dass Mom ihr nie wieder ihre speziellen Schokoladen-Geburtstags-Pancakes zum Frühstück zubereiten würde und Dad kein Ständchen gab, bei dem wir uns alle die Ohren zuhalten mussten, da er keinen einzigen Ton traf. Außerdem jährte sich bald Moms und Dads Todestag, der zu dieser Jahreszeit immer seinen Schatten vorauswarf und uns jedes Mal wieder in ein tiefes Loch zu ziehen drohte. Was würde ich heute dafür geben, Dad singen zu hören und Moms Pancakes zu essen.

»Schuppen«, grummelte ich geschlagen und hob den Zeigefinger. »Ich warne dich, wehe, du schaust rein!«

»Würde ich niemals tun«, behauptete sie, ließ ihren Schulrucksack ins Gras fallen und setzte sich mit einem Stöhnen neben mich.

»Wie war es in der Bibliothek? Bist du vorangekommen?« Ich lehnte mich in der Liege zurück und warf einen prüfenden Blick auf die Armbanduhr. »Du warst ja nicht lange dort.« Mit gerunzelter Stirn schielte ich zu ihr herüber.

»Nein«, nuschelte sie und wich meinem Blick aus. Ich spürte Sorge in mir aufsteigen.

»Abby? Was ist los?«

»Nix.« Sie zuckte mit den Achseln. »Alles halb so wild.« Sie winkte ab und setzte ein Lächeln auf, mit dem sie vielleicht jeden Menschen hier in Saint Mellows getäuscht hätte. Mich allerdings nicht.

Seufzend richtete ich mich auf. »Du weißt, dass du mit mir reden kannst, ja?«

Sie verdrehte die Augen. »Ja.«

»Über alles«, ergänzte ich.

»Ja.«

»Also?« Meine Intuition sagte mir, dass ich sie nicht vom Haken lassen sollte. Manchmal musste man eben drei Mal nachfragen, bis das Gegenüber wirklich bereit dafür war.

»Da waren Mitschülerinnen von mir, und auf die hatte ich keine Lust.«

»Aus deinem Jahrgang?«, entfuhr es mir, und ich wünschte mir im gleichen Augenblick, es nicht ausgesprochen zu haben. Seit Schulbeginn war es mir ein Dorn im Auge, dass Abby sich nur mit Chelsea und ihrer Gang traf, die allesamt älter waren. Klar, zuallererst war ich froh gewesen, dass sie überhaupt Anschluss gefunden hatte. Doch war es nicht besser, Freunde im gleichen Alter zu haben? Freunde, die den gleichen Schulstoff paukten, mit denen man gemeinsam lernen konnte? Damit sie sich nicht wie heute einsam und allein in der Bibliothek an ein Projekt zu setzen brauchte, das sie auch in der Gruppe bearbeiten konnte statt als Einzelkämpferin?

»Ja, Riley«, brummte Abby und zog die Augenbrauen zusammen. Sie wirkte beinahe zornig.

»Und die magst du nicht?«

Abby seufzte und zuckte mit den Schultern. Schon wieder. Das war anscheinend ihre neue Art, mit mir zu kommunizieren. »Keine Ahnung, sie haben nie mit mir gesprochen.« Die Theatralik in ihrer Aussage schaffte es fast, mich trotz der Ernsthaftigkeit des Gesprächs zum Schmunzeln zu bringen. *Nie.* Als wären seit Schulbeginn drei Jahre vergangen und nicht drei Wochen.

»Dann sprich du sie an«, schlug ich vor und wusste selbst, dass das nicht gerade hilfreich war.

»Irgendwie wäre das seltsam«, meinte sie mit piepsender Stimme. »Vielleicht mögen sie mich ja nicht.«

»Wie kommst du darauf, Süße?« Mein Herz zog sich schmerzhaft zusammen. Ich wollte nicht, dass Abby so etwas dachte. Sie war großartig und mein fünfzehnjähriges Ich hätte sie geliebt und wäre furchtbar gern mit ihr befreundet gewesen.

»Sie reden nicht mit mir.«

»Vielleicht reden sie nicht mit dir, weil du nicht mit ihnen redest?« Ich setzte mich auf und stupste sie mit meiner Schulter an. »Sie kennen dich noch nicht, Abby.«

»Das ergibt total Sinn«, schnaubte Abby sarkastisch, bevor sie mich von der Seite anlächelte. »Aber vielleicht hast du recht.«

»Habe ich das nicht immer?« Ich grinste breit.

Abby versuchte gar nicht erst, ihr höhnisches Gelächter zu verbergen. »Nein. Auf keinen Fall.«

»Hey!« Ich schmunzelte und stand auf, hielt ihr meine Hände hin.

»Selber hey!« Sie ließ sich von mir hochziehen. »Wollen wir in die Stadt gehen und ein Eis essen?«, schlug sie vor. »Ich lade dich ein.«

»Klingt gut.« Ich zog sie sanft an der Spitze ihres Pferdeschwanzes und unterdrückte den Drang, ihr zu sagen, dass sie ihr Geld für sich behalten sollte. »Dein Schulprojekt kannst du später weitermachen.«

Abby verdrehte die Augen und schnalzte mit der Zunge. »Jaja.«

»Was sein muss …«, setzte ich oberlehrerhaft an und wurde von Abby unterbrochen.

»… muss sein. Ich weiß, Riley. Schule ist wichtig und so. Bla, bla, bla.«

»Ist sie wirklich, du Eule«, mahnte ich und gab ihr einen Klaps auf den Hintern, bevor ich sie in eine feste Umarmung zog. »Ist sie wirklich«, wiederholte ich leise und schluckte.

»Ich weiß. Sorry«, murmelte Abby und drückte mir einen versöhnenden Kuss auf die Wange. Abby wusste, wie schwer es mir gefallen war, den Highschoolabschluss trotz unserer Umstände in der Abendschule nachzuholen. Und sie wusste auch, dass es Tage gab, an denen ich mich dafür schämte, nichts weiter vorweisen zu können. Vielleicht projizierte ich meine eigene Versagensangst auf Abby. Aber war das in diesem speziellen Fall wirklich etwas Schlechtes?

Devon

»Das gibt es nicht!« Fluchend klappte ich den Laptop zu und ließ mich tief ins Polster meines Sofas sinken. Seit einer Stunde versuchte ich, den Anbieter ausfindig zu machen, bei dem wir damals die Kanu-Touren gebucht hatten, aber es war, als hätte er nie existiert. Im Grunde war es, als existierte im gesamten Bundesstaat kein Kanu-Verleih mehr, zumindest keiner, der nicht den gesamten Sommer ausgebucht war. »Wo kriege ich bloß ein Kanu her?« Ich fuhr mir frustriert mit den Händen übers Gesicht und stand auf, um mir in der Küche ein Glas Wasser zu holen. Ich hatte mein Handy vorhin auf dem Küchentisch liegen lassen und jetzt blinkte es. Ich griff danach und warf stöhnend den Kopf in den Nacken: Rupert hatte mir auf den Anrufbeantworter gesprochen – oder wohl eher gebrüllt.

»HALLO DEVON! HIER IST RUPERT!« Seine monotone Stimmlage ließ mich schmunzeln. Er klang, als hätte er sich in einen Roboter verwandelt. »WIR BEGINNEN BALD MIT DEN VORBEREITUNGEN FÜR DAS OUTDOOR-KINO-FESTIVAL, DAS GROSSE FINALE DES SOMMERS!« Die plötzliche Euphorie in seiner Stimme, die eigentlich überhaupt nicht zu diesem alten, griesgrämigen Kauz passte, schaffte es tatsächlich, dass sich meine Stimmung hob. »NÄCHSTEN DIENSTAG, 8 UHR ABENDS IN DER ALTEN HALLE. KEINE AUSREDEN!« Und aufgelegt. Amüsiert schüttelte ich den Kopf und trug mir den Termin brav in den digitalen Kalender ein. Als ich mein Handy zur Seite legen wollte, vibrierte es in meiner Hand und eine Mitteilung von Riley erschien. Sofort begannen die Schmetterlinge in meinem Bauch zu flattern und ich tippte grinsend auf ihre Nachricht. Ich genoss das Gefühl, als wäre ich ein verliebter Teenager, denn es war zu lang her, dass ich es gespürt hatte. Umso schöner, dass ich diese Gefühle mit derselben Frau noch mal erlebte.

Riley: Was machst du?
Ich: Ich trinke ein Glas Wasser.

Das war im Grunde nicht gelogen. Ich konnte ihr schließlich schlecht sagen, dass ich mit der Planung meiner zwei Überraschungen für sie beschäftigt war.

Riley: Dein Leben ist so spannend.
Ich: Warte ab, bis ich mich an die Geschichtsaufsätze der 11. Klasse setze. Da geht die Post ab.
Riley: Warum ausgerechnet Geschichte?

Ich biss mir lächelnd auf die Unterlippe, wählte ihren Kontakt an und rief sie an. Manche Dinge gehörten mündlich besprochen, auch wenn ich mir wünschte, sie dabei ansehen und berühren zu können.

»Hey«, piepste sie atemlos, nachdem sie das Handy eine Minute lang hatte klingeln lassen.

»Ich dachte schon, du nimmst nicht ab.«

»Hätte ich auch beinahe nicht. Ich bin kein Fan vom Telefonieren.« Sie ahnte nicht, was für einen Wirbelsturm sie durch diese Aussage in mir entfachte. Das war ein Teil der Riley von damals. Mittlerweile liebte ich es herauszufinden, welche Eigenheiten ihr geblieben waren und welche sich verändert hatten. So, wie wir alle uns im Laufe der Zeit änderten.

»Ich weiß«, bemerkte ich. »Das warst du früher auch nicht, aber ich habe dich trotzdem angerufen, und wir haben so lange telefoniert, bis unsere Eltern uns nachts dabei erwischten.«

Rileys fröhliches Lachen drang an mein Ohr. »Ehrlich? Das kann ich mir kaum vorstellen.«

»Ist aber so gewesen«, erwiderte ich und lief ins Schlafzimmer, um mich der Länge nach aufs Bett zu legen. Ich schaltete den Lautsprecher an und warf das Handy neben mir aufs Kopfkissen.

»Also«, nahm sie den Faden wieder auf. »Warum Geschichte?«

Seufzend rieb ich mir die Augen und wünschte, mir würde eine Notlüge einfallen. Insgeheim hatte ich gehofft, sie würde das Thema fallen lassen, wenn ich sie anrief. »Weil ich an der Vergangenheit festhalten wollte«, beichtete ich ihr und spürte, wie ein Kloß in meinem Hals heranwuchs.

Statt zu antworten, hörte ich sie seufzen. »Es tut mir leid, Devon«, flüsterte sie in den Hörer. Da war kein kleines bisschen Freude mehr, kein Lächeln, kein Schalk. Lediglich Reue. Meine Brust schmerzte.

»Das braucht es nicht, Riley«, räumte ich ein. »Wirklich nicht. Ich habe eine ganze Weile gebraucht, um nicht mehr in meiner eigenen Vergangenheit zu leben, aber das ist lange her.« Mein Herz wurde ein paar Gramm leichter, es half, die Worte auszusprechen, zuzugeben, dass ich eine harte Zeit gehabt hatte. »Doch du hattest keine Schuld daran, Riley. Niemand hatte Schuld.«

»Niemand. Nur der Sturm«, wisperte sie, und ich hörte sie weinen.

Besorgt richtete ich mich auf. »Riley, bitte!« Ich schaffte es nicht, ein weiteres Wort hervorzubringen. Mir war klar, was es ihr abverlangte, besagten Sturm zu erwähnen, der vor bald sieben Jahren durch unseren Bundesstaat gefegt war und Hunderte Menschenleben auf dem Gewissen hatte. Darunter Rileys Eltern.

»Ist schon gut«, schniefte sie. »Sorry. Bald …« Sie beendete den Satz nicht.

»Bald ist ihr Todestag«, flüsterte ich in den Hörer.

»Ja. Der siebte. Ich kann es manchmal nicht fassen, wie lange sie schon nicht mehr da sind.« Ihre Stimme klang tränenerstickt, und noch nie in meinem Leben hatte ich mir so sehr gewünscht, mich durch pure Gedankenkraft an einen anderen Ort transportieren zu können. Direkt zu Riley, damit ich sie in die Arme nehmen und halten konnte. Stattdessen blieb mir nur das nutzlose Telefon und das Wissen, dass es Dinge gab, die durch kein Wort der Welt geheilt werden konnten. Es war ausweglos, nach tröstenden Worten suchen zu wollen, denn keines davon würde Rileys Schmerz lindern, würde den Verlust, den sie erfahren hatte, weniger schrecklich machen.

»Riley«, räusperte ich mich. »Ich bin da. Hörst du? Ich bin für dich da, okay?«

Für ein paar quälend lange Minuten erwiderte sie nichts. »Okay«, schluchzte sie schließlich in den Hörer, und ich spürte, wie eine eisige Kälte Besitz von mir ergriff. Bei den Fingerspitzen beginnend fand sie ihren Weg in mein Innerstes, bis ich fröstelte und mein Körper unkontrollierbar zitterte.

»Ich …«, setzte ich an, doch ich wusste selbst nicht, was ich eigentlich sagen wollte. Es kam mir nur so falsch vor zu schweigen. »Was kann ich tun?«

»Bleib einfach dran, ja?« Ihre zerbrechliche Stimme jagte mir einen erneuten Eisschauer durch den Körper.

»Ich bleibe, Riley. Ich bleibe bei dir«, versprach ich ihr und realisierte erst, nachdem ich die Worte ausgesprochen hatte, wie groß sie waren. Und dass sie ein Versprechen waren, das einzuhalten niemand selbst in der Hand hatte. Doch ich wusste, dass ich alles dafür tun würde, meine Worte wahr zu machen, bei ihr zu bleiben. Ich würde sie kein zweites Mal ziehen lassen.

13. Kapitel

Riley

Irgendwann in der Nacht war unser Telefonat automatisch unterbrochen worden. Das Kissen, auf dem ich lag, war tränenfeucht, und ich brauchte gar nicht erst in den Spiegel zu sehen, um mich zu vergewissern, dass meine Nase greller leuchtete als die eines gewissen Rentieres. Ich griff zum Handy, um die Uhrzeit zu checken, und atmete seufzend aus. Es war halb fünf Uhr morgens und da mein Wecker sowieso in einer halben Stunde klingeln würde, schlug ich die Sommerdecke zurück und schwang die Beine aus dem Bett. Abby war vor einigen Tagen in ihr einstiges Kinderzimmer umgezogen und hatte begonnen, es umzugestalten. Sie hatte sich Decken und Kissen aus anderen Räumen zusammengesammelt, und sogar den Schreibtisch aus dem Büro im Erdgeschoss hatten wir zusammen in den ersten Stock gewuchtet. Danach waren wir beide schweißgebadet gewesen, denn Dads Schreibtisch wog mindestens eine halbe Tonne. Als Geburtstagsgeschenk hatte ich ihr einen Baumarkt-Gutschein besorgt, damit sie sich neue Wandfarben aussuchen konnte. Das alte Babyblau traf ihren Geschmack mittlerweile nicht mehr so ganz.

Ich selbst hatte es immer noch nicht geschafft, wieder in

mein altes Zimmer zu ziehen. Womöglich würde ich diesen Schritt niemals wagen, aber ich hatte für mich beschlossen, dass das okay war. Ich konnte mich genauso gut in Moms und Dads altem Schlafzimmer neu einrichten, oder vielleicht zog ich sogar ins Gästezimmer oder ins Büro um, in diesem Haus gab es schließlich viele unbenutzte Räume. Und trotzdem fand ich mich jetzt wieder einmal vor der Tür meines Jugendzimmers wieder, die Hand bereits auf der Klinke. Ich trat ein, lief zum Tisch, um die Kiste mit den Erinnerungsstücken hervorzuholen, und setzte mich damit aufs Bett. Wie jedes Mal kroch mir ein Schauder über den Rücken, ließ meine Hände zittern und erschwerte es mir, den Deckel abzuheben. Keine Ahnung, warum ich es nicht lassen konnte. Ich wühlte in der Kiste, als würde ich ein Los ziehen, und griff blind nach einem Zettel. Es war ein Foto, eines von vielen, ebenfalls in der Mitte gefaltet wie die meisten. »Was tu ich hier eigentlich?«, flüsterte ich und starrte das Bild an, ohne es aufzuklappen. »Was erhoffe ich mir davon?« Niemand antwortete. Natürlich nicht. Kurz überlegte ich, es einfach wieder zurück in den Karton fallen zu lassen, doch die Neugierde siegte über meine Angst. Ich fürchtete mich gleichermaßen vor den Erinnerungen, wie ich mich über sie freute, und langsam glaubte ich, dass dieses Gefühlschaos süchtig machte. Wie sonst sollte ich es mir erklären, dass ich immer wieder hier landete, um mit rasendem Herzen und klammen Fingern meine Vergangenheit zu durchforsten? Abrupt klappte ich das Foto auf, so schnell, als würde ich ein Pflaster von einer längst verheilten Wunde reißen. Und da war sie wieder, die Enttäuschung. Es wurde wirklich Zeit, dass ich mir eingestand, dass ich akzeptierte, dass mein Gedächtnis mich für immer verlassen hatte. Jedes Mal, wenn ich mich in meinem Zimmer wiederfand, flammte dieser winzige Funken Hoffnung in mir auf. Hoffnung, dass ich heute ein Foto oder einen Zettel ziehen würde, der irgendetwas in mir bewegte, der mein Gehirn zum Rattern brachte und mir endlich etwas aus meiner Vergangenheit zurückbrachte. Doch wieder war es vergebens gewesen. Wieder blickte ich auf ein Foto herab, das mir unbekannt war.

Ich schluckte. Vorsichtig fuhr ich mit dem Zeigefinger den Rand des Bildes nach. Es zeigte mich, und ich wusste aus irgendeinem Grund tief in mir drinnen, dass niemand je zuvor dieses Foto zu Gesicht bekommen hatte. Es spiegelte einfach alles wider. Vergangenheit und Zukunft. Das Gefühl, nicht zu wissen, was ich wollte. Es zu hassen, mich zwischen Dingen, die ich gleichermaßen liebte, entscheiden zu müssen. Das Foto war ein Selbstporträt, aufgenommen hier in meinem Zimmer. Ich stand vor der geschlossenen Tür, daneben der Sessel, auf dem sich Kleidungsstücke türmten, und die Sonne schien mir direkt ins Gesicht, auf dem nicht der winzigste Anflug eines Lächelns zu sehen war. An einem Fuß trug ich einen Sneaker, am anderen einen Ballettschuh. Ich hatte die Haare zu einem strengen hohen Dutt frisiert, meine Cheerleader-Uniform an und posierte in der Arabesque. Was hatte ich mit diesem Foto ausdrücken wollen? Sollte es mir bei der Entscheidung helfen, was ich wollte? War das der Auslöser gewesen, dank dem ich die Ballettschuhe an den Nagel gehangen und mich dem Cheerleader-Team verschrieben hatte? War es die richtige Entscheidung gewesen? Fragen über Fragen und mir rauchte der Schädel.

Schwindel überkam mich und ich musste hier raus. Achtlos ließ ich das Foto zurück in den Karton fallen, schubste ihn von meinem Schoß aufs Bett und verließ schnellen Schrittes das Zimmer.

Devon

Ich hatte die ganze Nacht kein Auge zugetan. Mehr als einmal war ich in meine Kleidung geschlüpft, um zu Riley zu fahren, hatte es mir dann aber an der Wohnungstür anders überlegt. Irgendwann hatte es mich an einen schlechten Sketch erinnert, bei dem ich die Hauptperson spielte. Nur, dass an der Situation rein gar nichts lustig war. Ich hatte Riley still weinen gehört, hatte zugelassen, dass mir mit jeder verstreichenden Minute das Herz schwerer und schwerer wurde. Erst, als die Verbindung nach einigen Stunden automatisch unterbrochen wurde, hatte ich aufgeatmet. Und mich im nächsten Augenblick dafür gehasst. Als die ersten, zögerlichen Sonnenstrahlen ins Schlafzimmer schienen und den Himmel in den schönsten Orange- und Pinktönen färbten, befreite ich mich aus dem Gedankenstrudel, der mich gefangen hielt. Ich schlüpfte in Laufschuhe und schloss sämtliche Fenster in meiner Wohnung, um die Hitze auszusperren, die der anbrechende Tag bereits erahnen ließ. Ich rannte los, ohne nach links oder rechts zu sehen, preschte die Straßen entlang, bis der Pavillon auf der Festwiese in meinem Blickfeld erschien. Der Anblick stieß mir jedes Mal einen Speer in die Magengrube und doch wusste ich, dass nur ich selbst dafür sorgen konnte, dass dies nicht mehr geschah. Die letzten Jahre hatte ich den Pavillon gehasst, war extra Umwege gefahren, um ihn nicht sehen zu müssen, hatte krampfhaft den Blick von ihm abgewendet, ihn ignoriert, als wäre er nie da gewesen. Doch heute war es anders. Es hieß doch, man sollte sich dem stellen, was einem Angst einjagte, oder? Und genau genommen waren es nicht die Festwiese oder der Pavillon an sich, die mir diesen immerwährenden Kummer bereiteten, es waren die Erinnerungen. Dieser eine Moment in meiner Vergangenheit, der zum glücklichsten meines Lebens gehörte, bis er von dem Sturm, der Rileys Eltern tötete, davongetragen worden war. Warum nur hatten sich meine schönsten Erinnerungen in die schrecklichsten verwandelt?

Mit geballten Fäusten rannte ich auf den Pavillon zu, gewillt, diesen finsteren Gedanken endlich ein Ende zu setzen. Es war nur ein verdammter Pavillon! Die milde Sommerluft des Morgens prickelte auf meiner schweißnassen Stirn, ich atmete den süßlichen Duft von Popcorn ein, der seltsamerweise im Sommer immer über der Festwiese hing, und konzentrierte mich auf das regelmäßige, dumpfe Geräusch, mit dem meine Schuhsohlen auf dem Rasen aufkamen. Erst, als mich keine fünf Meter mehr von der Treppe trennten, die in das Innere des Pavillons führte, drosselte ich das Tempo. Ich flog die Stufen hinauf und bremste in der Mitte des Bauwerks abrupt ab, das alte, knorrige Holz ächzte unter mir. Für den Bruchteil einer Sekunde hielt ich den Atem an, auch wenn mir der Puls schmerzhaft im Hals pochte, als wartete ich darauf, dass die Bretter einbrachen. Dass der Boden mich verschluckte und dafür sorgte, dass die Erinnerungen mich endlich in Ruhe ließen. Doch nichts dergleichen geschah. Stattdessen spürte ich, wie etwas in mir emporstieg: ein Lächeln. Ohne dass ich es hätte kontrollieren können, wanderten meine Mundwinkel nach oben. Ich warf den Kopf in den Nacken und lachte. Ich lachte über mich selbst, da ich mich all die Jahre selbst bemitleidet hatte. Sieben Jahre lang hatte ich geglaubt, die Liebe meines Lebens verloren zu haben, und nun stand ich hier, an dem Ort, an dem alles hatte beginnen sollen, und spürte, dass die sieben Jahre nichts weiter gewesen waren als eine Pause. Was waren schon sieben Jahre, wenn mindestens fünfzig weitere vor einem lagen? In diesem Moment wusste ich, dass nichts verloren war, und fasste den Entschluss, noch einmal alles zu wagen, alles auf eine Karte zu setzen. Ich würde es durchziehen, komme, was wolle.

Riley

»Wenn du mir nicht endlich verrätst, warum du ständig deinen Planer zuklappst, sobald ich auf dich zukomme, lade ich dich von Abbys Geburtstagsfeier wieder aus«, drohte ich Devon und stemmte den Arm in die Seite.

»War ich denn eingeladen?« Er ließ den Gummi des Planers extra laut schnippen, beförderte das Buch in seine Tasche und zwinkerte mir schelmisch zu.

Ich nickte verdattert. »Natürlich bist du das als mein Fr-« *Mist!* War mir das gerade wirklich herausgerutscht? Bestand die Chance, dass er es nicht gehört hatte? Oder dass er glaubte, ich hatte etwas anderes sagen wollen? Als mein Frosch? Fräulein? Friseur? Ach, verdammt. Dem selbstgefälligen Grinsen in seinem Gesicht nach zu urteilen, hatte er es ganz genau verstanden.

»Als dein Freund, ja? Bin ich das denn?« Er griff nach meinem Ellenbogen und zog mich ein Stück zu sich herunter, damit sich unsere Gesichter auf gleicher Höhe befanden.

Ich schnaubte und hob eine Augenbraue, beugte mich ihm aber entgegen, sodass nur noch wenige Millimeter zwischen unseren Nasenspitzen lagen. »Möchtest du das denn?«

»Hast du Lust auf einen Ausflug?«, ignorierte er die Frage, ließ seine Hand über meine Taille zu meinen Rücken gleiten und öffnete frech die Schleife der Schürze.

Erschrocken hielt ich sie fest und quiekte auf. »Devon!« Seine Berührung sorgte dafür, dass mir heiß wurde und mir Gedanken kamen, für die mein Arbeitsplatz eindeutig nicht der passende Ort war. »Lass das!«, forderte ich ihn heiser auf und schluckte.

»Also, was ist?« Devons Hand umschloss meine, in der ich den Stoff hielt.

»Ich arbeite«, setzte ich ihn verdattert in Kenntnis und deutete mit einem Kopfnicken ins Café, das, typisch für Sonntagvormittag, gut besucht war. Anne traf sich heute in der Nachbarstadt mit einer alten Freundin, und ich konnte unmöglich den Laden schließen, es sei denn, es handelte sich um einen Notfall. Und ich ging stark davon aus, dass dieser Ausflug alles war, aber kein Notfall.

»Tust du das?«

Ich schreckte hoch, wobei ich mir das Schienbein am Tisch anstieß, und wandte mich zu der Stimme um, die urplötzlich direkt hinter mir ertönt war. »Leena«, krächzte ich und versuchte, mein viel zu schnell pochendes Herz zu beruhigen, indem ich langsam ein- und ausatmete. »Sam. Hi?« Die beiden strahlten mich an, als hätte ich zwei Welpen auf dem Arm. »Alles in Ordnung mit euch?« Ich stemmte die Hände in die Hüften und blickte von ihnen zu Devon, der mittlerweile das gleiche Grinsen aufgesetzt hatte. »Was zur Hölle geht hier vor?«

»Wir übernehmen«, erklärte Sam und verdeutlichte seine Aussage, indem er zwei Schürzen aus seinem dunkelgrünen Rucksack zog und eine davon an Leena weiterreichte.

»Genau. Du hast jetzt frei«, bestätigte sie, während sie sich die Arbeitskleidung um die Hüfte schwang und mit einer grazilen Schleife festknotete. Für einen Augenblick blieb mein Blick daran hängen und ich setzte auf meine imaginäre To-do-Liste, das auch zu üben. Meine eigenen Schleifen sahen nicht nur aus wie von einem Erstklässler gebunden, sie lösten sich auch ständig auf.

»Moment!« Ich schüttelte den Kopf, um meine Gedanken zu ordnen. »Woher habt ihr die Schürzen?«

Leena zuckte unschuldig mit den Achseln. »Von Anne.«

»Anne?« Langsam kam ich mir veräppelt vor.

Sam presste die Lippen aufeinander, um sich ein Lachen zu verkneifen. »Deine Chefin.«

»ICH WEISS, WER ANNE IST«, meckerte ich los und verschränkte die Arme. »Jetzt sagt mir bitte endlich, was das wird!« Ich blickte einen nach dem anderen an. »Leena?« Sie zog eine unwissende Grimasse, versuchte aber gar nicht erst, ihr wissendes Grinsen zu unterdrücken. »Sam?«, probierte ich es bei ihm, doch er schüttelte nur den Kopf und tat, als würde er seinen Mund mit einem Reißverschluss verschließen. »Ihr Verräter«, zischte ich, konnte mich aber nicht gegen ein winziges Lächeln wehren, während ich meine Schürze zusammenknautschte und sie mit Nachdruck in Leenas geöffnete Hand legte. »Und dich brauch ich wohl erst recht nicht zu fragen, was hier gespielt wird, oder?«, wandte ich mich an Devon, der seinen Stuhl zurückschob, um aufzustehen.

»Nein.« Er legte mir einen Arm um die Schultern und zog mich an sich, drückte mir einen Kuss auf den Scheitel. »Ich habe doch gesagt, es ist mir egal, dass du Überraschungen hasst«, wisperte er mir ins Ohr, wodurch sich die winzigen Härchen in meinem Nacken aufstellten. Außerdem verwandelten sich meine Knie in Wackelpudding und statt Hirn hatte ich plötzlich Watte im Kopf.

»So kennen wir unsere Riley«, kicherte Leena und schlug sich, kaum, dass sie die Worte ausgesprochen hatte, erschrocken die Hand vor den Mund. Entschuldigend riss sie die Augen auf und schluckte. »Tut mir leid, ich …«

»Schon okay«, lächelte ich sie ehrlich an. »Wirklich, es ist okay.«

»War trotzdem nicht nachgedacht von mir«, erklärte sie kleinlaut und senkte den Blick auf meine Schürze in ihrer Hand.

Seufzend streckte ich einen Arm nach ihr aus und strich ihr beschwichtigend über den Oberarm. »Ich komme damit klar, glaub mir«, versicherte ich ihr und spürte, dass meine Worte wahr waren. »Irgendwie ist es spannend zu erfahren, wer ich früher gewesen bin, wisst ihr?« Ich wandte mich der ganzen Gruppe zu. »Ich hatte eine Riesenangst davor, doch nun nicht mehr. Es ist wirklich, wirklich okay. Okay?«

Leena holte tief Luft und schenkte mir ein breites Grinsen. »Ein Glück, denn manchmal war es wie ein Tanz auf dem Minenfeld für mich, in deiner Gegenwart nichts über unsere Vergangenheit zu sagen«, gab sie zu, und ich zuckte bei ihren Worten merklich zusammen. Auch wenn sie nicht die Absicht gehabt hatte, mich mit ihnen zu verletzen, taten sie ein wenig weh.

»Na ja …« Ich hob die Schultern. »Du kannst jetzt aufhören zu tanzen.«

»Wir müssen los«, unterbrach uns Devon und drückte Sam eine Zehn-Dollar-Note in die Hand. »Für meinen Kaffee und das Stück Himbeer-Frischkäse-Tarte«, erklärte er und deutete mit einem Kopfnicken auf den leeren Teller und sein Glas.

Sam griff nach dem Geld und wandte sich grinsend an Leena. »So wie früher?«

»Du Kasse und Theke, ich die Tische?« Leena strahlte über das ganze Gesicht und steckte sich meine Schürze zwischen die Knie, damit sie ihre Hände frei hatte, um sich einen hohen Pferdeschwanz zu binden, aus dem sich die Hälfte der Haare schon nach wenigen Sekunden wieder löste.

»Genau!« Sam hielt eine Hand hoch, damit Leena abklatschte, und ich verdrehte lachend die Augen.

»Ihr seid wie Zuckerwatte, eklig süß«, neckte ich die beiden, bevor ich mich an Devon wandte. »Ich hole meinen Rucksack«, erklärte ich und deutete zur Theke.

Devon nickte. »Ich warte draußen.«

Als Leena und ich für einen Moment allein waren, fasste ich sie am Arm und zog sie zu mir heran. »Jetzt mal ehrlich«, flüsterte ich ihr zu und vergewisserte mich mit einem kurzen Rundumblick, dass uns auch niemand belauschte. »Was passiert hier?«

»Riley«, stöhnte Leena und legte den Kopf in den Nacken. »Du wirst es lieben, okay?« Sie nahm mein Gesicht mütterlich in ihre Hände, sodass ich keine andere Möglichkeit hatte, als ihr in die Augen zu blicken, in denen ich Zuneigung und einen winzigen Funken Scheu las. Fast so, als wäre sie sich nicht ganz sicher, ob wir auch *wirklich* Freunde waren. So wie früher.

Ich blinzelte und senkte den Blick, um mich zu sammeln, ehe ich ihr wieder in die Augen sah. »Danke«, murmelte ich, und sie zog ihre Finger zurück.

»Immer«, versicherte sie mir mit schief gelegtem Kopf und wies mit einem Nicken nach draußen. »Und jetzt los, Devon ist so aufgeregt, erlöse ihn!«

»*Ihn* erlösen? Ich bin doch diejenige, der seit Wochen Dinge verheimlicht werden«, schmollte ich gespielt.

»Weil du uns eben allen wichtig bist.« Mit diesen Worten drehte sie sich auf dem Absatz um und ließ mich wie vor den Kopf gestoßen zurück. Ich brauchte einige Sekunden, um mich aus der Schockstarre zu befreien, die ihre Worte, ohne dass sie es gemerkt hätte, in mir hinterlassen hatten.

»Ihr seid mir auch wichtig«, wisperte ich tonlos.

Devon

Ich konnte mich nicht erinnern, wann ich zuletzt so aufgeregt gewesen war. Im Zehn-Sekunden-Takt erinnerte ich mich selbst daran, meine Finger zu entspannen, die ich um das Lenkrad verkrampfte. Was, wenn das hier gewaltig nach hinten losging? Im Grunde war es kein lapidarer Kanu-Ausflug, sondern eine Reise. Eine Reise in unsere Vergangenheit und besonders in ihre. Ich hatte beschlossen, Riley wieder für mich zu gewinnen, und zwar ganz und gar, mit Haut und Haar, da konnte ich es mir nicht leisten, sie mit einem Fehlgriff zu vergraulen.

»Dev?« Rileys Stimme holte mich aus meinen Gedanken, wofür ich ihr dankbar war. »Besteht die Chance, dass du mir verrätst, wohin wir fahren?«

Grinsend löste ich den Blick von der Ampel, an der wir standen, und schüttelte den Kopf, zwinkerte ihr zu. »Nö.«

»Aber du darfst trotzdem gern mit mir sprechen, weißt du?« Sie hob einen Arm, um mir gegen den Oberarm zu boxen. »Seit wir losgefahren sind, bist du ungewöhnlich still.«

»Und das ist schlimm?« Überrascht hob ich eine Augenbraue.

»Grün.« Riley wies mit dem Zeigefinger zur Ampel, woraufhin ich anfuhr. »Nein, aber unter den aktuellen Umständen macht es mich kirre. Hast du Angst, dich zu verplappern?«

»Vielleicht?« Ich lachte kurz auf. »Wir sind bald da, versprochen.«

Stöhnend lehnte sie ihren Kopf gegen die Kopfstütze. »Irgendwie habe ich das Verlangen, dich zu beleidigen«, murrte sie, was mir ein Prusten entlockte.

Es dauerte nicht lang, bis wir die Stadt hinter uns gelassen hatten und auf einer schmalen Landstraße fuhren. Wir kamen an saftig grünen Wiesen vorbei, die abgelöst wurden von Wildblumenfeldern, für die unsere Gegend hier bekannt war. In der Ferne rauschten die Wipfel der Wälder, die Saint Mellows säumten, im sanften Wind. Ich deutete auf eine Stelle vor einem der Berge, die den Anschein machte zu glitzern. »Siehst du das da?«

Riley folgte meinem Fingerzeig und kniff die Augen zusammen, nickte. »Ist das Wasser?«

»Das ist ein winziger Wasserfall, den man nur zu Fuß erreicht, wenn man ein ganzes Stück durch den Wald daneben läuft.« Ich lächelte ihr zu und versuchte, meine Enttäuschung zu verbergen, denn das war eine unserer gemeinsamen Erinnerungen, die ich von nun an allein verwahren musste. »Wir sind dort einmal hingewandert und hatten den Weg ganz schön unterschätzt, sodass wir viel zu spät wieder zu Hause waren.« Ich lachte bei der Erinnerung daran, wie wütend und zeitgleich erleichtert unsere Eltern gewesen waren, als wir uns bei ihnen gemeldet hatten, sobald unsere Handys wieder Empfang hatten.

Riley schmunzelte und deutete auf die Felder auf meiner Fahrseite, auf denen das Getreide sanft im Wind wogte. »Das sieht so schön und beruhigend aus«, murmelte sie und lehnte ihren Hinterkopf für einige Wimpernschläge gegen das Beifahrerfenster, um den Blick darüber schweifen zu lassen. Sie seufzte leise.

»Ja«, pflichtete ich ihr nickend bei. »Wisconsin im Sommer ist schon etwas Besonderes.«

Sie beugte sich ein Stück zu mir herüber, um mir die Hand auf den Oberschenkel zu legen. »Danke fürs Ablenken.«

»Immer gern«, murmelte ich und versuchte, mir nicht anmerken zu lassen, was ihre Hand auf meinem Bein mit mir anrichtete. Hitze schoss durch meinen Körper und sammelte sich zwischen meinen Beinen. »Zehn Minuten«, presste ich hervor und hätte am liebsten die Augen über mich verdreht. Ich benahm mich wie ein Teenager, den die kleinste Berührung aus der Fassung brachte.

»Dann?«

»Dann sind wir da«, erklärte ich kopfschüttelnd, aber mit einem Lächeln.

»Wird ja auch Zeit«, seufzte Riley und nahm ihre Hand zurück, ließ sich in ihren Sitz fallen und blickte aus dem Beifahrerfenster. »Heute ist ein richtig schöner Tag«, murmelte sie, und mir fiel auf, dass ihr ein Kloß im Hals zu stecken schien.

»Ja«, erwiderte ich nickend. »Perfekt für das, was wir vorhaben.«

»Williams Bay«, las Riley flüsternd das Hinweisschild vor, das wir just in diesem Moment passierten. »Oh.«

Ihre Reaktion sorgte dafür, dass meine Alarmglocken schrillten. War sie enttäuscht? Verärgert? Verängstigt? Ich würde ihre kleine Schwester umbringen. Wirklich! »Oh?«, wiederholte ich und ignorierte das flaue Gefühl im Magen.

»Hier waren wir früher schon mal«, sagte sie, und es fiel mir schwer, ihre Stimmlage zu deuten. Wusste sie es etwa noch? Das war doch unmöglich, denn laut Abby würden ihre Erinnerungen niemals wieder zurückkehren.

»J-ja«, stotterte ich und lenkte den Wagen nach rechts in einen schmalen Weg, der zu einem gut gefüllten Parkplatz führte. »Woher weißt du das?« Riley antwortete nicht und ihr Schweigen fühlte sich an, als fräße sich ein Hornissenschwarm durch mein Gehirn. Ich wollte es um alles in der Welt verhindern, sie zu verletzen, und allein die Chance, es getan zu haben, bereitete mir körperliche Schmerzen. »Riley?« Ich parkte den Wagen zwischen einem Truck und einem Cabrio und schaltete den Motor aus, woraufhin uns totale Stille umhüllte.

Riley atmete tief durch, ehe sie sich zu mir herumdrehte

und ein Bein unter das andere zog. Sie spielte nervös an ihrem Knie herum und blickte schließlich zu mir auf. »Ich habe eine Kiste«, meinte sie achselzuckend, und ich wünschte, ich hätte etwas mit dieser Aussage anfangen können.

»Eine Kiste?« Ich löste unsere Sicherheitsgurte und drehte mich, so weit es trotz des Lenkrads möglich war, in meinem Sitz zu ihr herum. Sollte ich zu ihr hinübergreifen? Ihre Hand nehmen, ihr die Finger tröstend aufs Bein legen? Früher hätte ich keine Sekunde gezögert, es zu tun, doch jetzt konnte ich nicht einschätzen, wie Riley es aufnehmen würde. Ich war noch immer dabei herauszufinden, wie nah wir uns bereits standen. »Was für eine Kiste?«, hakte ich nach und hoffte, sie damit nicht zu sehr zu drängen.

Sie hob die Arme, um sich die Haare zu einem hohen Pferdeschwanz zu binden, wobei sie mehrmals mit den Fingerknöcheln gegen das niedrige Autodach schlug. Meine Limousine war eben kein Truck. Einzelne Strähnen waren kürzer geschnitten und lösten sich sofort wieder, umrahmten ihr Gesicht und betonten ihre tiefblauen Augen. »Ach, was soll's.« Sie stieß einen Schwall Luft aus, als hätte sie sich soeben dazu durchgerungen, mir ein Geheimnis anzuvertrauen. Ich hinderte sie nicht daran weiterzusprechen. »In meinem alten Zimmer habe ich eine Kiste gefunden«, erklärte sie und zog wehmütig einen Mundwinkel hoch. »Darin sind Fotos, Zettelchen, Briefe und so Kram.« Sie winkte mit einer Hand ab. »Altes Zeug eben.«

Ich schluckte. »Erinnerungen.«

»Genau«, nickte sie. »Erinnerungen. Erinnerungen an eine Zeit, in der ich das Leben bedingungslos geliebt habe. In der ich unbeschwert war, das Gefühl hatte, mir könnte niemals etwas zustoßen. Eine Zeit, in der ich nicht geschätzt habe, was ich besaß, in der ich naiv durch die Straßen von Saint Mellows spaziert bin und dachte, über unserer Stadt hängt eine Glocke aus Glück. In der ich mich sicher gefühlt habe.« Eine einzelne Träne suchte sich einen Weg über ihre Wange und ich streckte die Hand aus, um sie aufzuhalten.

»Nein, Riley«, widersprach ich ihr. »So warst du nicht.«

»Woher willst du das wissen?« Sie wischte sich mit dem Handrücken über das Gesicht und zog die Nase hoch. »Woher willst du wissen, dass ich nicht die Präsidentin des Egoisten-Klubs gewesen bin?« Sie verschränkte die Arme vor der Brust.

»Würde jemand, der sein Leben *nicht* geschätzt hat, eine Kiste mit Erinnerungen aufbewahren?« Ich lächelte, auch wenn es schwer war. »Die Antwort ist: Nein. Im Gegenteil. Du warst eine der dankbarsten Personen, die ich je gekannt habe.«

»Jetzt übertreibst du aber.« Sie schniefte und schenkte mir ein zurückhaltendes Lächeln.

Ich schüttelte den Kopf und nahm meinen Mut zusammen, legte ihr eine Hand auf das nackte Bein. Mit Genugtuung sah ich, wie sich augenblicklich eine zarte Gänsehaut auf ihrem Oberschenkel ausbreitete. *Ha!* Also reagierte nicht nur mein Körper so heftig auf jede winzige Berührung. »Nein, tu ich nicht. Du hast sogar ein Dankbarkeitstagebuch geführt. Ich hab dich gern damit aufgezogen.«

»Ja? Das muss dann wohl irgendwo in meinem Zimmer liegen«, überlegte sie laut. »Ich habe es noch nicht über mich gebracht, mich durch alle meine Sachen zu wühlen. Vielleicht werde ich es auch niemals tun.«

»Es …« Ertappt zog ich die Hand zurück. »Ich habe es«, gestand ich, und sie riss erstaunt die Augen auf. »Aber ich habe es nie aufgeschlagen.« Ich hob die Arme, um meine Unschuld zu beteuern. »Ehrenwort.«

»Warum nicht?« Schmunzelnd legte sie den Kopf schief. »Und warum ist es bei dir?«

Ich ignorierte ihre erste Frage. »Du hattest es am Unfalltag bei mir vergessen«, flüsterte ich niedergeschlagen und erinnerte mich daran, wie ich dieses Buch stundenlang angestarrt hatte, als ich von der Todesnachricht erfuhr. Wie surreal es mir vorgekommen war, über Dankbarkeit nachzudenken, wenn etwas so Schreckliches passiert war.

»Und warum hast du nie darin gelesen?« Verdammt, Riley ließ nie locker. *Wie damals*, dachte ich.

»Du hattest mich darum gebeten. Ich wollte deine Privatsphäre nicht verletzen.«

»Ich war doch weg, Devon«, wisperte sie stirnrunzelnd und biss sich auf die Unterlippe. »Du dachtest, wir würden uns niemals wiedersehen, und hast trotzdem nie darin gelesen?«

»Nein«, erklärte ich mit fester Stimme. »Ich hatte es dir versprochen.«

»Unter besonderen Umständen kann man Versprechen brechen.«

»Kann man«, pflichtete ich ihr bei. »Aber manchmal siegt die Hoffnung über die Neugierde.«

»Hoffnung worauf?« Riley strich sich ihre losen Haarsträhnen hinter die Ohren. Statt zu antworten, beugte ich mich über die Mittelkonsole, griff nach ihrer Taille und zog sie zu mir. Meine Finger wanderten an ihrer Seite nach oben, strichen über ihr Schlüsselbein. Ich fuhr ihr den Hals entlang und legte ihr die Hand in den Nacken, ihr Gesicht ganz nah an meinem. Sie schnappte nach Luft, ließ mich aber gewähren. »Worauf, Devon?« Ihre Stimme war nur mehr ein Hauchen und ich spürte ihren warmen Atem auf meiner Oberlippe. Ein Feuerwerk brach in mir los, schickte lodernde Flammen durch meine Blutbahnen.

»Darauf«, wisperte ich an ihrem Mund und drückte meine Lippen auf die ihren. Die Anspannung legte sich in der Sekunde, in der Riley den Kuss erwiderte und gegen mich sank, während ihre Hände den Weg zu meinen Oberarmen fanden, um sich in mein T-Shirt zu krallen. »Ich habe nie aufgehört, *darauf* zu hoffen«, gab ich zu, legte die Stirn gegen ihre. »Auf dich, Riley.«

Riley

»Ist das etwa …« Devon und ich schlenderten Hand in Hand den Sandweg entlang, der zum Seeufer führte. Es hatte seit Tagen nicht geregnet, daher war die Erde trocken und staubte unter unseren Füßen. Zu unserer Linken erstreckte sich eine Wiese, deren hohes, von der Sommerhitze verbranntes Gras in der lauen Brise wogte. Am Waldrand zu unserer Rechten erkannte ich Wildheidelbeersträucher, die allerdings schon keine Früchte mehr trugen. Und am Ende des Weges wartete eine Fata Morgana auf uns. Anders konnte ich es mir nicht erklären. »Devon, was hat Rupert mit seinem Mops hier zu suchen?«

Devon wand sich stöhnend und schielte zu mir herunter.

»Rupert war die einzige Möglichkeit für mich, heute diesen Ausflug mit dir zu machen. Er ist so nett und leiht uns sein Kanu.«

»Schön und gut«, lachte ich. »Aber was hat er hier zu suchen?«

»Aus Sorge, wir würden sein Eigentum beschädigen oder gar zerstören, wollte er es mir nur überlassen, wenn er uns vom Strand aus zusehen darf.«

Prustend hielt ich mir die Hand vor den Mund. »Du siehst aber schon, dass er dort zwei Kanus hat, ja?«

»Was?« Er hob eine Hand an die Stirn, um seine Augen vor der Sonne abzuschirmen, und zog entrüstet die Augenbrauen zusammen. »Das ist nicht sein Ernst!«

»Ist schon okay.« Beruhigend drückte ich seine Hand. »Manchmal tut der alte Mann mir leid. Wer weiß, wann das letzte Mal jemand mit ihm paddeln war? Außerdem müssen wir ja nicht gemeinsam fahren, oder?«

»Das hier sollte besonders werden«, brachte Devon zwischen aufeinandergepressten Kiefern hervor.

»Meinst du nicht, dass es das jetzt erst recht wird?«

»Mir fallen viele Wörter für Rupert ein«, grummelte er. »Aber *besonders* ist keines davon.«

»Rupert ist Rupert«, meinte ich achselzuckend.

»Ich dachte schon, ihr kommt doch nicht«, brüllte der, als wir unmittelbar vor ihm standen. Devon und ich zuckten simultan zusammen und wechselten einen amüsierten Blick.

»Das ist meine Schuld«, erklärte ich entschuldigend und legte den Kopf schief. Mein Blick fiel auf Ruperts Hund, der eine neongelbe Schwimmweste trug. »Kann Panda denn nicht schwimmen?«

Entrüstet schnaubte Rupert. »Selbstverständlich kann sie das, aber Sicherheit geht vor, junge Dame«, belehrte er mich mit erhobenem Zeigefinger.

»Also«, fuhr Devon glücklicherweise dazwischen. »Vielen Dank noch mal, dass du uns dein Boot leihst. Riley und ich würden dann gern lospaddeln, wenn du nichts dagegen hast.« Ich drückte ihm tadelnd die Hand. »Was denn?«, raunte er mir zu, sodass Rupert es nicht hörte.

»Sei nett«, bat ich ihn.

»Und du kannst das wirklich, ja?« Rupert stemmte die Hände in die Hüfte und begutachtete Devon, als würde er seine exakte Kleidergröße erraten wollen.

Devon verdrehte die Augen und lockerte seine Schultern. »Ja, Rupert. Ich kann das, Riley auch, und ich verspreche dir hoch und heilig, dass deinem Kanu nichts widerfahren wird.«

Der alte Mann nahm sich einige Sekunden Bedenkzeit, ehe er nickte. »Gut. Ich werde selber eine kleine Runde drehen.«

»Prima!« Ich ließ Devon los und klatschte in die Hände. »Wollen wir?« Ich stieß Devon mit dem Ellenbogen in die Seite und bedeutete ihm, das Kanu anzupacken, neben dem wir standen. Er lief auf die andere Seite, und gemeinsam trugen wir es die letzten Meter zum Ufer, wo wir es ins Wasser gleiten ließen. Ich hockte mich hin, um die Schnürsenkel meiner Sneakers zu öffnen, zog sie samt der Socken aus und sprintete im Sand zurück zum festen Boden, um sie dort auf den Rasen zu stellen.

»Was ist, wenn die jemand klaut?«, erkundigte sich Devon, als ich zurückkam.

»Dann werde ich barfuß nach Hause fahren«, erklärte ich

und streckte ihm die Zunge heraus. »Außerdem wird das niemand tun, da liegen meine Strümpfe drauf. Wer fasst schon freiwillig getragene Socken an?«

Devon lachte auf und hielt das Boot fest, während ich einstieg. »Guter Einwand.«

»Bis später«, brüllte uns Rupert mit einem Paddel wedelnd hinterher und deutete auf seine Armbanduhr. »Zwei Stunden!«

»Dieser Typ macht mich fertig«, zeterte Devon, als er uns vom flachen Ufer abstieß.

Statt darauf einzugehen, lächelte ich in mich hinein. Sofort schlug uns warmer Fahrtwind entgegen und wehte mir sanft um die Nase. Ich saß vorn im Kanu und genoss das Gefühl von Freiheit, das mich überkam. Wasser hatte schon immer eine beruhigende Wirkung auf mich gehabt. Tat es noch immer, trotz des Unfalls. Und doch würde ich niemals wieder an den See fahren, der mein Leben zu einem Albtraum hatte werden lassen. Ich schloss für einen Moment die Augen und konzentrierte mich auf das Geräusch der sanften Wellen, die an die Wand des Kanus schlugen. Das unaufdringliche, regelmäßige Plätschern pflanzte eine Ruhe in mein Herz, die ich schon lang nicht mehr empfunden hatte. Als ich die Augen öffnete, hatten wir uns bereits ein paar hundert Meter vom Ufer entfernt, und ich realisierte, dass Devon mit geübten ruhigen Bewegungen paddelte. Ich fasste mein eigenes Paddel und ließ es ins Wasser gleiten. Es fühlte sich sonderbar an, fremd und doch vertraut. »So?« Fragend sah ich zu Devon, der lächelnd nickte. Ich wandte mich wieder um, genoss den Widerstand der sanften Wellen und die kalten Wassertropfen, die meine Arme bespritzten.

Nach einer gefühlten Ewigkeit, in der wir stumm auf den See hinausgepaddelt waren, durchbrach Devons Stimme die Stille. »Wie geht es dir, Riley?« Ich hörte ihm an, dass er einen Kloß im Hals hatte, und mir war klar, warum. Ich selbst hatte ungeheure Angst gehabt, seit ich vorhin erfahren hatte, was Devon mit mir vorhatte. Angst vor den Gefühlen, die mich überschwemmen könnten wie ein Tsunami. Gefühle, die mich in einem Strudel, hinab ins tiefste Meer meiner Gedanken und Ängste, zogen, wo ich zu ertrinken drohte. Doch nichts dergleichen war geschehen. Das war das einzig Positive an meinem Gedächtnisverlust: Ich hatte Moms und Dads Todestag vergessen, jede kleinste Sekunde des Unfalls, jeden Schrei, jedes Beten, jede Hoffnung in den Augen meiner Eltern, ehe sie sich in Gewissheit wandelte. Gewissheit, dass sie niemand mehr würde retten können.

»Mach dir keine Sorgen«, bat ich ihn, legte das Paddel seufzend vor mir auf den Rändern des Kanus ab und wandte mich im Sitz zu ihm um, wodurch das Boot bedrohlich schwankte. »Es geht mir gut, Devon.« Er nickte und sah mich so ernst an, dass sich mein Herz zusammenzog. »Wirklich«, versicherte ich ihm mit rauer Stimme. »Weißt du, ich habe nie weiter nachgefragt«, stammelte ich und blickte hinaus auf den See, dessen in der Sonne glitzernde Oberfläche plötzlich so still dalag, als würde er meinen Worten lauschen.

»Wie meinst du das?« Devon zog sein Paddel ebenfalls aus dem Wasser und legte es vor sich ab.

»Ich erinnere mich nicht an den Unfall«, erklärte ich schulterzuckend. »Und ich habe irgendwann entschieden, dass das gut so ist.«

»Ich bewundere deine Stärke, Riley.«

Seine Worte überraschten mich und bescherten mir eine Gänsehaut. Sämtliche Härchen an meinem Körper stellten sich auf, und ich wusste nicht, was ich von dem warmen Gefühl, das durch meine Adern rauschte, hielt. »Ich weiß nicht, ob ich das stark nennen würde«, gab ich kleinlaut zu.

»Oh doch«, entgegnete Devon bestimmt. »Sich dafür zu entscheiden, etwas nicht wissen zu wollen, ist stark.«

»Wenn du meinst«, murmelte ich und wandte den Blick ab, ließ ihn wieder über die silbern glänzende Wasseroberfläche wandern, auf der sich vereinzelte zarte Wellen kräuselten. Ein Entenpärchen glitt mit seinen Jungen vorbei und beäugte uns misstrauisch. »Manchmal habe ich Momente, in denen ich mich frage, ob ich es nicht erfahren muss, verstehst du? Ob ich nicht wissen sollte, wie Mom und Dad gestorben sind. Ob es nicht feige von mir ist, mich hinter dem vielen Schwarz zu verstecken, das sich seit dem Unfall über meine Gedanken gelegt hatte.«

Devon antwortete nicht gleich, und ich hob den Kopf, um seinen Blick zu suchen, was ich sofort bereute. In seinen Augen las ich Mitleid, Traurigkeit und einen Funken Mutlosigkeit. »Was glaubst du, würde es ändern?« Seine raue Stimme fuhr mir bis ins Mark.

»Was es ändern würde?«

»Ja, stell dir vor, du könntest dich erinnern. Daran, wie der Sturm euch auf dem Boot aus heiterem Himmel überfiel. An die Angst in den Augen deiner Eltern oder an den Augenblick, in dem sie dich verließen. Was würde das mit dir anstellen?«

Seine harten, aber ehrlichen Worte berührten mich. Mir fiel auf, dass ich die Finger in den Stoff meiner Shorts gekrallt hatte und dass die Fingerknöchel weiß hervortraten. Der Tod meiner Eltern war etwas, über das ich nie gesprochen hatte. In all den Jahren hatte ich öfter neu angefangen, als es gut für mich gewesen war, doch der Vorteil daran war, dass ich mich nie dem Mitleid der Leute hatte aussetzen müssen. Ich hatte nie die Frau sein wollen, die kürzlich ihre Eltern verloren hatte und sich seitdem um ihre jüngere Schwester kümmerte. Ich hatte einfach nur Riley sein wollen. Doch im Grunde war ich nur immer eine Fremde geblieben. Jetzt, wo Devons haselnussbraune Augen mich voller Mitgefühl ansahen, während er mich mit meiner eigenen Wahrheit konfrontierte, fragte ich mich, ob das die richtige Entscheidung gewesen war. Unmittelbar nach dem Unfall hatte ich keine andere Wahl gehabt, als mit Abby zu unserer Tante zu ziehen. Doch kaum ein Jahr später hätten wir zurückkommen können. Mit jedem neuen Tag zurück in Saint Mellows bereute ich es, nicht eher den Mut aufgebracht zu haben, denn so glücklich wie jetzt war ich seit bald sieben Jahren nicht mehr gewesen. Ich hatte geglaubt, niemals wieder etwas anderes zu fühlen als Verlust und Verwirrung.

»Es würde mich zerstören«, murmelte ich heiser und hielt seinem Blick stand. »Die Erinnerungen würden mich heimsuchen, immer und immer wieder, so, wie mich diese schwarze Stille heimsucht.«

»Was für eine schwarze Stille?« Devon senkte sein Paddel vorsichtig ins Wasser, um uns ein Stück zurück auf den See hinaus zu paddeln, bevor uns die leichte Strömung ans Ufer trieb.

»Es ist nicht so, als würde der letzte Tag, an den ich mich erinnere, an den ersten Tag nach dem Unfall anknüpfen, weißt du?« Es war schwer, meine Gedanken in Worte zu fassen, zumal ich es noch nie versucht hatte. »Stell dir vor, du schaust einen 25-minütigen Kurzfilm in den schillerndsten Farben und von Minute 15 bis Minute 18 ist das Bild schwarz und es gibt keinen Ton, du darfst aber nicht wegschauen. Danach springt der Film mitten in eine komplett neue Szene in Schwarz-Weiß und statt Stimmen gibt es nur Musik und Hintergrundgeräusche. Ungefähr so ist mein Leben für mich, die Erinnerung an mein Leben. Da ist vieles, aber es gibt eben auch diese drei Minuten, die schwarz und zusammenhangslos sind.« Ich zwang mich dazu, die Hände zu entspannen, die ich zu Fäusten geballt hatte. Meine Fingernägel hatten mir ins eigene Fleisch geschnitten, auf jeder Handfläche starrten mir vier dunkelrote Halbmonde entgegen. Ich drehte mich im Sitz wieder nach vorn und ließ den Blick über das dichte grüne Ufergestrüpp schweifen, in dem die Vögel ungerührt vor sich hin zwitscherten.

»Riley.« Devon räusperte sich und hörte auf zu paddeln. »Ich möchte niemals wieder von dir hören, dass du feige bist. Ich würde dir gern einen Teil deiner Last abnehmen, aber das kann ich nicht, das kann niemand. Was ich aber kann, ist für dich da zu sein und dir für den Rest unseres Lebens zu versichern, dass du stark bist. Meinetwegen jeden einzelnen Tag, wenn du das brauchst.«

»Den Rest unseres Lebens, hm?« Mir entkam ein Schluchzen, und ich ließ die Tränen gewähren, die sich ihren Weg über mein Gesicht suchten. Einzelne fanden ihr Ende in meinen Mundwinkeln, andere tropften auf mein Shirt oder meine Beine. Und trotzdem lächelte ich. Ich lächelte, weil mir der Rest meines Lebens plötzlich keine Heidenangst mehr einjagte.

14. Kapitel

Devon

»Na? Wie war's?« Mein Bruder grinste mir von der Kücheninsel in Moms und Dads Küche zu, und auch mein Dad, der am Kühlschrank stand, drehte sich neugierig zu mir um.

»Was ist denn in euch gefahren?« Verlegen fuhr ich mir durch die Haare und drückte die Haustür ins Schloss, ehe ich die Küche betrat. »Wo sind Mom und Elsie?«, versuchte ich, das Thema zu wechseln. Im Ofen backte das Abendessen, es sah aus, als hätte Dad heute seinen berühmten Hackbraten gezaubert.

»Sie sind nicht hier, sind zum Supermarkt gefahren, um Nachtisch zu kaufen«, erklärte Dad und deutete mit einem fragenden Kopfnicken in Richtung der Terrasse. »Und bestimmt nicht in den nächsten Minuten zurück.«

Stöhnend legte ich den Kopf in den Nacken, da ich wusste, dass ich dem Verhör nicht entkam. »Klar«, seufzte ich und trottete zum Kühlschrank, um mir eine Limonade herauszunehmen. »Nach euch.«

»Also?« Blake ließ sich auf der Treppe nieder, die in unseren Garten führte, und klopfte auf das Holz neben sich. Dad hatte es sich bereits vor den Stufen in seinem Outdoor-Sessel gemütlich gemacht. Ächzend setzte ich mich und streckte die Beine aus, bevor ich den beiden zuprostete. Vielleicht schaffte ich es ja, das Gespräch so lange hinauszuzögern, bis Mom mit meinem Wirbelwind von Tochter kam, denn dann hätte ich sowieso keine Zeit mehr dafür.

»Ihr seid ziemlich neugierig, wisst ihr das?« Ich nahm einen großen Schluck aus der Flasche, der eiskalt meine Kehle hinabrann.

»Ganz Saint Mellows ist neugierig«, meinte Dad und setzte seine Flasche ebenfalls an die Lippen. Auf mein empörtes Schnauben hin zuckte er nur mit den Schultern.

»Wir verraten es auch nicht weiter«, versprach Blake und hob seine rechte Hand zum Schwur. »Ehrenwort.«

Ich verdrehte die Augen. »Wer sagt mir, dass du nicht wie früher die Finger der anderen Hand hinter dem Rücken kreuzt?«

In gespielter Empörung fasste er sich ans Herz, als hätte ich ihn tief verletzt. »Autsch, das tut weh.«

Ich lachte, stellte dann aber mein Getränk neben mir ab und rieb mir mit den Handflächen übers Gesicht. Ich hatte wohl keine Wahl. »Es war schön. Und traurig, aber schön.«

»Seid ihr ein Paar?« Dads Direktheit glich wie immer einer Abrissbirne. Nie verlor er zu viele Worte oder redete um den heißen Brei herum, wie Mom es manchmal tat. Bei Dad wusste man immer, woran man war, und es gab keine Frage auf dieser Welt, die ihm unangenehm schien. Vermutlich war an Dad ein herausragender Richter verloren gegangen. Er konnte Geschwafel nicht ausstehen und war Fan von Fakten, Fakten und Fakten.

»Ich denke schon«, nickte ich und schluckte den Kloß herunter, der sich dank Dads Frage in meinem Hals gebildet hatte. »Ja, ich denke schon«, wiederholte ich leise meine eigenen Worte. Irgendwie schienen sie dadurch realer zu werden.

»Schön«, kommentierte Dad und lächelte mich an.

»Na endlich.« Triumphierend hielt Blake mir die Hand hin, damit ich einschlug, und zwinkerte mir zu.

Mit hochgezogener Augenbraue sah ich Dad an. »Was hast du bitte mit meinem Griesgram von Bruder angestellt?«

Dad lachte, kam allerdings nicht zu einer Erwiderung, da Blake mir in diesem Augenblick gegen den Oberarm boxte. »Hey, nimm dich zusammen, Kleiner! Ich bin noch immer der Stärkere von uns beiden«, warnte er mich, konnte sich ein breites Grinsen aber nicht verkneifen. Ich musste an den rabiaten Jungen denken, der er einst gewesen war, und stieß ihn spielerisch mit der Schulter an. Doch dann trafen sich unsere Blicke und ich stutzte. Für den Bruchteil einer Sekunde war in seinen Augen etwas aufgeflammt, das mich an Sehnsucht erinnerte und mein Herz schwer werden ließ. Mit einem Mal fühlte ich mich wie der mieseste Bruder der Welt. Seit ich zurück in Saint Mellows war, hatte er stets ein offenes Ohr für mich gehabt, sich mein Gemecker über Fiona, mein Gejammer über die Football-Mannschaft und meine Zweifel wegen Riley angehört. Und ich? Was hatte ich in der Zeit für ihn getan? Mir war bis eben nicht aufgefallen, dass er einen Teil seiner Leichtigkeit verloren hatte. Seine Mir-doch-egal-was-die-Leute-denken-Haltung, die von Außenstehenden oft fälschlicherweise für eine Alles-egal-Haltung gehalten wurde, hatte einen Riss bekommen, und ich fragte mich, warum.

Betreten wandte ich den Blick ab, bevor Blake bemerkte,

dass ich ihn angestarrt hatte. Dass ich ihn gesehen hatte, unter seiner harten Schale, an der jeder abprallte. Ich setzte gerade an, etwas zu sagen, irgendetwas, um von meinen plötzlich schweren Gedanken abzulenken, als Elsie kreischend aus dem Haus gerannt kam, an Blake und mir vorbei die Treppe herunter, und sich mit all ihrer Wucht auf Dad warf.

»Grandpa«, rief sie aufgeregt. »Weißt du was? Weißt du was, weißt du waaaaaas?«

»Himmelherrgott«, japste Dad, griff Elsie unter die Arme und hob sie ein Stück von seinem Bauch herunter. »Ich bin ein alter Mann, du brichst mir noch sämtliche Knochen.« Er wuschelte ihr durch die Haare, die ihr ins Gesicht hingen und hinter den Ohren in alle Himmelsrichtungen abstanden. »Erzähl, was ist los, Prinzessin?«

»Grandma hat für uns Wackelpudding gekauft«, berichtete sie überdreht. »WACKELPUDDING!« Begeistert warf sie die Arme in die Luft. »Grün und pink. Willst du grün oder pink? Ich will pink UND grün!« Ich presste die Lippen aufeinander und ahnte, dass Dad sich in diesem Moment fragte, wo Elsie nur diese unbändige Energie hernahm. Diese Frage stellten wir uns alle.

»Elsie, Süße!« Mom erschien schnaufend in der Terrassentür und wischte sich in gespielter Erschöpfung den Schweiß von der Stirn. »Du sollst doch nicht wegrennen«, tadelte sie ihre Enkelin mit erhobenem Zeigefinger.

»Oh, oh«, kommentierte Blake mit gedämpfter Stimme. »Das gibt Ärger, Elsie. Wenn Grandma den Zeigefinger hebt, meint sie es ernst.«

Mom schnaubte lachend und zischte in unsere Richtung. »Lass den Quatsch, Blake.«

»Genau, lass den Dwatsch«, plapperte Elsie Mom nach und strahlte frech.

»Quatsch«, berichtigte ich sie. »Es heißt Quatsch und nicht *Dwatsch.*«

»Sag ich doch«, murrte Elsie eingeschnappt und verschränkte die Arme vor der Brust. Ich widersprach ihr nicht und beobachtete, wie Dad Elsie von seinem Schoß nahm, als wöge sie nur ein Pfund, bevor er selbst stöhnend aufstand. »Komm!« Er klopfte sich den imaginären Staub von der Hose, schnappte sich seine Flasche vom Beistelltisch neben dem Sessel und wies mit der anderen Hand zum Haus. »Du kannst mir helfen, das Abendessen vorzubereiten und die Kartoffeln stampfen, wie klingt das?«

»Au ja«, jubelte Elsie und rannte zurück ins Haus, wobei sie mich keines Blickes würdigte. »Tartoffeln stampfeeeeen«, brüllte sie wie einen Kampfschrei.

»Ich glaube, dieses Massaker muss ich mir ansehen«, prustete Blake, stützte sich von den Holzstufen ab und folgte den beiden in die Küche.

»Ich muss die Einkäufe wegräumen«, seufzte Mom entschuldigend.

»Kein Problem«, lächelte ich und deutete auf meine Limonade und den Garten hinaus. »Ich genieße die Stille.«

»Okay, mein Schatz.« Sie blinzelte und zögerte einen Augenblick, als warte sie darauf, dass ich sie zurückhielt. Zwar hatte ich ihr versprochen, mit ihr zu sprechen, bevor sie irgendwelche Neuigkeiten von den tratschenden Mellowianern erfuhr, doch *so* aktuell musste ich mein Herz doch nicht ausschütten, oder? Erst recht nicht kurz vor unserem wöchentlichen Familienessen, bei dem ich ausnahmsweise nicht Thema Nummer eins sein wollte. Als Mom die Terrassentür hinter sich zugezogen hatte und ich endlich für mich war, lehnte ich mich entspannt zurück. Der Wind raschelte durch die Büsche im Garten und Mücken tanzten zwischen unseren Obstbäumen. Nicht mehr lang, und wir würden wieder Pflaumen ernten können, aus denen Dad das leckerste Mus der Welt und Mom den besten, klassischen Pflaumen-Streuselkuchen mit Zimt zauberte. Soweit ich zurückdenken konnte, war das alljährliche Pflaumenpflücken ein regelrechtes Familienfest gewesen, bei dem wir alle halfen. Einmal, als Elsie noch ein Baby gewesen war, war auch Fiona dabei gewesen und hatte gleich zu Beginn die Stimmung versaut, indem sie Mom und Dad mit den Worten begrüßte, dass sie Pflaumen eklig fand. Diese Frau hatte einfach kein Taktgefühl, und wieder fragte ich mich, wie mir das nicht hatte auffallen können. Oder war sie erst so geworden? Schmunzelnd schüttelte ich den Kopf, denn ich wollte nicht an sie denken, nicht heute. Diese Woche verbrachte Elsie bei meiner Familie und mir, und ich wollte es genießen, meine Tochter bei uns zu haben.

Ich erhob mich, um durch den Garten zu spazieren, genoss die warmen Sonnenstrahlen auf der Haut. Für einen Augenblick senkte ich die Augenlider und legte den Kopf in den Nacken, lauschte dem leisen Plätschern von Moms Teich, in dem sich ein paar Fische tummelten und der jeden Sommer das vorübergehende Heim einiger Frösche wurde. Das ewige Gequake war mir als Teenager auf die Nerven gegangen, weshalb ich selbst in den kühlsten Sommernächten die Fenster geschlossen gehalten und lieber geschwitzt hatte. Ich öffnete die Augen, und mein Blick fiel auf die Feuerstelle, die Dad eingerichtet hatte, als Blake und ich Kinder gewesen waren. Lächelnd dachte ich daran, wie Dad damals meinte, dass in jeden Garten in Saint Mellows eine Feuerstelle gehöre, an der man Marshmallows rösten konnte. Als Kinder hatten wir natürlich keine Einwände gehabt, und auch als wir größer wurden, war es der perfekte Treffpunkt gewesen für uns und unsere Freunde. Wir alle hatten hier zusammen gesessen: Riley und ich, Leena, Sue, ein paar Kumpels aus der Football-Mannschaft, zu denen ich durch meinen Weggang leider den Kontakt verloren hatte, und manchmal auch Blake, wenn er nicht unterwegs gewesen war. Wir hatten unheimlich viel gelacht, die wildesten Marshmallow-Kreationen geröstet, uns Geschichten erzählt, Wahrheit oder Pflicht gespielt, unsere heimlich ins Haus und in den Garten geschmuggelten Biere getrunken und eines Nachts Moms geliebten Rosenbusch gewaschen, weil irgendjemand von uns hineingekotzt hatte. Okay, dieser jemand war zugegeben ich selbst gewesen.

Oft hatte ich hier aber auch nur mit Riley allein gesessen. In Zweisamkeit hatten wir es uns am Feuer gemütlich gemacht und uns darüber ausgelassen, wie ätzend die Mathearbeit gelaufen war, oder gemeckert, dass es in der Woche keine Pizza in der Schulcafeteria gegeben hatte. Es waren die alltäglichen Dinge, die uns beschäftigt hatten. Mir wurde bewusst, wie sehr ich mich nach dieser Leichtigkeit sehnte, die unser Leben damals bestimmt hatte. Ich wollte wieder mit Riley am Feuer sitzen und darüber reden, wie unser Tag gelaufen war, was uns gefreut hat, worüber wir uns ärgerten. Und mit einem Mal war da dieses Gefühl in meiner Brust, das mich nach Luft schnappen ließ und dafür sorgte, dass mir schwindlig wurde. Denn wir konnten das alles wieder haben. Irgendwann. Vielleicht würden Jahre vergehen, doch ich wusste, dass wir es selbst in der Hand hatten, zusammen glücklich zu sein. Und ich würde mich verdammt noch mal trauen, den Schritt zu wiederholen, den ich schon vor sieben Jahren gegangen war. Nur weil wir zurückgeworfen worden waren, hieß das nicht, dass wir nicht erneut über Start gehen durften.

Riley

Es war unmöglich, mich auf die Vorbereitungen für Abbys Geburtstag zu konzentrieren, da meine Gedanken immer wieder zum heutigen Tag abschweiften. Die zwei Stunden mit Devon in Williams Bay hatten sich angefühlt wie ein Neustart zurück in mein altes Leben. Ergab das einen Sinn? Es war seltsam, wie mein Körper auf ihn reagierte, beinahe so, als hätte mein Kopf ihn vergessen, mein Körper ihn aber mit jeder einzelnen Faser gespeichert. Sobald er mich berührte, fegte heiße Lava durch meine Adern und brachte mein Blut zum Kochen, und doch empfand ich es als *richtig*. Bei ihm fühlte ich mich geborgen und sicher, verstanden und angekommen. Als wäre *er* das Zuhause, zu dem ich zurückgekommen war. Nicht mein Elternhaus, nicht die Stadt und nicht die Menschen, die hier lebten und Abby und mich mit offenen Armen empfangen hatten. Devon. Einzig und allein Devon. Es war, als hätte mein Herz mich zurück zu ihm geführt, weil es wusste, dass es nur bei ihm wieder heilen konnte. Dass er die kaputte Hälfte meines Herzens aufbewahrt und repariert hatte in einer Zeit, in der ich selbst nicht dazu in der Lage gewesen war.

Seufzend legte ich die Schere, mit der ich flieder-, apricot- und roséfarbene Wimpel ausschnitt, auf die Bettdecke, stand auf und reckte meine schmerzenden Gliedmaßen in alle Richtungen. Dem Blick auf meine Armbanduhr nach zu urteilen, saß ich seit vier Stunden auf Moms und Dads Bett und bastelte Abbys Deko. Kein Wunder, dass sämtliche Knochen knackten, als ich mich dehnte. »Ich werde alt«, stöhnte ich, hob die Arme erst zur Zimmerdecke, dann senkte ich sie bei durchgedrückten Beinen Richtung Teppichboden. »Das ging auch mal besser«, belächelte ich mich selbst. Ich versuchte ächzend, den Teppich mit meinen Fingerspitzen zu tasten, doch es fehlten mir wenige Millimeter. »Verdammt«, fluchte ich und federte auf und ab, um wenigstens für eine Sekunde den Boden zu berühren. Als ich wieder hochkam, blieb mein Blick am Spiegel hängen, der zwischen der Badezimmertür und dem Einbauschrank stand. Meine langen blonden Haare fielen mir zerzaust über die Schultern. In alter Gewohnheit hob ich das Top ein Stück an, um einen Blick auf das Tattoo zu werfen, das mir in schweren Zeiten die Kraft gab weiterzumachen. Das mich daran erinnerte, dass es eine Zukunft gab. Das letzte Mal hatte ich es an dem Tag betrachtet, als Abby und ich hier in Saint Mellows angekommen waren. *Long story short: I survived.*

Ich schluckte und fuhr mit dem Zeigefinger über das Tattoo und die angrenzende Narbe an meiner Hüfte. Die meisten Menschen konnten sich daran erinnern, wie sie zu ihren Narben gekommen waren. Bei mir war es anders. Meine erinnerte mich daran, *dass* ich einen Unfall gehabt hatte, dass ich geliebte Menschen verloren hatte. Doch sie erinnerte mich nicht an den grauenvollen Sturm, der meine Eltern das Leben gekostet und mich verschont hatte. Sie rief mir nicht die Schmerzen in Erinnerung, als mich umherwirbelnde Bootsteile an der Hüfte trafen, und auch nicht daran, wie mein Kopf gegen einen harten Gegenstand geknallt war. Es gab niemanden mehr, der mir erzählen konnte, was damals wirklich geschehen war. Niemanden, der das Unheil mit eigenen Augen verfolgt hatte. Das Einzige, das der Sturm mir gelassen hatte, waren meine kleine Schwester, diese Narbe und eine Trauer, die auch heute noch an manchen Tagen die Macht hatte, mich zu lähmen.

Mein knurrender Magen riss mich aus meinen Gedanken und erinnerte mich daran, dass ich langsam etwas essen sollte. Außerdem müsste Abby bald nach Hause kommen. Ich hatte ihr heute ausnahmsweise erlaubt, mit Chelsea in die Spätvorstellung im *Cinemellow*, unserem winzigen stadteigenen Kino, zu gehen, um die Verfilmung eines ihrer liebsten Bücher zu sehen. Leise schloss ich die Tür hinter mir, tapste barfüßig über den Teppich zur Treppe und versuchte, das unangenehme Gefühl, das mir den Rücken hinaufkroch, zu ignorieren. Ich hatte es immer gehasst, allein zu sein, denn dann wurden meine Gedanken meist zu laut. Sobald Abby fünf Minuten zu spät nach Hause kam, wurde ich unruhig und begann, mir Sorgen zu machen. Wenn einem nicht mehr viel geblieben war, wurde das, was man noch hatte, umso wichtiger, und man wollte es um jeden Preis beschützen. Mir war bewusst, dass wir uns hier in Saint Mellows befanden, einer Kleinstadt, in der eine ganze Meute an Personen auf Abby achtgab. Dennoch ließ mich die Angst, dass ich auch sie verlieren könnte, nie los. Ich legte den Lichtschalter in der Küche um und ging zum Kühlschrank, um mir ein Sandwich zu machen. Ich versuchte bewusst, nicht auf die Uhr zu schauen, schielte aber trotzdem hin und atmete erleichtert auf, als ich just in diesem Augenblick Abbys Schlüssel in der Haustür klicken hörte.

»Hey«, begrüßte ich sie und wedelte mit dem Brot, bemüht mir nicht anmerken zu lassen, dass ich kurz davor gewesen war, in Panik zu geraten, weil sie noch nicht zu Hause war. »Willst du auch ein Sandwich?«

Abby nickte lächelnd, ließ ihre Bauchtasche auf die kleine Bank im Flur fallen und kickte ihre ramponierten Vans von den Füßen. »Gern.«

»Wie war der Film?« Ich wandte mich zu einem der Hängeschränke um, um zwei Teller herauszunehmen, und holte ein Messer aus der Schublade neben dem Herd.

Stöhnend setzte Abby sich auf einen der Stühle an der Kücheninsel und tippte mit den Füßen gegen die Insel, wie sie es schon als kleines Mädchen getan hatte. Sie wischte sich mit den Handflächen über das Gesicht. »Ach, das Buch war so viel besser. Sie haben die wichtigsten Szenen ausgelassen, aber das, was meiner Meinung nach total irrelevant war, haben sie in die Länge gezogen«, echauffierte sie sich. »Und der Cast ist echt enttäuschend, wirklich.«

»Verstehe«, schmunzelte ich. »Frischkäse, Käse und Gurke?«, fragte ich, während ich mein eigenes Sandwich bestrich.

»Ja«, antwortete Abby nebenbei, ehe sie sich weiter aufregte. »Die Autorin hatte bei diesem Film kein Mitspracherecht, kannst du dir das vorstellen? Sie muss bestimmt richtig wütend sein.«

»Vielleicht sieht sie das gar nicht so eng?« Ich zuckte mit den Schultern.

»Kann sein«, schmollte Abby. »Chelsea fand den Film super«, murrte sie und sprang vom Stuhl herunter, um mir bei der Zubereitung zu helfen und Gurkenscheiben zu schneiden. »Aber sie hat das Buch nicht gelesen. Vielleicht sollte ich aufhören zu lesen.«

»Heute ist wohl eine kleine Zynikerin an dir verloren gegangen?« Ich klappte die Sandwiches zusammen, nachdem Abby die Gurken darauf verteilt hatte, und deutete mit einem Kopfnicken zum Sofa. »Schauen wir eine Folge *Bridgerton*?«

»Unbedingt«, nickte Abby. »Ich kann ein bisschen Regency Drama gut gebrauchen.«

Lächelnd legte ich ihr einen Arm um die Schultern und zog sie zu mir, um ihr einen Kuss auf die Wange zu drücken. »Du kleine Drama-Queen.«

»Selber«, lachte Abby und ließ sich neben mich in die Kissen fallen, kuschelte sich an meinen Arm. Ich genoss das Gefühl ihrer Nähe und war heilfroh, sie gesund und munter zu Hause zu wissen.

Devon

»Daddy?« Das ungeduldige Quengeln meiner Tochter holte mich aus den Gedanken. »Darf ich?«

Ich schluckte den letzten Bissen Hackbraten herunter und sah in die Runde, realisierte, dass mich vier Augenpaare anstarrten. »Darfst du was, Süße?«

»Erde an Devon«, hüstelte Blake in die Stoffserviette, mit der er sich über den Mund fuhr.

»Noch einen Film bei Grandma und Grandpa gucken«, stöhnte sie und verdrehte die Augen, wackelte aufgeregt mit dem Kopf hin und her.

Ich schielte erst auf ihren Teller, der ratzeputz leer gegessen war, und dann auf die Wanduhr. Eigentlich war es zu spät für einen ganzen Film, denn sonntags war Badetag und nicht selten endete das in Geschrei, was wiederum dazu führte, dass sie zu spät im Bett lag. Der heutige Tag war allerdings sowieso nicht wie alle anderen. Heute hatte sich etwas in mir verändert, mein Mut war zurück, und es kam mir gelegen, nicht sofort den Nachhauseweg antreten zu müssen. »Du darfst zumindest *anfangen* und falls er zu lange geht, beenden wir beide ihn morgen zusammen. Deal?«

Elsie überlegte kurz, wofür sie sich einen Zeigefinger ans Kinn legt. »Deal«, nickte sie dann und strahlte meinen Dad an, sprang von ihrem Stuhl und hängte sich an seinen Ellenbogen. »Kommst du, Grandpa?«

Er atmete erschöpft ein und aus, ehe er sich erhob. Ich wusste, wer von beiden zuerst auf dem Sofa einschlafen würde, und grinste heimlich in mich hinein. »Aber heute nichts mit Prinzessinnen«, forderte er, was eher wie eine flehentliche Bitte klang.

»Schlaf gut«, rief Blake Dad schadenfroh hinterher, als er Elsie ins Wohnzimmer folgte. Mein Bruder war unübersehbar erleichtert darüber, heute nicht von Elsie als Fernseh-Partner auserwählt worden zu sein. Mom war bereits vom Tisch aufgestanden, um die Hackbraten-Form im Waschbecken einzuweichen, und plötzlich landete ein halbnasses Geschirrtuch auf Blakes Schulter. Leider hatte es sein Gesicht verfehlt.

»Antanzen, Freundchen!«, forderte Mom Blake auf und lockte ihn mit dem Zeigefinger zu sich. »Du hast heute Küchendienst.«

Blake gab einen Ton von sich, der wie ein Mix aus Stöhnen und Lachen klang, und verdrehte die Augen, als ich ihm hämisch grinsend meinen dreckigen Teller hinhielt. »Einmal blitzeblank, bitte!« Betont entspannt ließ ich mich im Stuhl zurücksinken und griff nach meinem Wackelpudding. Elsie hatte mir einen grünen zugeteilt, und ich realisierte, dass ich vom gesamten Abendessen nichts mitbekommen hatte. Auf dem Tisch lagen dreckiges Geschirr, Besteck und leere Götterspeise-Becher und zeugten von einem wunderbaren Familienabend. Ich verspürte einen Stich in der Magengegend, denn das sonntägliche Zusammenkommen mit meiner Familie war mir, seit ich zurück war, viel wichtiger geworden. Es war ein Wunder, dass ich überhaupt gegessen hatte. Ich schaufelte mir die drei Löffel von dem grünen Wackelzeug in den Mund, denn mehr war in den winzigen Bechern nicht drin, sammelte den restlichen Plastikmüll ein und warf ihn ins Recycling. Mom und Blake arbeiteten Hand in Hand, unterhielten sich über ihren Tag und schenkten mir keinerlei Beachtung. Gut für mich, denn dadurch hatte ich die Chance, mich unbemerkt in mein altes Jugendzimmer zu schleichen. Es wurde Zeit, in den Kisten, die ich im Einbauschrank verstaut hatte, nach diesem einen, besonderen Gegenstand zu suchen, und dabei wollte ich nicht gestört werden.

Auf Zehenspitzen stieg ich die Holztreppe hinauf und trat

instinktiv so auf, dass ich die knarzenden Stufen umging. Ich erinnerte mich schmunzelnd daran, wie oft ich mich als Teenager heimlich in mein Zimmer geschlichen hatte, wenn ich nachts zu spät nach Hause gekommen war. Flink huschte ich hinein, drückte die Tür hinter mir ins Schloss und stand mit einem Satz vor dem Schrank, in dem sich all die Dinge befanden, von denen ich vor sieben Jahren nicht gedacht hätte, dass ich jemals wieder die Kraft aufbringen würde, sie anzusehen.

»Dann mal los«, seufzte ich und griff willkürlich nach einer grauen Kiste, durchwühlte sie und stellte fest, dass darin nichts außer alter Kleidung und Schulutensilien war. Keine Ahnung, warum ich das aufgehoben hatte, doch jetzt war nicht die Zeit, um auszumisten. Die gleiche Prozedur wiederholte ich mit einer blauen Kiste, einer weiteren grauen, einem kleineren schwarzen Karton und einem blauen Sack. Ich fand einige Erinnerungsstücke, bei deren Anblick sich mir das Herz schmerzhaft zusammenzog, doch das, was ich suchte, war verschwunden. Einfach weg, dabei war ich mir hundertprozentig sicher, dass ich es hier aufbewahrt hatte. Mit jeder Minute, die verging, wurde ich gereizter. Ich stopfte die alten Kissen und die Picknickdecke, von der ich keine Ahnung hatte, wem sie gehörte, zurück in den Sack und gab ihm einen wütenden Tritt. Fluchend ließ ich mich auf mein Bett fallen und starrte vor mich hin. Das konnte doch nicht sein! Mit einem Mal fühlte ich mich verloren, fast so, als hätte ich mir all das, was damals geschehen war, nur eingebildet.

»Suchst du das hier, Schatz?« Erschrocken zuckte ich zusammen und blinzelte Mom an, die in meinem Türrahmen stand. Ich hatte nicht gehört, wie sie hereingekommen war. Sie trat vorsichtig näher, auf ihrer ausgestreckten Hand ein kleines Kästchen. Ich schluckte.

»Woher …?« Ich war unfähig, den Satz zu beenden. Warum hatte Mom ihn? Hatte sie meine Sachen durchsucht? Hatte sie es gewusst? Riley und ich hatten es niemandem erzählt, niemandem.

»Das hier ist Saint Mellows«, meinte sie beklommen, und ich erkannte in ihrem Blick etwas, das ich bei ihr noch nie gesehen hatte: Scheu? Scham? »Du hättest ihn besser in der Nachbarstadt kaufen sollen, Schatz.« Sie versuchte sich an einem Lächeln, das binnen Sekunden erstarb, und ließ sich neben mir auf dem Bett nieder. »Aber ich wusste nicht, dass …« Sie strauchelte. »… *ob* ihr …«

»Ja«, presste ich hervor. Wieder lag ein unsichtbares Band um meinen Hals, das mir gnadenlos die Luft abschnürte. »Ja«, wiederholte ich die Antwort auf ihre unausgesprochene Frage.

»Oh, Devon«, schluchzte Mom und griff nach meinen Fingern, die ich ineinandergeschlungen im Schoß liegen hatte. »All die Jahre habe ich mich gefragt, was das zu bedeuten hatte. Was *er* …«, sie wedelte mit der unscheinbaren dunkelblauen Schatulle, »… zu bedeuten hatte.«

»Er hat *alles* bedeutet«, antwortete ich heiser. »Einfach alles, mein ganzes Leben. *Unser* Leben.« Ich schluckte und schloss die Finger fest um das Schmuckkästchen, das Mom mir nachdrücklich in die Hand drückte. »Sie hatte *Ja* gesagt«, wisperte ich. »Riley hatte *Ja* gesagt und dann verschwand sie aus meinem Leben. Wir wussten, wie die Leute reagieren würden, und wollten es dennoch, Mom.« Und mit einem

Mal konnte ich die Tränenflut, die sich über die Jahre angestaut hatte, nicht mehr aufhalten. Wie Bäche rannen sie über meine Wangen, tropften mir in den Schoß. Sofort spürte ich Moms warme Arme um meinen Oberkörper, ließ mich von ihr zu sich heranziehen und sanft wiegen.

»Es tut mir so leid«, flüsterte sie an meinem Ohr, als ich mich aufrichtete.

»Weißt du, was das Schlimmste daran ist?« Ich klappte die Schatulle auf und starrte den schmalen, silbernen Ring mit dem winzigen Diamanten an, den ich mir im letzten Schuljahr gerade so hatte leisten können.

»Dass sie es nicht mehr weiß«, stellte Mom mit belegter Stimme fest.

»Dass sie es nicht mehr weiß«, wiederholte ich nickend ihre Worte und ließ die Schatulle mit einem Klacken zuschnappen.

15. Kapitel

Riley

»Tell 'em that it's my birthday«, schmetterte ich Selena Gomez' Birthday Song durch die Wohnküche, als Abby *endlich* ausgeschlafen hatte und die Treppe herunterkam.

»Riley!« Sie strahlte mich an und fasste sich überwältigt an die Stirn, drehte sich um ihre eigene Achse, um alles in Augenschein zu nehmen. An den Decken hingen die Wimpelketten, die ich Nacht für Nacht aus günstigem buntem Papier ausgeschnitten und an Wollfäden geklebt hatte. Auf der Kücheninsel hatte ich selbst gebackene Muffins, die in den gleichen Farben wie die Wimpel glasiert waren, zu einer riesigen *15* angeordnet. Sie waren mit Smarties verziert, denn das hatte schon Mom so gemacht, und nie im Leben hätte ich mit dieser Tradition gebrochen. Mal davon abgesehen, dass man für bunte Schokolinsen nie zu alt war. »Jedes Jahr glaube ich, dass es nicht pompöser geht«, lachte sie. »Und dann werde ich wieder ein Jahr älter und somit eines Besseren belehrt.« Kopfschüttelnd kam sie auf mich zu, wobei sie beinahe über einen der zweihundert Luftballons gestolpert wäre, die den gesamten Fußboden bis zur Terrasse hinaus bedeckten. Sie warf sich überschwänglich in meine ausgebreiteten Arme, und ich drückte sie so fest an mich, wie ich nur konnte. Den dicken Strauß mit Sonnenblumen ließ ich einfach fallen, ihnen würde schon nichts passieren, denn es gab kaum robustere Sommerblumen.

»Happy Birthday«, flüsterte ich ihr ins Ohr und dachte gar nicht daran, sie loszulassen. »Jetzt bist du schon so alt«, schniefte ich und wiegte sie hin und her, bis es in einem kleinen Tanz endete.

»Ach, Riley!« Ich konnte Abbys Stimme anhören, dass sie grinste. »Ich bin erst fünfzehn.«

Seufzend fasste ich sie an den Oberarmen und hielt sie ein Stück von mir weg. »Nein. Du wirst zu schnell erwachsen, Süße. Du bist die beste kleine Schwester der Welt, und ich würde dir gern alle Wünsche und Träume erfüllen, aber du weißt, dass ich das nicht kann und …«

»Du weißt, dass ich dich sehr liebe, ja?«, unterbrach sie meinen emotionalen Redeschwall und hielt mir mit ihrer Hand den Mund zu.

»Niemals so sehr wie ich dich, Süße. Niemals.« Liebevoll strich ich ihr mit der Handfläche über die glatte Wange und betrachtete sie ein bisschen länger als sonst. In ihrem Blick erkannte ich das süße, unschuldige und glückliche Mädchen. Doch gleichzeitig waren da der Schmerz und die Trauer, die sich in unsere beiden Gesichter gepflanzt hatten wie Unkraut. Egal, wie oft man es entfernte und durch die wunderschönsten Blumen ersetzte, die Trauer kam wieder.

»Sei dir mal da nicht so sicher, Riley«, murmelte sie und drückte mir einen Kuss auf die Wange.

»Komm!« Ich fasste sie an einer Hand und zog sie hinter mir her zum Sofa, wo ich uns ein ausgiebiges Frühstück vorbereitet hatte. Auf dem Fernseher wartete der Startbildschirm von Disney+ auf uns, denn eine weitere Tradition war es, dass wir an Abbys Geburtstagsmorgen mindestens einen Disneyfilm ansahen. Mir graute es vor dem Tag, an dem wir das nicht mehr tun würden. »Welcher Film darf es sein?« Ich wedelte mit der Fernbedienung, und Abby ließ sich ins Polster fallen, strahlte mich an und beugte sich zum niedrigen Tisch herunter, um nach ihrem White-Chocolate-Mocca zu greifen, der hoffentlich noch warm war. Ich war heute Morgen blitzschnell ins *Anne's* geflitzt, um unsere Kaffees zuzubereiten, doch dann hatte Abby länger geschlafen als sonst.

Abby verzog grüblerisch den Mund und nahm einen Schluck vom Kaffee. »Ich glaube, heute habe ich Lust auf einen Klassiker«, überlegte sie. »Wie wäre es mit *Herkules*?«

»Perfekt«, grinste ich. »Ein total unterschätzter Disneyfilm, wenn du mich fragst. Und die Musik ist super.«

»Finde ich auch«, pflichtete sie mir bei und häufte sich einen Schokoladen- und einen Kürbispfannkuchen auf ihren Teller, übergoss beide mit einer enormen Ladung Ahornsirup. Ich garnierte ihren Teller mit frischen Heidel- und Erdbeeren und machte mich dann daran, meinen eigenen mit Rührei, Bohnen und Toast zu füllen.

»Wir sind uns so ähnlich«, lachte Riley und deutete auf unsere Teller. »Aber du isst dein Frühstück verkehrt herum.«

»Verkehrt herum?« Ich zog eine Augenbraue hoch. »Zuerst das Herzhafte, dann das Süße. Das ist die einzig richtige Methode.«

»Das Leben ist kurz, iss das Dessert zuerst«, erwiderte sie achselzuckend und stach gierig mit der Gabel in ihre Pancakes. Zum Glück hatte sie den Kopf abgewandt, denn sonst hätte sie garantiert meinen erschrockenen Blick gesehen.

Wann würde mein Herz aufhören, bei Sätzen wie diesem zu brechen? Jedes Mal ein Stückchen mehr. Es war ein Wunder, dass es noch zusammenhielt.

»Da hast du recht«, murmelte ich, zwang mich zu einem Lächeln und hoffte, dass sie es mir abkaufte. Über unseren Geburtstagen hingen sowieso immer diese dunklen Wolken, egal, wie schön wir sie zu verbringen versuchten. Tatsache war, dass die Menschen fehlten, denen wir diese Tage zu verdanken hatten, die uns unsere Leben geschenkt hatten, und das war falsch. Das war so was von falsch.

Devon

»Happy Birthday, Abby«, gratulierte ich Rileys Schwester, nachdem sie mir und meiner Tochter die Tür geöffnet hatte. »Wow, hier duftet es aber …« Ich rümpfte grinsend die Nase. »Nach Feuer? Braucht ihr Hilfe?«

Eine Tirade wüster Flüche und Verwünschungen drang aus der Küche bis zu uns. Pfeilschnell drückte ich Abby unser Geschenk – einen großzügigen Klamottengutschein für einen bekannten Skatershop, eine ganze Tüte gefüllt mit Süßigkeiten und einen Blumenstrauß mit unzähligen blassrosa Rosen, apricotfarbenen Enzianen und Eukalyptus – in die Hand, um Elsie die Ohren zuzuhalten.

»Ich hab das gehört, Daddy«, strahlte mich meine Tochter unschuldig an, und ich verdrehte stöhnend die Augen. »Riley hat Arsch gesagt«, kicherte sie hinter vorgehaltener Hand, und Erleichterung durchflutete mich, dass sie *nur* dieses Wort aufgeschnappt hatte. »Aber das kannte ich schon aus dem Kindergarten, das hat Finn zu Liza gesagt, und dann hat er Ärger bekommen«, erzählte sie mit ihrer süßesten Engelchenstimme. »Darf ich das jetzt auch sagen?«

»Auf keinen Fall«, verbot ich mit ernster Stimme. »Das dürfen nur Erwachsene in absoluten Ausnahmesituationen sagen.«

»Mir reicht's mit dir«, schrie Riley erzürnt. »Sobald ich es mir leisten kann, wirst du das Erste in diesem Haus sein, das ersetzt wird.« Sie drohte dem Ofen mit dem Zeigefinger, als ich mit Elsie und Abby im Schlepptau die Küche betrat.

»Muss ich mir Sorgen machen, weil du mit Küchengeräten sprichst?« Ich schlenderte um die Kücheninsel herum zu ihr und vergewisserte mich, dass Elsie nicht hinsah, als ich Riley einen Kuss auf die Schmolllippen drückte. Vor Elsie hielten wir uns zurück, denn obwohl sie verstand, dass ihre Mom und ich nicht mehr zusammen waren, kam es mir zu früh vor, sie auf diese Weise mit jemand anderem zu konfrontieren, selbst wenn sie Riley mochte.

Riley warf stöhnend die Arme in die Höhe. »Verrate mir lieber, wie ich all diese Minipizzen backen soll, wenn dieser Kackar…«

»Schsch«, unterbrach Abby sie lachend und deutete mit einem Nicken zu Elsie, die wie in jedem fremden Haushalt auf magische Weise den Fernseher eingeschaltet bekommen hatte und wie gebannt vor einer Zeichentrickserie saß.

»Sorry.« Rileys Gesichtsfarbe verwandelte sich von Blassrosa zu Dunkelrot, wodurch sie der Tomatensauce auf den bestimmt einhundert Pizzen Konkurrenz machte. »Wenn dieser völlig nutzlose Ofen nicht backen, sondern lieber lichterloh brennen möchte?«, beendete sie ihre Frage mit extra hoher Stimme und einem gespielt breiten Grinsen, bei dem ich nicht anders konnte, als loszulachen. Ich liebte es, wenn sie dermaßen übertrieb. »Keine Ahnung, was da los ist, letzte Woche funktionierte er noch.«

»Ich habe eine Idee!« Ohne ihr zu verraten, was ich vorhatte, fischte ich das Handy aus der Hosentasche und wählte die Nummer meiner Mom. »Hey, Mom«, begrüßte ich sie und wandte mich von Riley ab, die vor mir wie wild mit ihren Armen wedelte, um mich aufzuhalten.

»Lass das, was hast du vor, Devon?« Sie stemmte die Hände in die Hüften und zog die Augenbrauen zusammen, was mich unglaublich an früher erinnerte, denn Riley hatte es schon immer gehasst, wenn Pläne ohne sie geschmiedet wurden. »DEVON«, zischte sie.

»Hey, Schatz«, antwortete Mom. »Alles okay?«

»Na klar. Du, hör mal, hast du heute schon was vor?« Ich streckte den Arm aus, um die herumfuchtelnde Riley auf Abstand zu halten, die ernsthaft versuchte, mir das Handy aus der Hand zu schnappen.

»Nichts Wichtiges«, erklärte Mom. »Ich wollte nur Gartenarbeit machen und eventuell ein Buch lesen.«

»Perfekt, ich brauche deinen Doppelofen.« Mein Blick fiel auf eine winzige Fritteuse, neben der mehrere Packungen Tiefkühlpommes lagen. »Und deine Fritteuse. Kannst du mit dem Auto herkommen, zu Rileys Haus, und eine ganze Armee an rohen Mini-Pizzen und Fritten für ganz Saint Mellows abholen?«

»DEVON«, donnerte Riley erneut. »Was. Tust. Du. Da?«

»Moment, Mom«, unterbrach ich kurz das Telefonat, um mich an Riley zu wenden. »Dir helfen, und jetzt sei still!« Ich legte ihr sanft einen Finger auf die Lippen.

»Bin schon unterwegs«, lachte meine Mom, als ich mich zurückmeldete, und legte auf.

»Das war nicht nötig«, murmelte Riley verlegen und strich sich die Haarsträhnen hinter die Ohren, die sich aus ihrem Zopf gelöst hatten.

»Ach nein?« Ich trat mit dem Fuß sachte gegen den Ofen. »Ich bin kein Experte, aber ich glaube, dass man Pizza nicht roh isst. Und wenn du mehr als drei Pommes auf einmal frittieren möchtest, wäre eine größere Fritteuse vielleicht keine schlechte Idee.«

»Klugscheißer«, schmunzelte sie. »Okay. Danke. Aber ich hätte das schon hinbekommen.« Bedrückt wandte sie den Kopf ab und biss sich auf die Unterlippe. Ich folgte ihrem Blick, der auf Abby lag, die sich neben Elsie aufs Sofa gesetzt hatte, um sich von ihr die Serie erklären zu lassen. Die letzten Jahre mussten hart für Riley gewesen sein. Noch hatte sie sich mir gegenüber, was das betraf, nicht geöffnet, doch ich ahnte, dass sie bisher alles alleine hatte schaffen müssen. Und so, wie ich Riley kannte, hatte sie für Abby alles gegeben. Alles und noch viel mehr.

»Überhaupt keine Ursache«, versicherte ich ihr und strich ihr sanft über den Rücken. »Und ich weiß, dass du es hinbekommen hättest«, ergänzte ich flüsternd.

»Okay«, murmelte Riley und atmete tief durch. »So, ich habe keine Zeit zu verlieren.« Sie klatschte in die Hände und lächelte mich an, doch ich warf ihr einen tadelnden Blick zu. »Ich meine, *wir* haben keine Zeit zu verlieren. Dort warten ein paar Salatköpfe, Gurken, Tomaten und Zwiebeln darauf, für die Salatbar geschnitten zu werden.« Sie bückte sich zum Schrank neben dem Eisfach, um Salatschüsseln herauszuholen. Die Pizzen nahmen die gesamte Insel ein, also sah sie sich suchend im Wohnzimmer um, bevor sie geradewegs zu Abbys Geschenketisch lief. Sie schob mein Geschenk und den Blumenstrauß zur Seite und winkte mich zu sich. »Wenn du mir unbedingt helfen willst«, begann sie und flitzte zurück zur Küche, aus der sie mit einem Brettchen, einem Messer und einem Sack Zwiebeln zurückkam, »kannst du die hier gern klein hacken.« Sie grinste mir schelmisch zu, stupste mich mit ihrer Hüfte an und verschwand wieder in der Küche.

Kopfschüttelnd lächelte ich in mich hinein und sah mich um. Ich war seit Jahren nicht mehr hier im Haus gewesen und wusste das Gefühl, das mich überkam, nicht recht einzuordnen. Einerseits war es bedrückend, gleichzeitig heimisch. Kaum auszumalen, wie sich Abby und Riley hier fühlen mussten. Ich ließ den Blick über die ganze Deko schweifen, über die Wimpelketten, Luftballons und das Konfetti, das überall lag. Auf der Terrasse war ein Tapeziertisch aufgestellt, der allem Anschein nach für das Buffet gedacht war. Im Garten waren Stehtische und Bierbänke auf dem Rasen verteilt und wild durcheinander gewürfelte Stühle standen um eine Feuerschale. Hatten sie wirklich ganz Saint Mellows eingeladen?

»Erde an Devon?«, holte mich Riley aus den Gedanken. »Hackst du die Zwiebeln mit reiner Willenskraft?« Sie war neben mich getreten und dabei, die Gurken in Würfel zu schneiden.

»Ich bewundere, was du hier aufgebaut hast, Riley«, erklärte ich, ohne auf ihre Neckerei einzugehen. »Du kannst stolz auf dich sein. Auf alles, meine ich. Nicht nur das hier heute. Auf einfach alles.« Ich wartete, bis sie meinen Blick erwiderte. »Du machst das großartig.«

Riley verfiel in eine kurze Starre, und wie ich sie kannte, suchte sie nach passenden Worten. »Okay«, erwiderte sie dann. »Danke.« Sie lächelte mir scheu zu. »Aber weißt du, ich habe keine andere Wahl«, ergänzte sie traurig, und ich sah ihre Augen feucht aufblitzen. »Wobei ich mich auch niemals anders entschieden hätte.« Sie hob den Kopf und sah zu ihrer kleinen Schwester hinüber. »Niemals.«

»Ich weiß«, nickte ich und griff nach einer Zwiebel. Ich hatte sie gerade gepellt, als das Handy in meiner Hosentasche klingelte. »Bin gleich zurück«, murmelte ich und lief nach draußen, fischte das Smartphone heraus und atmete erleichtert auf, als ich sah, dass es *nicht* Fiona war, die wieder im ungünstigsten Moment versuchte, mich zu erreichen. Stattdessen prangte dort der Name einer alten Freundin und Cheerleader-Kollegin von Riley, auf deren Anruf ich gewartet hatte. »Hey, Hailey«, begrüßte ich sie und versicherte mich mit einem Blick über die Schulter, dass Riley mich nicht hörte.

»Hi, Devon, wie geht es dir?« Wie immer klang sie wie der pure Sonnenschein. Vor meinem geistigen Auge sah ich sie ihre gewaltige blonde Lockenmähne über die Schulter werfen.

»Gut, gut, ähm, ja, dir auch?«, druckste ich herum. Ich wusste nicht so recht, wie ich meine Bitte in Worte fassen sollte.

»Was ist los? Kann ich etwas für dich tun? Brauchst du Hilfe?«

Sofort war da dieses leichte Gefühl in meinem Herzen,

das mich immer dann überraschte, wenn mir bewusst wurde, was für ein Glück ich hatte, Mellowianer zu sein. Meine Zeit in der anonymen Großstadt hatte mir erst klargemacht, wie besonders meine Heimatstadt war, denn sie war voller Menschen wie Hailey. Bedingungslos hilfsbereit. »Kann man so sagen«, lachte ich. »Ich habe gehört, dass du zurück in Saint Mellows bist und ein Tanzstudio eröffnet hast?« Ich entschied, direkt mit der Tür ins Haus zu fallen.

»Genau, das *Shine*, aber das Studio ist noch nicht eröffnet, weil ich noch nicht komplett umgezogen bin. Mit einem Bein lebe ich in Florida, um meine Tanzausbildung an der University of South Florida zu beenden«, erklärte sie. »Wieso fragst du?«

Wo sollte ich nur anfangen? »Ich frage, weil es jemanden gibt, dem ich es ermöglichen möchte, wieder zu tanzen. Nur für sich, verstehst du?«

»Und dafür brauchst du einen Spiegelsaal«, zählte Hailey eins und eins zusammen, und ich hörte sie lächeln. »Wir reden von Riley, oder?« Die plötzliche Traurigkeit in ihrer Stimme traf mich wie ein Vorschlaghammer. »Ich habe gehört, dass sie zurück ist und was mit ihr geschehen ist. Es ist die pure Verschwendung, dass sie keine Tanzausbildung machen konnte«, murmelte Hailey. »Sie war die Beste und hätte es womöglich sogar an die *Juilliard* geschafft, da bin ich mir sicher.«

»Hätte sie«, stimmte ich ihr zu, schluckte den Kloß in meinem Hals herunter und versuchte, die Eiseskälte zu ignorieren, dir mir in die Knochen fuhr und mich frösteln ließ.

»Weißt du was?« Hailey atmete tief durch. »Die Schlüssel sind bei meinen Eltern, du kannst sie abholen, ich informiere sie, und dann kann Riley ins Studio, wann immer sie will.«

»Wow«, entfuhr es mir. »Ist das dein Ernst?«

Hailey lachte auf. »Natürlich, dann zahle ich wenigstens die Miete diesen Sommer nicht umsonst. Ab Herbst bin ich zurück.«

»Du bist großartig, Hailey«, grinste ich. »Genau wie früher.«

»Ich bin ja auch die gleiche Person«, versicherte sie mir. »Nur mit kaputteren Füßen und einer besseren Haltung.«

»Das kann ich mir gut vorstellen.« Ich lächelte und bemerkte aus dem Augenwinkel, dass Riley zu mir herübersah. »Du, ich muss auflegen, heute steigt hier eine Party zu Abbys fünfzehnter Geburtstag, und ich wurde zum Zwiebelschneiden verdonnert.«

»Mein Beileid. Ich schreibe dir, wann du die Schlüssel abholen kannst, Dev.«

»Danke, du bist die Größte!« Am liebsten hätte ich sie durch das Telefon in eine feste Umarmung gezogen. Hailey war schon immer eine von der guten Sorte gewesen.

Riley

Mittlerweile waren alle Gäste eingetroffen und es herrschte reges Treiben im Haus und im Garten. Ich gönnte mir eine Verschnaufpause, denn ich war seit vier Uhr morgens auf den Beinen und langsam forderte mein Schlafmangel der letzten Nächte seinen Tribut. Ich ließ den Blick über all die Menschen gleiten, die wegen Abby gekommen waren, um mit ihr zu feiern, und genoss das warme Gefühl, das sich nach Familie anfühlte. Ich entdeckte Pat, unseren einzigen Elektriker der Stadt und Stammgast im *Anne's*, der mir letzte Woche aus der Patsche geholfen hatte, als ich beinahe einen von Annes Öfen geschrottet hatte. Als Dank hatte ich ihn und seine Frau Gloria kurzerhand eingeladen, denn ich hatte mich erinnert, wie hilfsbereit Pat schon damals meinen Eltern gegenüber immer gewesen war. Und da war Anne, die sogar das Café geschlossen hatte, um heute hier sein zu können. Ich hatte es ihr zwar untersagt, doch sie war dennoch nicht mit leeren Händen, sondern mit zwei Blechen ihrer klassischen Zimtschnecken aufgekreuzt, die das ganze Jahr über heiß begehrt waren, nicht nur im Herbst. Nur, dass sie heute in die Hälfte feine Apfelstückchen eingebacken hatte. Wie zu erwarten, waren sie absolut köstlich, und wenn ich nicht so nervös gewesen wäre, hätte ich mindestens zehn Stück davon verputzt. An einem der Stehtische unterhielten sich Clint und Isobel, wobei sie sich schmachtende Blicke zuwarfen. Clint arbeitete in der winzigen Bank, die gleichzeitig unsere Poststelle war, und Isobel war Bibliothekarin. Sie holte sich oft einen Karamell-Latte im *Anne's*, bevor sie sich mit einem Roman auf eine der Bänke im Cherry Blossom Court oder direkt in den Pavillon auf der Festwiese setzte, um zu lesen. Es war nur eine Frage der Zeit, bis die beiden dank ihrer Flirterei Ziel des mellowianischen Tratsch-Klubs werden würden. Devon jagte seine Tochter durch den Garten, und als sie dem leeren Pool gefährlich nah kam, blieb mein Herz für eine Sekunde stehen. Elsie war ein Wildfang durch und durch und mit jedem Treffen schloss ich sie mehr ins Herz. Abby saß mit ihren Freundinnen, also Chelsea und ihrem Gefolge, auf einer der Bierbänke, und mir wurde das Herz leichter, als ich sie ausgelassen lachen sah. Vielleicht sollte ich langsam beginnen, Chelsea eine Chance zu geben, denn im Grunde kannte ich sie ja gar nicht. Ich wusste selbst nicht so genau, warum ich ihr misstraute. Ein wenig hasste ich mich dafür, dass ich sie sofort in eine Schublade gesteckt hatte, denn das war nicht fair. Niemand wusste, was im Innersten von Menschen vorging, und nur, weil Chelsea für mich so undurchschaubar war, musste das nichts heißen.

»Klopf, klopf!« Sam und Leena standen plötzlich neben mir in der Küche. »Die Haustür war offen«, erklärte er.

»Richtig«, nickte ich lächelnd und zog beide in eine schnelle Umarmung. »Schön, dass ihr es geschafft habt.«

»Wir waren noch nicht zu Hause«, grinste Sam. »Ich wurde vom Flugzeug ins Auto und auf direktem Wege hierher verfrachtet.« Er stupste Leena an, die unschuldig dreinblickte. »Ich durfte nicht einmal duschen, also verzeih mir, wenn ich stinke.« Er schnupperte an der Achsel seines Shirts, was mir ein Lachen entlockte.

»Du wirst es mir noch danken«, versicherte Leena ihm. »Denn Rileys Torte für Abby willst du auf keinen Fall verpassen, glaub mir.«

»Pssst!« Ich blickte mich schnell nach Abby um. »Das soll eine Überraschung sein.«

»Sorry.« Leena verzog entschuldigend das Gesicht und zuckte mit den Schultern. »Wo ist die Torte?«

»Maddy und George müssten gleich mit ihr hier sein, sie holen sie für mich aus dem *Anne's*. Ich hoffe, sie haben nicht vergessen, die Kerzen draufzustecken. Wo ist eigentlich mein Feuerzeug?« Mit einem Mal war ich nervös.

»Riley, beruhig dich!«, bat mich Leena und legte mir ihre Hände auf die Unterarme. »Sie werden es nicht vergessen, und dein Feuerzeug liegt dort.« Sie wies mit ihrem Zeigefinger neben die Mikrowelle. »Und Abby wird sich freuen wie ein Kleinkind auf den Weihnachtsmann.«

»Hoffentlich«, lächelte ich schief. »Obwohl Abby nie viel für den Weihnachtsmann übrig hatte, ein Mann, der durch den Kamin statt durch die Haustür kommt, war ihr suspekt.« Ein bisschen wehmütig sah ich zu meiner Schwester hinüber, die sich laut japsend die Hand vor das Gesicht hielt. Fast so, als würde man sie necken, ohne dass es ihr etwas ausmachte. Chelsea warf ebenfalls lachend ihre langen Haare auf den Rücken und griff nach ihrem mit Limonade gefüllten Glas, nachdem sie Abby den Ellenbogen in die Seite gestupst hatte. Ich konnte nicht anders: Irgendwie nahm ich ihr das nicht ab, und ich wusste einfach nicht, warum nicht. Als würde sie eine lachende Maske tragen, hinter der sie genervt die Augen verdrehte.

»Riley?« Ich hörte Maddys Stimme hinter mir, der zusammen mit seinem Ehemann George ächzend die Torte in die Küche schleppte und mir einen fragenden Blick zuwarf. »Wohin?«

»Moment!« Ich bedeutete Leena und Sam mit einer scheuchenden Handbewegung, unauffällig nach draußen zu gehen, eilte hastig zur Torte und griff zum Feuerzeug. Ich zündete eine Kerze nach der anderen an, zählte stumm mit und ignorierte die Trauer, die mit jeder weiteren Kerze größer wurde. Normalerweise hätte Mom sie angezündet und gezählt. Sie und Dad hätten die Torte mit einem breiten Grinsen im Gesicht in den Garten getragen, wobei Dad laut und schief begonnen hätte, *Happy Birthday* zu singen. Ich konnte die beiden vor mir sehen, wobei ich mit Erschrecken feststellte, dass meine Erinnerungen an sie von Jahr zu Jahr mehr verschwammen. Doch hier und jetzt war nicht der richtige Augenblick für Trauer. Heute war Abbys fünfzehnter Geburtstag, und sie verdiente nichts als Glück, Frohsinn, eine wunderbare Zeit mit unseren Freunden und einen überfüllten Geschenketisch, um all die Jahre wiedergutzumachen, in denen ich ihr nichts weiter schenken konnte, als zwei oder drei Bücher von ihrer Wunschliste.

»Die wird langsam schwer«, presste George hervor, der seine Arbeitsschürze aus der *Maddy's Bakery* trug.

»Entschuldige!« Ich legte den Kopf schief und entzündete flink die letzte Kerze der dreistöckigen Torte. Auch sie hatte ich in den gleichen Farben gestaltet wie die gesamte Deko. Obenauf steckte ein hölzerner Tortenaufsteller, auf dem in geschwungenen Buchstaben *Happy Birthday, Abby* prangte. Ich hatte ihn extra anfertigen lassen und war mächtig stolz auf diese Torte, bei der jede Schicht eine andere Geschmacksrichtung hatte. Unten Karamell-Brownie, mittig Mascarpone-Himbeere und oben weiße Schokolade mit Erdbeere. Alles Klassiker, nach denen sich Abby garantiert die Finger leckte. »Okay, fertig.« Ich steckte das Feuerzeug in die Potasche meiner Shorts und verschränkte die Finger aufgeregt ineinander. »Folgt mir bitte«, bat ich die beiden und lief voraus in den Garten. »Alle mal herhören«, rief ich und sofort verstummten alle Gäste, sahen gespannt zu mir. Es fühlte sich an, als würde mir das Herz aus der Brust springen. Es war beklemmend, wenn die ungeteilte Aufmerksamkeit so vieler Menschen auf einem lag. Damals beim Tanzen hatte ich es genossen, doch da hatten die Blicke nie nur mir gegolten, sondern immer dem gesamten Team. »Ich hoffe, ihr habt noch Platz für ein Dessert?« Ich lachte nervös und strich mir die Haare hinter die Ohren, ehe ich mich umwandte, um Maddy und George zu mir zu winken.

Vorsichtig bugsierten sie die Torte durch die versammelten Gäste, und ich zwinkerte Abby zu und nickte ihr, damit sie zu mir kam. Breit grinsend stand sie auf und flitzte über den Rasen. Sie strahlte mich fragend an und ließ die Kinnlade fallen, als sie die Torte erblickte, die Maddy und George direkt neben uns auf den freien Platz beim Buffet stellten. »Riley!« Ehrfürchtig riss sie die Augen auf und ich sah sie schlucken. »Wow.«

»Happy Birthday, kleine Schwester«, flüsterte ich ihr ins Ohr und zog sie in eine kurze, feste Umarmung. »Ich hoffe, du freust dich?«

»Und wie. Du bist die allergrößte.«

Devon tauchte mit Elsie auf dem Arm neben uns auf und legte mir den freien Arm um die Schultern, stimmte *Happy Birthday* an. Genauso schief wie Dad, was mir die Tränen in die Augen trieb, doch ich wusste in diesem Moment nicht, ob es Tränen der Freude oder der Trauer waren. Vermutlich ein Mix aus beidem. Elsie begann, komplett neben dem Takt zu klatschen, was mir ein Lachen entlockte und mir dabei half, meinen Puls zu beruhigen. All unsere Gäste standen von ihren Stühlen oder Bänken auf und versammelten sich um uns herum, sangen mit und klatschten, jubelten ausgelassen, als Abby ihre Kerzen ausblies. In diesem Moment, in dem ich in all die zufriedenen Gesichter blickte, war ich mir das erste Mal wirklich sicher. Es war richtig gewesen zurückzukommen. Trotz all der schweren Dinge, die mich hier erwartet hatten und noch erwarteten, war es die richtige Entscheidung gewesen, und ich wusste, dass ich es niemals bereuen würde. Saint Mellows war unser Zuhause, all die Menschen hier waren unsere zweite Familie. Ich erstickte die Tränen im Keim und rang meine eiskalten Finger. Mein Blick kreuzte Devons, der mich so liebevoll anlächelte, dass mir warm ums Herz wurde. Ich versuchte mit aller Kraft, sein Lächeln zu erwidern, doch ich war zu überwältigt. Devon schien sofort zu verstehen, als würde er in meinen Augen lesen, was in mir vorging. Er setzte seine Tochter ab und griff nach einem Teller, den er ihr in die Hand drückte. Dann eilte er in die Küche und kam mit einem großen Messer und einem Tortenheber zurück. »Alle mal einreihen, bitte«, rief er und wedelte mit dem Tortenheber. Keiner musste sich das ein zweites Mal sagen lassen und binnen Sekunden entstand eine Schlange an der Tortenausgabe.

Devon

»Deine Mom war großartig«, seufzte Riley, die neben mir auf der schmalen Holzbank an der Feuerstelle saß, und fuhr sich erschöpft mit den Fingern durchs Haar. »Wie sie es geschafft hat, Elsie zu trösten, als sie sich das Knie auf der Terrasse aufgeschlagen hatte, war bewundernswert.«

Ich nickte lächelnd. »Ja, das konnte meine Mom schon bei Blake und mir gut. Sobald sie uns versicherte, dass es nur halb so schlimm war, glaubten wir es ihr und vergaßen sofort unsere Schmerzen.« Die Erinnerung daran sorgte dafür, dass mir ganz warm ums Herz wurde, und gleichzeitig verspürte ich einen fiesen Stich im Magen, da ich wieder einmal merkte, wie glücklich ich mich schätzen konnte, meine Mom zu haben. Mom, Dad, Blake und natürlich Elsie. Erst in den letzten Wochen, in denen ich versucht hatte, jede freie Minute mit Riley zu verbringen, war mir bewusst geworden, für wie selbstverständlich man die Menschen nahm, die einem das Wichtigste waren. Warum nur war das so? Warum glaubte man, dass einem nichts passieren konnte? Dass man vor jeglichem Unheil bewahrt wurde, als wäre man unbesiegbar?

Riley nickte. »Das kann ich mir vorstellen. Ich war nie besonders gut darin, Abby zu trösten. Sobald sie sich in den Finger geschnitten hat, hab ich fast mitgeweint, weil ich …«

»… kein Blut sehen kann«, beendete ich schmunzelnd ihren Satz.

»Genau«, stimmte sie mir zu und legte lächelnd den Kopf schief. Sie atmete tief ein und aus und wirkte das erste Mal richtig entspannt auf mich, wie sie beinahe träumerisch in das prasselnde Feuer vor uns blickte. Ich beobachtete, wie der Widerschein der Flammen über ihr Gesicht tanzte und sich in ihren Augen spiegelte. Die Nacht war über uns hereingebrochen und hüllte den Garten in Dunkelheit. Die vielen Stühle und Tische, der leere Buffettisch und die unzähligen Luftballons lagen wie ein Stillleben um uns herum und schafften eine friedliche Atmosphäre.

»Was meinst du«, grinste ich und rückte näher an sie heran, bis sich unsere Oberarme beinahe berührten. »Wer wird morgen früh eher Kopfschmerzen haben, Maddy oder George?«

»Maddy«, rief Riley wie aus der Pistole geschossen und versteckte ihr hämisches Lachen hinter ihrer Hand. »Als Mrs. Innings mit ihrer berühmt berüchtigten Sangria im Garten stand, war das doch schon abzusehen.«

»Stimmt«, pflichtete ich ihr lachend bei und hob den Arm, um ihn ihr auf die Schulter zu legen, damit ich sie enger an mich heranziehen konnte. Wie erwartet fühlte sich ihre Haut unter meinen Fingerspitzen kühl an. Zwar war der Sommertag heiß gewesen, doch wir bewegten uns langsam auf den Herbst zu und die Abende und Nächte wurden stetig kälter, daran konnte auch Mrs. Innings Sangria nichts ändern. Wie ich hier mit ihr saß, fasste ich den Entschluss, kein Blatt mehr vor den Mund zu nehmen und sie alles zu fragen, was mir im Kopf herumschwirrte. Denn was half es mir, was half es *uns*, wenn ich Grenzen zog? Wenn ich es nicht schaffte, wieder das gleiche Vertrauensverhältnis zwischen uns aufzubauen, das wir vor Jahren gehabt hatten? Dazu gehörte, dass es keine Tabuthemen gab, und außerdem hatte Riley mir mehrmals versichert, dass es okay für sie war, wenn wir über die Vergangenheit sprachen. »Wie war es für dich, Sue zu sehen?« Gegen Abend waren immer mehr Personen aufgetaucht, um Abby zu gratulieren, obwohl ich glaubte, dass sie alle wegen Riley gekommen waren. Darunter auch Sue, die – ihren Jura-Abschluss frisch in der Tasche – sich eine Woche Urlaub genommen hatte, um ihre Familie und vor allem ihre beste Freundin Leena zu besuchen. Sogar mein Bruder Blake hatte sich für eine halbe Stunde blicken lassen, während der er es perfektioniert hatte, sich vor Rupert zu verstecken. Keiner wusste, wer Rupert überhaupt eingeladen hatte, doch ohne ihn hätte auf jeder mellowianischen Feier etwas gefehlt, daher hatte sich niemand über sein Erscheinen gewundert.

Riley blies Luft aus ihren Wangen und sah blinzelnd zu mir auf. Ihre Nasenspitze befand sich auf meiner Kinnhöhe und am liebsten hätte ich ihr sofort einen sanften Kuss auf die Stirn gegeben. Doch ich wollte beim Thema bleiben und ihr keine Chance für Ausflüchte geben. »Es wird sich nicht ändern, dass es komisch für mich ist«, seufzte sie und ließ ihren Kopf gegen meine Schulter fallen. »Aber Sue ist super, ich glaube, sie war schon damals toll, oder?«

Ich brummte zustimmend. »Ich denke schon, zumindest hast du dich nie über sie beschwert.« Sie nicht, Blake aber schon. Ich zog die Augenbrauen zusammen, denn mir fiel ein, dass die beiden sich nie wirklich grün waren und sich gern in der Wolle hatten, wenn meine Freunde und ich im Garten unsere Partys feierten und Blake zufälligerweise zu Hause war. Keine Ahnung, was das zwischen ihnen war, denn auch heute hatte er sofort das Weite gesucht, als Sue mit einer türkisfarbenen Geschenktüte auf der Terrasse erschien und sich angeregt mit Riley unterhielt.

»Habe ich das denn oft?« Riley blickte mich neugierig an. Ihr Gesicht war in den orangen Schein der Flammen getaucht.

Verdammt, ich hatte den Faden verloren. »Was meinst du?«

»Habe ich mich oft beschwert? Über Leute?« Sie zuckte mit den Achseln.

»Überhaupt nicht«, lächelte ich und drückte ihre Schulter mit meiner Hand.

Riley hob den Kopf, zog eine Augenbraue hoch. »Na dann

ist deine Antwort von eben nicht aussagekräftig.« Sie blickte mich unbeweglich an und mit jeder verstreichenden Sekunde wurde die Luft um uns herum dünner.

Ich senkte den Kopf ein Stück zu ihr hinab, zog mit den Lippen eine hauchzarte Spur ihre Schläfe entlang. Mit meiner freien Hand strich ich sanft über ihren nackten Arm, bis sie in ihrem Nacken lag, sodass ich sie sachte näher ziehen konnte. »Oder es war einfach schwer, dich zu nerven?« Meine Stimme war kaum mehr als ein kratziges Flüstern und mit Genugtuung bemerkte ich, wie sich eine zarte Gänsehaut auf ihren Armen ausbreitete und sie frösteln ließ. Wenn sie geahnt hätte, was ihre Reaktion in mir auslöste. Ich schaffte es kaum, die richtigen Worte für das zu finden, was sie mit mir anstellte. Für die Empfindungen, die durch mich hindurch jagten, meinen ganzen Körper überfluteten und dafür sorgten, dass trotz der frischen Nachtbrise das Blut in meinen Adern kochte.

»Könnte auch sein«, wisperte sie heiser und schluckte, als sich mein Mund ihrem näherte. Ich beobachtete, wie ihr Blick zwischen meinen Augen und meinem Mund hin- und herwanderte, als wolle sie mich dazu auffordern, sie endlich zu küssen.

»Aber weißt du, was du oft getan hast?« In grausamer Langsamkeit näherte ich mich ihr und spürte ihren Atem auf meinen Lippen. Verdammt, war es schwer, mich zurückzuhalten!

»Was denn?« Ich sah sie schlucken und bemerkte aus dem Augenwinkel, wie sie die Finger in ihrem Schoß miteinander verknotete. Sie war so nervös, als wäre es das erste Mal, das wir uns küssten. Ich ließ von ihrem Nacken ab und fuhr die

Spur ihren Arm herunter, die ich eben erst hinaufgewandert war, strich ihr zart über die empfindliche Haut am Handgelenk und verschränkte meine Hand mit ihrer.

»Das hier«, flüsterte ich und senkte meinen Mund endlich auf ihren, erst ganz sachte und keine Sekunde später mit Nachdruck. Scharf sog sie die Luft ein und seufzte dann. Sie erwiderte meinen Kuss, drückte sich mir entgegen, und ich spürte am Mundwinkel, dass sich ihr Mund zu einem Lächeln verzog.

»Das hier also, ja?«, hauchte sie zwischen zwei Küssen und wandte sich weiter zu mir um, legte ihre Hand auf meinen Oberschenkel, gefährlich weit oben, und schmiegte sich enger an mich. Wir wussten beide, wo das hinführen sollte, denn seit wir wieder miteinander schliefen, konnten wir kaum die Finger voneinander lassen.

»Genau«, brummte ich. Meine Erregung war kaum mehr zu verbergen. »Immer und immer wieder«, ergänzte ich heiser. »Das hier.« Ich umfasste ihr Gesicht mit beiden Händen, bevor ich die eine in ihr Haar wandern ließ und mit der anderen langsame Kreise in ihrem Nacken zog. Ich erinnerte mich daran, wie empfindlich sie auf diese Berührung reagierte. Als ihr Mund sich wieder einen Spalt breit öffnete, ließ ich meine Zunge hineingleiten und wurde umgehend von ihrer begrüßt. Sanft spielten unsere Zungenspitzen miteinander, während ich gierig ihren Duft nach Sommerwiese einsog, ihren Geschmack nach Sangria und Torte. Der rauchige Duft des brennenden Holzes aus der Feuerstelle mischte sich mit dem ihres Haares, das in der sanften Brise umherwehte, und drohte mir die Sinne zu vernebeln.

»Devon«, wisperte sie tonlos, ohne ihre Lippen von meinen zu nehmen, als hätte sie Angst, diesen Moment zu unterbrechen, ihn zu beenden. »Ich wünschte, ich wüsste es. Wüsste, wie es sich, wie du dich damals angefühlt hast, damit ich es mit jetzt vergleichen kann.«

Ich lächelte und öffnete für einen Moment die Augen. Sofort fand mein Blick ihren. »Es ist wie damals und noch besser«, versicherte ich ihr und zog sie auf meinen Schoß.

»Devon«, rief sie überrascht aus, bevor ihr ein leises Stöhnen entkam. Sie musste meine Erregung deutlich unter sich spüren. Ich griff in ihren Nacken und drängte mich ihr entgegen, ließ ihren Lippen keine Chance zu flüchten. »Weiter«, forderte sie mich flüsternd auf und kreiste ihre Hüften, was mir fast den Verstand raubte.

»Riley«, krächzte ich unter ihrer Bewegung und fasste sie an den Oberschenkeln, grub meine Finger in ihre nackte Haut. Ich ließ meine Fingerspitzen ihre Beine auf und ab wandern, wobei ich jedes Mal ein Stückchen höher unter den Stoff ihrer Shorts fuhr. »Du bringst mich noch um«, knurrte ich, unterbrach unseren Kuss und streifte mit meinen Lippen in quälender Langsamkeit ihre Wange entlang, bis ich an der empfindlichen Stelle unter ihrem Ohr ankam. Das war ihre Achillesferse, der Punkt an ihrem Körper, der sie rasend machte, wenn ich ihn küsste. Vielleicht war es gar nicht so übel, dass ich sie kannte, dass ich alles darüber wusste, wie ihr Körper reagierte. Ich sah es als Vorteil an und genoss den kribbeligen Schauder, der über meinen Rücken jagte, als ich mit der Zungenspitze einen sanften Kreis unter ihrem Ohr zog.

Als Antwort krallte sie sich in meinen Rücken und schnappte erregt nach Luft. »Devon«, wiederholte sie meinen Namen heiser und suchte mit ihrem Mund nach meinem. »Wir …« Außer Atem nickte sie zu ihrem Elternhaus. Abby und ihre Freundinnen, die heute bei ihr übernachteten, saßen im Wohnzimmer, unterhielten sich, aßen ein paar Reste und lachten ausgelassen.

»Wir sind heute nicht allein«, beendete ich ihren Satz schwer schnaufend und ließ meine Stirn gegen ihre sinken.

»Leider«, schmunzelte sie und fuhr mit ihren Fingerspitzen meinen Nacken entlang. Meine Erektion reagierte augenblicklich auf ihre Berührung, indem sie gegen ihre Körpermitte pulsierte.

»Leider«, wiederholte ich heiser und voller Vorfreude auf den nächsten Moment, in dem wir ungestört sein würden.

16. Kapitel

Riley

»Das ist so unfair«, keifte Abby mir entgegen, ehe sie aufgebracht die Treppe zum oberen Stockwerk unseres Elternhauses hinaufstampfte. »UNFAIR«, brüllte sie erneut, und kaum eine Sekunde später hörte ich die Tür knallen.

»Et voilà«, seufzte ich augenverdrehend und schloss die Kühlschranktür mit Nachdruck. »Kaum zwei Wochen fünfzehn, schon geht der Spaß los.« Ich ließ mich erschöpft auf einem der Barhocker an der Kücheninsel nieder, griff nach dem Glas, das ich zuvor aus dem Schrank genommen hatte, und goss mir etwas von dem kühlen Eistee ein, den ich gestern nach dem Rezept von Devons Mom zubereitet hatte. So hatte ich wenigstens ein bisschen das Gefühl, als wäre er hier und nicht seit Freitagnachmittag in Chicago, um irgendwelche Scheidungsdinge zu klären. Meine Schicht im *Anne's* heute früh hatte mich auch nicht davon ablenken können, dass ich Devon mittlerweile vermisste, sobald er sich nicht mehr im selben Raum wie ich aufhielt. Dass er für drei Tage die Stadt verließ, um sich mit seiner Exfrau *herumschlagen zu müssen* – das waren seine Worte gewesen, nicht meine –, half dabei auch nicht. Ich nahm einen Schluck Eistee und stellte das Glas zurück auf den Tresen, als ich es an der Haustür klopfen hörte. Schade, denn ich hatte gerade vorgehabt, mich so richtig in Selbstmitleid zu suhlen wie ein fröhliches Ferkel im Dreck. Frustriert stöhnend glitt ich vom Hocker und lief barfüßig zur Tür, um zu öffnen. »Devon«, rief ich überrascht aus und sprang ihm wortwörtlich in die Arme, wobei ich mich in meinem Maxikleid verhedderte und uns beide fast zu Fall brachte. Devon quittierte unseren Beinahe-Unfall nur mit einem breiten Grinsen, was auch daran lag, dass ich ihn nicht zu Wort kommen ließ. »Was machst du hier? Ich dachte, du kommst erst heute Nacht zurück.« Freude durchflutete mich wie eine Welle, und ich spürte, wie mein Missmut wegen Abbys plötzlicher Teenager-Allüren durch ein unaufhaltsames Knistern verscheucht wurde. Es fühlte sich an, als bestünden sämtliche meiner Körperteile aus der obersten Knisterkappe vom Kaktuseis. Ich nahm sein Gesicht zwischen die Hände und drückte ihm einen Kuss auf die Lippen, gefolgt von einem zweiten. Und einem dritten.

»Riley«, lachte Devon, der seine Hände unter meinem Po verschränkt hatte, und setzte ein paar Schritte ins Haus. »Ich habe dich auch vermisst, okay?« Er küsste mich ein viertes Mal, ehe er mich absetzte. Ich reagierte mit einem protestierenden Grummeln, das Devon ein Lachen entlockte. Innerhalb der letzten Tage hatte mich eine Leichtigkeit umhüllt, die ich seit Jahren herbeigesehnt hatte, ohne zu glauben, dass ich sie jemals wieder spüren würde. Mein Leben fühlte sich endlich an mehr als zwei aufeinander folgenden Tagen *gut* an. Nicht von Trauer und Verlust bestimmt, auch wenn ich Tag für Tag mit meiner Vergangenheit konfrontiert wurde, da ich mehr oder weniger direkt in ihr lebte. Abby und ich hatten uns letzte Woche zusammengesetzt und gemeinsam das Für und Wider einer neuen Wohnung hier in Saint Mellows erörtert. Ein Pluspunkt war, dass wir nicht in jeder Ecke auf eine Erinnerung an Mom und Dad treffen würden, was uns den Neustart sicher erleichtern würde. Dann wurde uns jedoch klar, dass die Erinnerungen an Mom und Dad sowieso in uns lebten. Dabei war es gleichgültig, ob wir sie jeden Tag sahen oder nicht. Außerdem hätte es eine zusätzliche Ausgabe bedeutet, die wir uns durch meinen festen Job bei Anne zwar leisten konnten, die uns aber auch gezwungen hätte, den Gürtel wieder enger zu schnallen. Ich genoss es, das erste Mal, seit ich mich und Abby allein durchschlug, nicht auf jeden Cent schauen zu müssen. Außerdem blieb uns dadurch auch unsere Hörbuch-Flatrate erhalten, was Abby zufolge der ausschlaggebende Punkt war, in unserem Elternhaus zu bleiben.

»Das hoffe ich doch«, ermahnte ich ihn neckend und fasste nach seinem Handgelenk, um ihn hinter mir herzuziehen. »Komm, ich habe Eistee gemacht. Also«, nahm ich den Faden wieder auf, als wir beide in der Küche standen. »Wie kommt es, dass du schon zurück bist?«

Devon zuckte mit den Schultern. »Elsie wollte heute unbedingt in den Zoo und meine Exfrau hatte auch Lust, also sind die beiden gegangen, und ich konnte früher wieder nach Hause.«

»Fiona«, murmelte ich mit einem halben Lächeln. »Du kannst ruhig ihren Namen sagen und musst sie nicht immer *meine Exfrau* nennen, weißt du?«

Verdattert zog er die Augenbrauen zusammen, als wäre ihm das noch nie aufgefallen. »In Ordnung.« Er nickte und nahm sich ein Glas aus dem Schrank.

»Außerdem kannst du dadurch zum Sonntagsdinner deiner Familie gehen.« Ich lächelte und fühlte einen winzig kleinen Stich in meinem Herzen. Dass andere Menschen ihre Familien noch hatten, hatte ich nie geneidet, nicht einen Tag. Und doch tat es manchmal weh, mir vorzustellen, wie sie glücklich zusammensaßen, als könnte kein Wässerchen ihr Glück trüben.

»Gute Überleitung«, grinste er von einem Ohr zum anderen.

Perplex sah ich ihn an. »Überleitung zu was?«

»Mom und Dad möchten dich und Abby heute zum Abendessen einladen«, erklärte er. »Weil, um es mit Moms Worten zu sagen, *du sowieso schon immer zur Familie gehört hast*, und dem kann ich nur zustimmen.« Eine Spur verlegen schluckte Devon und wandte für einen Wimpernschlag den Blick ab, griff dann nach seinem Eistee und drehte das Glas nervös in seinen Fingern.

»Oh«, entfuhr es mir und von einer auf die nächste Sekunde fühlte sich meine Kehle an, als hätte ich Schmirgelpapier verschluckt. »Das ist lieb von ihr«, säuselte ich scheu.

»Willst du kommen?« Er biss sich von innen auf die Wange, als hätte er Sorge, ich würde ablehnen.

Ich nickte lächelnd. »Ich weiß nicht. Sicher. Gern«, stammelte ich und seufzte. »Mal sehen, was Abby dazu sagen wird, sie ist im Moment alles andere als begeistert davon, sich im gleichen Raum wie ich aufhalten zu müssen. Beim Abendessen kaue ich ihr vermutlich auch noch zu laut.«

»Wieso das?« Devons Schmunzeln wirkte teuflisch. »Du isst doch so leise wie ein Mäuschen.«

»Sie will heute auf irgendeine Party gehen und ich habe es

ihr verboten«, stöhnte ich und ignorierte den Vergleich mit der Maus. »Sie ist gerade erst fünfzehn geworden. Das ist doch noch viel zu jung für so etwas.« Erschöpft fuhr ich mir durch die Haare.

»Danke für die Information«, prustete Devon. »Ich war auf ihrem Geburtstag, schon vergessen?«

»Ich glaube, ich bin einem rebellischen Teenager nicht gewachsen.«

»Doch, bist du«, widersprach er mir bestimmt. »Aber ich schätze, dass in diesem Alter niemand an dem ein oder anderen Streit vorbeikommt. Trotzdem ist es richtig von dir, ihr die Party zu verbieten, okay?« Er machte einen Schritt auf mich zu, fasste mich an den Schultern und zog mich in eine aufmunternde Umarmung. »Kommt heute zum Abendessen. Meine Mom freut sich schon riesig, und vielleicht lenkt es Abby ein wenig davon ab, dass sie nicht zur Party darf.«

»Außerdem ist Sonntag«, ergänzte ich murrend, als suchte ich weitere Gründe, ihr das Ausgehen zu verbieten. »Wer feiert bitte sonntags?«

»Jemand, dessen Eltern heute wahrscheinlich ausgeflogen sind«, antwortete er achselzuckend, und ich schnaubte verächtlich.

»Danke, das war keine Frage, auf die ich wirklich eine Antwort erhalten wollte.«

Devon drückte mir lachend einen Kuss auf den Scheitel, ehe er wieder von mir abließ. »Du schaffst mich, Riley.«

»Weißt du, wer mich schafft?« Ich gab einen brummenden Laut von mir. »Abby.«

Aus heiterem Himmel dröhnte Musik durch das Haus und ließ Devon und mich gleichzeitig zusammenzucken.

»Three Days Grace?«, schmunzelte er und deutete nickend und mit hochgezogener Augenbraue zur Decke. »Und dann noch dieser Song?«

Stöhnend warf ich ebenfalls den Kopf in den Nacken. »In schätzungsweise zehn bis zwölf Jahren musst du da auch durch und dann werde ich dich genauso auslachen wie du mich jetzt«, maulte ich. »Der Song gilt mir. Garantiert.«

»Ich glaube nicht, dass Abby *alles an dir hasst*«, prustete Devon los, fasste sich jedoch schnell wieder, da ich ihm einen warnenden Blick zuwarf. »I Hate Everything About You ist einfach ein Song, der ins Ohr geht?«, versuchte er, die Wogen zu glätten. »Du hast ihn in ihrem Alter doch auch extra laut angeschmissen, sobald dich deine Eltern *so unfair* behandelt haben.« Er zeichnete Gänsefüßchen in die Luft, erstarrte aber mitten in der Bewegung, als er mir ins Gesicht sah. Er wurde blass, doch vermutlich nicht so blass wie ich. Es war, als hätte jemand die Zeit angehalten, jeder Atemzug schmerzte in meiner Kehle, und es fühlte sich an, als würde nicht genug Luft in meiner Lunge ankommen. Unwillkürlich war ich einen Schritt nach hinten getaumelt, weg von seinen Worten, weg von Devon und weg von der Wahrheit, die ich nicht hören wollte. Weg von der Wahrheit, dass ich jemals etwas anderes als Liebe für meine Eltern empfunden hatte.

Stille.

Schlucken.

Verlust.

Hass.

Trauer.

Tod. Tod. Tod.

»Riley«, krächzte Devon und machte einen Schritt auf mich zu, streckte seinen Arm nach mir aus, doch ich schüttelte abwehrend den Kopf, verschränkte die Arme vor meinem Brustkorb. »Ich habe nicht nachgedacht«, stammelte er und fuhr sich mit der Hand durch die Haare. »Bitte, es tut mir leid«, versuchte er, die Situation zu retten, doch ich verlor in diesem Augenblick die Leichtigkeit der letzten Wochen. Wie hatte ich nur glauben können, dass alles okay war? Dass ich *wirklich glücklich* war? Wenn nur ein einziger unüberlegter Satz, ein einziges Wort mich aus dem Rettungsboot stoßen konnte, das seit Jahren sowieso geleckt hatte? All die Jahre hatte ich es geschafft, ohne Hilfsmittel, nur mit der bloßen Hand, das Wasser aus dem winzigen Rettungsboot zu schöpfen, damit ich nicht in dem Meer meiner eigenen finsteren Gedanken ertrank. Nun war das leckende Boot, von dem ich dachte, dass es endlich repariert worden war, einfach umgekippt.

»Ich hätte sie niemals hassen können«, flüsterte ich mit belegter Stimme und klammerte mich mit den Händen an die Küchenplatte, als wäre sie es, die meinen Kopf noch über Wasser hielt. »Niemals, das ist nicht wahr«, bestritt ich seine Worte und begann, mechanisch den Kopf zu schütteln.

»Ich weiß, Riley.« Er zögerte, vermutlich darauf bedacht, kein weiteres falsches Wort zu verlieren. »So war das nicht gemeint.« Mit gesenktem Kopf stand er vor mir, die Schultern herabgesackt, und als ich mich traute, ihm wieder in die Augen zu sehen, las ich pure Reue in ihnen. Es war nicht seine Schuld, dass ein Gespräch mit mir einem Tanz auf einem Minenfeld glich. Ich wollte keine tickende Zeitbombe sein, wollte nicht, dass er sich vor seinen eigenen Worten fürchtete. Ich wollte ihm sagen, dass es okay war, dass ich klarkam. Ich wünschte mir nichts sehnlicher, als nicht beim kleinsten, vermeintlich *falschen* Wort in mir selbst zusammenzufallen wie ein Kartenhaus im Sturm. Aber ich konnte nicht. Es verletzte mich, dass ausgerechnet Devon, der Mensch, der mein Stützpfeiler sein sollte, die größte Gefahr lief, mich unter meinen eigenen Trümmern auflesen zu müssen.

»Wieso willst du dir das antun?«, flüsterte ich heiser und schluckte, weil mein Hals so schmerzte.

»Was antun? Riley, was meinst du?« Devons leise Stimme drang zu mir durch, und ich realisierte, dass ich die Frage laut gestellt hatte.

»Mich«, erwiderte ich gebrochen, denn ich wusste, dass es unsinnig war, einen Rückzieher zu machen. »Mich und all den Ballast, den ich niemals werde abwerfen können. Niemals, verstehst du das? Verstehst du das überhaupt, Devon?« Ich hatte die eiskalten Hände zu Fäusten geballt, um das Zittern zu unterdrücken, das von meinem gesamten Körper Besitz ergriffen hatte.

Die Stille, die auf meine Worte folgte, währte nicht lang, denn statt zu gehen, überwand er die Distanz zwischen uns und griff nach meinen Händen. Er umschloss meine Fäuste mit seinen und drückte auf jede einen Kuss, damit ich sie ein Stück weit öffnete. »Das ist ganz leicht, Riley.«

Ich hob den Blick, den ich starr auf unsere Hände gerichtet hatte, und las so viel Zuneigung in seinen Augen, dass mir der Atem stockte. »Ist es das?«

Er nickte und schloss für den Bruchteil einer Sekunde die Augen. »Es ist ganz einfach, Riley«, flüsterte er und sah mich unverwandt an. »Weil ich dich nach wie vor liebe, mehr noch als das erste Mal, das ich dich lieben durfte. So viel mehr.« Seine Stimme war fest und sicher, als zweifelte er kein bisschen an seinen eigenen Worten. Als gäbe es nichts auf dieser Welt, dessen er sich sicherer war.

»So viel mehr?«, wiederholte ich seine Worte fragend und spürte, wie eine Träne meine Wange hinabrann.

»So viel mehr.«

Devon

Ich bewunderte Rileys Pokerface. Es war keine Spur der Verletzlichkeit darin zu lesen, die sie mir noch vor wenigen Stunden gezeigt hatte. Sie und Abby hatten pünktlich zum Abendessen an der Haustür gestanden und es sogar noch geschafft, einen Abstecher zum Blumenladen zu machen, um meinen Eltern als Dankeschön einen Strauß zu überreichen. Mom hatte heute eine spanische Fiesta geplant, was hieß, dass der gesamte Tisch mit den verschiedensten Tapas übersät war. Am Ende des Abends würden wir alle garantiert ins Bett kugeln. Abby war deutlich anzumerken, dass sie heute lieber woanders gewesen wäre. Mom tat so, als bemerke sie nichts, doch mich konnte sie nicht täuschen, ich erkannte sofort, dass sich jedes Mal, wenn sie Riley ansah, Mitleid in ihren Blick mischte.

»Kannst du mir bitte die Oliven reichen?« Riley lächelte Blake zu, der die meisten Schälchen um seinen eigenen Teller herum hortete. Typisch.

»Ausnahmsweise.« Er zwinkerte ihr zu und schob ihr die Schale entgegen, allerdings nicht, ohne sich vorher drei auf seinen Teller zu häufen, obwohl dort noch zwei lagen.

Schnaubend schüttelte ich den Kopf und nahm mir ebenfalls eine Olive, da Riley mir das Schälchen unter die Nase hielt, ehe sie sich bediente. »Du bist so verfressen!«

»Das liegt daran, dass du mir früher immer alles weggegessen hast«, verteidigte er sich achselzuckend.

Lachend warf ich den Kopf in den Nacken und griff nach einem Bierdeckel, um ihn nach Blake zu werfen. »Wir alle hier wissen, dass das eine Lüge ist.« Um meine Aussage zu unterstreichen, deutete ich mit dem Finger auf Mom, Dad und mich.

»Ich enthalte mich.« Dad hob schmunzelnd die Hände in die Höhe und beugte sich über den Tisch zum Brot.

»Ich mich ausnahmsweise auch.« Mom zwinkerte Riley zu und deutete auf ihr leeres Weinschorle-Glas. »Möchtest du mehr?« Noch bevor Riley etwas erwidern konnte, war sie auf die Beine gesprungen, um zum Kühlschrank zu laufen.

»Gern.« Riley strich sich scheu eine Strähne ihres Haares hinter die Ohren, und ich bemerkte, dass ihre Wangen leicht gerötet waren. »Aber nur ein halbes Glas, bitte.«

»Ja«, schnaubte Abby, die den ganzen Abend mit einer Miesepetermiene neben Blake gesessen und lediglich die Tapas in ihrer unmittelbaren Nähe gegessen hatte, um niemanden bitten zu müssen, ihr etwas zu reichen. Es war ein Wunder, dass sie vom vielen Kieferaufeinanderpressen keine Kopfschmerzen bekam. »Sie verträgt nämlich nichts.«

»Abigail«, ermahnte Riley sie und zog so zornig die Augenbrauen zusammen, dass Abby zusammenzuckte. »Ich bitte dich.«

»Jaja«, nuschelte diese achselzuckend. »Tut mir leid.« Jeder hier wusste, dass es das nicht tat.

Perplex verzog ich das Gesicht und schenkte Riley einen

fragenden Gesichtsausdruck. Was war nur in Abby gefahren? Das zuvorkommende, fröhliche Mädchen von vor zwei Wochen war überhaupt nicht mehr wiederzuerkennen. Doch Riley atmete nur seufzend aus und zuckte mit den Schultern, als wäre sie mit ihrem Latein am Ende.

»Du bist ja äußerst charmant«, stellte Blake mit vollem Mund fest und sah Abby prüfend von der Seite an, was ihr sichtlich unangenehm war.

»Ihr habt auch so furchtbar geschmollt, wenn wir euch in ihrem Alter untersagt haben, auf irgendwelche Partys zu gehen«, ergriff Dad Partei für Abby, zwinkerte ihr zu und grinste in die Runde.

»Woher …?«, zischte Abby Riley zu und wurde rot wie eine Tomate, doch die schüttelte nur den Kopf, um Abby zu bedeuten, dass sie nichts gesagt hatte.

»Na hör mal, ich bin doch nicht auf den Kopf gefallen«, lachte Dad. »Man sieht dir an, dass du lieber woanders wärst. Und wärst du nicht fünfzehn Jahre alt, würde ich das persönlich nehmen.«

Sichtlich unbehaglich rutschte Abby auf ihrem Stuhl herum und sah erst Riley, dann mich und schließlich meine Eltern an. »Entschuldigung«, presste sie hervor, und ich für meinen Teil kaufte es ihr diesmal sogar ab. »Es ist unfair, dass ich nicht zu der Party darf«, brummte sie in Rileys Richtung, die genervt die Augen verdrehte.

»Es ist Sonntagabend, du bist fünfzehn. Mehr Gründe braucht es nicht für mein Nein, Abby«, versuchte Riley, ihre Schwester mit ruhiger Stimme zu überzeugen. »Du wirst noch genug Partys besuchen, glaub mir, und diese heute gehört eben nicht dazu.«

»Oh ja, das wirst du«, grinste Blake, woraufhin ich ihm einen warnenden Blick zuwarf. »Was denn? Ist doch so. Wenn die Kids der Saint Mellows High eins können, dann feiern. Das wird sich bis heute nicht geändert haben, oder, Herr Lehrer?«

Statt zu antworten, gab ich ihm unter dem Tisch einen Tritt gegen sein ausgestrecktes Bein, konnte aber nicht anders, als wissend zu grinsen. Als Lehrer bekam man so einige Gespräche auf dem Schulflur mit.

»Darf ich bitte nach Hause gehen?«, fragte Abby und faltete die Stoffserviette zusammen, die auf ihrem Schoß gelegen hatte, als hätte Riley es ihr bereits erlaubt. Sie wartete ihre Antwort gar nicht ab und schob den Stuhl zurück, der über das alte Parkett schrammte.

Riley seufzte erschöpft, warf einen Blick auf ihre Armbanduhr und nickte. »Okay.«

»Danke für das Abendessen«, murmelte Abby. »Es war sehr lecker.«

»Zumindest das, an das du rangekommen bist, hm?«, streute Blake noch mehr Salz in Abbys Wunde und grinste schelmisch. Er hatte wirklich kein Taktgefühl, wenn es darum ging, Teenager nicht in unangenehme Situationen zu bringen.

»Kann ja nicht jeder fast das Porzellan mitessen«, konterte Abby und hatte damit die Lacher auf ihrer Seite. Sie unterdrückte blitzschnell ihr eigenes Lächeln, um bloß keine Freude zu zeigen.

»Sei vorsichtig«, rief Riley ihrer Schwester hinterher, als sie den Raum verließ.

»Immer«, erwiderte diese mürrisch, und man hörte ihrer Stimme an, dass sie dabei die Augen verdrehte.

Als die Tür hinter ihr ins Schloss fiel, atmete Riley entschuldigend aus und fuhr sich mit der Hand über die Stirn. »Bitte entschuldigt«, bat sie. »Keine Ahnung, was in sie gefahren ist.«

»Schon okay, Liebes.« Mom beugte sich zu ihr herüber und tätschelte Rileys Handrücken. »Wenn du Glück hast, legt sich das in wenigen Wochen wieder.«

»Und wenn nicht?«

Mom zuckte mit den Schultern. »Dann vielleicht in wenigen Monaten.«

»Na hoffentlich«, lächelte Riley müde und griff nach ihrem Weinglas.

»Wenn du möchtest, könnt ihr gern jeden Sonntag mit uns essen«, verkündete Dad ohne Umschweife. »Routine ist wichtig für Teenager, und dann kann sie nicht wieder auf die Idee kommen, feiern gehen zu wollen.«

Rileys Gesicht färbte sich dunkler, was kein Wunder war. Dads direkte Art hatte sie schon damals regelmäßig aus ihrer Komfortzone geworfen, aber ich würde den Teufel tun und ihr das unter die Nase reiben. »Sehr gern«, erwiderte sie. »Nur, wenn es keine Umstände macht. Ich helfe auch bei den Vorbereitungen oder dem Abwasch«, schlug sie vor.

»Gern«, nahm Mom das Angebot an.

»Super«, grinste Blake. »Dann bin ich ja aus dem Schneider, oder?« Er schob seinen geleerten Teller ein Stück von sich weg und hielt sich den vollen Bauch, als würde er ihn dadurch vorm Platzen bewahren.

»Das hättest du wohl gern«, lachte Mom und goss sich selbst einen Schluck Wein nach, bevor sie sich satt gegen ihre Rückenlehne sinken ließ.

Die Sonne ging unter und tauchte den Himmel in ein Farbenmeer aus Orange- und Rosatönen, die sich langsam in Dunkelblau färbten. Die Kerzen, die seit Beginn des Abendessens angezündet waren, tauchten den Raum in weiches Licht. Für einen Moment sagte niemand etwas, bis Mom das Wort ergriff und wie immer von Blake wissen wollte, wie seine Woche gelaufen war. Während mein Bruder sich wie gewohnt über vermeintlich nervige Kundschaft beschwerte, beobachtete ich die tanzenden Schatten auf Rileys Profil. Sie wandte mir den Blick zu, ertappte mich dabei, wie ich sie anstarrte, und schenkte mir ein schüchternes Lächeln. Heimlich griff ich unter dem Tisch nach ihrer Hand, um sie mir auf den Oberschenkel zu legen. Sie drückte ihn kurz und biss sich auf die Unterlippe, woraufhin ich sie am liebsten direkt über meine Schulter geworfen hätte, um sie die Treppe hoch in mein altes Zimmer zu tragen und dort aufs Bett zu werfen. Diese Blöße würde ich mir allerdings nicht vor meinem Bruder geben, der mich für den Rest meines Lebens damit aufziehen würde.

»Devon?« Der Bierdeckel, den ich zuvor nach Blake geworfen hatte, traf mich an der Stirn. »Kannst du für eine Sekunde aufhören, deine Freundin so verliebt anzuglotzen?« Aus Rileys Mund drang ein Geräusch, das wie eine Mischung aus empörtem Schnauben und ertapptem Lachen klang, woraufhin sie sich die Hand vor den Mund hielt.

»Was denn?«, murrte ich und warf den Bierdeckel wieder zurück. Mom hielt ihm auffordernd ihre geöffnete Hand hin und mit einem Stöhnen legte Blake das Wurfgeschoss hinein. Vermutlich wäre das sonst noch den ganzen Abend so weiter gegangen.

»Diese Woche beginnen die Vorbereitungen für das Outdoorkino-Festival vom *Cinemellow*«, erklärte Blake. »Denk bitte dran und lass mich nicht wieder hängen, ich warne dich.«

»Sorry!« Ich legte den Kopf schief. »Ich hatte Unterricht«, wiederholte ich mich zum bestimmt fünfzigsten Mal. Letztes Wochenende hatte es einen winzigen Sommermarkt gegeben, für den Blake Buden hatte ausbessern müssen, und leider war ich verhindert gewesen und hatte ihm nicht dabei helfen können.

»Dann bring nächstes Mal deine Mannschaft einfach mit«, grummelte Blake.

»Sicher, die sind schließlich alle sehr begabt, was das Bauen von Buden angeht«, warf ich ihm sarkastisch entgegen.

»Dann halt deinen Geschichtskurs?«

»Es wird nicht besser, Blake«, lachte ich und schüttelte entschuldigend den Kopf. »Aber keine Sorge, für das Outdoorkino-Festival bin ich fest eingeplant – da kannst du dich auch bei Rupert rückversichern, falls dich das beruhigt.«

»Niemals rede ich freiwillig mehr mit diesem Arbeitstreiber, als ich muss.«

»Du übertreibst, Junge«, mischte sich Dad tadelnd ein.

»Wir reden von Rupert«, sprang ich ausnahmsweise für meinen Bruder in die Bresche. »Rupert, Dad. Daddy von Panda, Möchtegern-Bürgermeister, schwerhöriger Griesgram, altes Tratschmaul …«, zählte ich auf.

»Ist ja gut«, lachte Dad kapitulierend. »Aber ich habe euch dennoch nicht dazu erzogen, so über andere Menschen zu sprechen, oder?«

Betretendes Schweigen legte sich über uns, ehe Blake und

ich kleinlaut und wie aus einem Mund »Nein, hast du nicht« nuschelten.

Aus dem Augenwinkel sah ich, dass Riley die Lippen eingesogen hatte, um sich ein Lachen zu verkneifen. »Schön, dass es dich amüsiert, wenn mein Dad mich rügt«, raunte ich ihr zwischen zusammengebissenen Zähnen zu. Als Antwort beugte sie sich zu mir herüber und drückte mir einen Kuss auf die Wange.

»Ach bitte, habt ihr kein Zuhause?«, stöhnte Blake, woraufhin ihm dieses Mal ausnahmsweise Mom einen Tritt unter dem Tisch verpasste. »Mom«, rief er empört aus und rieb sich das Schienbein. »Das war nur ein Witz.«

»Du bist ein Witz«, konterte ich und warf meine Stoffserviette nach ihm, die ihn mitten im Gesicht traf. Nach einer kurzen Schrecksekunde schnappte er sie sich und warf sie zurück.

»Werden deine Kinder denn niemals erwachsen?«, stöhnte Dad an Mom gewandt, doch ich sah ihn schmunzeln.

»Vermutlich nicht«, seufzte Mom und schenkte Riley ein Zwinkern. »Und irgendwie ist das gut so, oder?«

»Das ist besser als gut«, erwiderte Riley und rutschte mit ihrem Stuhl näher an den Tisch heran, damit Blake und ich mehr Platz hatten, um uns gegenseitig durch die Küche zu jagen.

Riley

Ich musste ruhig bleiben, durfte nicht die Kontrolle verlieren. Nichts als Stille begrüßte mich, als ich die Tür zu unserem dunklen Haus öffnete. Die Küche und das Wohnzimmer lagen in Finsternis, lediglich der sanfte Schein des Mondes suchte sich seinen Weg durch die Fenster und half mir, mich zu orientieren. Kein Geräusch war zu hören, nur das Surren des Kühlschranks dröhnte laut in meinen Ohren. Oder war das das Rauschen meines eigenen Bluts, das ich hörte? Mit zittrigen Händen suchte ich die Wand nach dem Lichtschalter ab, obwohl ich doch eigentlich genau wusste, wo er sich befand. Als ich ihn endlich ertastet und umgelegt hatte, umhüllte mich das warme Licht der Deckenlampe, gab dem Raum seine Umrisse zurück, machte diesen Ort wieder zu meinem geliebten Flur. Mein Blick glitt automatisch zum Fußboden, wo unsere Schuhe standen, und zur Kommode, auf der wir Krimskrams ablegten. Es gab bestimmt eine Erklärung dafür, dass weder Abbys Vans wie gewöhnlich kreuz und quer auf dem Boden lagen noch ihre Bauchtasche da war. Dass ihr schwarzer Kapuzenpullover fehlte, den sie sich von Devons Gutschein gekauft hatte. Vielleicht war sie so aufgebracht gewesen, dass sie einfach direkt in ihr Zimmer gestapft war, ohne sich auszuziehen. Vielleicht, nein, bestimmt lag sie oben in ihrem Bett, zwischen all den Kissen, mit Kopfhörern auf den Ohren, damit sie nichts außer ihrer Musik oder einem Hörbuch hören musste. Abby würde sich mir nicht widersetzen, auf gar keinen Fall. Sie musste doch ahnen, was es für eine Panik in mir auslöste, wenn sie plötzlich verschwand. »Abby?«, rief ich mit unsicherer Stimme die Treppe hinauf und legte die Hand auf das kühle Holz des Geländers. »Bist du da?« Sie war nicht da, das fühlte ich. *Bitte, sei da!*

Schluckend setzte ich einen Fuß vor den anderen, erklomm Stufe für Stufe die Treppe, wobei mir bei jedem Schritt das Herz aus der Brust zu springen drohte. Ich hatte furchtbare Angst davor, sie gleich nicht in ihrem Zimmer vorzufinden, nicht zu wissen, wo sie war. Was sie unternahm, mit wem und ob sie aus Frust und Trotz eine Dummheit beging. Ich hätte es nicht ertragen, sie auch noch zu verlieren. Ich spürte ein schmerzhaftes Stechen hinter den Augen, das meine Sicht schwärzte. Auf halber Treppe musste ich für eine Sekunde innehalten und die Augenlider zusammenpressen, hinter denen sich Sternschnuppen jagten. Ich zwang mich zum Luftholen, was sich anfühlte, als schnitten mir feinste Rasierklingen von innen die Kehle auf. »Abby, bitte sei zu Hause, bitte!«, flehte ich, doch schon als ich den ersten Schritt auf den Teppich machte und mich zu ihrem Zimmer umwandte, sah ich, dass es vergebens war. Ihre Zimmertür stand sperrangelweit offen, als wollte sie mir unter die Nase reiben, dass sie mir nicht mehr gehorchte. Dass sie sich meinen Verboten einfach widersetzen konnte, dass meine Entscheidungen keine Bedeutung für sie hatten. Dass ich ihr nichts zu sagen hatte, da *ich* nicht *ihre Mutter* war. Vor diesem Tag, vor diesem stummen Vorwurf, hatte ich mich seit Jahren gefürchtet.

Mein Körper bebte, die Knie drohten, unter meinem Gewicht nachzugeben, und das Gefühl in den Fingern kam mir abhanden. Eisige Kälte jagte durch mich hindurch, lähmte mich und machte mich handlungsunfähig. Ich wusste, dass ich nach dem Handy in meiner Tasche suchen sollte, versuchen sollte, Abby zu erreichen. Sie zu bitten, nach Hause zu kommen, bevor ihr irgendetwas passierte. Ich wusste, dass ich überreagierte, dass ich mich beruhigen musste, doch die Angst hatte völlig von mir Besitz ergriffen und einen Orkan umherwirbelnder Gedanken ausgelöst, die auf mich einprasselten wie der verdammte Sturm, der meine Eltern getötet hatte. Ich sah Abby vor mir, wie sie sich dazu verleiten ließ, Alkohol zu trinken, bei irgendwelchen gefährlichen Mutproben mitmachte oder allein auf der Straße von irgendjemandem angesprochen wurde. Sämtliche Horrorszenarien setzten sich vor meinem inneren Auge zusammen wie ein Puzzle. Mir wurde speiübel, und ich hatte das Gefühl, mich jeden Moment übergeben zu müssen, direkt hier auf dem Teppich. Ich sank zu Boden, ließ die Tränen der Hilflosigkeit über mein Gesicht fließen.

»Riley? Hallo?« Devons Stimme drang vom unteren Stockwerk zu mir hoch.

Er war hier! Sofort durchflutete mich Erleichterung. »Hier«, krächzte ich stumm. »Hier.« Doch kein Ton drang aus meiner Kehle.

»Riley? Abby?«, rief Devon erneut. Etwas raschelte. »Was ist denn hier los?« Er sprach zu sich selbst, und ich verstand, dass er mich nicht gehört hatte, nicht wusste, dass ich hier war. Ich nahm dumpf wahr, wie die Haustür ins Schloss gedrückt wurde. War er etwa wieder gegangen? Nein, das durfte nicht sein! Ich musste ihn rufen. Ihm sagen, dass ich hilflos hier oben saß. Aber ich schaffte es nicht. Aus dem Rucksack, den ich noch immer auf dem Rücken hatte, drang eine Melodie, und ich realisierte, dass es mein Handy war. Jemand rief mich an. »Abby«, wisperte ich und starrte hektisch nach Luft schnappend auf meine nutzlosen Hände, die sich nicht regten.

»Riley?« Devons Stimme. Wieder. Er war noch hier. Gott sei Dank, er war da.

»Hier«, wiederholte ich meine stummen Worte. »Hier.« Ein Kratzen drang aus meiner Kehle. »Ich bin hier«, flüsterte ich.

»Riley, oh mein Gott, was ist passiert?« Er flog die Treppe herauf, nahm immer zwei Stufen auf einmal und hechtete zu mir, ließ sich neben mir auf den Boden gleiten und fasste mich an den Schultern. »Riley? Hey? Riley, sieh mich bitte an!« Er schüttelte mich leicht an der Schulter. »Du machst mir Angst. Bitte sieh mich an!« Er nahm mein Gesicht zwischen seine Hände und zwang mich, ihm in die Augen zu sehen. Ich tauchte ein in die glitzernde Tiefe seines Blicks, in dem so viel Wärme, so viel bedingungslose Liebe lag. »Ruhig atmen«, befahl er mir. Nickend kniff ich die Augen zusammen und versuchte, mich auf meine Atmung zu konzentrieren. Ein- und ausatmen. Einatmen. Ausatmen. Einatmen. Ausatmen. Ich atmete. Und atmete. Und atmete. Und öffnete die Augen, die Nase in seinem Pullover vergraben, den er wegen der kühlen Nachtluft übergeworfen hatte. Ich spürte, wie sich der Nebel, der über meinen Gedanken gelegen hatte, langsam lüftete.

»Abby ist nicht da«, flüsterte ich schließlich gebrochen. »Sie ist nicht da. Ich mache mir solche Sorgen.«

»Wir finden sie, okay?« Er schluckte und drückte mich an sich. »Wir finden Abby, hörst du? Sie ist ganz bestimmt zu der Party gegangen, Riley. Ihr wird dort nichts passieren.« Er strich mir über den Rücken.

»Versprich es mir«, krächzte ich.

»Ich verspreche es dir«, flüsterte Devon. Er schien sich so sicher zu sein, denn seine Stimme war fest, und ich beschloss, ihm zu vertrauen. Ich spürte ein Kribbeln in den Fingerspitzen, das sich von dort in meine Arme ausbreitete und begann, meinen Körper zu wärmen. Es war, als glitt das Leben wieder zurück in meinen Körper. Die letzten Minuten hatten sich angefühlt, als stünde ich neben mir. Als hätte ich von außen zugesehen, wie ich kurz davor gestanden hatte, an meiner eigenen Angst zu zerbrechen.

»Wo ist sie?« Ich stellte die Frage in den Raum hinein.

»Hast du sie angerufen?« Devon war aufgestanden und reichte mir seine Hände. Ich befahl meinen Gliedmaßen, sich zu bewegen, und sie gehorchten mir wieder, also ergriff ich seine Finger und ließ mich auf meine wackeligen Beine ziehen. Ich schüttelte den Kopf, nahm den Rucksack von den Schultern und versuchte vergebens, mit zittrigen Fingern, den Verschluss zu öffnen. Fluchend gab ich auf.

»Ich rufe sie an«, erklärte Devon und zog mich an sich. »Okay? Ich rufe sie an.« Er hielt mich ganz fest, und mit jeder Sekunde, die verstrich, realisierte ich, dass er es war, der mich zusammenhielt, der mich davor bewahrte, in meine Einzelteile zu zerspringen.

»Okay.«

»Sie geht nicht ran«, murrte er und steckte sein Handy zurück in die Hosentasche. »Los, hol dir eine Jacke!«

»Was hast du vor?« Ich setzte einen Schritt zurück, um sicherzugehen, dass meine Beine mich auch allein trugen.

»Wir kreuzen auf dieser verdammten Party auf und bringen Abby nach Hause«, knurrte er, und da bemerkte ich, wie wütend er auf sie war.

»Okay«, wisperte ich angeschlagen. »Okay. Sie soll einfach nur wieder nach Hause kommen.«

17. Kapitel

Devon

Wenn ich Abigail Carmello in die Finger bekam, würde ich ihr eigenhändig den Hals umdrehen. Es war ein glücklicher Zufall gewesen, dass ich Riley hinterhergefahren war, zwanzig Minuten, nachdem sie nach Hause gegangen war. Sie wollte sich *den Kopf frei spazieren*, und das hatte ich akzeptiert, obwohl ich sie lieber begleitet hätte. Als sie jedoch nicht mehr auf meine Nachrichten reagiert hatte, hatte mich ein seltsames Gefühl beschlichen. Eines, das sich bewahrheitet hatte. Dass sich Abby seit Wochen danebenbenahm, war bis heute okay für mich gewesen, irgendwie normal. Bereiteten sich nicht alle Eltern, oder in Rileys Fall Geschwister, auf die Zeit vor, zu der es schwieriger wurde? Doch heute war sie zu weit gegangen. Ich hasste, dass ich jetzt, kurz vor Mitternacht, aus einem falschen Grund mit Riley in meinem Wagen saß, denn ich konnte mir weiß Gott schönere Dinge mit ihr vorstellen. Wir fuhren die leeren Straßen Saint Mellows entlang, vorbei an Vorgärten, die in schützender Dunkelheit lagen, und Geschäften, deren Ladenschilder auf *closed* gedreht waren. Selbst die Schotten sämtlicher Restaurants waren dicht gemacht und die Kellner und Köche befanden sich in ihren wohlverdienten Feierabenden. Die Wege wurden von vereinzelten Straßenlaternen beleuchtet, wobei zu so später Stunde lediglich jede dritte brannte. Der Stadtrat war darauf bedacht, die Umwelt zu schützen, was ein Punkt mehr auf meiner Ich-liebe-meine-Heimat-Liste war. Riley und ich waren die einzigen Menschen auf den Straßen und außer dem monotonen Brummen des Motors war kein Geräusch zu hören. Aus dem Augenwinkel sah ich, wie Riley ihre Hände knetete und konzentriert wie ein Wachhund aus dem Beifahrerfenster starrte. Es brach mir beinahe das Herz, sie so zu sehen. Ich für meinen Teil war mir sicher, dass sich Abby auf der Party befand. Dass sie keinen Blödsinn anstellte, sich nicht in gefährliche Situationen brachte. Kein Mensch, auch kein Teenager, wandelte sich innerhalb von zwei Wochen von verantwortungsbewusst in fahrlässig. Nicht Abby.

»Da«, rief Riley aus und wies mit ihrem Zeigefinger ans Ende einer Querstraße. »Halt! Hier rechts rein, da findet eine Party statt.«

»Okay«, nickend bog ich ab und fuhr direkt auf das Haus zu, dessen Fenster alle hell erleuchtet waren. Im Vorgarten tummelten sich Menschen, und je näher wir kamen, desto lauter wurde die Musik. Ich runzelte die Stirn darüber, dass sich keiner der Nachbarn beschwerte, denn der Lärm war ohrenbetäubend. Ich konnte meinen Gedanken gerade so zu Ende denken, als mich im Rückspiegel Blaulicht blendete. »Oh, oh«, kommentierte ich und verzog den Mund zu einem hämischen Grinsen. »Da wird wohl jemand vorerst keine Partys mehr am Sonntagabend schmeißen.«

Riley wandte den Kopf nach hinten und nickte. »Das geschieht ihnen ganz recht«, murmelte sie zustimmend.

Ich nahm den Fuß vom Gas, damit wir langsamer an das Haus heranrollten und der Polizeiwagen uns überholen konnte. »Gleich mit Blaulicht«, grinste ich.

»Wer weiß, was da los ist.« Angespannt spielte Riley am Saum ihres Pullovers herum und verfolgte mit zusammengekniffenen Augen, wie die Polizisten vor dem Partyhaus parkten, ausstiegen und schnurstracks zur offen stehenden Haustür eilten.

»Mach dir keine Sorgen«, versuchte ich, sie zu beruhigen, und legte ihr meine Hand auf das Bein. »Alles wird gut.«

»Ach ja?« Mürrisch schnaubte sie. »Einerseits möchte ich, dass Abby dort auf dieser Party ist.« Sie wandte mir den Kopf zu, und ich sah ihr kurz in die Augen, ehe ich den Wagen parkte, ein paar hundert Meter vom Partyhaus entfernt. Ich sah die ersten Teenager Reißaus nehmen und wie von einer Horde Löwen gejagt wegrennen. Garantiert waren sie alle minderjährig und wollten einer Strafe entgehen. »Andererseits hoffe ich, dass sie nicht dort ist, sondern …« Riley zuckte mit den Schultern. »… dass sie einfach spazieren gegangen ist oder so.«

»Aber dann wüsstest du nicht, wo sie ist. Dann müssten wir weitersuchen.« Ich zog den Autoschlüssel ab und lehnte mich in meinen Sitz zurück.

»Richtig. *Das* möchte ich auch nicht. Ich möchte gar nichts davon, okay?« Ruppig zerrte sie am Sicherheitsgurt, und es dauerte ein paar Sekunden, bis sie es schaffte, sich zu befreien. Ich musste unauffällig die Lippen aufeinanderpressen, damit sie mich nicht lächeln sah. »Abby sollte nach Hause gehen. Und damit meinte ich *unser* Zuhause und nicht das von … von wem eigentlich?« Riley deutete aufgebracht aus dem Fenster. »Wer zur Hölle wohnt dort überhaupt? Ich werde dieser Person eigenhändig den Kopf abreißen. Oder ihr Hausverbot im *Anne's* erteilen. Ein Leben ohne Kaffee und Kuchen will niemand.«

»Riley, Riley«, lachte ich nun doch und versuchte, ihre wild herumfuchtelnden Arme einzufangen. »Ich weiß, dass du aufgebracht bist …«

»Aufgebracht!?«, entgegnete sie mir mit zornigem Blick. »Ich bin nicht nur aufgebracht, Devon. Ich bin enttäuscht, immer noch ängstlich, durcheinander, überfordert und vor allem stinksauer.«

»Und das darfst du alles sein. Da ist sie übrigens«, informierte ich Riley, die blitzschnell meinem Fingerzeig folgte und herumwirbelte. Sie machte Anstalten, aus dem Wagen zu stürmen, doch ich legte ihr die Hand auf den Unterarm. »Warte«, bat ich sie und geduldete mich, bis sie ihren Blick von meiner Hand auf ihrem Arm löste und mich ansah.

»Warum?«

»Schrei sie nicht an, okay?« Ich legte den Kopf schief.

Riley rang mit sich. »Mir ist aber danach«, brummte sie.

»Ich weiß. Aber tu es nicht. Das würde alles nur noch schlimmer machen.«

Stöhnend warf sie den Kopf in den Nacken, nickte aber. »Wieso bist du nur so weise?«

»Es freut mich, dass du wieder Witze reißen kannst«, flüsterte ich, zog sie zu mir und drückte ihr einen raschen Kuss auf die Lippen. »Hol sie her, ich fahre euch nach Hause.«

»Danke«, piepste sie und nickte mir zu, ehe sie aus dem Wagen stieg und auf ihre Schwester zueilte, die auf ihrem Skateboard den Bordstein entlangfuhr und beinahe stürzte, als sich Riley mit vor dem Oberkörper verschränkten Armen wie ein unverrückbarer Berg vor ihr aufbaute. Ich konnte trotz heruntergelassener Scheibe nicht hören, was die beiden redeten, doch Abbys betretene Miene sprach Bände. Wie ein begossener Pudel folgte sie Rileys ausgestrecktem Finger zu meinem Wagen, öffnete die hintere Tür und stieg wortlos ein, nachdem sie ihr Skateboard in den Fußraum gestellt hatte.

Riley kam ihr hinterher, ließ sich auf den Beifahrersitz fallen und nickte mir zu. »Kann losgehen«, meinte sie knapp, und ich hoffte, dass die beiden reden würden, sobald sie zu Hause waren. Riley vorhin in diesem Schockzustand auf dem Fußboden zu finden, hatte mir eine Heidenangst eingejagt. Das war eine Seite von ihr, die ich bisher nicht kannte, von der ich ahnte, dass sie sie bisher absichtlich vor mir verborgen hatte. Es fiel mir unheimlich schwer, dieses Bild von ihr aus meinem Gedächtnis zu löschen.

Die gesamte Rückfahrt über sprach keine der Schwestern ein Wort, und ich hatte das Gefühl, dass ich es lieber auch nicht tun sollte, daher schwieg ich, bis wir vor dem Haus der Carmellos hielten.

»Danke fürs Fahren«, raunte Riley mir über das Vibrieren des Motors zu. Ich ließ ihn extra laufen, damit keine unangenehme Situation entstand, in der wir uns alle fragten, ob ich noch mit reinkam. Denn so schwer es mir auch fiel, Riley nach ihrer Panikattacke allein zu lassen, die beiden brauchten heute Nacht Zeit für sich. Zum Reden, zum Schweigen, wofür auch immer.

»Ja, danke«, nuschelte Abby von der Rückbank aus, ehe sie ausstieg und die Tür behutsam hinter sich ins Schloss drückte.

»Ich weiß nicht, was ich jetzt tun soll«, erklärte Riley und sah ihrer Schwester hinterher, wie sie unter dem Sternenhimmel auf dem Skateboard durch den Vorgarten rollte und die Treppenstufen zur Haustür hochstieg.

»Redet«, bat ich sie leise und legte ihr die Hand auf den Oberschenkel. »Kommunikation ist der Schlüssel für solche Situationen. Eigentlich für alles.«

Riley drehte sich zu mir um. »Vielleicht«, flüsterte sie erschöpft, fasste nach meiner Hand und drückte sie, bevor sie ausstieg, um ihrer Schwester zu folgen.

Riley

Ich folgte Abby ins Haus, schloss leise die Haustür hinter mir und verriegelte sie, wobei mir die Ironie daran erst auffiel, als ich die Hand vom Türknauf nahm. Ich schloss ab, um uns zu beschützen. Niemals wollte ich Abby einschließen. Und doch dachte ich mir, dass ich genau das heute hätte tun müssen. Durfte man das überhaupt? Durfte man sein Kind einschließen, damit es nachts nicht ausbüxte und sich in Gefahr brachte? Oder musste man vertrauen und hoffen, dass es einem so viel Respekt entgegenbrachte, sich einem nicht zu widersetzen? Auch wenn man nicht die Mutter war, sondern bloß die Schwester?

Ich lehnte mich rücklings gegen die Haustür und atmete seufzend aus, da Erschöpfung wie eine Welle über mich hereinbrach. Die letzte Stunde war mein Puls ununterbrochen auf einhundertachtzig gewesen und jetzt, wo ich Abby sicher in unserem Heim wusste, regulierte er sich.

Abby hatte ihre Schuhe ausgezogen und sie ausnahmsweise ordentlich in Reih und Glied zu unseren anderen Paaren gestellt. Ihr Pullover und die Bauchtasche hingen an der Garderobe und sogar ihr Skateboard stand neben der Haustür zu meiner Linken an die Wand gelehnt, wie ich es ihr immer predigte. War das ihre Art einer Entschuldigung? »Bitte frag mich nicht, was ich mir dabei gedacht habe.« Reumütig ließ sie den Kopf hängen und umfasste ihre eigenen Oberarme mit den Händen. »Ich weiß es nämlich nicht.«

»Da sind wir schon mal zwei«, entgegnete ich mit einer Härte in der Stimme, die mich selbst erschreckte.

»Riley …«, schniefte meine Schwester und als sie den Kopf hob, sah ich Tränen in ihren Augenwinkeln glänzen. »Es tut mir echt leid, okay?«

Binnen einer Millisekunde brach das Kartenhaus aus Wut, in dem ich mich verschanzt hatte, in sich zusammen. Ich schluckte den Kloß in meinem Hals, der mir das Atmen erschwerte, herunter und wollte gerade nicken und ihr versichern, dass es okay war. Doch dann hörte ich Devons Stimme in meinem Kopf, der mich bat, mit Abby zu reden. »Nein«, ich schüttelte den Kopf, um meine Gedanken zu sortieren. »So einfach ist das nicht, Abby«, blieb ich hart und machte einen Schritt auf sie zu. Auch wenn es ihr leidtat und sie ihre Tat bereute, musste diese Konsequenzen haben. Oder nicht? Gott, was wünschte ich mir in diesem Augenblick, dass nicht ich diese Entscheidung fällen musste. Dass es ein Handbuch gab für Menschen wie mich, die ihre jüngeren Geschwister großzogen. »Erklär es mir«, bat ich sie abgeschlagen.

Sie runzelte die Stirn und ließ sich auf einer Stufe unserer

Treppe nieder, als spürte sie, dass das hier länger dauern würde. »Erklären?«

»Warum wolltest du unbedingt auf diese Party gehen? Was ist seit zwei Wochen los mit dir? Wie soll ich mich dir gegenüber verhalten?«, sprudelte es aus mir heraus, während ich wie ein eingepferchter Tiger vor Abby auf und ab lief. »Was erwartest du von mir? Glaubst du wirklich, es ist okay, wenn ich dich mit deinen fünfzehn Jahren auf eine Party gehen lasse? Dachtest du, ein einfaches *Tut mir leid* rückt die ganze Sache wieder gerade und alles ist wie vorher? Du hast mein Vertrauen missbraucht, Abby. Hast dich mir gegenüber respektlos verhalten, und das Schlimmste ist, dass du mich verletzt hast. Ich hatte *Todesangst* um dich.« Beim Wort Todesangst zuckten wir simultan zusammen, doch ich würde einen Teufel tun und es zurücknehmen, denn es entsprach der Wahrheit.

»Nein«, murrte Abby und hob den Kopf, umfasste ihre Knie mit den Händen und zog zu meiner Überraschung die Augenbrauen zusammen. »Nein, okay? Ich wusste, dass es falsch war, und habe es *dennoch* getan. Es war nicht richtig, das gebe ich zu, und es tut mir leid, wenn ich dir einen Schreck eingejagt habe. Das tut es wirklich«, keifte sie. »Aber die Predigt, die du mir hältst, ist so was von überzogen. Ich habe auf der Party weder getrunken noch mich zu irgendetwas verleiten lassen, weil ich genau weiß, was richtig und was falsch ist.« Wutentbrannt stand sie auf und ballte die Hände zu Fäusten.

»Wenn du es weißt, dann hättest du nicht ohne mein Wissen, ohne ein Zeichen oder eine verdammte Nachricht, auf diese unsinnige Party gehen sollen«, brüllte ich, dass es in meinen eigenen Ohren schepperte.

»Man macht eben nicht immer alles richtig.« Ihre sich überschlagende Stimme donnerte durchs ganze Haus. »Ich habe dich verletzt und du kannst es mir hier und jetzt glauben, dass es mir fürchterlich leidtut. Aber *du* verletzt gerade *mich*, weil du mich behandelst, als hätte ich das nur getan, um dir zu schaden. Die verdammte Welt dreht sich nicht nur um dich, Riley.« Sie fasste sich erschrocken an den eigenen Mund, als hätten ihre Worte ihre Lippen verbrannt. Aber sie nahm sie auch nicht zurück.

Ich nickte erschlagen und fuhr mir mit den Händen durch die Haare und über das Gesicht.

»Ach, scheiße«, fluchte Abby, drehte sich um und stapfte mit herabhängenden Schultern die Treppe ins Obergeschoss hinauf.

»Ach, scheiße«, wiederholte ich ihre Worte flüsternd. Kommunikation ist also alles, hm? Fröstelnd stand ich im Flur und wusste nicht, ob es die Kälte der Nacht war oder die Kälte dieses fiesen Streits, die mir in die Knochen gefahren war.

Devon

Lehrer zu sein hatte seine Vor- und Nachteile und seit über einer Woche überwogen leider Letztere, denn von überallher hörte ich Anekdoten über die Party, die es geschafft hatte, Riley und ihre Schwester zu entzweien. Ich konnte es mir nicht erklären, wie ein einziger Abend es geschafft hatte, einen derartigen Keil zwischen die beiden zu treiben, und dann wunderte ich mich doch wieder nicht. Riley hatte den größten Dickschädel, dem ich je begegnet war, und Abby stand ihrer Schwester in dieser Hinsicht wohl in nichts nach. Riley wollte mit mir nicht mehr darüber reden und doch fing sie ständig davon an, es war zum Mäusemelken und fühlte sich für mich immer mehr an wie ein Spiel mit dem Feuer. Abby mied mich auf dem Schulflur und tat so, als hätte sie mich nicht gesehen, was bei unserer winzigen Highschool nicht einfach war. Erst in solchen Situationen fiel einem auf, wie oft man sich an einem einzigen Tag über den Weg lief. Sie war letzte Woche nicht einmal ins *Anne's* gekommen, was vor dem Streit ihre allererste Anlaufstelle nach der Schule gewesen war. Das Sonntagsessen bei meiner Familie vorgestern war halbwegs glimpflich verlaufen, denn die beiden hatten es nach einer Woche perfektioniert, ein Lächeln aufzusetzen, das allen galt, nur nicht ihrer Schwester. Ich für meinen Teil war froh gewesen, als der Abend endlich vorbei war.

»Devon«, brüllte Rupert, was mich zusammenfahren ließ.

»Ja, Devon«, wiederholte Blake neben mir und stieß mir schadenfroh seinen Ellenbogen in die Seite, sodass ich beinahe vom harten Holzstuhl kippte.

»Wenn du das hier nicht ernst nimmst und lieber verträumt in der Gegend herumschauen willst, kannst du auch gehen«, murrte Rupert mit in die Hüften gestemmten Händen.

»Ach ja?« Ich hob die Augenbrauen und sah mich im Versammlungsraum der Alten Halle um, in dem sich kaum mehr als zwanzig Leute aufhielten. »Meinst du echt, du kannst es dir leisten, einen weiteren Helfer zu vergraulen?« Ich deutete mit den Händen wedelnd um mich und hörte in einer Ecke jemanden nach Luft schnappen. Blake neben mir prustete los und hielt sich die Faust vor den Mund.

Empört taumelte Rupert einen Schritt zurück, als hätte ich ihm nicht nur verbal eine runtergehauen. »Ich vergraule hier niemanden«, erwiderte er schockiert und allem Anschein nach hielt er sich wirklich für ein frommes Unschuldslamm. Dabei war er eher ein alter, kauziger, schwerhöriger Bock.

»Wie du meinst«, seufzte ich und dehnte meinen Nacken. »Was wolltest du von mir?« Wartend blickte ich ihn an.

»Ich will, dass du dich konzentrierst, Ju…« Sein Glück, dass er das letzte Wort rechtzeitig herunterschluckte, denn ich hatte ihn schon mehrere Male darum gebeten, es zu unterlassen, mich *Junge* zu nennen. »… Devon.«

»Tu ich«, versicherte ich ihm. »Aber wir sitzen seit vierzig Minuten hier, ohne vorangekommen zu sein, oder?« Ich tippte auf meine Armbanduhr, um meiner Aussage mehr Gewicht zu geben. »Können wir bitte endlich die Aufgaben verteilen?« Zustimmendes Gemurmel der anderen Freiwilligen drang an mein Ohr und ich verdrehte schnaubend die Augen. Diese Feiglinge.

»Wirsindnichtgenugleute«, nuschelte Rupert unverständlich, was ungewöhnlich war, da er sonst so selbstbewusst schrie.

»Wie bitte?« Ich fragte mich, ob ich ihn richtig verstanden hatte. »Wir sind was?«

»Nicht genug Leute«, wiederholte er und versenkte verlegen die Hände in den Taschen seiner braunen, fusseligen Anzughose mit Karomuster.

»Nicht sein Ernst«, grölte Blake neben mir los. »Da wird wohl jemand den Vorsitz des Veranstaltungskomitees nächste Saison aufgeben müssen«, raunte er mir zu und setzte sich aufrecht hin. »Aber Devon hat recht, Rupert«, erklärte er laut und pflichtete mir ausnahmsweise bei. »Wenn wir nicht langsam anfangen, wird's nichts, also lass uns die wichtigsten Aufgaben verteilen.«

»Wenn ihr glaubt, es ist so einfach, dann macht es doch selbst«, pflaumte Rupert uns getroffen an. Er hob die Hände in einer verzweifelten und gleichzeitig frustrierten Geste über den Kopf, griff nach Pandas Leine, die er über das Rednerpult gelegt hatte, und verließ die winzigen Bühne über zwei Stufen. »Bitte!« In einer ausladenden Geste deutete er erst auf Blake und mich und dann auf das Pult. »Die Fairfield-Brüder übernehmen jetzt das Ruder.«

Überrascht schnaubte mein Bruder neben mir auf und schüttelte den Kopf. »Toller Kapitän, der das Steuer übergibt, sobald Wasser ins Boot fließt.«

Beeindruckt von Blakes Metapher nickte ich. Rupert verschränkte beleidigt die Arme vor der Brust und für mindestens eine Minute sagte niemand ein Wort. Langsam dämmerte es mir, dass er es ernst meinte. Dass Rupert wirklich aufgab und wollte, dass Blake und ich die Planung des Outdoorkino-Festivals übernahmen. »Das ist kein Scherz?« Mir fiel die Kinnlade herunter und ich schenkte Rupert einen ungläubigen Blick. »Du weißt schon, dass wir *arbeiten* und keine Zeit für so etwas haben?« Rupert zuckte beleidigt mit den Schultern. Und schwieg. Schwieg wie ein bockiges Kleinkind. Ach, Rupert! Mein Blick wanderte von ihm zu Blake, der sich mit den Fingern die Stirn massierte, als hätte er Kopfschmerzen.

»Ach komm«, seufzte er schließlich. »So schwer kann das nicht sein.«

Ich lachte skeptisch. »Du willst das ernsthaft machen?«

»Klar.« Blake zuckte mit den Achseln, als wäre nichts dabei, und erhob sich, wobei der Holzstuhl unter seinem Gewicht ein Knarzen von sich gab. »Komm«, forderte er mich mit einem Kopfnicken in Richtung der Bühne auf.

Ich stand auf und folgte Blake, der lässig zum Rednerpult schlenderte, um sich Ruperts Ordner zu nehmen, der *hoffentlich* sämtliche Informationen enthielt. Er blätterte ihn durch, legte die Stirn in Falten, entspannte sich, leckte seinen Zeigefinger an, um umzublättern, und studierte konzentriert die Infos, während ich unnütz neben ihm stand. »Blake?«, zischte ich zwischen zusammengebissenen Zähnen.

»Schsch.« Er schüttelte den Kopf. »Einen Moment«, bat er uns alle um Geduld und klappte die Mappe mit einem lauten Knall, der durch den Raum hallte, zu. »Alle bereit?« Er ließ den Blick über die Freiwilligen gleiten, die misstrauisch nickten. »Was für ein trauriger Haufen«, murmelte er mir hinter vorgehaltener Hand zu.

»Kein Wunder«, meinte ich. »Bisher hatte hier ja auch Rupert das Sagen.«

»Danielle, Felix und Leonard?« Blake schnappte sich den Notizblock samt Stift vom Rednerpult und reichte ihn mir, als wäre ich sein Assistent.

»Entschuldige?« Ich zog empört und irgendwie auch belustigt eine Augenbraue hoch.

»Schreib mit«, befahl er mir und zwinkerte mir versöhnend zu. »Bitte.«

Ich schüttelte amüsiert den Kopf, zückte aber wie befohlen den Stift. Seit ich zurück war, lernte ich ständig neue Seiten an meinem Bruder kennen, und ich musste zugeben, dass mir das gefiel.

Die drei angesprochenen Personen hoben die Hände, woraufhin Blake grinste. »Ich weiß, wer ihr seid, ihr trüben Tassen«, neckte er sie, was dafür sorgte, dass Danielle puterrot anlief und Felix und Leonard hüstelnd lachten. »Ihr drei kümmert euch um die Elektrik. Leinwand, Strom, die Filme, Beamer, Lichter, ihr wisst es selbst am besten, denn letztes Jahr habt ihr das auch gemacht, korrekt?«

»Jawohl!« Felix hob den Daumen, Danielle und Leonard nickten zustimmend. Plötzlich kam Leben in die Bude, und ich beobachtete, wie sich sämtliche Helfenden aufrechter hinsetzten, miteinander tuschelten und kicherten. Manchmal war mein Bruder ein echter Magier.

Riley

Seit vier Tagen backte ich Mandarinen-Hefekuchen mit Zitronenbaiserhaube für das Café, weil ich meine Wut lieber am Hefeteig ausließ als an meinen Mitmenschen. Abbys kalte Schulter tat mir mehr weh, als ich je zugegeben hätte. Ich knetete und knetete und knetete den Teig, bis ich sämtliche Bläschen aus ihm herausgeknetet hatte und meine Finger schmerzten. Über die Schulter sah ich zur Wanduhr und seufzte auf, denn die Schule war seit einer halben Stunde aus und selbstverständlich ließ sich meine Schwester wieder nicht hier blicken. Es verletzte mich, denn das war ihre Art mir zu zeigen, dass sie sauer auf mich war und nicht im Geringsten in Erwägung zog, das Kriegsbeil zu begraben. Wenn sie nur wüsste, wie sauer *ich* erst war, grübelte ich, und mein Blick blieb an den frischen Zitronen hängen, die ich heute früh im Obstladen erstanden hatte. Ich lachte auf. Ja, das kam in etwa hin. Aus Erfahrung wusste ich, dass die Flaute, die jeden Tag nach der Mittagszeit über das *Anne's* hereinbrach, gleich vorüber wäre, und ich nickte zufrieden, weil ich den Teig rechtzeitig fertig bekommen hatte. Ich stellte ihn in den Ofen, den ich vorgeheizt hatte, damit er bei niedriger Temperatur mindestens eine Stunde ging, ehe ich ihn weiterverarbeitete.

Pünktlich auf die Minute drang das Klingeln des Glöckchens an mein Ohr. Ich sah zur Eingangstür und begegnete wie erwartet Devons Lächeln. »Hey«, begrüßte er mich und lehnte sich über den Tresen, griff nach meiner Taille, um mich zu sich zu ziehen, und drückte mir einen Kuss auf die Lippen.

Skeptisch beäugte ich ihn, denn mir fiel sofort auf, dass an seinem Grinsen etwas faul war. »Hey?«

»Warum guckst du mich so an?« Er lachte und fischte sein Portemonnaie aus der Potasche, um mir fünf Dollar auf den Tresen zu legen.

Ich nahm das Geld entgegen, ohne ihn aus den Augen zu lassen, öffnete blind die Kasse und warf den Schein hinein. »Warum guckst *du* mich so an?«, erwiderte ich mit schief gelegtem Kopf. »Du siehst aus wie jemand, der etwas plant, und das gefällt mir nicht.«

Devon hob die Arme in die Höhe, als wüsste er nicht, wovon ich sprach, und biss sich auf die Unterlippe. »Keine Ahnung, was du meinst.«

»Ach ja?« Ich griff nach einem Kaffeeglas für seinen Iced Coffee. »Mandarinen-Hefekuchen mit Zitronenbaiser, Bienenstich oder Windbeutel?« Ich wedelte mit dem Teller, auf den ich gleich seinen Kuchenwunsch legen würde.

»Windbeutel klingt gut«, entschied er und fasste sich an den Bauch. »Vielleicht sollte ich aber demnächst eine Kuchenpause einlegen, es macht sich langsam bemerkbar, dass ich jeden Tag deiner Backkunst ausgesetzt bin.«

»Dann lauf öfter eine Runde mit deiner Mannschaft ums Feld und jag sie nicht nur drüber«, schlug ich vor.

»Vielen Dank für diese äußerst charmante Problemlösung«, maulte er.

»Ich helfe gern.«

»Wirklich?« Devon grinste breit und sah mich wieder mit diesem undeutbaren Blick an, der meinen Puls in die Höhe schnellen ließ.

»Ja-a«, antwortete ich vorsichtig.

»Gut zu wissen«, murmelte er und nahm seinen Windbeutel entgegen.

Ich begann, seinen Kaffee zuzubereiten. »Wie war es eigentlich gestern in der Alten Halle?« Vielleicht war es besser, das Thema zu wechseln.

»Gut, dass du fragst …« Sein Grinsen erreichte inzwischen seine Ohren, und endlich verstand ich, was los war. Warum er mich so seltsam anlachte.

»Nein«, entgegnete ich abwehrend und schüttelte den Kopf. »Ich habe keine Zeit und erst recht keine Lust, mich von Rupert anschreien zu lassen. Ich habe genug mit Abby zu tun.«

»Das ist aber ungünstig«, murmelte Devon.

»Was ist ungünstig?« Ich versuchte, so viel Härte wie möglich in meinen Blick zu legen, doch seinem Schmunzeln nach zu urteilen, scheiterte ich.

»Irgendwie seid ihr beide auf der Liste der freiwilligen

Helfenden gelandet«, flötete Devon und schnappte sich seinen Windbeutel und den Kaffee, den ich just in diesem Moment zwischen uns auf den Tresen gestellt hatte. Er wandte sich um und ließ mich mit dieser Information einfach stehen.

Ich brauchte ein paar Sekunden, bis ich begriff, was er da gebeichtet hatte. »Nein!«, rief ich ihm hinterher, wischte die Hände an meiner Schürze ab und stolperte hinter ihm her, da er meinen Einwand zu ignorieren schien. »Devon? Ich habe Nein gesagt.«

»Das ist jetzt leider zu spät«, bemerkte er achselzuckend und kam gar nicht auf die Idee, seine Schadenfreude zu verstecken.

»Du willst Abby und mich *zwingen* zusammenzuarbeiten? Jetzt, wo sie schon die Augen verdreht, wenn ich mich ihr auf einen halben Kilometer nähere?« Hilflos fasste ich mir in den Nacken. »Nein. Auf gar keinen Fall. Rupert soll sich jemand anderen suchen.«

»Rupert gibt es nicht mehr«, informierte Devon mich, und mir blieb das Herz stehen.

»Rupert ist tot?« Erschrocken griff ich nach der hölzernen Stuhllehne, um mich festzuhalten. Seine Worte schockierten mich und ich hatte das Bedürfnis, mich sofort hinzusetzen.

»Gott, nein«, ruderte Devon zurück. »So war das nicht gemeint!« Verlegen fuhr er sich durch seine Haare. »Zumal ich glaube, dass er uns alle überleben wird«, murmelte er, was ich mit einem strengen Blick quittierte. Über den Tod machte man keine Witze. »Er hat die Festivalleitung an Blake und mich übergeben, und was soll ich sagen, ich brauche deine … eure Hilfe.«

Mürrisch ließ ich mich auf den Stuhl fallen. »Das finde ich nicht nett«, maulte ich. »Da *muss* ich *Ja* sagen.«

»Du kannst auch Nein sagen.« Devon lächelte mich aufrichtig an. »Wirklich, ich wollte dich nur aufziehen.«

»Ach, Quatsch«, murmelte ich seufzend. »Ist ja gut. Ich helfe euch und werde Abby einfach dazu zwingen. Wenn es nach ihr geht, tu ich ja eh nichts anderes, als sie zu Dingen zu zwingen, die sie nicht tun möchte, und ihr das zu verbieten, was sie eigentlich will.«

»Sei nicht so hart zu ihr«, meinte Devon. »Ich bin mir sicher, dass sie nur irgendeine für dich nervige Phase durchmacht. Ihr übersteht das.«

»Weißt du, dass ich mir all deine schlauen Ratschläge genau hier abspeichere, um sie dir in zehn Jahren auf dem Silbertablett zu servieren?« Ich tippte mit dem Finger an meinen Kopf. »Du wirst schon noch sehen. Elsie wird dich fertig machen.«

»Tut sie doch jetzt schon«, lachte Devon liebevoll und setzte sich auf den Stuhl neben mir. »Also, helft ihr uns?«

Ich verdrehte die Augen. »Ja. Aber ich werde dabei nicht lächeln«, prophezeite ich ihm verdrossen. »Was wird denn unsere Aufgabe sein?«

»Etwas, das ihr beide gut könnt.«

»Und das wäre genau was? Also außer uns gegenseitig zornige Blicke und schnippische Bemerkungen zuzuwerfen?«

Devon prustete los, ging aber nicht auf meine Aussage ein. »Ihr sorgt für die Verpflegung, die auf dem Festival in einem Foodtruck verkauft wird, und es wäre super, wenn ihr am Vorabend helft, die Kissen, Decken, Tische, Sessel und so weiter im Park aufzustellen. Da werden wir alle anpacken.«

»Ein Foodtruck?« Ich pfiff anerkennend durch die Zähne.

»Jawohl«, nickte Devon stolz. »Wir dachten, das passt zum Kinoflair.«

»Tut es«, stimmte ich nickend zu und versuchte, das mulmige Gefühl im Magen zu ignorieren, wenn ich daran dachte, dass ich Abby heute Abend darum bitten musste, mir bei der Vorbereitung zu helfen.

»Keine Sorge, den Verkauf übernimmt jemand anders, ihr könnt also ganz normal am Festival teilnehmen, sofern ihr das wollt.«

Ich lächelte müde. »Ich auf jeden Fall. Für Abby darf ich ja nicht sprechen, wie du weißt«, zeterte ich und nervte mich damit schon selbst. »Gott, sorry.«

»Schon okay.« Devon nahm einen Schluck von seinem Kaffee und die Klingel der Cafétür kündigte Kundschaft an. Wir wandten beide unsere Köpfe zum Eingang, und ich stemmte mich vom Stuhl hoch, um mit einem aufgesetzten Lächeln im Gesicht zum Tresen zu gehen, damit die Gäste nicht zu warten brauchten.

18. Kapitel

Devon

Seit Tagen, nein, seit Wochen überlegte ich, wann wohl der passende Moment wäre, Riley darum zu bitten, meine Frau zu werden. Erneut. Die neue Riley. Die, die nicht mehr wusste, dass sie es mir einst versprochen hatte. Es hatte diesen Moment gegeben, vor sieben Jahren, als wir fast noch Kinder und uns dennoch so sicher gewesen waren, wie nur irgend möglich. Was, wenn ich ihn verspielt hatte? Wenn es niemals wieder diesen magischen Augenblick geben würde? Das war eine Frage, die man nur ein einziges Mal im Leben ernst gemeint stellen sollte. Oder? Andererseits lief in Rileys und meiner Beziehung überhaupt nichts nach einem Regelwerk. Wir hatten uns erst vor Kurzem wiedergefunden, und trotzdem fühlte es sich so vertraut an, als wären wir nie getrennt gewesen. Für mich tat es das zumindest. Ich durfte nicht vergessen, dass ich für Riley bis vor wenigen Wochen ein Fremder gewesen war. Dass für sie die Uhren anders tickten als für mich. Vielleicht ging ihr das alles zu schnell, vielleicht war sie noch nicht so weit. Ich seufzte. Es hatte keinen Sinn, mir darüber den Kopf zu zerbrechen. Ich würde einfach den Sprung ins kalte Wasser wagen müssen, um es herauszufinden.

Ich ließ verträumt die Ringschachtel zuschnappen und zuckte zusammen, als ich aus dem Augenwinkel meinen Bruder stumm im Türrahmen stehen sah. Seit wann war er hier? Ich hatte ihn nicht in die Alte Halle kommen hören. »Gott, schleich dich doch nicht so an!«, pflaumte ich ihn an und versteckte blitzschnell die Box hinter dem Rücken. Der Hitze nach zu urteilen, die mir ins Gesicht schoss, lief mein Gesicht verräterisch rot an.

»Bemüh dich nicht! Ich hab ihn gesehen.« Er lächelte, zu meiner Überraschung ohne Spott, und spazierte zur Fensterfront hinüber, um eines davon zu öffnen. Die Brise, die in den Raum wehte, kühlte mich ab und zeigte, dass der Sommer sich langsam gen Ende neigte. »Willst du mir erklären, warum du ihn so tieftraurig angeseufzt hast?« Blake kam zu mir und blickte auf seine Armbanduhr. »Die Freiwilligen kommen frühestens in einer Viertelstunde.« Er zog sich einen Stuhl zu mir heran, ließ sich darauf fallen und stemmte die Füße gegen den Bühnenrand, auf dem ich saß. Dann sah er mich erwartungsvoll an.

»Hab ich das?« Peinlich berührt holte ich den Ring wieder hervor und drehte und wendete das Päckchen in meinen Fingern. Wünschte, er wäre selbsterklärend, wie Ringe es normalerweise waren.

»Ich schätze mal, der ist für Riley?«

»Das war er«, murrte ich und spürte, wie sich das altbekannte Band um meinen Hals legte, um mir die Kehle zuzuschnüren. Ich hob den Kopf und atmete angestrengt aus, suchte Blakes Blick.

Verdattert legte er den Kopf schief. »Erkläre es mir!«

»Du wirst mich auslachen«, meinte ich. Ausnahmsweise

wollte ich *wirklich* nicht von Blake veräppelt werden, dafür war mir die ganze Angelegenheit zu wichtig.

Seufzend verschränkte Blake die Arme hinter dem Kopf und warf mir einen beleidigten Blick zu, bei dem sich ein Funke schlechten Gewissens in mir regte. »Weißt du, langsam geht es mir auf den Geist, dass du mir immer die Rolle der Dampfwalze zuteilst.«

Damit hatte er leider recht. Eigentlich wusste ich, dass mein Bruder mich niemals ernstlich verletzen würde. Er testete zwar gern seine Grenzen aus und kratzte damit regelmäßig an meinem Ego, doch er wusste, wann er zu weit ging. »Es wäre nicht das erste Mal«, erklärte ich geknickt.

»Das erste Mal?«, wiederholte Blake fragend. »Inwiefern?«

Ich erinnerte mich an das Gespräch, das wir vor ein paar Wochen geführt hatten, als wir das Haus vom Streichelzoo-Gehege gebaut hatten und Blake wenig begeistert davon gewesen war, dass ich mich wieder für Riley interessierte. Zwar war damals alles anders gewesen, denn kaum jemand hatte bis dato von Rileys retrograder Amnesie gewusst. Doch offenbar hatte die Unterhaltung eine gewisse Sorge in mir hinterlassen, dass Blake mich nachträglich für verrückt erklärte, wenn ich ihm erzählte, dass ich schon als Teenager um Rileys Hand angehalten hatte. Und sie Ja gesagt hatte. Aus Selbstschutz hatte ich es bisher vor ihm verschwiegen, was nicht fair war. Das erkannte ich. »Wir wollten heiraten«, presste ich hervor und wünschte, dass der eiskalte Schauder, der mir über die Wirbelsäule jagte, verschwand. »Niemand außer uns wusste es«, erklärte ich weiter und starrte die Box an. »Und jetzt weiß es nur noch ich.«

Blake stieß einen Schwall Luft aus und stupste mit seinem

Knie meines an. »Uff. Es tut mir echt leid.« Er fuhr sich mit den Handflächen über das Gesicht und ließ seinen Nacken knacken. »Langsam verstehe ich es immer besser.«

»Es?«

»Deine Gefühle für dieses Mädchen, aus dem eine wirklich wunderbare Frau geworden ist, werden für mich greifbarer.« Blake wandte den Kopf ab und sah mit leerem Blick zur Deko-Ecke, in der durcheinandergewürfelte Kisten mit Kleinkram standen, sortiert nach Jahreszeiten und Feiertagen. Alle Ladenbesitzer durften sich daran bedienen, und was übrig blieb, schmückte öffentliche Plätze wie den Pavillon. Diese Idee hatte unsere Bürgermeisterin Mrs. Innings vor bald zehn Jahren gehabt, und mir wurde warm ums Herz, wenn ich daran dachte, wie viel diese Frau für den Zusammenhalt in unserer Stadt leistete, auch wenn sie meistens total schräg war.

»Waren sie das denn vorher nicht?«, hakte ich nach und fürchtete mich vor der Antwort. »Greifbar?«

Blake schüttelte den Kopf. »Nein. Ich habe euch als Kids gesehen, die einfach ineinander verknallt gewesen waren. Zu jung für die wahre Liebe«, erklärte er, und mir fiel auf, wie verträumt er dreinsah. Fast so, als hätte er jemand anderes vor Augen als Riley und mich. Ich rang mit mir, ihn darauf anzusprechen, denn ich hatte Blake nie wirklich glücklich mit einer Frau gesehen. Er hatte Dates und einige Beziehungen hinter sich, die schneller beendet gewesen waren, als sie begonnen hatten. Nie, nicht ein einziges Mal, hatte er einen verliebten Eindruck auf mich gemacht. Manchmal hatte ich mich gefragt, warum er das den Frauen antat, die ihm teilweise ihr Herz auf dem Silbertablett servierten. Langsam verstand ich, dass mein Bruder keiner von ihnen absichtlich hatte schaden wollen, sondern lieber Schlussstriche zog, bevor es wirklich schmerzhaft wurde.

»Tja«, erwiderte ich, lehnte mich nach vorn und schnippte mit dem Zeigefinger gegen sein Knie. »Eigentlich ist es egal, *wann* man sie findet, oder? Die *wahre Liebe*.« Ich zeichnete imaginäre Gänsefüßchen in die Luft. »Hauptsache, man gibt nicht auf, nach ihr zu suchen.«

Blake atmete angestrengt durch die Nase aus, nickte und kommentierte meine Antwort, die aus einem schmalzigen Liebesroman hätte stammen können, überraschenderweise nicht mit Sarkasmus. »Pack ihn besser weg.« Er deutete auf die Ringschachtel in meiner Hand und auf die Wanduhr neben dem Fenster, die mit einem kaum zu überhörenden Klicken die Sekunden zählte. »Sonst entdeckt sie ihn womöglich vorher.«

»Das wäre vielleicht gar nicht schlecht, dann müsste ich mir nicht mehr den Kopf darüber zerbrechen, wie ich sie fragen soll«, murrte ich, tat aber, wie Blake sagte, und erhob mich, um den Ring in der Tasche meines Pullovers zu verstecken, der an der Wandgarderobe hing.

»So wie beim ersten Mal«, grinste Blake, und ich warf ihm einen verdatterten Blick zu.

»Das erscheint mir falsch«, gab ich zu. »Irgendwie so … einfallslos?«

»Was einmal geklappt hat, klappt auch wieder.« Blake erhob sich ebenfalls und klopfte sich imaginären Dreck von der Hose. Eine Geste, die er sich im Laufe der Jahre durch seine viele Arbeit in der Holzwerkstatt angewöhnt hatte. »Außerdem …« Er zwinkerte mir zu. »… weiß sie es doch sowieso nicht mehr. Wende es ein einziges Mal zu deinem Vorteil.«

»Wo du recht hast«, seufzte ich und kam nicht umhin, mir wieder einmal den Tag in Erinnerung zu rufen, der der schönste unseres Lebens hätte sein sollen. Der Tag, der sich innerhalb weniger Stunden zum schrecklichsten gewandelt hatte. Der Tag, der Riley vor sieben Jahren zur Vollwaise und alleinerziehenden Schwester gemacht hatte. Und der Tag, der sich in weniger als einer Woche zum siebten Mal jährte.

Riley

»Vorsicht«, rief ich Abby hinterher. Sie schleppte einen Korb voll mit Backutensilien durch die Alte Halle und wäre beinahe über Pandas Leine gestolpert. »Rupert«, echauffierte ich mich und deutete auf das lose Ende und auf ihn. »Mach ihr das Ding ab und lass sie nicht damit durch die Gegend rennen, irgendjemand hier wird sich sonst noch die Ohren brechen.«

»*Rupert* und *Ohren brechen* in einem Satz. Das hat Stil«, lachte Blake, der Abby mit einer weiteren Box folgte.

»Jetzt, wo du es sagst«, grinste ich und sprintete an ihm vorbei zu Abby, um ihr die Tür zur Veranstaltungsküche aufzuhalten.

»Danke«, murrte sie und stellte den Korb ächzend auf einem niedrigen Hocker ab. »Brauchen wir das wirklich alles?« Sie runzelte die Stirn und strich sich die Haare hinters Ohr.

»Keine Ahnung.« Ich legte den Kopf schief und ließ den Blick über all das Equipment gleiten, das ich teilweise von Anne, Maddy und George geliehen hatte und das teilweise

Abby und mir gehörte. »Ich musste noch nie für ein ganzes Festival backen«, erklärte ich.

»Und kochen«, erinnerte mich Blake, woraufhin ich ein Stöhnen ausstieß.

»Das kann doch nichts werden!« Ich versteckte mein Gesicht hinter den Händen.

»Doch, das wird«, ermutigte mich Blake und legte einen Arm um meine Schultern, seinen anderen um Abbys und zog uns an sich. »Ihr seid doch ein gutes Team, oder nicht?«

Wollte er uns veralbern? Abby schenkte ihm einen erzürnten Blick, der das widerspiegelte, was ich in diesem Moment dachte. Meine Schwester und ich lagen nach wie vor im Streit, und es machte nicht den Anschein, als würde sich das bald ändern. »Blake!« Ich griff nach seiner Hand und zog seinen Arm von meiner Schulter. »Du nervst«, informierte ich ihn.

»Aber echt«, pflichtete Abby mir mürrisch bei und schlüpfte ebenfalls unter Blakes Arm hindurch. »*Du* kannst ja gern mitkochen«, schlug sie vor und wedelte mit einem quietschgrünen Stock, den sie aus dem Korb von Maddy und George gezogen hatte und der sich als Kochlöffel mit Blumenmuster entpuppte. »Wow, wie kitschig«, kommentierte sie und wühlte sich durch den Rest der Kiste.

Ich trat neugierig neben sie und zog eine metallene Muffinform heraus. »Oh Gott«, prustete ich los, als ich erkannte, dass die Muffins die Form von Penissen hatten. »Die passt wie Arsch auf Eimer zu den beiden! Das ist bestimmt ein Überbleibsel von einem Junggesellenabschied.« Lachend hielt ich die Form hoch, damit Abby und Blake auch etwas davon hatten.

Als Antwort hielt Abby eine Kuchenform in die Höhe, bei der man erst bei genauerem Hinsehen erkannte, dass es sich um einen Po handelte. »Hier haste den Arsch zu deinem Eimer«, gackerte sie, und für den Bruchteil einer Sekunde trafen sich unsere Blicke. Wir grinsten uns fröhlich an und realisierten im gleichen Augenblick, was wir gerade Verbotenes taten. Denn es war Regel Nummer eins, dass man während eines Streits *nicht* miteinander lachte. Reden, okay. Das musste man manchmal. Aber lachen? Das ging weit über das schweigsame Dulden hinaus.

Wie zur Salzsäule erstarrt sahen wir uns an, und ich spürte, dass wir beide darauf warteten, dass die jeweils andere *endlich* den ersten Schritt zur Versöhnung machte. Und in diesem Moment wurde ich mir meiner Stellung bewusst. *Ich* war die große Schwester, die Erwachsene, auch wenn ich mich alles andere als reif fühlte. Manchmal fragte ich mich, ob ich eines Tages aufwachen würde und wüsste, dass ich nun erwachsen war. Bisher hatte ich vergeblich auf diesen Moment gewartet, doch nun realisierte ich, dass ich ihn vielleicht gefunden hatte. Wenn ich jetzt über meinen Schatten sprang und Abby bat, unseren sinnlosen Streit zu beenden, wäre das ein Schritt in Richtung Erwachsenenleben. Oder?

Seufzend legte ich die Penisküchleinform zurück in George und Maddys Kiste und streckte einen Arm aus. »Komm schon her«, murmelte ich mit belegter Stimme, denn ich hatte Angst vor einer Abfuhr. Fürchtete mich davor, dass Abby den Kopf schütteln, die Schultern zucken, die Augen verdrehen könnte. Doch nichts dergleichen geschah. Stattdessen versenkte sie den Kuchenpo im Korb und warf sich schluchzend in meine Arme.

»Es tut mir leid«, japste sie und vergrub ihre Nase an meinem Schlüsselbein. »Wirklich, Riley!« Ihre Schultern bebten, und ich fuhr ihr tröstend über den Rücken, atmete den Duft ihres Haares ein, der mich immer an sie erinnern würde.

»Und mir erst«, flüsterte ich an ihrem Ohr und drückte ihr einen Kuss auf die Schläfe. »Ich habe mich nicht wie die Schwester des Jahres verhalten«, entschuldigte ich mich und schluckte die Tränen herunter.

»Das ist wohl mein Zeichen«, räusperte sich Blake und schlüpfte leise aus dem Raum.

»Dito«, stammelte Abby und hob den Kopf, damit wir uns in die Augen sehen konnten. »Ich *weiß*, dass du das alles gut machst und es nicht einfach ist«, versicherte sie mir nachdrücklich. »Aber irgendwie bin ich in letzter Zeit so wütend.« Ihre Stimme brach, und ich fasste sie an den Schultern, um sie ein Stück von mir wegzuhalten.

»Wütend?« Ich runzelte die Stirn. Dann zog ich sie hinter mir her zur Arbeitsplatte aus Edelstahl, an der zwei hohe Sitzhocker platziert waren. »Setz dich«, bat ich und holte eine Rolle Küchenpapier, um ihr ein Blatt davon abzureißen.

»Danke«, murmelte sie, wischte sich damit über das Gesicht und schnäuzte hinein. »Ich weiß nicht, warum«, erwiderte sie. »Ich habe diesen Zorn im Bauch, ich kann es nicht erklären. Als wäre alles in meinem Leben furchtbar unfair.«

Ich lächelte und strich ihr mitfühlend über die Wange. »Du willst das vermutlich nicht hören, aber dein Leben *ist* in manchen Punkten furchtbar unfair.« Ich seufzte. »Wir können nur versuchen, all das Gute, das uns widerfährt, über das Schlechte, das Unfaire zu setzen, verstehst du?«

»Ja«, murrte sie. »Aber ich will das nicht.« Und in diesem

Moment war Abby einfach nur meine kleine Schwester, die ich um alles in der Welt beschützen wollte. Doch mit jedem Jahr, das verging, musste ich erkennen, dass ich sie nicht für immer vor allem Unheil abschirmen konnte.

Mitfühlend nickte ich. »Ich auch nicht«, gab ich zu und schluckte den Kloß in meinem Hals herunter, denn es verlangte mir einiges ab, nicht selbst in einem Sturzbach loszuweinen. Vor sieben Jahren war uns etwas Schreckliches widerfahren, so unfair wie man es sich nur vorstellen konnte, und es würde kein einziger Tag mehr vergehen, an dem der Tod unserer Eltern uns nicht ins Herz stach. Doch ich wusste, dass ich endlich beginnen sollte, meine eigenen Ratschläge zu befolgen. Jeden Glücksmoment als Lichtblick zu sehen, als Zeichen, dass wir trotz unseres Verlustes ein schönes Leben führen konnten. »Aber wir haben keine andere Wahl.« Ich schenkte ihr ein wackeliges Lächeln.

»Geht die Wut wieder weg?« Abby schniefte und griff nach der Küchenrolle, um sich selbst und mir ein Stück abzureißen, obwohl ich doch gar nicht weinte. Dennoch nahm ich es entgegen und krallte meine zittrigen Finger hinein.

»Ein bisschen Wut wird immer bleiben, schätze ich«, gab ich zu und versuchte gar nicht erst, meiner Schwester etwas vorzumachen. Dafür war sie mittlerweile zu alt. Und wenn ich genauer darüber nachdachte, war sie dem Traum einer heilen Welt sowieso viel zeitiger entwachsen, als es gut für sie gewesen wäre.

»Das dachte ich fast«, krächzte sie und versuchte sich an einem Lächeln.

»Du weißt, dass ich ehrlich zu dir bin«, entgegnete ich und fuhr ihr durch die langen Haare. »Das war ich immer.«

Für einen Moment erwiderte Abby nichts und auch ich schwieg. Wir saßen stumm da, umgeben vom Edelstahl der Veranstaltungsküche, von Körben und Kisten voller Utensilien. Das einzige Geräusch, das zu hören war, war das monotone Summen des Kühlschranks.

»Riley?« Ich hob den Blick, denn ich hatte unbewusst das Stück Papier in meinen Händen fixiert. Langsam glitt Abby vom Hocker, die Hände zu Fäusten geballt und eine Frage in ihrem Blick. Eiskalt lief es mir den Rücken hinab, und ich war froh, noch zu sitzen, denn ihr Ausdruck hätte mir womöglich den Boden unter den Füßen weggezogen. Es war, als wankte die Küche, das gesamte Gebäude wie das verdammte Boot, mit dem Mom und Dad untergegangen und qualvoll ertrunken waren. Eingesperrt in der Kajüte, weil das Schloss geklemmt hatte. Konnte man an Land ertrinken? Falls ja, war es bei mir der Fall, denn in meiner Kehle breitete sich ein Schmerz aus, der mir die Luft abschnürte. Ich wusste ganz genau, welche Frage Abby mir gleich stellen, vor welche Hürde sie mich stellen würde. Was ich allerdings nicht wusste, war, ob ich dem gewachsen war, was sie da von mir verlangte.

»Riley?«, wiederholte sie. Ihre Stimme war kaum mehr als ein Wispern. »Gehen wir hin?« Sie hatte die Schultern bis zu ihren Ohren hochgezogen, als erwarte sie eine Enttäuschung. Ohne dass ich selbst die Kontrolle über meinen Körper hatte, nickte ich. Ich nickte, schluckte und formte mit den Lippen ein *Ja*, obwohl alles in mir *Nein* schrie. Aber würde ich jemals bereit dazu sein? Bereit, das Grab meiner Eltern zu besuchen? Konnte man das überhaupt? Seit unserer Rückkehr hatten wir den Tag, der unaufhaltsam jedes Jahr über uns hereinbrach und uns daran erinnerte, dass uns unsere Eltern genommen wurden, totgeschwiegen. In der Vergangenheit hatten wir ihn einigermaßen distanziert hinter uns bringen können, doch mir war von Anfang an klar gewesen, dass sich das in der Sekunde ändern würde, in der wir das Willkommensschild von Saint Mellows passierten. Denn hier war der Todestag unserer Eltern auf ganz andere Art und Weise real, hier lebten all die Gefühle, all die Erinnerungen an sie, verlorene wie gebliebene, aber auch die Hoffnung darauf, dass wir irgendwann aufhörten, an ihnen zu zerbrechen. Dass wir in unserer Heimat etwas fanden, das uns half, unsere Herzen zu kitten.

Ich räusperte mich und fuhr mir mit den Händen über die Oberarme, da mir kalt war. Zu schade, dass man sein eigenes Herz nicht wärmen konnte, denn es pochte eiskalt in meiner Brust, dass es wehtat. »Ja«, wiederholte ich sicherer und erhob mich vom Hocker. »Es wird Zeit.«

19. Kapitel

Devon

»Was auch immer du vorhast«, brummte Riley neben mir und krallte sich mit den Fingern in den Beifahrersitz. »Es gefällt mir nicht.« Sie verlor das Gleichgewicht, als ich zu einer Linkskurve ansetzte, und knallte mit einem dumpfen Ton gegen die Autotür. Erneut. »Devon!«, donnerte sie und rieb sich über den Oberarm. »Ich habe dir gesagt, du sollst mich vorwarnen, wenn du abbiegst.« Ich lachte. »Lachst du etwa? Jetzt reicht es mir!« Aus dem Augenwinkel sah ich, dass Riley die Hand zu ihrem Gesicht führte, um die dunkelblaue Augenbinde abzunehmen, die ich ihr aufgezwungen hatte. »Ich bin doch keine fünf mehr. Genau genommen hatte ich als Kindergartenkind schon keinen Spaß an *Blinde Kuh*«, murrte sie.

Blitzschnell griff ich nach ihrer Hand, während ich konzentriert auf eine rote Ampel zurollte. »Wirst du das wohl lassen«, ermahnte ich sie und legte ihre Hand nachdrücklich in ihren Schoß. »Wir sind gleich da.«

»Dein gleich ist nicht zufällig dasselbe gleich wie das vor zehn Minuten?« Riley verschränkte die Arme vor dem Brustkorb.

»Erstens«, grinste ich, was sie garantiert hörte. »Kannst du unmöglich wissen, ob zehn Minuten vergangen sind, außer du hast einen Wecker verschluckt. Und zweitens sind wir wirklich gleich da.« Ich lachte, weil mir klar war, dass sie das unmöglich zufriedenstellen würde.

»Ich weiß nicht, warum du das immer machst«, knurrte sie, ließ aber die Anspannung aus ihrem Körper, was ich daran erkannte, dass sie die Schultern lockerte und nicht mehr die Knie aneinanderpresste, als versuchte sie, ein Blatt dazwischen zu halten. »Ich …«

»Stopp«, unterbrach ich sie. »Ich will echt nicht hören, dass du Überraschungen nicht magst. Diese Diskussion nervt.«

»DU NERVST«, donnerte sie mir entgegen, doch ich vernahm einen lachenden Unterton in ihrer Stimme. »Aber okay«, seufzte sie. Gab sie etwa nach? »Ich vergesse heute, was ich von Überfällen wie diesem hier halte.«

Ich nahm die Hand vom Lenkrad, um sie auf ihr Bein zu legen. Kurz zuckte sie zusammen, denn durch die Augenbinde hatte sie es nicht kommen sehen, doch kaum eine Sekunde später legte sie ihre Finger in meine Hand. »Es wird dir gefallen«, versprach ich ihr und hoffte, die Zweifel in mir würden endlich verstummen. Ich tat all das hier für Riley, nur für Riley, denn ich kannte sie. Ich wusste, wovon sie träumte. Sie selbst hatte ihre Träume vielleicht vergessen, doch ich war mir sicher, dass sie nie aufgehört hatte, sie zu fühlen. Ich hatte mir geschworen, dafür zu sorgen, dass sie wieder glücklich war, denn es gab niemanden, der es mehr verdient hätte. Darum war es mir wichtig gewesen, diesen Ausflug zu machen, bevor ich den großen Schritt wagte und alles auf eine Karte setzte. Denn selbst wenn ich mich täuschte und sie nicht bereit war, den Rest ihres Lebens mit mir zu teilen, wollte ich, dass sie an ihren Wünschen festhielt. Ich strich sanft mit dem Daumen über ihren Handrücken, was sie als Einladung nahm, die Handfläche zu öffnen. Schmunzelnd fuhr ich die Linien in ihr blind nach und begrüßte das Kribbeln in meinem Bauch. Ihre Handinnenflächen waren eine erogene Zone an ihrem Körper, genau wie die Stelle unter ihrem Ohr. Wie gern hätte ich den Blick von der Straße genommen, um zu beobachten, wie sich die feinen blonden Härchen auf ihren Unterarmen aufstellten und bezeugten, dass Riley noch immer die gleiche Anziehung verspürte wie früher.

»Das gefällt mir auch«, entgegnete sie wispernd und schloss die Hand wieder um meine, hob sie zu ihrem Gesicht, um mir einen Kuss auf den Handrücken zu drücken. »Manchmal fühlt es sich so anders vertraut mit dir an, Devon. Und ich glaube, das sind Gefühle von damals«, murmelte sie. »Genau …« Sie zögerte, als suchte sie nach den passenden Worten. »Genau *jetzt* ist es, als berührtest du mich in einer Erinnerung.« Sie schüttelte den Kopf, das nahm ich im Augenwinkel wahr. »Ich kann es nicht erklären.« Sie stieß einen kleinen Seufzer aus. »Manchmal ist es, als wüsste ich genau, was du vorhast, oder ich wünsche mir, dass du etwas tust, und dann …« Sie stockte.

»Was dann?« Ich hakte vorsichtig nach und spürte das leichte Zittern ihrer Hand.

»Dann tust du es, ohne dass ich dich bitten muss, und ich wundere mich, wie du das wissen konntest. Dann fällt mir wieder ein, was ich einst für dich empfunden haben muss und dass es vermutlich nichts gegeben hat, das ich dir nicht anvertraut hätte und …«

Ob sie bemerkte, wie fest sie ihre Finger um meine Hand krallte? Ihre Nervosität war ansteckend, und ich schluckte, konnte nicht verhindern, dass meine Stimme krächzte. »Und was, Riley?« Ich bog in die Straße ein, in der sich ihre Überraschung befand.

»Und ich wünsche mir, dass es wieder so ist wie früher«, murmelte sie. »Ohne dass ich *weiß*, wie es früher war. Aber ich vertraue darauf, dass du mich einfach glücklich gemacht hast, verstehst du?« Sie biss sich auf die Unterlippe, und ich fuhr an den Straßenrand in eine Parkbucht, schaltete den Motor umständlich mit der linken Hand aus, um bloß ihre Hand nicht loslassen zu müssen.

»Ja, Riley.« Ich atmete tief ein und wieder aus. »Ich verstehe dich. Vermutlich mehr als irgendein anderer Mensch auf diesem Planeten.« Lächelnd beugte ich mich zu ihr hinüber und strich ihr über die Wange. »Und glaub mir, es gibt niemanden, der dich so unendlich glücklich sehen möchte wie ich.« Wir schwiegen einen Augenblick, ohne dass ich das Gefühl hatte, mehr sagen zu müssen, und Rileys Atem war ruhig und tief, und ich spürte, wie sich ihre Anspannung löste.

»Weißt du, was ich gerne sehen würde?« Schmunzelnd wackelte sie mit dem Kopf, und wieder einmal schaffte sie es, die Schmetterlinge in meinem Bauch, die nur auf ihr Kommando warteten, in Aufruhr zu versetzen. »Überhaupt irgendetwas.« Sie ließ meine Hand los und deutete auf ihren Kopf.

Ich lachte und beugte mich über die Mittelkonsole zu ihr hinüber, fasste nach ihrem Kinn, um es in meine Richtung zu drehen, und drückte meine Lippen auf ihre. »Wir sind da«, verriet ich ihr flüsternd zwischen zwei Küssen und fuhr ihr Kinn mit der Fingerspitze nach.

»Dein Glück«, hauchte sie. Sie lächelte, und trotz der Augenbinde wusste ich, dass sich das Lächeln in ihren Augen widerspiegelte.

»Warte einen Moment und wehe du schmollst«,drohte ich ihr und biss ihr in die Unterlippe, woraufhin sie erschrocken nach Luft schnappte und sich danach über die Lippen leckte. Gott, allein sie zu beobachten, jagte sämtliche Gehirnzellen zwischen meine Beine. Schluckend wandte ich mich ab, kontrollierte mit einem kurzen Griff in meinen Schritt, ob ich es wagen konnte, das Auto zu verlassen und mich in der Öffentlichkeit zu zeigen, und öffnete die Autotür, auch wenn es langsam kritisch in meiner Hose wurde. Ich flitzte um den Wagen herum und riss Rileys Tür auf. »Komm«, bat ich und hielt ihr meine Hand hin. Sie regte sich nicht. »Oh, entschuldige!« In der Aufregung hatte ich ganz vergessen, dass sie ja nichts sah. Ich legte ihr eine Hand auf die Schulter und fasste mit der anderen nach ihrem Handgelenk, darauf bedacht, dass sie sich beim Aussteigen weder den Kopf noch die Knie anstieß.

»Wann werde ich das Ding denn endlich los?« Sie nickte und rümpfte die Nase, auf der die Binde langsam herunterrutschte. Ihre Haare, die sie offen trug, waren während der Autofahrt nach oben gerutscht, sodass sie wie ein Kranz über dem Stoff hingen und in Zotteln unten herausguckten. Ich presste die Lippen aufeinander, um nicht zu grinsen, denn tatsächlich erinnerte mich ihr Anblick an Elsie, wenn sie mit ihren Freundinnen *Blinde Kuh* spielte.

»In einer Minute«, murmelte ich und wischte meine

feuchte Handfläche an der Jeans ab, ehe ich sie ihr in den Rücken legte. Innerhalb der letzten Sekunden hatte mich eine Nervosität überkommen, die mir den Schweiß ausbrechen ließ und dafür sorgte, dass mir der Puls in den Ohren dröhnte. Sanft schob ich Riley vorwärts, direkt auf Haileys Tanzstudio *Shine* zu, für das sie mir den Schlüssel überlassen hatte. »Streck deine Hand aus«, bat ich sie und verdrehte die Augen darüber, dass meine Stimme wankte.

»Okay?« Sie hob den Arm, mit der Handfläche nach oben. »Du machst es echt spannend, Devon«, murmelte sie. »Und ich weiß nicht, ob ich das mag.« Sie kicherte verlegen und trat von einem Fuß auf den anderen. Sie trug ihre klassischen schwarz-weißen Adidas Superstars, die sie schon vor sieben Jahren in sämtlichen Farben gesammelt hatte. Als hätte sie es geahnt, hatte sie sie heute mit einem beigen Kleid kombiniert, dessen Stoff mich entfernt an Seide erinnerte, denn es floss ihr um den Körper wie eine zweite Haut. Es reichte ihr bis über die Knie und lag am Oberkörper eng an, verlief in zwei sich überkreuzenden Bahnen über ihre Brust und kam auf dem Rücken zusammen. Genau wie damals liebte sie es, ihre elegante Seite mit der sportlichen zu vereinen, denn mir fiel niemand ein, der zu solch einem Kleid Sneakers getragen hätte.

Ich atmete tief durch, ehe ich den Schlüssel auf ihre Handfläche legte und hinter sie trat, um sie von der Augenbinde zu befreien. »Et voilà«, krächzte ich und räusperte mich. »Schließ auf!«

Riley blickte wie erstarrt auf den Schlüssel. »Ich verstehe nicht?« Sie runzelte die Stirn und wollte einen Schritt zurücksetzen, um sich umzusehen, doch ich hielt sie fest. »Wofür ist der?«

»Riley«, stöhnte ich und warf lachend den Kopf in den Nacken. »Das wirst du sehen, wenn du ihn benutzt, also los, mach schon!«

Zögerlich steckte sie den Schlüssel ins Schloss und drehte ihn herum. Langsam schwang die schwere hellgraue Tür auf und gab den Blick auf einen leeren Flur frei. »Du bringst mich in ein *leeres* Haus?«

»Jein«, erwiderte ich und drückte meinen Körper gegen sie, damit sie eintrat. »Zweite Tür links«, meinte ich knapp.

»Alles klar«, murmelte Riley und setzte zaghaft einen Fuß vor den anderen, als bestünde der Boden aus dünnem Glas, das bei einer einzigen falschen Bewegung zerbrechen könnte. »Hier?« Mit gerunzelter Stirn legte sie die Hand auf die Türklinke und versicherte sich mit einem fragenden Blick bei mir.

»Genau«, nickte ich. Ich war einige Meter von ihr entfernt stehen geblieben, um ihr den nötigen Freiraum zu geben, den sie vielleicht brauchte, sobald sie ins Innere des Spiegelsaals sah.

»Okay, du machst mich echt nervös, Devon«, erklärte sie und fuhr sich mit den Händen über das Gesicht und durch die Haare. Sie straffte die Schultern und atmete tief durch, warf mir ein Grinsen zu. »Wehe, hinter der Tür befindet sich wieder ein Flur«, blödelte sie herum. »Oder irgendetwas, das mich erschreckt. Dann mache ich Hackfleisch aus dir, damit du Bescheid weißt.«

»Nein, dahinter ist es, versprochen.« Ich nickte ihr zu. »Ganz ohne Erschrecken.«

»Dein Glück«, murmelte sie und drückte die Klinke herunter, zog die weiß lackierte Tür, die in den Angeln quietschte, auf und erstarrte in der Bewegung.

Riley

Es war, als wanderte die Kälte des Türgriffs durch meine Hand in meinen Körper, um sich dort unaufhaltsam in jedem Winkel auszubreiten. Seit so vielen Jahren hatte ich keinen Raum wie diesen mehr betreten. Und hatte ich nicht eigentlich gesagt, dass es okay war? Dass ich mit diesem Traum abgeschlossen hatte? Dass ich zu alt dafür war? Zu alt für eine Tanzausbildung? So viel Zeit war vergangen, seit ich meine Füße zuletzt in Ballettschuhe gesteckt hatte. Oder in meinen Sneakers getanzt hatte. Ich konnte die Gefühle, die auf mich einprasselten, nicht einordnen, denn einerseits fühlte ich mich hintergangen. Devon hatte meine Worte einfach ignoriert, hatte mir nicht geglaubt, dass es okay für mich war, nie mehr zu tanzen. Andererseits, und das war die andere Seite meiner Gefühlsmedaille: Hatte er gesehen, was ich mir wirklich gewünscht hatte? Wusste er, dass ich tief in meinem Inneren noch immer nichts sehnlicher wollte als zu tanzen? Ich war gleichzeitig wütend und dankbar! Ich war *wübar*, denn für das Gefühl in mir gab es keine Beschreibung, daher war es angebracht, einfach eine neue zu erfinden.

Schluckend nahm ich die Hand von der Klinke und setzte einen Schritt in den Raum, der an drei Seiten mit Spiegeln ausgekleidet war. Von überall blickte mir mein Selbst entgegen, und es war, als musterte nicht ich mich, sondern jemand Außenstehendes. Jemand, der mich durchschaute, obwohl ich alles dafür tat, die unüberwindbare Mauer um mich herum zu erhalten. Ich drehte mich um meine eigene Achse, wobei ich die Arme ausbreitete, bis ich mich in der

Mitte des Raumes befand, der auf dem Boden durch einen roten Klebepunkt markiert war. Ich verdeckte ihn mit dem linken Fuß, und es war, als drückte ich dadurch einen magischen Knopf, der mich in einen Disneyfilm sog. Energie durchflutete mich zusammen mit dem Wunsch, mich hier und jetzt immer und immer wieder um mich selbst zu drehen. In einer fließenden Bewegung hob ich den rechten Fuß, mein Spielbein, an und begann, mich im Fouetté zu bewegen, eine Drehung, die ich als Kind gelernt hatte, als wir den *Schwanensee* in der Tanzschule geübt hatten. Zwar waren meine Superstars keine Ballettschuhe, dennoch fühlte ich jede Bewegung mit meinem Herzen, als hätte ich niemals damit aufgehört. Ich nahm den sanften Lufthauch wahr, der mir über die nackten Oberarme strich und den Rock meines Kleides in regelmäßigen Abständen umherwirbelte. Ich beobachtete mich selbst in all den Spiegeln, achtete nicht darauf, dass meine Armhaltung schräg und das Standbein wackelig war. Ich drehte und drehte und drehte mich, so lange, bis mein Atem keuchend ging und ich ein Ziehen in Armen und Beinen spürte. Erst dann verlangsamte ich die Bewegung und sank kreiselnd gen Boden, bis ich kniete, den Oberkörper auf meine Handflächen gestützt. Das einzige Geräusch, das ich hörte, war der schwere Atem, der sich stoßweise aus meiner Kehle löste. Mein Brustkorb hob und senkte sich, und ich ließ den Kopf hängen, wobei mir die Haare übers Gesicht bis auf den Boden fielen.

Erst, als ich wieder genug Sauerstoff in meiner Lunge hatte, dass mir nicht mehr die Brust brannte, setzte ich mich nach hinten mit dem Po auf die Fersen. Wehmütig strich ich mit den Fingerspitzen über den roten Klebepunkt auf dem Boden. Dann hob ich den Kopf und betrachtete mich im Spiegel. Ich hatte Staub aufgewirbelt, der nun durch den Raum tanzte, angeschienen von den Sonnenstrahlen, die aus den Oberlichtern ins Innere drangen. Wie eine schützende Decke umhüllten mich die feinen Glitzerpartikel, als bedankten sie sich bei mir, dass ich ihnen wieder Leben eingehaucht hatte. Erst jetzt stieg mir der Geruch abgestandener Luft in die Nase, und ich fragte mich, seit wann dieses Gebäude leer stand. Devons zögerliche Schritte, die über das Parkett wanderten, drangen in mein Bewusstsein, und ich sah im Spiegel vor mir, dass er langsam auf mich zu kam. Für einen Augenblick war ich allein gewesen, hatte ihn nicht mehr wahrgenommen. Gott, ich hatte nicht einmal mich selbst wahrgenommen. Ich erinnerte mich daran, dass es das war, was ich am Tanzen geliebt hatte. Dass es mich in eine Zwischenwelt beförderte, in der es keine Gedanken gab. Keine Schmerzen, keine Erinnerungen oder Wünsche, sondern lediglich das Jetzt. Beim Tanzen dachte ich nicht an Vergangenes oder an Träume, verzehrte mich nicht nach dem, was ich verloren hatte oder niemals besitzen würde. Während ich tanzte, fokussierte ich mich einzig und allein auf die Bewegung und den Rausch, der mir sämtliche meiner Sorgen nahm. Solange ich tanzte, war alles gut. Solange ich tanzte, ließ ich los. Solange ich tanzte, nahm ich die Tränen nicht wahr, die mir jetzt in Rinnsalen über die Wangen liefen und ihr Ende auf dem Parkett fanden, das mir einst die Welt bedeutet hatte. Das Parkett, das meine Zukunft hatte sein sollen, und das ich so weit in den Hintergrund gedrängt hatte, dass ich irgendwann selbst angefangen hatte zu glauben, dass ich ohne es leben könnte.

»Riley?« Devon ging vor mir in die Hocke, seine Miene war ernst, ich las Sorge in seinem Blick und Beklommenheit.

»Danke«, wisperte ich, wobei mir vereinzelte Tränen in die Mundwinkel liefen. Noch immer außer Atem spürte ich den Puls in meinem Hals pochen und genoss das Prickeln auf der Haut, das ich so seit Jahren nicht mehr gespürt hatte. Ein Lächeln umspielte meine Lippen, und ich hob die Hand, um sie auf Devons Knie zu legen. Mit dem Zeigefinger, an dem ich einen filigranen, schlichten Ring trug, wanderte ich seinen Oberschenkel entlang, über seinen Bauch bis zum Hals. Ich strich so sanft wie möglich über seinen Adamsapfel und über sein Kinn, wobei mich die Stoppeln seines Dreitagebarts kitzelten. »Ich danke dir«, wiederholte ich und beobachtete, wie sein Kehlkopf hüpfte.

»Gern geschehen«, erwiderte er, wobei seine Stimme versagte, und es war, als würde er mir die Worte entgegenhauchen. Er hob seine Hände an und legte sie mir ums Gesicht. Wie er so vor mir hockte, die Finger an meinen Wangen, wusste ich, dass ich mir keinen schöneren Augenblick als diesen vorstellen konnte. Dass ich mir niemand anderen als diesen Mann, der mich so vertraut berührte, an meiner Seite wünschte.

»Devon«, flüsterte ich, ohne zu wissen, wie ich das, was ich fühlte, in Worte fassen sollte. War es bloße Zuneigung? Sicherheit? War das, was sich in jeder einzelnen Zelle meines Körpers ausbreitete, dieses eine Gefühl, nach dem sich jeder Mensch auf diesem Planeten sehnte? War es diese große, besondere Liebe, nach der so viele Menschen ihr Leben lang vergeblich suchten? War es möglich, dass ich, ausgerechnet ich, eine der Glücklichen war, die sie erfuhren? Diese eine besondere Liebe, die durch nichts erschüttert werden konnte, die die verheerendsten Krisen überstand und niemals enden würde?

»Ich liebe dich, Riley Carmello.« Devon sprach die Worte aus, die mir auf der Seele brannten, die ich über die Lippen zu bringen versuchte. »Damals wie heute«, fuhr er fort und strich mir mit seinen Daumen die Tränen aus dem Gesicht. »Ich habe niemals damit aufgehört.«

»Devon«, schluchzte ich, überwältigt von seinen Worten, von den Gefühlen, die mein Herz überschwemmten. »Ich dich auch«, stammelte ich und biss mir auf die Lippen. »Ich liebe dich auch.« Ich griff nach ihm, legte ihm die Hände in den Nacken und zog ihn zu mir heran, bis nur noch wenige Zentimeter unsere Lippen trennten. »Jetzt und in Zukunft«, versprach ich ihm und begriff, dass ich keine Angst hatte. Ich fürchtete mich nicht mehr vor der Zukunft, denn er war da, war ein Teil davon. In seinen haselnussbraunen Augen sah ich mich selbst, und ich realisierte, dass es kein schöneres Spiegelbild gab, als sich selbst in den Augen dieses einen Menschen zu sehen, den man liebte. Ich verlor mich in den Tiefen seines Blicks und senkte erst die Lider, als Devons Mund auf meinem lag. Als ich seinen Kuss erwiderte, presste er sich mir entgegen, bis sich mein Oberkörper nach hinten bog und er sich mit einer Hand auf dem Boden abstützen musste, damit wir nicht umfielen. Ich zog die Beine unter meinem Körper hervor und setzte mich in einen Schneidersitz, wobei ich seine Lippen für keinen Moment gehen ließ. Gierig fuhr ich ihm mit den Fingern durchs Haar und sog seinen Duft nach Sandelholz und Minze ein, dass mir schwindelig wurde. Ich gewährte seiner

Zunge Eintritt in meinen Mund und stöhnte auf, als er mir so zärtlich auf die Unterlippe biss, wie er es schon unzählige Male getan hatte. Doch dieses Mal war es anders, dieses Mal lag mehr Vertrauen in dieser Geste. Gänsehaut überzog meinen Körper und in meinem Kopf herrschte plötzlich ein weißes Rauschen, das jeden klaren Gedanken im Keim erstickte. »Devon«, hauchte ich zwischen zwei Küssen und ließ meine Hände unter sein T-Shirt wandern, strich über seinen Rücken, seinen festen Bauch und tiefer, bis meine Finger ihren Weg unter seinen Hosenbund fanden. Devon entfuhr ein Keuchen, das uns beide hochschrecken ließ. Schwer atmend, als wären wir einen Marathon gelaufen, starrten wir uns an. Wenn wir jetzt weitermachten, würde es kein Halten mehr geben, das ahnten wir in diesem Moment beide. Ein Schauder überlief mich und ich musste mich gewaltsam von Devons Blick losreißen. Nein, das hier war nicht der richtige Moment und nicht der richtige Ort. Auch wenn laut Devons Erzählung mein früheres Ich nicht davor gescheut hatte, sogar im Geräteraum der Schule mit ihm zu schlafen, war der dreckige Boden eines Spiegelsaals garantiert nicht der geeignete Ort. Zumal ich nicht sicher sein konnte, ob wir nicht jede Sekunde von irgendjemandem überrascht werden würden, denn nach wie vor wusste ich nicht, was das hier überhaupt für ein Gebäude war. Ich sah Devon in die Augen und schüttelte leicht den Kopf. Widerwillig ließ er von mir ab, wanderte mit seinen Fingerspitzen von meinem Nacken über die Schlüsselbeine, die Oberarme zu den Ellenbogen und schließlich bis zu meinen Handgelenken hinab, die er fest umschlungen hielt, als wollte er diesen Moment genauso festhalten wie ich. Er ließ sich mir gegenüber auf den Boden sinken, stellte die Beine auf und rutschte so nah an mich heran, dass seine Knie links und rechts von mir aufragten.

»Oh, Riley«, flüsterte er und lehnte seine Stirn gegen meine. »Wenn ich gewusst hätte, dass das hier *so* endet, hätte ich dich eher damit überrascht.«

Kichernd schüttelte ich den Kopf und strich mir die Haare hinter die Ohren, ohne die Stirn von seiner zu nehmen. »Erklärst du es mir?« Ich gab ihm einen Kuss auf die Nasenspitze und deutete mit einem Kopfnicken in den Raum hinein. »Was ist das hier? Sag mir bitte nicht, du hast ein Tanzstudio für mich gekauft?«

Devon lachte und drückte mir einen flüchtigen Kuss auf den Mund, ehe er sich von mir löste. »Nein«, räumte er ein.

»Sondern?«, hakte ich nach, denn ich konnte mir nicht erklären, wie er Zugang zu diesem Tanzstudio erhalten hatte, das dem Anschein nach seit Jahren geschlossen war. Über den Spiegeln hingen fette Staubschleier, und der Flur erweckte den Eindruck, als hätte ihn seit Monaten niemand mehr betreten. Das, was ich bisher gesehen hatte, war trist und verlassen. Und mit einem Mal fühlte ich mich diesem Ort auf seltsame Art und Weise verbunden, denn auch ich war verlassen worden. Mein Leben war so trist gewesen, ich hatte die letzten Jahre nur von einem zum nächsten Tag gelebt und gehofft, Abby ein halbwegs schönes Leben zu ermöglichen.

»Eine ehemalige Mitschülerin von uns, sie heißt Hailey, war für mehrere Jahre in Florida, um zu tanzen. Sie beendet derzeit ihre Ausbildung an der University of South Florida und kommt im Herbst zurück nach Saint Mellows.«

»Okay?« Im Grunde genommen war das, was er da erzählte, keine richtige Erklärung, und ich versuchte, mir den Neid, der mir wie ein Dolch in den Magen fuhr, nicht anmerken zu lassen. Was hätte ich dafür gegeben, ebenfalls an dieser Universität zu studieren. Oder gar an der Juilliard.

»Hailey hat dieses alte Tanzstudio gemietet, sie möchte hier Tanzunterricht geben, und da sie …« Devon stockte und biss sich auf die Unterlippe.

Ungeduldig schnippte ich gegen sein Knie. »… da sie was, Dev?« Ich ahnte, was jetzt kam. Wahrscheinlich war Hailey ebenfalls einer der Menschen, die mir damals etwas bedeutet hatten.

»Sie sagte letztens zu mir, dass du die beste Tänzerin warst, und war unheimlich traurig, als ich ihr erzählte, dass du das Tanzen aufgegeben hast. Ihr beide wart im Cheerleader-Team die Einzigen, die zuvor eine klassische Ballettausbildung begonnen hatten, das hat euch zusammengeschweißt. Ihr wart euch allgemein ziemlich ähnlich.«

»Ehrlich?« Ich schluckte. »Und wieder einmal hasse ich es, dass ich mich nicht erinnere. Manchmal kommt es mir vor, als hätte mein gesamtes Leben in den letzten drei Jahren vor dem Sturm stattgefunden.«

»Das glaube ich dir.« Devon nickte mitfühlend und strich mir beiläufig über die Beine. »Als ich erfuhr, dass sie zurück nach Saint Mellows kommt, um ihr eigenes Studio zu eröffnen, habe ich sie kontaktiert, und nun sitzen wir hier.«

»Und nun sitzen wir hier«, wiederholte ich seine Worte lächelnd. »Hat das Studio einen Namen?«

Devon zuckte mit den Schultern. »Sie hat es am Telefon das *Shine* genannt.«

Grinsend deutete ich auf den umherwirbelnden Staub um

uns herum. »Bis es hier *glänzt* und *leuchtet*, muss viel passieren.«

Lachend nickte Devon. »Da hast du recht.«

»Aber vielleicht ist das hier ein Ort, an dem Träume wieder zu leuchten beginnen«, wisperte ich, so leise, dass er es womöglich gar nicht gehört hatte. Eine feine Gänsehaut zog sich über meine Arme und ließ mich frösteln. In diesem Moment wusste ich, dass ich mich geirrt hatte. Doch dank Devon wusste ich auch, dass es noch nicht zu spät war, dass ich eine Wahl hatte und eine andere Entscheidung treffen konnte. Ich wollte wieder tanzen, und wenn es nur für mich selbst war.

Devon

»Ein eigenes Tanzstudio«, seufzte Riley auf dem Beifahrersitz neben mir verträumt. »Das ist echt eine große Sache.«

Wir waren so lang im *Shine* geblieben, dass die Sonne inzwischen hinter den dunkelgrünen Wäldern verschwunden war, die unsere Kleinstadt wie ein schützender Wall umgaben. Noch vor wenigen Wochen hatte es sich selbst nachts kaum abgekühlt, und jetzt war mir die Kälte in alle Glieder gefahren, sobald wir die Straße betreten hatten. Die Straßenlaternen warfen ihren warmen orangegelben Schein auf die Gehsteige und verbreiteten eine heimelige Atmosphäre. Nur vereinzelt waren Leute unterwegs, manche mit Einkaufstüten, andere führten ihre Hunde Gassi. Im *Shine* war die Zeit stehen geblieben und gleichzeitig doppelt so schnell gerannt wie gewöhnlich.

»Wahrscheinlich«, murmelte ich, denn ich hatte keinen blassen Schimmer, welche Verantwortung da auf einen wartete. Ich für meinen Teil war heilfroh, angestellt zu sein und mich nicht ständig um meine berufliche Existenz sorgen zu müssen.

»Hat sie gesagt, wann sie das Studio eröffnen möchte?« Seit wir das *Shine* verlassen hatten, redete Riley ohne Punkt und Komma von nichts anderem, was mich schmunzeln ließ.

»Ich weiß leider nichts, außer, dass sie diesen Herbst nach Hause kommt.« Ich warf ihr einen kurzen entschuldigenden Blick zu.

Aus dem Augenwinkel sah ich, wie Riley gedankenversunken am Saum der Augenbinde herumnestelte. »Meinst du …«, stammelte sie und winkte ab, blickte blitzschnell aus dem Seitenfenster, doch ich sah, wie ihr die Röte in die Wangen schoss.

»Sag schon«, forderte ich sie auf und setzte den Blinker, um abzubiegen.

»Vielleicht braucht sie ja Hilfe?« Ihre Stimme klang sonderbar piepsig. »Also bei der Renovierung und so.« Sie zuckte mit den Schultern. »Ach Quatsch, bestimmt hat sie schon alles geplant.«

»Riley?« Ich presste amüsiert die Lippen aufeinander.

»Ja?« Sie wandte mir den Kopf zu und blickte mich wartend an.

»Soll ich euch …?« Verdammt! Jetzt stockte *ich*, denn ich wusste nicht, wie ich es formulieren sollte.

»Uns was?«

Ich atmete seufzend aus. »Miteinander bekannt machen klingt falsch. Aber du weißt, wie ich das meine?«

»Schon gut, Devon.« Ich hörte an ihrer Stimme, dass sie lächelte. »Uns *miteinander bekannt machen* ist gar nicht so verkehrt, denn zumindest eine von uns hat keinen blassen Schimmer mehr, wer die andere ist.« Sie boxte mir sachte gegen den Oberarm und lachte. »Glaubst du, das wäre okay? Ich möchte sie nicht nerven oder wie eine Bittstellerin wirken.«

Ich schnaubte und warf ihr einen kurzen Blick zu, der hoffentlich deutlich sagte, dass sie alles, aber keine Bittstellerin war. »Du willst *ihr* helfen, Riley«, erklärte ich. »Und garantiert freut sie sich darüber, wenn sie genauso liebevoll in Saint Mellows empfangen wird wie du und Abby.«

»Meinst du?«

»Ich *weiß* es.«

Riley nickte und warf die Augenbinde kurzerhand auf das Armaturenbrett. »Gibst du mir ihre Nummer?«

»Mach ich. Aber nur, wenn du noch mal so schöne Selbstgespräche führst wie die letzten zehn Minuten«, neckte ich sie und erntete dafür einen weiteren Hieb gegen den Oberarm. »Ey«, grinste ich und zog gleichzeitig die Augenbrauen zusammen. »Das ist nicht fair, man darf den Fahrenden nicht boxen.«

»Warum nicht?« Sie bemühte sich, unschuldig zu klingen.

»Weil man nicht zurückboxen kann, ohne einen Unfall zu bauen.«

Riley kicherte und zuckte mit den Schultern. »Das tut mir jetzt aber leid.«

»Das glaube ich dir aufs Wort«, brummte ich, als ich in ihre Straße einbog, und nahm den Fuß vom Gas, damit der Wagen die leicht abschüssige Straße hinabrollte, bis wir vor ihrem Gartentor standen. »Es ist schon spät.« Seufzend schaltete ich den Motor aus und lehnte den Kopf erschöpft gegen die Lehne. »Eigentlich hatte ich nicht vorgehabt, dich für den gesamten Abend zu entführen.« Ich drehte ihr den Kopf zu, ohne ihn von der Lehne zu nehmen, und sah sie an. »Sorry.«

»Also ich für meinen Teil finde es vollkommen okay.« Riley warf mir ein strahlendes Lächeln zu. »Diese verkackte Sicherung, echt, ich raste hier bald noch mal aus«, fluchte sie und schaffte es diesmal im zweiten Anlauf, Elsies Kindersicherung des Gurts zu lösen.

»Gut zu wissen, dass es nur eine Kindersicherung braucht, um dich fluchen zu lassen«, schmunzelte ich, woraufhin Riley die Augen verdrehte. War es möglich, dass ein einziger Augenblick die Macht hatte, alles zu ändern? Seitdem Riley im Spiegelsaal getanzt hatte, war sie wie ausgewechselt. Noch immer die gleiche Riley, aber anders. Irgendwie leichter, lächelnder, unbeschwerter? Als ich sie beobachtet hatte – jede ihrer Bewegungen, ihrer eleganten Gesten, so voller Energie und Leidenschaft –, war es, als bräuchte mein Körper keine Luft mehr zum Atmen und keinen Herzschlag zum Leben. In diesen Minuten war das Einzige, das mich am Leben erhalten hatte, Riley dabei zuzusehen, wie sie erwachte. Wie ein Schwan, der seit sieben Jahren Ballast am Flügel trug, der ihn gen Boden drückte, und der nun wieder frei war, fliegen durfte. Der seinen Ballast selbst abgeschüttelt hatte, um es allen zu zeigen. Allen voran sich selbst.

»Woran denkst du?« Ich spürte Rileys Hand an meinem Bauch. Sie hatte sich zu mir herübergebeugt und strich mir über den Pullover.

»An dich in einem Schwanenkostüm.« Ich zwinkerte ihr zu, als sie mir einen verwunderten Blick zuwarf. »Mehr musst du nicht wissen«, murmelte ich und griff nach ihrer Hand, um sie gegen meine Brust zu drücken.

»In Ordnung«, erklärte sie, wenn auch widerwillig, das erkannte ich daran, wie sich eine ihrer Augenbrauen anhob. »Ich werde reingehen, Abby …«, sagte sie und deutete mit einem Kopfnicken zum Haus, wo ihre Schwester auf sie wartete. Sie hatten sich erst vor wenigen Tagen vertragen, und laut Riley war es trotzdem noch so, als schlichen sie wie auf Scherben umeinander herum. Barfüßig.

»Es ist immer noch komisch, oder?« Ich hob ihre Finger zu meinem Mund und drückte ihr einen Kuss auf den Handrücken und einen zweiten auf die Innenseite ihres Handgelenks, was sie erzittern ließ. Sanft strich ich mit dem Daumen über die Stelle, an der eben noch meine Lippen gelegen hatten, und blickte ihr abwartend in die Augen.

»Nach einem Streit von diesem Ausmaß ist es schwer, sich wieder genauso wie vorher zu begegnen«, erklärte sie betrübt. »Ich habe Angst, dass er alles kaputt gemacht hat.«

»Bestimmt nicht«, versuchte ich, sie zu ermutigen. »Gebt euch beiden Zeit, euch wieder anzunähern. Glaub mir, es wird *nichts* geben, das sich ernsthaft zwischen euch stellen kann.« Ich tippte ihr auf die Nasenspitze, woraufhin sie die Augenlider senkte und fest zukniff.

»Meinst du?« Sie öffnete ein Auge und verzog den Mundwinkel zu einem gequälten Lächeln, als wollte sie nur eine bestimmte Antwort hören.

»Auf jeden Fall.«

Sie öffnete auch das zweite Auge und schüttelte sich die

Haare, die sie an der Nase kitzelten, aus dem Gesicht. »Woran liegt es nur, dass ich alles glaube, was du versprichst?«

Ich strich ihr das Haar hinter die Ohren, wofür ich ihre Hand losließ. »Vielleicht weil du weißt, dass ich dich niemals absichtlich verletzen würde?«

»Hm«, murmelte sie nachdenklich und schmiegte ihre Wange in meine Hand. »Kann sein.« Sie drehte sich ein Stück, um mir lächelnd einen Kuss in die Handfläche zu drücken. »Ich gehe rein«, grinste sie dann schelmisch. »Morgen wird ein laaaaanger Tag.«

»Wer weiß, ob wir uns sehen«, jammerte ich gespielt gequält, dabei versetzte es mir wirklich einen Stich, wenn ich an morgen dachte. Seit Wochen hatte es keinen einzigen Tag gegeben, an dem wir uns nicht gesehen, uns nicht berührt oder geküsst hatten. Seitdem sie und Abby am Familienessen teilnahmen, gehörte sogar der Sonntag uns beiden. Und Elsie. Und Abby. *Meiner ganzen Familie.*

»Tja.« Riley schnalzte mit der Zunge. »*Du* hast mir ja das Catering aufgehalst. Sonst hätte ich dir den lieben langen Tag hinterherlaufen können wie ein verliebter Welpe, während du die Helfenden wie Rupert über die Festwiese brüllst.«

»*Niemand* ist wie Rupert«, entgegnete ich kopfschüttelnd, konnte mir ein Grinsen jedoch nicht verkneifen. »Aber vielleicht stehle ich mich das ein oder andere Mal zu euch in die Küche«, schlug ich vor und beugte mich über die Mittelkonsole, um sie zu mir heranzuziehen, damit ich ihr einen Abschiedskuss geben konnte. »Ich kann es nur nicht versprechen«, wisperte ich an ihren Lippen. »Und wenn ich es nicht kann, tu ich es nicht.« Ihre Haare fielen mir ins Gesicht und kurz bereute ich den Kuss beinahe, denn es war jedes Mal das Gleiche: Sobald ich sie küsste, ihren zarten Duft einatmete und ihr nah war, fiel es mir danach umso schwerer, sie gehen zu lassen. Auch wenn es nur für ein paar Stunden war. Ohne Riley konnten sich sieben Stunden wie sieben Jahre anfühlen. Und ich wusste, wovon ich sprach, denn ich hatte sie schon einmal für diese lange Zeit gehen lassen müssen. Mit dem Unterschied, dass es damals ein *für immer* gewesen war. Dieses *für immer* hatten wir hinter uns gelassen, und es gab nichts auf der Welt, worauf ich mehr hinfieberte, als auf unser neues, gemeinsames *für immer*.

20. Kapitel

Riley

»Ich wusste es«, meckerte ich und schlug auf den Ersatz-Hefeteig ein, den ich hatte machen müssen, da die ersten zwei für den klassischen Bienenstich nicht aufgegangen waren. »ICH WUSSTE ES«, brüllte ich den Teig an, denn außer mir befand sich niemand in der Veranstaltungsküche. Seit sechs Uhr morgens stand ich in diesem Palast aus Edelstahl, der sich mit jeder verstreichenden Minute mehr anfühlte wie ein Knast aus Edelstahl. Ich schmunzelte über meinen eigenen Reim-Witz und verdrehte eine Sekunde später die Augen über mich selbst. Wenn man seit vierzehn Stunden nur Teige, püriertes Obst, Brote, Teller, Bleche und Penisform-Muffins vor sich sah, lief man Gefahr durchzudrehen.

»Ich hab welche«, rief Abby außer Atem, als sie in die Küche gestolpert kam, in der ausgestreckten Hand ein Tütchen.

»Gott sei Dank«, stöhnte ich erleichtert und deutete auf die Arbeitsfläche, auf der kein Zentimeter mehr frei war. »Leg die Mandelblättchen … irgendwohin!« Ich stieß ein verzweifeltes Lachen aus. »Warum haben wir uns das noch mal angetan?«

»Wir uns?« Abby zog eine Augenbraue hoch und verschränkte verurteilend die Arme vor der Brust. »Als ob ich eine Wahl gehabt hätte.« Auf ihrem Gesicht zeigte sich ein freches Grinsen.

»Ich doch auch nicht«, meinte ich achselzuckend. »Wo hast du die bekommen? Im Supermarkt, bei Anne und bei Maddy und George gab es keine mehr.« Ich pustete mir eine Haarsträhne aus dem Gesicht, damit ich mir nicht mit den bemehlten Händen hineinfassen musste.

»Chelseas Mom hatte noch welche auf Vorrat«, erklärte Abby beiläufig und griff nach ihrer Schürze, die wir ebenfalls aus dem Fundus von Maddy und George hatten. Obwohl sie sie schon den ganzen Vormittag über getragen hatte, kam ich nicht umhin, schon wieder loszuprusten, denn es war schlicht die kitschigste Kätzchenschürze der Welt. Auf meiner prangte – auch nicht viel besser – ein Potpourri an Blüten, das an eine alte Wachstischdecke aus dem Besitz einer Neunzigjährigen erinnerte. Selbst wenn alles, was wir hier vorbereiteten, aus irgendeinem Grund den Bach hinuntergehen sollte, hatte es sich allein wegen der Utensilien von Maddy und George gelohnt. »Chelsea hat angeboten, uns morgen früh zu helfen.«

»Ah, okay«, murmelte ich und presste die Kiefer aufeinander. »Das ist …« Ich tat wirklich alles, mein Misstrauen herunterzuschlucken. »… lieb von ihr.«

»Warum magst du sie nicht?« Abby, die neben mich getreten war, um den Vanillepudding zu rühren, damit er keine Haut bekam, seufzte gekränkt. »Sie hat dir nichts getan. Ehrlich, ich verstehe es nicht.« Ich musste Abby nicht ansehen, um zu wissen, dass sie mir einen ebenso vorwurfsvollen wie enttäuschten Blick zuwarf.

Ich stieß einen Seufzer aus, allerdings nicht, ohne dem Hefeteig zeitgleich einen kräftigen Hieb zu verpassen. »Ich weiß es nicht, okay? Vielleicht *erinnert* sie mich an jemanden, ich kann es dir nicht sagen.« Bei dem Wort *erinnert* zeichnete ich Gänsefüßchen in die Luft. Ich formte drei Kugeln aus dem Hefeteig, legte sie in drei Edelstahlbehälter, die ich mit jeweils einem Baumwolltuch abdeckte, und schob sie schließlich in einen der Industrieöfen, den ich auf niedrige Temperatur eingestellt hatte. Wehe, der Teig würde wieder nicht gehen! »Auch wenn sie jünger ist als ich, schüchtert mich ihr Auftreten irgendwie ein«, gab ich zu, ehe ich ans Waschbecken trat, um mir die verklebten Hände zu waschen. »Du hast sie gern, oder?«

Abby nickte. »Ja, wir sind Freundinnen. Sie hat mich einfach sofort hier aufgenommen, damals bei dem Wasserbomben-Festival«, erklärte sie und prüfte die Temperatur des Puddings, indem sie die Außenseite des Topfs berührte. »Chelsea ist total offen und lieb, wenn man sie erst einmal kennenlernt. Glaub mir …« Plötzlich klang ihre Stimme heiser. »Sie leidet echt darunter, dass die meisten Menschen sie für ein Biest halten, denn sie kann sich selbst nicht erklären, warum.«

Ach, fuck! Verlegen biss ich mir auf die Unterlippe, denn Abby hatte ins Schwarze getroffen. Ich sah nur die langen, vermeintlich perfekten schwarzen Haare, das wunderschön geschminkte Gesicht mit den tiefschwarzen Wimpern und die Fingernägel, die sie bestimmt in einem Salon maniküren ließ. Ich hatte dieses Mädchen mit meinen eigenen Vorurteilen bombardiert und schämte mich jetzt dafür. Chelseas Hülle war nicht die wirkliche Chelsea, spiegelte nicht zwangsläufig ihr Inneres wider, und ich fragte mich, ob ich früher genauso gedacht hatte. Ich hatte immer von mir behauptet, Menschen niemals nach ihrem Äußeren zu beurteilen, und hatte es in diesem Fall doch getan. »Verdammt, es tut mir echt leid«, entschuldigte ich mich und ließ mich erschöpft auf einem der Barhocker nieder, während ich mir die Hände abtrocknete. »Ihr seht so … verschieden aus und irgendwie hab ich wohl gedacht, dass ihr deswegen keine Freundinnen sein könnt«, beichtete ich. »Ich sehe ein, dass das bescheuert von mir war.« Ich schenkte Abby ein Lächeln, das ich ernst meinte. Wenn ich genauer darüber nachdachte, waren auch Leena und ich total verschieden, und trotzdem waren wir Freundinnen. »Ich würde mich freuen, wenn sie uns morgen bei den restlichen Vorbereitungen für das Outdoorkino-Festival helfen würde.«

Abby grinste mich an und fischte ihr Handy aus der Potasche ihrer schwarzen High-Waist-Jeans, die mehr Löcher hatte als Stoff. »Ich gebe ihr Bescheid.«

Heimlich beobachtete ich Abby und stellte zu gleichen Teilen stolz und traurig fest, was für ein wunderbarer Mensch aus dem kleinen Mädchen geworden war. Es war nicht fair, dass Mom und Dad das niemals erfahren würden.

Es klopfte an der Tür, was mich zusammenfahren ließ. »Hey!« Devon lugte durch den Türspalt und verdrehte genüsslich die Augen. »Hier duftet es vielleicht gut.«

»Ich rieche schon gar nichts mehr.« Ich erhob mich vom Hocker, wobei ich mir ächzend den schmerzenden Rücken stützte. »Ist noch viel zu tun?« Lächelnd wartete ich, bis Devon bei mir war, um mir einen Kuss auf den Mund zu drücken.

»Ja, ich muss leider gleich wieder zur Festwiese«, erklärte

er und wischte sich imaginären Schweiß von der Stirn. »Ich würde viel lieber hierbleiben! Doch auch wenn alle wirklich gute Arbeit leisten, muss einer den Überblick behalten.« Er wedelte mit einem Klemmbrett. »Ich wette, das Festival wird der absolute Hit.« Er strahlte mich an und ich erkannte Vorfreude in seinen Augen.

»Du gehst ja richtig auf in der ganzen Festivalplanung«, neckte ich ihn, indem ich ihn in die Seite kniff.

Er zuckte mit den Achseln und legte mir die Arme um die Schultern, um mich an sich zu drücken. »Es macht mir erstaunlich viel Spaß, mal mit Blake am gleichen Strang zu ziehen. In die gleiche Richtung.«

»Du übertreibst«, lächelte ich, vergrub meine Nase an seinem Hals und sog gierig seinen Duft ein. Erst jetzt fiel mir auf, wie sehr ich ihn vermisst hatte, und versuchte, mir nicht anmerken zu lassen, dass seine Nähe mein Gehirn vernebelte. »So schlimm ist Blake nun auch wieder nicht«, brabbelte ich, ohne genau zu wissen, was ich da von mir gab.

»Oh doch. Ist er«, kam es mürrisch von Abby, die die Augenbrauen zusammenzog und mit einem Kopfnicken zum Ofen deutete, in dem sich eine weitere Fuhre Windbeutelchen befand, die nur darauf warteten, mit den verschiedensten Frucht-Sahnen befüllt zu werden. Er piepte laut. »Ich möchte euer verliebtes Gequassel und die schmachtenden Blicke ja ungern unterbrechen, aber hier brennt gleich was an.«

»Abby«, prustete ich ertappt und spürte, wie mir die Hitze ins Gesicht stieg. »Sei nicht so frech!«

»Nee, ehrlich«, grinste sie und streckte mir die Zunge heraus. »Ihr zwei seid schon ein bisschen eklig.« Sie schüttelte sich und tat so, als würde sie mit geschlossenen Augen die Luft küssen. Lautstark.

»ABIGAIL!« Ich hielt mir die Hand vor den Mund, um mein Lachen zu verstecken. Devon ließ, vermutlich ebenfalls peinlich berührt, von mir ab, zwickte mir aber heimlich in die Pobacke. »Irgendwann wirst du das bereuen«, drohte ich ihr mit in die Hüften gestemmten Händen und lief zum Ofen, um das Blech herauszuholen. »Ich werde dich so was von blamieren, wenn du erst mal einen Freund mit nach Hause bringst.«

»Ich glaube, ich gehe mal lieber«, schaltete sich Devon mit erhobenen Händen dazwischen und zwinkerte uns zu.

»Das ist vielleicht besser so«, lachte Abby und warf mir einen versöhnenden Luftkuss zu, als er die Tür hinter sich ins Schloss zog.

»Das war natürlich ein Scherz«, stellte ich lächelnd klar. »Ich werde dich auf gar keinen Fall bloßstellen, wenn du jemanden mit nach Hause bringst.«

Abigail atmete tief durch und zog eine Grimasse. »Sicher. Das glaub ich dir aufs Wort. Ach übrigens«, sie deutete knapp über meinen Kopf. »Dein Heiligenschein ist verrutscht. Das passiert, wenn man schwindelt.«

»Ha, ha, ha!« Ich griff zu einem Geschirrtuch, um es nach ihr zu werfen. »Wann bist du nur so vorlaut geworden?«

»Ich glaube, in dem Moment, als die böse Chelsea mich angesprochen hat«, stichelte sie.

»Autsch!« Ich fasste mir ans Herz. »Das hab ich wohl verdient, oder?«

»Hast du.« Sie nickte grinsend und bückte sich nach dem Tuch, hängte es an einen Haken. »Ich hab dich trotzdem lieb«, ergänzte sie beiläufig und zwinkerte mir zu, ehe sie sich, mit Spritztüte und Zitronensahne bewaffnet, den schon abgekühlten Windbeutelchen zuwandte, um sie zu füllen.

Ihre Worte waren wie das berühmte Puzzleteil, das fehlte, um ein Bild zu vervollständigen. Das Teil, das irgendwie in eine Sofaritze gekommen oder Opfer des Staubsaugers geworden war. Das Teil, dessen Wiederfinden alles wieder zurechtrückte und einem das Gefühl gab, als wäre es niemals verschollen gewesen. Genauso fühlte ich mich in diesem Augenblick. Als hätte es diesen dämlichen Streit zwischen uns niemals gegeben. Gerührt zog ich die Ofenhandschuhe aus, pfefferte sie in einen der Körbe und flitzte auf meine kleine Schwester zu, um ihr überschwänglich die Arme von hinten um den Brustkorb zu schlingen. »Und ich hab dich erst lieb«, flüsterte ich ihr ins Ohr, während ich sie so fest drückte, dass sie quiekte. »Du kannst dir nicht vorstellen, *wie* sehr, Abby.« Ich erlöste sie aus meinem Klammergriff, allerdings nicht, ohne ihr vorher einen Kuss auf die Wange zu drücken. »Vergiss das nie. Auch wenn ich dich *versehentlich* mal blamiere oder anderer Meinung bin, klar?«

Abby drehte sich um, legte den Kopf schief und sah mir für eine halbe Ewigkeit in die Augen. In ihrem Blick sah ich das Vertrauen, von dem ich geglaubt hatte, es für immer verspielt zu haben. »Klar«, erwiderte sie lächelnd und nickte.

Devon

Sie würde es bemerken. Garantiert. Wie könnte sie auch nicht? Verdammt. Seit ich heute früh die Augen aufgeschlagen hatte, drohte mir das Herz vor Aufregung aus der Brust zu springen. Sollte heute der Tag sein? Dieser eine, ganz bestimmte Tag? Vielleicht war es besser, noch zu warten? Es war doch erst ein Sommer vergangen, seit wir uns wiederbegegnet waren. Ein einziger Sommer, seit ich kapiert hatte, dass mein Herz immer Riley gehört hatte. Warum also warten?

»Dev, du Trantüte«, polterte Blake in Moms und Dads Küche und hob beide Arme in die Höhe. »Brauchst du eine Extraeinladung oder was?« Er deutete auf die Stelle an seinem Handgelenk, an der er manchmal eine Armbanduhr trug, um mir zu bedeuten, dass ich mich beeilen sollte. »Soll ich dir einen roten Teppich ausrollen, oder wann hat der gnädige Herr vor, seinen Hintern zur Festwiese zu bewegen?«

»Bin ja schon fertig, beruhige dich, Blake«, fuhr ich ihn zwischen zusammengebissenen Zähnen an und schnappte mir die Stoffservietten vom Tresen, die wir uns von Mom für das Festival ausliehen, denn es waren nicht ausreichend genug geliefert worden.

»Es wird dunkel«, informierte er mich mit einem Kopfnicken zur Haustür. »In wenigen Minuten beginnt der Einlass und wir müssen das Personal noch einweisen.«

Prustend hielt ich mir die Hand vor den Mund. »Das Personal?«, äffte ich ihn nach und zog eine Augenbraue hoch. »Du meinst die freiwilligen sechzehnjährigen Helfenden der Saint Mellows High?«

Er konnte sich ein Grinsen nicht verkneifen. »Ja, genau die meine ich.«

Ich klopfte ihm auf die Schulter, als ich mich an ihm vorbei durch die Haustür in den Vorgarten schob, wobei ich ihm die Servietten gegen die Brust drückte, damit er sie nahm. »Wird Zeit, dass du dich wieder deinem Holz widmest«, spöttelte ich. »Der Job hier steigt dir zu Kopf, Rupe-, äh Blake.«

»Einmal und nie wieder«, brummte mein Bruder die Servietten an, die er sich unter den Arm klemmte. »Ich sage es dir, ich mache das einmal und nie wieder.«

»Wir werden sehen«, neckte ich ihn und eilte Seite an Seite mit ihm zum Festival. »Steht die Leinwand mittlerweile?« Unsere Schritte wurden schneller, bis wir in einen Trab verfielen, wodurch unsere Atmung schwerer wurde.

»Ich hoffe es«, stöhnte Blake. »Obwohl es witzig war, als Rupert von der Plane verschluckt wurde.«

»Das hatte er verdient«, lachte ich kopfschüttelnd. »Er konnte es einfach nicht lassen, seinen Senf dazuzugeben. Es hatte keinen besseren Moment für das Seil geben können, um zu reißen.«

»Da hast du ausnahmsweise recht«, pflichtete Blake mir bei. »Hast du gehört, wie er gequietscht hat?«

»Kaum zu glauben, dass ein solcher Ton aus diesem alten Zeisel kommen kann.« Ich sah grinsend zu Blake und begutachtete sein Profil. Mein großer Bruder war zwar noch lange nicht alt, doch die letzten Jahre waren auch nicht spurlos an ihm vorübergegangen. Die zarten Fältchen um seine Augen passten auf jeden Fall zu seinem in letzter Zeit oftmals leeren Blick. Und wieder war da dieses schlechte Gewissen in meinem Bauch, das mich ermahnte, ihm mehr auf den Zahn zu fühlen.

»Warum glotzt du mich so von der Seite an?« Blake wandte mir den Kopf zu, zog eine Augenbraue hoch, und sofort war da wieder dieser Schalk in seinem Blick, von dem ich nicht wusste, ob er nur noch eine Fassade war. »Willst du ein Autogramm?«

»Klar«, entgegnete ich schlagfertig und deutete auf meinen Hintern. »Direkt hier, bitte.«

»Können wir einrichten«, lachte Blake, dessen Arm nach oben schnellte, um mich vom Gehsteig auf den Rasen des winzigen Parks zu schubsen, an dem wir in diesem Augenblick vorbeiliefen. Ich stolperte über meine eigenen Füße und strauchelte mit den Armen, um mich mit Müh und Not auf den Beinen zu halten. Um ein Haar wäre ich in einem der Blumenbeete gelandet, die während des Frühlingszwiebel-Festivals bepflanzt worden waren.

»Feigling«, rief ich ihm hinterher, denn er war losgesprintet, um einer möglichen Retourkutsche zu entgehen. Blake drehte sich im Rennen um und lief rückwärts weiter, formte mit seinen Händen ein Herz und warf mir einen sarkastischen Luftkuss zu. Ich schüttelte grinsend den Kopf. Warum genau noch mal machte ich mir Vorwürfe? Vermutlich interpretierte ich zu viel hinein. Dennoch war ich ihm dankbar, denn ohne dass er es ahnte, hatte er mich von den Gedanken befreit, die mich schon den ganzen Tag plagten. Kurz fasste ich in die Tasche meiner Pulloverjacke, um das Schmuckkästchen mit den Fingern zu umschließen, und mit einem Mal fühlte es sich gar nicht mehr so schwer an.

Wenige Minuten später erreichte ich die Festivalwiese.

Von Blake war nichts mehr zu sehen, also beschloss ich, dass er die »Einweisung des Personals« auch ohne mich machen konnte. »Dev, hier«, erklang die Stimme hinter mir, die ich unter Tausenden erkannt hätte. Ich wandte mich um und sah Riley winken, Abby neben sich. Lächelnd lief ich auf die beiden zu und pfiff anerkennend durch die Zähne. Sie waren dabei, mithilfe von Chelsea den Foodtruck und die Stände drum herum mit all den Köstlichkeiten zu beladen, die sie gestern und heute zubereitet hatten.

»Wow, das sieht alles großartig aus«, lobte ich die beiden und deutete auf die Schilder, die zwischen dem Gebäck steckten. *Windbeutelchen mit Himbeersahne, Zitronen-Baiser-Tarte, Frischkäse-Mandarinen-Torte, Apfel-Zimtschnecken, Wilde-Beeren-Muffins* und und und. »Wo habt ihr denn die Zeit gefunden, so hübsche Schildchen zu basteln?« Ich zog anerkennend eine Augenbraue in die Höhe und griff nach dem Schild, auf dem *Salted Caramel Popcorn* stand und das vor einem Berg aus Popcorn-Tüten lag.

»Das ist mein Werk«, meldete sich Leena zu Wort, die ihren Kopf aus dem Foodtruck steckte und mit einem Stift wedelte. »Ich hab vor Kurzem einen Handlettering-Kurs besucht«, informierte sie die Runde breit grinsend und hielt Abby ein weiteres Schild hin, die es entgegennahm, las und an Chelsea weiterreichte, die es neben einem Gugelhupf platzierte.

»Ja, zum Glück, Rileys Krakelschrift hätte niemand lesen können«, spottete Abby.

»So schlimm ist meine Handschrift gar nicht«, protestierte Riley und zog einen Schmollmund.

»Doch«, erwiderten Abby, Leena und ich wie aus einem Mund, woraufhin alle in Gelächter ausbrachen. Alle, bis auf

Riley, die die Augen verdrehte und krampfhaft versuchte, ihr Lächeln zu unterdrücken.

»Schönen Dank auch«, grummelte sie und schlug mit der flachen Hand gegen den Foodtruck. »Sam?« Riley stellte sich auf die Zehenspitzen, um ins Innere des Wagens zu sehen. »Alles klar da drinnen?«

»Jaja«, kam es gepresst von Sam, den ich seit einer Woche nicht mehr zu Gesicht bekommen hatte. »Keine Sorge, du wirst deine Minipizzen nicht umsonst vorbereitet haben, ich kriege diesen verfluchten Ofen schon zum Laufen.«

»Na, das hoffe ich«, murmelte Riley und zog entschuldigend die Schultern hoch, als Leena ihr einen finsteren Blick zuwarf. Das war wohl der Beschützerinstinkt ihrem Freund gegenüber. Nein, Verlobtem. Die beiden hatten sich klammheimlich auf einem ihrer Ausflüge verlobt und der schlichte Ring mit einem winzigen, pfirsichfarbenen Stein in der Mitte passte perfekt zu Leena. Ich hoffte, dass Riley ihren Ring nach wie vor mochte. Damals, als Teenager, hatte sie ihn geliebt, aber entwuchsen wir nicht alle den Vorlieben unserer Teenagerzeit? Galt das auch für Schmuck?

»Hey, Sam«, rief ich und tat es Riley gleich, indem ich gegen den Truck klopfte. »Ich wusste gar nicht, dass du wieder zurück bist.«

»Ich auch nicht. Fühlt sich nicht so an«, brummte er und zeigte sich endlich. Sein Kopf war hochrot und er schwitzte. »Leena hat mich mal wieder direkt aus dem Flieger auf diese verdammte Wiese beordert. Irgendwann würde ich wirklich gern duschen gehen, *bevor* ich mich dem Stadtgeschehen widme.« Vorwurfsvoll sah er Leena an, die ihm mit schief gelegtem Kopf zublinzelte.

»Sorry?«, erwiderte sie unschuldig und schloss flink den Mund, wie sie es immer tat, wenn sie lächelte. »Aber du kennst diesen Truck noch von früher, du warst der Einzige hier, der uns helfen konnte.«

Sam räusperte sich und wandte sich dann an Riley, die nervös auf ihrer Unterlippe kaute und heimlich versuchte, einen Blick ins Innere des Trucks zu werfen. Anscheinend hatte er sie hochkant rausgeworfen. Absolut verständlich, denn wenn es um Essen ging, verstand sie keinen Spaß und musste alles bis ins Detail kontrollieren, was einem schon auf die Nerven fallen konnte. »Ofen läuft, Panik abgewendet«, erklärte Sam und klopfte die Hände an seiner Jeans ab. »Eure Arbeit ist getan, ihr könnt jetzt gehen und euch vergnügen.« Er lächelte Riley, Abby und Chelsea an. Dann steckte er sich zwei Finger in den Mund und pfiff, woraufhin zwei Schülerinnen und zwei Schüler der Saint Mellows High angetrabt kamen, die für den Foodtruck eingeteilt worden waren. Vielleicht sollte ich mir mal von Sam zeigen lassen, wie man so pfiff, denn bei mir kamen die Kids nicht so fröhlich angaloppiert. »Alicia und Seth, kommt her, ich erkläre euch den Ofen.« Die beiden nickten und stiegen die Stufen zum Truck hoch, um sich von Sam die Gerätschaften zeigen zu lassen.

Ich legte Riley von hinten die Arme um die Schultern und zog sie an mich, wobei mir auffiel, wie verspannt sie war. »Hey«, flüsterte ich ihr ins Ohr. »Du kannst dich jetzt entspannen und verdammt stolz auf dich sein.«

»Ich kann mich erst entspannen, wenn niemand mit einer Lebensmittelvergiftung im Krankenhaus landet«, murrte Riley, legte den Kopf in den Nacken gegen meine Brust und sah mich von unten an. Seufzend atmete sie aus und ließ sich gegen meinen Oberkörper sinken. »Aber okay, ich lasse jetzt los.« Sie zwinkerte mir zu, wobei sich das orangerote Licht, das die untergehende Sonne über unsere Heimatstadt warf, in ihren Augen spiegelte. Mit einer Horde wild gewordener Eichhörnchen im Bauch lehnte ich mich vor, um ihr, leider eher umständlich als romantisch, einen Kuss zu geben. Als ich mich von ihr löste und ihr wieder in die Augen sah, waren ihre Pupillen erweitert. Als würden ihre hellblauen Iriden dank des Abendlichts brennen und jeden Augenblick von der schwarzen Nacht verschluckt werden.

»Ihr zwei seid schon wieder so zuckersüß, dass ich Zahnschmerzen bekomme«, kommentierte Abby unsere Umarmung, schnalzte mit der Zunge und verzog grinsend den Mund. »Chelsea und ich gehen zu den anderen, okay?« Sie deutete mit ausgestrecktem Arm zu ein paar Jugendlichen, die sich weiter hinten ein Lager aus den von der Stadt bereitgestellten Decken und Kissen gebaut hatten.

Riley nickte und richtete sich auf, schnappte sich meine Hand und drückte sie fest, als wollte sie mir damit sagen, dass sie auf keinen Fall unseren Körperkontakt unterbrechen wollte. »Klar, aber wir gehen nach den Vorstellungen zusammen nach Hause, okay?« Riley hatte sich noch immer nicht von der Angst erholt, als Abby sich nachts heimlich auf die Party geschlichen hatte. Ganz egal, wie sehr sie Abby vertraute, sie würde sich vermutlich ihr Leben lang um ihre kleine Schwester sorgen, wie ich mich um Elsie, wenn sie nicht bei mir war.

»Natürlich«, murmelte Abby im Gehen und winkte uns zu, bevor sie sich bei Chelsea einhakte, um gemeinsam mit ihr zu ihrer Clique zu rennen.

»Komm«, bat ich Riley und zog sachte an ihrer Hand. »Lass uns ein paar Decken und Kissen schnappen und uns einen Platz suchen.«

»Klingt nach einem Plan«, entgegnete Riley und ließ sich von mir wegziehen, allerdings nicht, ohne noch mal einen prüfenden Blick zum Foodtruck und ihrem Gebäck zu werfen.

»Lass das«, forderte ich sie auf und rüttelte an ihrem Arm. »Oder ich trage dich eigenhändig weg.«

»Ist ja gut«, lachte sie, wobei sich eine Haarsträhne aus ihrem lockeren Pferdeschwanz löste. Statt ihn neu zu binden, zog sie den Haargummi einhändig ab und ließ ihn über ihr Handgelenk rutschen. Sie schüttelte ihren Kopf, damit ihr die Haare auf den Rücken fielen, und ich musste mich mit aller Kraft davon abhalten, meine Nase in den seidigen Strähnen zu vergraben und ihren Duft einzuatmen, meine Faust darum zu schließen und Riley an mich zu ziehen. Das hier war weder der passende Ort noch der richtige Moment.

Riley

»Ist dir kalt?« Devon schlang seinen Arm enger um mich, bis es mir fast die Luft abdrückte.

Ich tippte mir mit dem Zeigefinger gegen das Kinn und sah nach oben. »Du meinst, unter den zwei Decken und deinem Arm? Nein, Dev. Mir ist warm. Was ist los mit dir?« Ich lachte und stupste sein Bein mit meinem an. »Ist *dir* kalt?«

»Nix, nein, überhaupt nicht!«, kam es wie aus der Pistole geschossen. »Alles normal.«

»Okay?« Ich zog eine Augenbraue hoch. Wenn ich es nicht besser gewusst hätte, hätte ich gesagt, dass mit Devon etwas nicht stimmte. »Benimmst du dich beim Outdoorkino-Festival immer so komisch?«

»Was? Nein, Quatsch.« Devon schüttelte den Kopf so stark, dass mir vom bloßen Zusehen die Stirn schmerzvoll pochte.

»Pscht!!!«, zischte die Frau, die einen Meter von uns entfernt auf einer Decke saß, vor sich ein Stück Kuchen und eins der Windbeutelchen. Es war zwar dunkel, doch durch das sanfte Licht der Glühbirnen, die über die Festwiese gespannt waren, und den Schein der Laternen, die vereinzelt um diese herum platziert worden waren, erkannte ich, dass sie die Augenbrauen zornig zusammenzog.

»Sorry«, flüsterte ich und wünschte ihr im Stillen, dass ihr die Fruchtsahne im Windbeutel Bauchgrummeln bescherte. »Da will jemand auf keinen Fall etwas vom Film verpassen«, raunte ich Devon ins Ohr, wobei meine Lippen sanft seinen Hals streiften, sodass er schauderte. »Vermutlich ist sie die einzige Person auf diesem Planeten, die *Casablanca* noch nicht kennt.«

»Hast Durst?« Devon schluckte und deutete mit seiner freien Hand zum Foodtruck. »Kakao? Ich hole uns Kakao«, murmelte er und wartete meine Antwort gar nicht erst ab, sondern sprang auf die Beine, als hätte ihn ein Ohrenkneifer in den Hintern gebissen.

»Ich Durst und gerne nehmen Kakao mit Chili-Sahne«, erwiderte ich belustigt und mit hochgezogener Augenbraue. »Du kommen dann wieder normal zurück, ja?«

Devon versteckte blitzschnell seine Hände in den Taschen

seiner Jacke und grinste mich verlegen an. »Sorry, ich bin … egal. Bin gleich zurück«, stammelte er und machte auf dem Absatz kehrt. Ich beobachtete, wie er schnurstracks auf den Foodtruck zulief und den Rücken straffte, ehe er seinen Nacken dehnte und im Anschluss die Arme ausschüttelte, als hätte er gerade ein Football-Game hinter sich gebracht. Was war denn plötzlich in ihn gefahren? So seltsam hatte er sich noch nie benommen. Zumindest nicht, seit ich mich erinnerte. Da ich den Film schon an die zehn Mal gesehen hatte, entschied ich aufzustehen, um Devon zu folgen. Mir war nicht entgangen, dass er seit Filmbeginn überall hingeschaut hatte außer zur Leinwand, die zwischen zwei amerikanischen Eichen gespannt war. Im Grunde konnte ich es ihm nicht verübeln, denn diese Nacht konnte mit nur einem Wort beschrieben werden: wunderschön, perfekt, vollkommen. Okay, es war anscheinend mehr als ein Wort. Die Nacht war erst langsam und dann ganz plötzlich mit Wucht über uns hereingebrochen. Am sternenklaren Himmel blitzten vereinzelt Sterne auf, vielleicht waren es sogar Sternschnuppen. Ab und an zog ein Flugzeug über den Himmel und blinkte im gleichmäßigen Takt. Bei jedem einzelnen fragte ich mich, was sein Ziel war. In den Bäumen, die rings um den Festplatz wuchsen, hingen Laternen und Lampions verschiedenster Art und Form und warfen ihren flackernden bunten Schein auf die Festwiese, die dadurch wie ein magisches Lichtermeer wirkte. Unzählige Pärchen tummelten sich auf dem Rasen, kuschelten sich in die Kissen und Decken, tranken heiße Schokolade, aßen Kuchen oder waren zur deftigen Pizza, den klassischen Corndogs oder Nachos mit meinem selbst gemachten Käse-Jalapeño-Dip übergegangen, zu dem Maddy und George heißen Apple-Cider ausschenkten.

Ich schalt mich selbst dafür, zuerst alle paar Minuten zu Abby hinübergeschielt zu haben. Doch mit jedem weiteren Blick hatte ich mich beruhigt, denn sie kicherte mit Chelsea, hielt einen Becher Kakao in der Hand und wirkte … glücklich. Ja, Abby war glücklich. Nach all den Schwierigkeiten, mit denen sie aufgewachsen war, all den wechselnden Orten, an denen sie hatte leben müssen, hatte sie es verdient, endlich *zu Hause* zu sein. Zu Hause und so verdammt glücklich, wie ich es in ihrem Alter gewesen war.

Ich schlenderte über den Platz, wobei ich darauf achtete, niemandem die Sicht auf die Leinwand zu versperren, und zwinkerte im Vorbeigehen Leena zu, die Sam verträumt durch die Haare fuhr. Er lag mit dem Kopf in ihrem Schoß und schlief tief und fest. Hier und da schwirrten Glühwürmchen durch die Luft. Blake lehnte an einem Baum neben dem Beamerzelt, von dem aus alles gesteuert wurde. Als ich ihm zuwinkte, hob er lächelnd die Hand und verschränkte die Arme einen Augenblick später wieder, um einen prüfenden Blick über die Wiese gleiten zu lassen. Zu schade, dass er allein war. Ich hatte Blake und sein freches Mundwerk, gepaart mit seinem oft mürrischen Auftreten, ins Herz geschlossen und wünschte ihm, dass er sein Glück fand.

»Hey.« Ich blieb hinter Devon stehen, als ich es bis zum Foodtruck geschafft hatte, an dessen Seite ein etwas wackeliger George stand. Bestimmt hatte er seinen eigenen Cider einmal zu oft probiert, denn er schielte in meine Richtung und grinste mich zeitverzögert an. Ich winkte ihm und wandte mich wieder Devon zu, der so vertieft war, dass er mich nicht gehört hatte. Ich fuhr ihm mit den Fingern über den Rücken. »Alles okay?«

Er zuckte zusammen und hätte beinahe den Kakaobecher umgeworfen, den er in diesem Moment mit der von mir gewünschten Chili-Sahne toppte. »Riley!« Er schnappte erschrocken nach Luft und versenkte seine Hand blitzschnell in der Jackentasche. »Was machst du hier?«

War das verdächtig oder war ich vom Apfel-Cider-Dampf benebelt? »Was ich hier …« Stockend legte ich den Kopf schief und runzelte die Stirn. »Devon, was ist denn los mit dir?«

Devon wandte sich zu mir um, ignorierte die Kakaobecher, die hinter ihm auf dem Buffettisch standen, und sah mich an. Weder sagte er ein Wort noch regte er sich, er starrte mir nur in die Augen, als suchte er dort nach der Antwort auf eine Frage, die ich nicht kannte. Ich traute mich nicht, zu blinzeln oder gar zu sprechen, denn irgendetwas in seinem Blick hielt mich in einer Starre gefangen. In seinen haselnussbraunen Augen spiegelten sich die Lichter der Laternen wider, die in der Baumkrone über uns baumelten, und wie jedes Mal wollte ich mich in seinem Blick verlieren, darin ein- und nie wieder auftauchen. Devons gehetzter Atem beruhigte sich und mir fiel auf, dass er die Schultern sinken ließ, die bis eben angespannt gewesen waren. Die Kiefer, die er verkrampft aufeinandergepresst hatte, lockerten sich, und beinahe ohne mein Zutun glitt mein Blick zu seinem Mund. Sein Mundwinkel wanderte in die Höhe. Er lächelte, immer breiter, bis er seine Hände um mein Gesicht legte. »Komm«, flüsterte er und hauchte mir einen zärtlichen Kuss auf die Lippen, der so schnell vorbei war, dass ich es nicht einmal geschafft hatte, die Augen zu schließen.

»Wohin?« Meine Stimme war nur ein tonloses Wispern, denn plötzlich schlug mir das Herz bis zum Hals und schien auf meine Stimmbänder zu drücken. Statt mir zu antworten, griff er nach meinem Handgelenk und verschränkte seine Finger mit meinen, hob sie an seinen Mund und küsste meine Fingerknöchel. Bei dem Gefühl seiner warmen, weichen Lippen auf meiner Haut, dem Kratzen seiner Bartstoppeln, als er seine Wange an meinen Handrücken schmiegte, durchfuhr mich eine Welle an Empfindungen. Sie riss mich mit und mit einem Mal fiel es mir schwer, mich auf meinen puddingweichen Beinen zu halten. Jeden Augenblick würden sie einknicken.

»Komm mit«, wiederholte er leise, steckte den Zeigefinger seiner freien Hand in die Gesäßtasche meiner Jeans, um an ihr zu ziehen. »Bitte.«

Ich nickte und versuchte, die umhertollenden Eichhörnchen in meinem Bauch zu ignorieren. Es fühlte sich an, als spielten sie Völkerball und warfen sich gegenseitig mit Nüssen ab. Irgendetwas geschah hier, etwas Magisches, und ich hatte keinen Schimmer, was. Ich nahm nichts mehr von dem wahr, was um mich herum vor sich ging. Sah weder die Bilder über die Leinwand flackern noch hörte ich den Ton, der aus den überall auf dem Gelände verteilten Lautsprecherboxen dröhnte. Mein Blick heftete sich starr auf meine Hand in seiner, mit der er mich hinter sich herzog, vorbei am Foodtruck, bis zum Ende der Festwiese, direkt auf den Pavillon zu, der heute, in dieser sternenklaren Nacht, irgendwie noch viel schöner aussah als sonst. Die Lichterketten, die sich um die Säulen schlängelten und die Laternen auf den Stufen, in denen Kerzen flackerten, setzten ihn besonders in Szene.

Er stoppte neben dem Pavillon, ließ mich los und drehte sich so schnell zu mir herum, dass ich zurücktaumelte. Devon griff pfeilschnell nach meinen beiden Händen, als täte es ihm leid, mich losgelassen zu haben. Er zog sie an seine Brust und schluckte. »Hi«, lächelte ich und legte den Kopf in den Nacken, um ihm in die Augen blicken zu können.

»Hi«, antwortete er und fuhr sich mit der Zunge über die Lippen, doch statt mich zu küssen, räusperte er sich und griff nach meinen Haarspitzen, spielte an ihnen herum. Ich wagte es nicht, die Handflächen von seiner Brust zu nehmen, in der sein Herz so schnell und heftig pochte, dass ich es selbst bis in das Innerste meines eigenen Herzens spürte.

»Devon, was …«, murmelte ich, doch er unterbrach mich kopfschüttelnd.

»Du …« Er kniff die Augen zusammen, straffte die Schultern und suchte wieder meinen Blick. »Du erinnerst dich nicht mehr daran«, erklärte er, und ich versuchte, das Gefühl von Verlust zu ignorieren, das mich schneller heimsuchen konnte, als es mir lieb war. Denn – was auch immer dieser Moment zu bedeuten hatte – der Verlust meiner Erinnerungen hatte hier nichts zu suchen. Nicht wenn ich mit Devon zusammen war. Nicht mehr.

»Woran?«, fragte ich stattdessen, wobei mir das Wort kaum hörbar über die Lippen glitt.

Er legte den Kopf in den Nacken, richtete seinen Blick auf eine Glühbirne in der Baumkrone über uns und wirkte fast so, als versuchte er, nicht im Strudel all der Emotionen unterzugehen, die ihn in die Tiefe ziehen wollten. Als schwömme er dagegen an. »Ich habe es einmal perfekt hinbekommen. Und seit Tagen frage ich mich, wie ich es schaffen soll, das zu wiederholen«, brabbelte er, und ich verstand kein Wort. Ich biss mir auf die Unterlippe und wagte nicht, den Blick von ihm abzuwenden.

»Devon«, flüsterte ich kopfschüttelnd und löste die Hand von seinem Pullover, um ihm sachte über die Wange zu streichen. Er schmiegte sein Gesicht an meine Handfläche und küsste sie, einmal, zweimal, dreimal. »Was ist denn los?« Meine Worte schwebten durch die Luft, so zart und zerbrechlich.

»Ich hätte niemals geglaubt, dass ich noch einmal die Chance bekomme«, lächelte er, wobei das Grübchen neben seinem Mundwinkel hervortrat. »Ich habe das Universum verflucht, dass es mir dich genommen hatte.« Er griff nach meiner Hand, die immer noch an seinem Gesicht lag, drückte sie, und in dem Moment, in dem er sich gen Boden sinken ließ, ohne den Blick auch nur für eine Sekunde von mir abzuwenden, verstand ich. Es lief mir eiskalt den Rücken herunter, meine Fingerspitzen wurden taub, und am liebsten wäre ich gemeinsam mit ihm zu Boden gegangen. Doch das, was jetzt folgte, erforderte, dass ich stehen blieb. Mit beiden Beinen fest auf dem Rasen, mit meiner Hand in seiner, die er so heftig umklammerte, als hätte er Sorge, ich würde Reißaus nehmen. *Du erinnerst dich nicht mehr daran.* Seine Worte hallten in mir wieder. Sie suchten sich ihren Weg durch meine Venen, als wären sie ein Fluss voller ungreifbarer Erinnerungen, die in einem See mündeten, in dem es nicht wichtig war, was genau damals geschehen war. Dieser See umspülte mein Herz, doch es fühlte sich nicht an, als würde es darin versinken. Stattdessen war es, als schwebte es auf der Wasseroberfläche direkt auf Devon zu, der es all die

Jahre davor bewahrt hatte zu ertrinken. Es ergab jetzt alles Sinn, viel mehr noch als vorher. Plötzlich begriff ich, wie maßlos er mich liebte, wie bedingungslos und allumfassend. Er hatte es immer getan, hatte nie damit aufgehört und sein Leben nur deswegen ohne mich weitergelebt, weil er dachte, mich für immer verloren zu haben.

»Ich erinnere mich nicht mehr daran«, wiederholte ich seine Worte, hauchend, als könnte meine Stimme den Moment zerstören. »Devon, willst du damit sagen …« Mir blieb der Rest der Frage im Hals stecken, denn die Antwort war klar.

Devon nickte, noch immer lächelnd, und ich sah, dass er schluckte, ehe er mit seiner freien Hand in seine Jackentasche griff, um eine kleine Schatulle hervorzuziehen. »Riley Sofia Carmello«, begann er mit fester Stimme und ließ das Kästchen aufspringen. Ich schnappte nach Luft und fühlte meine Haut unter dem Pullover in Flammen aufgehen. »Ich halte meine Versprechen, komme, was wolle«, erklärte er, und ich ahnte, dass dieser Antrag anders werden würde. »Diesen Ring hier habe ich dir vor sieben Jahren das erste Mal angesteckt«, wisperte er und fuhr mit seinem Daumen über meinen Ringfinger. »Ich versprach dir, dich niemals im Stich zu lassen und die Person für dich zu sein, auf die du dich stützen kannst. Dein Leben lang, Riley. Unser Leben lang.«

Eine einzelne Träne suchte sich ihren Weg über mein Gesicht, kitzelte mich auf der Haut, da die sanfte Abendbrise über uns hinwegwehte, doch ich wischte sie nicht weg. »Ja«, flüsterte ich, noch bevor er geendet hatte, nickte immer und immer wieder und presste die Lippen aufeinander, um nicht zu schluchzen. »Ja«, wiederholte ich und zog an seiner Hand, damit er aufstand und ich mich gegen seine Brust fallen lassen konnte.

»Ich werde mein Versprechen niemals wieder brechen«, beteuerte er mir, die Lippen an der empfindlichen Stelle unter meinem Ohr.

»Das hast du nie getan«, versicherte ich ihm und hielt mich an seinen Schultern fest, da mir der Boden unter den Füßen wegzukippen drohte. »Du warst es nicht, der sein Versprechen gebrochen hat, Devon«, erklärte ich. »Es war der Sturm, von dem ich geglaubt hatte, dass er *mich* gebrochen hätte. Dabei hast nur du in meinem Leben gefehlt, um mir mein Herz, meinen Mut und meine Zuversicht zurückzubringen.« Ich drückte meine Lippen auf seine. »Ich habe vieles, so vieles verloren, Devon«, schluchzte ich an seinem Mund. »Aber nicht dich. Nicht dich.«

»Niemals«, versprach er. »Das wirst du niemals.«

21. Kapitel

Riley

»Hey, Mom. Hey, Dad.«

Meine Stimme brach. Sie brach, wie einst mein Herz in Tausende Teile gebrochen war. Es gab keine Worte, um zu beschreiben, was ich fühlte. Es gab keine Worte für den Verlust, für den Schmerz und die Angst, die mich immer wieder lähmten, wenn ich Abby ansah. Die Furcht davor, ihr kein gutes Leben bieten zu können, und davor, ihr niemals genug zu sein. Ich hatte nie vorgehabt, meine Eltern zu ersetzen, zugleich Mutter, Vater und Schwester für Abby zu sein, die jetzt, mit ihren fünfzehn Jahren, fast die Hälfte ihres Lebens Waise war. Die heute, am siebten Todestag, das erste Mal am Grab unserer Eltern stand. So wie ich.

Ich konnte nicht sagen, wer von uns wen hielt. Abbys Fingernägel krallten sich in meinen Unterarm, während ich ihre Finger so fest umklammerte, dass es wehtun musste. Wir standen still da, auf sattgrünem Rasen, vor uns ein grauer Grabstein, in den die Namen unserer Eltern eingraviert waren. *Sofia Mildred Carmello* und *Xander Carmello*. Ich sah den Stein heute das allererste Mal und verspürte das Bedürfnis, die Vertiefungen darin mit den Fingerspitzen nachzufahren – ihre Namen, Geburtsdaten und den Todestag. Doch ich war nicht fähig, mich zu bewegen. Wie zur Salzsäule erstarrt, blickte ich auf das Grab, vergaß das Atmen, vergaß für einen Augenblick all das Glück, das ich jetzt hatte. Nur dumpf nahm ich das Geräusch der Autos wahr, die über die einzige Schnellstraße von Saint Mellows bretterten, die an den Friedhof grenzte.

In meinem linken Arm trug ich einen Strauß aus violetten Ballonblumen und Astern, denn ich erinnerte mich, wie Mom sie geliebt und dass Dad ihr oft welche geschenkt hatte. Ihre Bedeutungsschwere drückte mich fast zu Boden, doch ich blieb stark, schaffte es, tief durchzuatmen und den Blick gen Himmel zu richten, weg vom Grab. Wie konnte es sein, dass heute so ein wunderbarer Spätsommertag war, an dem nur vereinzelte Zuckerwattewolken den hellblauen Himmel zierten, wenn am gleichen Tag vor sieben Jahren ein Sturm gewütet hatte, der Menschenleben ausgelöscht hatte? Die zarte Brise, die zwischen den Grabsteinen des Friedhofs von Saint Mellows hindurchwehte, fuhr meiner Schwester und mir durch das Haar. Ihre jetzt dunkelbraun gefärbten Haarspitzen kitzelten mich an der Schulter und beschworen eine Erinnerung herauf. An den Tag, als wir zurückgekommen waren. Mit nichts als dem, was auf die Ladefläche unseren alten Pick-Ups passte. Ich erinnerte mich an den Moment vor dem Haus, als mir die scharfe Kante des Umzugskartons in die Handflächen schnitt und ich alles hinterfragte. Ob ich endlich die richtige Entscheidung getroffen hatte, ob wir stark genug waren für die Erinnerungen, die beim Betreten unseres Elternhauses auf uns niederprasseln würden. Es war seitdem ein ganzer Sommer vergangen, und ich hatte noch immer nicht alle Antworten auf meine Fragen. Doch eines war gewiss: Saint Mellows war unsere Heimat und der Ort, der uns eine zweite Chance gegeben hatte. Nicht zuletzt dank des Mannes, dessen Ring ich am linken Ringfinger trug, ein Ring, der mehr war als ein Stück Sterling-Silber mit eingefasstem Diamanten. Er war ein Versprechen, eine Gewissheit, eine Sicherheit, dass ich das Schlimmste durchgestanden hatte, das das Leben für mich bereithielt. Dass ich von nun an heilen konnte, nach vorn blicken, und dass ich die Chance bekam, an dem Ort glücklich zu werden, von dem ich so lang geglaubt hatte, dass er mir alles genommen hatte. Doch es war nicht meine Heimatstadt gewesen, die mir meine Eltern, meine Erinnerungen und die Hoffnung genommen hatte. Es war der Sturm gewesen.

ENDE

Epilog

Long story short: I survived.

Danksagung

Dieses Buch hat mich durch mein bisher turbulentestes Jahr begleitet. Ich war schwanger und es ging mir gesundheitlich schlecht – doch gibt es so viele Menschen, dank denen ich mich an den Schreibtisch gesetzt habe, um die erste Hälfte dieses Buchs zu schreiben. Dann wurde ich Mama, kämpfte mit Verletzungen und habe mich zurück an dieses Manuskript gewagt, das ihr jetzt als Buch in den Händen haltet. Mein ganzes Leben hat sich verändert, und doch war es ein wenig wie nach Hause kommen. Zurück nach Saint Mellows.

Ich danke meiner liebsten Schreib-Crew, die mich immer angefeuert hat und bei der es sich auch nach Monaten der Abwesenheit noch so angefühlt hat, als wäre ich nie weg gewesen. Ihr wisst, dass ihr gemeint seid, und falls ihr es bisher nicht wusstet: Ich bin euch so dankbar.

Danke Mochi, dass du mich mit den leckersten, österreichischen Knabbereien versorgt hast, deine Pakete fühlen sich immer an wie Weihnachten, Geburtstag und Ostern zusammen – und deine Worte sowieso.

Miri, du bist großartig, ich hoffe, du weißt das. Es bedeutet mir viel, wie du die Fan-Fähnchen schwingst und mir immer wieder sagst, wie stolz ich auf mich sein kann. Manchmal vergisst man das. Fühl dich gedrückt, ganz feste.

Natürlich könnte ich jetzt so vielen von euch einzeln danken und ganze Seiten füllen, doch ich halte es (ausnahmsweise) mal kurz. Danke an Elly, Bianca, Neyney, Isabel, Tanussi, Sari, Tine, Vanessa. Jede einzelne von euch hat mindestens einmal die richtigen Worte gefunden, die mir Motivation gegeben haben. Und danke Aylin für die ganzen Sommergebäck-Ideen, mir läuft schon wieder das Wasser im Mund zusammen! Falls ich irgendwen vergessen habe, tut es mir furchtbar leid, ich schiebe es auf den Schlafmangel.

Danke auch an meine wunderbaren Patrons, die mir jeden Monat helfen, meinen Traum ein Stückchen mehr zu leben, besonders Isy und Wiebi. Ihr seid einfach so großartig.

Danke Maren, für deine lieben Worte!

Danke an Blanvalet und insbesondere an Lisa, dass du diese ganze Reihe zu Blanvalet geholt und immer ein offenes Ohr für mich gehabt hast. Ich vermisse unsere Zusammenarbeit schon jetzt sehr.

Danke, danke, danke an meine Lektorin Tina, die mir geholfen hat, das Allerbeste aus dieser Geschichte herauszuholen. Die Zusammenarbeit mit dir ist wunderbar.

ooSarah! Danke! Manchmal fühlt es sich für mich immer noch unwirklich an, wenn ich daran denke, dass ich von einer Agentin der Literaturagentur Schlück vertreten werde. Danke, dass du an meine Geschichten glaubst, bevor es irgendein Verlag tut.

Und selbstverständlich danke ich meiner kleinen Familie, ohne die ihr vermutlich ein Buch mit 400 leeren Seiten in den Händen halten würdet. Die tägliche Stunde (oder auch zwei), die du mit unserer Tochter spazieren gehst, sind wirklich Gold wert. Danke, Pauli.

Danke Mama, dass du uns ständig Essen gekocht und vorbeigebracht hast, bis wir unsere eigene Routine mit Baby und Schreiben gefunden haben. Für dich war es »doch nur kochen«, für mich viel mehr.

Triggerwarnung

(Achtung Spoiler)

Dieses Buch enthält potenziell triggernde Inhalte zu folgenden Themen: Tod (durch Ertrinken), Verlust, Trauerbewältigung, Gewalt